高等院校通识教育核心课程教材系列

中国文学名著导读
（第二版）

陆明 李松石 高岩 王雯倩 编著

清华大学出版社
北京

内 容 简 介

本册教材是为普通高校的文学公共课所编。各章以历史时期为纲选取作品,兼顾文学史和名作欣赏两个方面,古今作品和各种文体作品的比重适中,体系比较严谨,选篇的版本也比较权威。在选篇上照顾到所选文章的思想性、经典性以及丰富性,考虑到教师在讲课时的拓展空间,备选课文也比较充分。赏析侧重编者原创,注意融入时代精神。在现当代文学的篇章里,所选篇章与赏析都比较独到。

本书除做教材外,也适合一般文学爱好者自学阅读。本书有助于读者对中国文学有全面系统的了解,并受到中国文学文化精神的长久滋养。

本书封面贴有清华大学出版社防伪标签,无标签者不得销售。
版权所有,侵权必究。举报: 010-62782989, beiqinquan@tup.tsinghua.edu.cn。

图书在版编目(CIP)数据

中国文学名著导读/陆明等编著. —2 版. —北京: 清华大学出版社, 2020.5(2024.1 重印)
高等院校通识教育核心课程教材系列
ISBN 978-7-302-55264-2

Ⅰ. ①中… Ⅱ. ①陆… Ⅲ. ①中国文学 – 文学欣赏 – 高等学校 – 教材 Ⅳ. ①I206

中国版本图书馆 CIP 数据核字(2020)第 050769 号

责任编辑:王巧珍
封面设计:常雪影
责任校对:王荣静
责任印制:刘海龙

出版发行:清华大学出版社
    网　　址:https://www.tup.com.cn, https://www.wqxuetang.com
    地　　址:北京清华大学学研大厦 A 座 邮　　编:100084
    社 总 机:010-83470000   邮　　购:010-62786544
    投稿与读者服务:010-62776969, c-service@tup.tsinghua.edu.cn
    质量反馈:010-62772015, zhiliang@tup.tsinghua.edu.cn
印 装 者:三河市东方印刷有限公司
经　　销:全国新华书店
开　　本:170mm×240mm 印　张:20.5 插 页:2 字　数:293 千字
版　　次:2012 年 1 月第 1 版 2020 年 7 月第 2 版 印　次:2024 年 1 月第 7 次印刷
定　　价:46.00 元

产品编号:085292-01

编选说明

本册教材,是为普通高校的文学公共课所编。

在选编的过程中我们发现,很多中国古代文学名篇,在中小学语文教科书中已经出现过。这些作品,都是经过时间考验的佳作,我们的选篇也不能完全回避,只是在讲授的深度和广度以及意义的阐扬上,相信使用这本教材的老师们自然会超越学生以前的所学,注入现实人生的价值。

所以,讲什么不是问题,怎么讲却有所不同。

文学,是诉诸感情、感官的艺术形式,对人的影响是重大而潜移默化的。文学也是最能滋养人的灵秀之气,培养人的高尚、优雅的审美情致的。古往今来饱读诗书者,都会在现实生活中保留一块自己的精神空间,好在滚滚红尘里,坚持住自己的人生理想。

文学作品的力量胜于道德说教,对塑造人的心灵起着深远的作用。教育的目的,按照儒家的观念,首先要让学生具备最起码的道德情操,如正直、诚实、恭敬、谦虚、礼貌、智慧、勇气、责任、利他等,然后才谈得上文化知识的学习。对于这些,古代经典中反复论述,现在的教育体系中却并不看重。"子欲仁,则斯仁至矣。"怀着责任感去讲授文学课,把古圣先贤所倡导的道德良知,努力化为当代个体生存的内在需求,推动人类觉醒,造福社会,也许是我们的一点良好意愿。

这本教材的编写,首先要感谢本书的责任编辑,没有她的信任和支持,教材就不会如期完成。每一位参编的同事都通力合作,尽心尽力,在此一并感谢。

本书为2019年辽宁省教育厅"新时代中外文学经典传播的意义和途径研究"课题资助成果,课题编号:WJ201903。

目　录

第一章　先秦文学 ·· 001

　第一节　古代神话 ·· 002
　　　　　黄帝战蚩尤 ·· 002
　　　　　共工与颛顼 ·· 003
　　　　　女娲补天 ·· 004
　第二节　诗经和楚辞 ·· 006
　　　　　卫风·伯兮 ··· 007
　　　　　秦风·蒹葭 ··· 008
　　　　　橘颂 ·· 011
　第三节　历史散文 ·· 014
　　　　　秦晋殽之战（僖公三十二年、三十三年） ················· 015
　　　　　冯谖客孟尝君 ·· 021
　第四节　诸子散文 ·· 026
　　　　　论语十则 ·· 027
　　　　　滕文公（节选） ·· 030
　　　　　大学（节选） ·· 032
　　　　　道德经（第二章） ·· 037
　　　　　道德经（第二十七章） ···································· 038
　　　　　秋水第十七（节选） ······································ 041

第二章　汉魏六朝文学 ··· 045

　第一节　汉代文学 ·· 048

　　　　史记·管晏列传 ·· 司马迁 048
　　　　饮马长城窟行 ·· 058
　　　　迢迢牵牛星 ··· 060
　　　　归田赋 ·· 张　衡 063
　第二节　魏晋诗歌 ··· 067
　　　　苦寒行 ·· 曹　操 068
　　　　读《山海经》（其一）·· 陶渊明 071
　　　　读《山海经》（其二）·· 陶渊明 071
　第三节　汉魏六朝文 ··· 075
　　　　文心雕龙·知音 ··· 刘　勰 075
　　　　搜神记·紫玉 ·· 干　宝 083
　　　　世说新语（节选）·· 刘义庆 087

第三章　唐宋文学 ··· 091

　第一节　唐诗 ·· 092
　　　　野望 ·· 王　绩 093
　　　　在狱咏蝉 ·· 骆宾王 094
　　　　春江花月夜 ··· 张若虚 096
　　　　终南别业 ·· 王　维 098
　　　　送别 ·· 王　维 099
　　　　初秋 ·· 孟浩然 101
　　　　宿建德江 ·· 孟浩然 101
　　　　封丘作 ·· 高　适 103
　　　　燕歌行 ·· 高　适 104
　　　　宣州谢朓楼饯别校书叔云 ·· 李　白 107
　　　　赠卫八处士 ··· 杜　甫 110
　　　　兵车行 ·· 杜　甫 112
　　　　旅夜书怀 ·· 杜　甫 114
　　　　放言五首之三 ·· 白居易 117
　　　　长恨歌 ·· 白居易 118

淮上喜会梁州故人	韦应物	123
滁州西涧	韦应物	123
聚蚊谣	刘禹锡	125
竹枝词(九首选一)	刘禹锡	126
致酒行	李 贺	127
安定城楼	李商隐	129

第二节　唐宋词 ……………………………………………… 131

忆秦娥	李 白	132
更漏子	温庭筠	133
菩萨蛮	韦 庄	135
浣溪沙	李 璟	136
蝶恋花	李 煜	137
破阵子	晏 殊	138
蝶恋花	晏 殊	139
天仙子	张 先	141
望海潮	柳 永	143
鹤冲天	柳 永	144
朝中措	欧阳修	145
卜算子·黄州定惠院寓居作	苏 轼	147
蝶恋花	苏 轼	148
摸鱼儿·东皋寓居	晁补之	149
兰陵王·柳	周邦彦	151
浣溪沙	李清照	153
念奴娇·春情	李清照	154
添字丑奴儿·芭蕉	李清照	155
最高楼	辛弃疾	157
贺新郎	辛弃疾	158
西江月	辛弃疾	158

第三节　唐宋散文 …………………………………………… 160

养竹记	白居易	161
文与可画筼筜谷偃竹记	苏 轼	163

前赤壁赋 …………………………………………… 苏　轼 165

六祖坛经・行由第一（节选） …………………………… 171

第四章　元明清文学 ………………………………………… 177

第一节　元曲 ……………………………………………… 178

窦娥冤（第三折） ……………………………… 关汉卿 179

西厢记・第一本　张君瑞闹道场（第一折）……… 王实甫 184

第二节　明清小说 ………………………………………… 189

席方平 …………………………………………… 蒲松龄 190

红楼梦・寿怡红群芳开夜宴（节选）…………… 曹雪芹 195

第五章　二十世纪文学 ……………………………………… 205

第一节　现代小说 ………………………………………… 206

伤逝 ……………………………………………… 鲁　迅 208

听来的故事 ……………………………………… 老　舍 224

围城（第三章节选） …………………………… 钱钟书 231

第二节　现代散文 ………………………………………… 244

风 ………………………………………………… 杨　绛 246

论读书 …………………………………………… 林语堂 248

女人 ……………………………………………… 梁实秋 256

我与弘一法师 …………………………………… 丰子恺 262

烬余录 …………………………………………… 张爱玲 266

第三节　二十世纪诗歌 …………………………………… 276

炉中煤 …………………………………………… 郭沫若 281

十四行诗二十七首（节选） …………………… 冯　至 283

预言 ……………………………………………… 何其芳 292

雨巷 ……………………………………………… 戴望舒 296

回答 ……………………………………………… 北　岛 299

兄弟，我在这儿 ……………………………………	舒　婷 304
一代人 ………………………………………………	顾　城 308
生命幻想曲 …………………………………………	顾　城 308
青春协奏曲 …………………………………………	梁小斌 314
你让我一个人走进少女的内心 ……………………	梁小斌 315

第一章 先秦文学

先秦文学是中国文学的开端,它包括秦代以前各个历史时期的文学。在这一阶段里产生了很多优秀作品,有最早产生的古代神话和古代歌谣,有我国第一部诗歌总集《诗经》,有著名的浪漫主义抒情长诗《离骚》,还有历史散文、诸子散文和寓言故事等。先秦文学为我国文学的繁荣发展奠定了坚实的基础,其浪漫主义和现实主义的创作方法对两千年来的文学创作产生过极其深远的影响。

第一节 古代神话

神话是远古时代人们创作的一种口头文学。原始社会生产力低下,人们对自然现象和社会问题没有科学认识,因而凭借想象,以幻想的形式来反映自然界和社会生活,表现他们征服自然、改造自然的美好愿望。神话不是历史,却可能是历史的影子。神话是我国浪漫主义文学的开端。

在历史上无人系统地整理神话,因此我国神话丰美瑰丽又零碎杂乱,主要散见于《山海经》《庄子》《楚辞》《吕氏春秋》《淮南子》等古籍中,这些神话主要解释了世界和人类的起源,记叙了人和自然相处时的英雄故事。

黄帝战蚩尤

蚩尤作兵伐黄帝[①],黄帝乃令应龙攻之冀州之野[②]。应龙畜水,蚩尤请风伯雨师,纵大风雨。黄帝乃下天女曰魃[③],雨止,遂杀蚩尤。魃不得

---

① 蚩尤:氏族首领。作兵:制作兵器。黄帝:传说中的五帝之一。
② 应龙:传说中有翅膀的神龙,能蓄水行雨。冀州:古代九州之一。
③ 魃(bá):旱神。

复上,所居不雨。叔均言之帝,后置之赤水之北。叔均乃为田祖①。魃时亡之②。所欲逐之者,令曰:"神北行!"先除水道,决通沟渎③。

(选自方韬译注:《山海经》,北京,中华书局,2016年。注释略有增删。)

赏析

此神话故事选自《山海经·大荒北经》,它反映了原居西北的华夏集团黄帝部落与东夷集团蚩尤部落之间争夺冀州的一场战争。此场战争以黄帝部落的胜利告终,从此,冀州地区成为黄帝部落的地盘。从这一记载中,我们可以看出黄帝蚩尤之争实际也是水旱之争,而黄帝女魃属旱神,联系夸父逐日神话,我们可以窥见黄帝部落的东迁大概与西北地区的旱灾有关。

共工与颛顼

昔者共工与颛顼争为帝④,怒而触不周之山⑤,天柱折⑥,地维绝⑦。天倾西北⑧,故日月星辰移焉;地不满东南,故水潦尘埃归焉⑨。

赏析

此一神话出自《淮南子·天文训》,讲述的是共工与颛顼相争为帝的故事,曲折地反映了原始部落间的斗争和自然界的变化。共工怒触不周山,造成了天翻地覆的变化。

---

① 田祖:主管田地农耕的神。
② 时亡之:指女魃被人们所厌弃,经常四处逃亡。
③ 渎(dú):沟渠。
④ 共(gōng)工:古代部落领袖,生活于伏羲、神农之间。颛顼(zhuān xū):古代部落领袖。"五帝"之一,黄帝之孙。
⑤ 不周之山:在西北方,昆仑之西北。
⑥ 天柱:古代盖天说认为,上天是由八根大柱支撑。
⑦ 维,系地的大绳。
⑧ 倾:高。
⑨ 水潦(lǎo):泛指江湖流水。潦,积水。

女娲补天

往古之时，四极废①，九州裂，天不兼覆②，地不周载③；火爁炎而不灭④，水浩洋而不息⑤；猛兽食颛民⑥，鸷鸟攫老弱⑦。于是女娲炼五色石以补苍天⑧，断鳌足以立四极⑨，杀黑龙以济冀州⑩，积芦灰以止淫水⑪。苍天补，四极正；淫水涸，冀州平；狡虫死，颛民生⑫……

（以上两段课文及注释选自陈广忠译注：《淮南子》，北京，中华书局，2016 年。注释略有增删。）

赏析

这篇神话出自《淮南子·览冥训》。它讲述的是远古时人们关于自然的知识和依据幻想对自然变化所作的想象。女娲被描绘成一个富有神异本领的创世的女神。

思考与练习

1. 阅读《山海经》和《淮南子》。
2. 如何理解《共工与颛顼》中结尾的两句话？

备选课文

又东五百里，曰丹穴之山，其上多金玉。丹水出焉，而南流注于渤海。有鸟焉，其状如鸡，五采而文，名曰凤皇，首文曰德，翼文曰顺，背文曰

---

① 四极：四方撑天的柱子。
② 兼：尽。
③ 周：遍。
④ 爁（làn）炎：大火延烧的样子。
⑤ 浩洋：浩瀚无涯。
⑥ 颛（zhuān）民：善良的人民。
⑦ 攫（jué）：抓取。
⑧ 女娲：传说中的人类始祖。
⑨ 鳌（áo）：大龟。
⑩ 黑龙：水怪。能兴水危害人。
⑪ 芦灰：芦草烧成的灰。淫水：平地生水。
⑫ 狡虫：指毒虫猛兽。

义，膺文曰仁，腹文曰信。是鸟也，饮食自然，自歌自舞，见则天下安宁。(《山海经·南山经》)

又北二百里，曰发鸠之山，其上多柘木。有鸟焉，其状如乌，文首、白喙、赤足，名曰精卫，其名自詨。是炎帝之少女名曰女娃，女娃游于东海，溺而不返，故为精卫。常衔西山之木石，以堙于东海。(《山海经·北山经》)

刑天与帝争神，帝断其首，葬之常羊之山。乃以乳为目，以脐为口，操干戚以舞。(《山海经·北山经》)

轩辕之国在此穷山之际，其不寿者八百岁。在女子国北，人面蛇身，尾交首上。(《山海经·北山经》)

诸沃之野，沃民是处，鸾鸟自歌，凤鸟自舞。凤皇卵，民食之；甘露，民饮之，所欲自从也。百兽相与群居。在四蛇北。其人两手操卵食之，两鸟居前导之。(《山海经·北山经》)

夸父与日逐走，入日。渴欲得饮，饮于河渭，河渭不足，北饮大泽。未至，道渴而死。弃其杖，化为邓林。(《山海经·海外北经》)

夸父国在聂耳东，其为人大，右手操青蛇，左手操黄蛇。邓林在其东，二树木。一曰博父。(《山海经·海外北经》)

君子国在其北，衣冠带剑，食野，使二文虎在旁，其人好让不争。有薰华草，朝生夕死。一曰在肝榆之尸北。(《山海经·海外东经》)

下有汤谷。汤谷上有扶桑，十日所浴，在黑齿北。居水中，有大木，九日居下枝，一日居上枝。(《山海经·海外东经》)

巴蛇食象，三岁而出其骨，君子服之，无心腹之疾。其为蛇青黄赤黑。一曰黑蛇青首，在犀牛西。(《山海经·海内南经》)

有神十人，名曰女娲之肠，化为神，处栗广之野，横道而处。(《山海经·大荒西经》)

有西王母之山、壑山、海山。有沃民之国，沃民是处。沃之野，凤鸟之卵是食，甘露是饮。凡其所欲，其味尽存。爰有甘华、甘柤、白柳、视肉、三骓、璇瑰、瑶碧、白木、琅玕、白丹、青丹，多银、铁。鸾凤自歌，凤鸟自舞，爰有百兽，相群是处，是谓沃之野。(《山海经·大荒西经》)

西海之南，流沙之滨，赤水之后，黑水之前，有大山，名曰昆仑之丘。有神——人面虎身，有文有尾，皆白——处之。其下有弱水之渊环之，其外

有炎火之山，投物辄然。有人戴胜，虎齿，有豹尾，穴处，名曰西王母。此山万物尽有。（《山海经·大荒西经》）

有氐人之国。炎帝之孙名曰灵恝，灵恝生氐人，是能上下于天。（《山海经·大荒西经》）

有鱼偏枯，名曰鱼妇。颛顼死即复苏。风道北来，天及大水泉，蛇乃化为鱼，是为鱼妇。颛顼死即复苏。（《山海经·大荒西经》）

洪水滔天，鲧窃帝之息壤以埋洪水，不待帝命。帝令祝融杀鲧于羽郊。鲧复生禹。帝乃命禹卒布土以定九州。（《山海经·海内经》）

逮至尧之时，十日并出，焦禾稼，杀草木，而民无所食；猰貐、凿齿、九婴、大风、封豨、修蛇，皆为民害。尧乃使羿诛凿齿于畴华之野，杀九婴于凶水之上，缴大风于青丘之泽，上射十日而下杀猰貐，断修蛇于洞庭，擒封豨于桑林，万民皆喜，置尧以为天子。（《淮南子·本经训》）

第二节　诗经和楚辞

诗　经

《诗经》是我国最早的一部诗歌总集，收集了商末至春秋中叶的诗歌305篇。最初称《诗》或《诗三百》，汉代学者奉为经典，称《诗经》。《诗经》所录，均为曾经入乐的歌曲，按音乐性质的不同，分为风、雅、颂三类。风，也称国风，主要是地方民歌。雅，分大雅和小雅，是庙堂正乐。颂，分商颂和鲁颂，多为宗庙祭祀乐歌。

《诗经》是我国现实主义文学作品的奠基作品，有很高的文学成就和史料价值。在内容方面，《诗经》全面形象地展示了周代的社会生活，有史诗、政治讽刺诗、爱情诗、劳动诗、战争诗等多种题材。在艺术方面，《诗经》里常用的赋、比、兴手法成为我国古代诗歌的一种基本表现方法。"赋"是陈述铺叙，如《蒹葭》以环境景物的描写来衬托人物的感情。"比"就是比喻，如《硕鼠》把剥削者比作贪婪的大老鼠。"兴"是借助其他事物作为诗歌开头，引出人物的思想感情。如《关雎》用"雎鸠"的鸣叫起兴，引出诗人即景生情的联想。风、雅、颂、赋、比、兴被称为诗经"六义"。《诗经》以四言为主，亦有少量杂言诗。《国风》多重章叠句，每章只更换几个字，反复咏叹，加强抒情效果。

《论语》中孔子论及《诗经》的话有："不学《诗》，无以言"；"《诗》三百，一言以蔽之，曰：思无邪"；"诗可以兴，可以观，可以群，可以怨，迩之事父，远之事君"等。从中可以看出，学习《诗经》对于上层人士以及准备进入上层社会的人士，具有何等重要的意义，《诗经》的教育也具有政治、道德意义。

卫风·伯兮

伯兮朅兮①，邦之桀②兮。伯也执殳③，为王前驱。
自伯之④东，首如飞蓬⑤。岂无膏沐⑥，谁适为容⑦？
其雨其雨，杲杲出日⑧。愿言思伯⑨，甘心首疾⑩。
焉得谖草⑪，言树之背⑫。愿言思伯，使我心痗⑬。

| 赏析

读《伯兮》，仿佛看到一幕年轻妻子思夫的内心独白，其情绪的起伏转折，构成了潜藏的结构变化，使得这首小诗有着丰富的表现力和感染力。

---

① 伯：弟兄姐妹中年长者称伯。此处系指其丈夫。朅（qiè）：英武貌。
② 桀：通作"傑"。
③ 殳（shū）：梃棍之类的兵器，长一丈二，无刃。
④ 之：往。
⑤ 首如飞蓬：头上的乱发如飞散的蓬草。蓬：一种野生植物，枯后常在近根处折断，遇风飞旋，故称飞蓬。
⑥ 膏沐：面膏、发油之类。
⑦ 适（dí）：马瑞辰释为悦。（《毛诗传笺通释》）容，容饰。这句说，修饰容貌为了取悦于谁呢？
⑧ 其雨两句：其，维。杲（gǎo）杲：日出明亮貌。《郑笺》："人言其雨其雨，而杲杲然日复出。犹我言伯且来，伯且来，则复不来。"
⑨ 愿：读为愗（yìn），张断忍痛之意。与下文"言思伯"分读。言，我。
⑩ 甘心首疾：犹言苦心疾首。首疾，倒文义协韵。甘与苦以相反为义。一说，疾，痛。这句意谓，虽头痛也心甘情愿。
⑪ 焉得：安得，哪得。谖（xuān）草，即萱草，古代以为此草可以使人忘忧，故又名忘忧草。
⑫ 言树之背：把它种到北堂去。背：指北堂，即后庭。
⑬ 痗（mèi）：病。心痗：心痛而病。

诗的开头,是妻子对丈夫的呼唤和描述。她骄傲地赞美他英武雄健,是国家骁勇善战的人才,是国王的先驱者。可以想见,她有多么爱他,而且和他一样有爱国之心。于是,接下来所表达的对丈夫的思念,其深沉热烈就在情理之中了。

第二章写出了妻子思念中的形貌——自从丈夫往东去,她不事梳洗,头发乱蓬蓬的,打扮起来给谁看呢?女为悦己者容,悦己者不在,让她连起码的爱美都不顾了。

第三章以比喻开始,则更深入地挖掘了内心情形——妻子呼天唤地,却事与愿违,犹不得丈夫回家。但即使是这么痛苦,她还是愿意思念下去。

最后一章意味深长,情绪到了极致,又形成了一个回转:思念折磨得女主人公头痛、心痛,她想放下了——哪里有忘忧草呢?对丈夫的思念让我要得病了啊。她想求救于忘忧草,却又明明知道是得不到的。至此,这位年轻妻子对于丈夫爱情的坚贞、深沉、专注,被入木三分而又曲折有致地刻画出来了。

细读这首小诗,不禁赞叹它的有血有肉:我们仿佛感受到了主人公的感受,她的富有生命力的心理活动是那样真实、多面,可触摸,随着诗歌简朴有力的节奏打动我们,哪怕在过了两千多年以后。

(高 岩)

秦风·蒹葭

蒹葭苍苍①,白露为霜。所谓伊人②,在水一方③。溯洄从之④,道阻且长⑤。溯游从之⑥,宛在水中央⑦。

---

① 蒹(jiān):荻。葭(jiā):芦苇。苍苍:老青色。
② 伊人:是人,这个人。
③ 在水一方:在大水的一方。以喻所在之远。
④ 溯洄:逆流而上。
⑤ 阻:阻难。这句说,路多阻难而且漫长。
⑥ 溯游:顺流而下。
⑦ 宛:宛然、宛如、好像的意思。

蒹葭凄凄①，白露未晞②。所谓伊人，在水之湄③。溯洄从之，道阻且跻④。溯游从之，宛在水中坻⑤。

蒹葭采采⑥，白露未已⑦。所谓伊人，在水之涘⑧。溯洄从之，道阻且右⑨。溯游从之，宛在水中沚⑩。

(《诗经》二篇及注释选自朱东润：《中国历代文学作品选》上编，第一册，上海，上海古籍出版社，1980年。)

赏析

《蒹葭》更多地是被当作一首爱情诗来读的，它所表达的，是一种由于对方可望而不可即而产生的热烈企慕和怅然若失交融的情感，与《诗经》中那些畅达质朴、明朗刚健的爱情诗相比，显出很高的婉约朦胧的审美意味。

在表达上，这首诗至少在三个方面值得注意：

一、以烟水迷蒙之境写怅惘迷离之情。深秋的水边，苍苍的芦苇，早晨河面上飘动的晨雾，曲折的水道，无论是逆流而上，还是顺流而下都无法企及的那位"伊人"的身影……全都恰如其分地衬托了诗人热烈又惆怅的情怀。

二、以曲折婉转的层递写深致的心情。由三段相似的诗章构成的这首诗，每一章只变更一两个字，都是由秋水伊人起，继而反复苦求难近，最后却"宛在"不远，却依旧不可接近。无限的恋慕与无奈，就在这种一波三折的慨叹之中含蓄深情地传达出来了。加上重章叠句，更增加了感情的执着与凝重。

三、以整体空灵的意境表达出象征意味。本诗所写，未必是真实的生活事件，却很可能是把诗人自己的心理外化为诗境，可以表达多种人生境遇，

---

① 凄凄：今本作"萋萋"，据《释文》及阮元《校勘记》改。凄凄：苍青色。
② 晞：干，谓晒干。
③ 湄：水边高崖。
④ 跻（jī）：上升，攀登。此言道路险峻，需攀登而上。
⑤ 坻（chí）：水中高地，小渚。
⑥ 采采：众多的意思，犹言形形色色。
⑦ 未已：未止，也是未干的意思。
⑧ 涘：水边，岸岸。
⑨ 右：《毛传》解作左右的右，言"出其右"。《郑笺》解作"迂回"。
⑩ 沚：小洲，意义和上章"坻"字相同。

不一定是对一个特指的人。这样,诗的表现力和意境就被放大了,意味也更加丰富、深邃。

（高　岩）

| 思考与练习

1. 熟读课文,体会节奏、重章叠句对表达强烈情感的作用。
2. 感受这两首诗所传达出来的浪漫情怀。
3. 找到《诗经》国风部分读一读,感受文中的情感、气息。

| 备选课文

卫风·木瓜

投我以木瓜,报之以琼琚。匪报也,永以为好也!投我以木桃,报之以琼瑶。匪报也,永以为好也!投我以木李,报之以琼玖。匪报也,永以为好也!

郑风·子衿

青青子衿,悠悠我心。纵我不往,子宁不嗣音?青青子佩,悠悠我思。纵我不往,子宁不来?挑兮达兮,在城阙兮。一日不见,如三月兮!

秦风·无衣

岂曰无衣?与子同袍。王于兴师,修我戈矛。与子同仇!岂曰无衣?与子同泽。王于兴师,修我矛戟。与子偕作!岂曰无衣?与子同裳。王于兴师,修我甲兵。与子偕行!

小雅·鹤鸣

鹤鸣于九皋,声闻于野。鱼潜在渊,或在于渚。乐彼之园,爰有树檀,其下维萚。他山之石,可以为错。

鹤鸣于九皋,声闻于天。鱼在于渚,或潜在渊。乐彼之园,爰有树檀,其下维榖。他山之石,可以攻玉。

楚　辞

楚辞是战国时代以屈原为代表的楚国人创造的一种新诗体,具有浓厚的地方特点和神话色彩。它突破了《诗经》的四言句式,以一种适于表现复杂思想感情的、较为灵活的、在节奏和韵律上独具特色的句式出现，标志着古代诗歌的发展进入了一个新阶段。西汉刘向辑录屈原、宋玉以及汉代人的作品编成《楚辞》一书。

《楚辞》是《诗经》之后深有影响力的一部诗歌总集。因屈原的《离骚》是《楚辞》的代表作，故又称楚辞为"骚体"，后人把《诗经》与《楚辞》并称"风骚"，二者在诗歌史上具有同样重要的地位。屈原的浪漫主义和《诗经》的现实主义同样为后代作家继承和发扬。

屈原（前340—前287）是我国文学史上第一位大诗人。楚怀王时曾为左徒、三闾大夫，希望辅佐楚王对内变法图强，对外联齐抗秦，实现"美政"理想。后因受到诬陷，被怀王疏远，继而被流放到汉水之北。顷襄王时，又被放逐到湘水、沅水一带。顷襄王二十一年，秦军攻破郢都，屈原悲愤至极，遂怀石自沉于汨罗江。

一般认为，《离骚》《九歌》《天问》《九章》《招魂》等23篇是屈原所作。这些诗篇，揭露了统治集团的腐朽和罪恶，表现了他热爱祖国、关心人民的强烈感情，绝不与恶势力同流合污的高洁品格。作品采用大量神话传说，构思奇特，想象丰富，文辞华丽，富有积极浪漫主义的精神。

《橘颂》选自《楚辞·九章》，据研究是屈原早年的作品。

橘　颂①

后皇嘉树②，橘徕服兮③。受命不迁④，生南国兮。深固难徙，更壹志兮。绿叶素荣⑤，纷其可喜兮。曾枝剡棘⑥，圆果抟兮⑦。青黄杂糅⑧，

---

① 橘颂：赞颂橘树。橘树是江南的特产，作者借描写橘树以自喻。对这篇赋的写作时间，说法很多，从"嗟尔幼志"、"年岁虽少"等语看，应是屈原在少年初仕为三闾大夫时所作。
② 后：后土。皇：皇天。后皇：天和地的代称。嘉：美好。这句是说橘生天地间，是树木中的良好品种。
③ 徕，同"来"。服：习惯。朱熹《集注》："《汉书》：江陵千树橘。楚地正产橘也。"这句是说橘一生下来就习惯于楚地的气候和土壤。
④ 受命：秉受自然的生命，即秉性。不迁：不能移植。《考工记》："橘逾淮而为枳。"
⑤ 素荣：白花。
⑥ 曾，同"层"。剡（yǎn），尖利。棘：刺。这句是说橘树层层枝条上有利刺。
⑦ 抟（tuán）：以手团物使成圆形。
⑧ 青黄，都指果实的颜色。

文章烂兮①。精色内白②,类可任兮③。纷缊宜修④,姱而不丑兮⑤。

嗟尔幼志⑥,有以异兮。独立不迁,岂不可喜兮?深固难徙,廓其无求兮⑦。苏世独立⑧,横而不流兮⑨。闭心自慎⑩,终不失过兮。秉德无私⑪,参天地兮⑫。愿岁并谢⑬,与长友兮。淑离不淫⑭,梗其有理兮⑮。年岁虽少,可师长兮。行比伯夷⑯,置以为像兮⑰。

(选自聂石樵:《楚辞新注》,上海,上海古籍出版社,1980年。)

赏析

《橘颂》是屈原《九章》当中的一首,据说是他年轻时代的作品。从形式看,它还保留着《诗经》的四言特点,从内容看,这首诗从头至尾充满着昂扬、纯洁而又坚定的气息,青春的生命力和对祖国的挚爱。借着吟咏橘树,屈原充分肯定和赞美了自己高尚的人格。

这首诗分为两个部分。

第一部分,以写橘树为主。这部分从受命天地、不可迁徙,即它的诞生开始,详细地描绘了橘树的叶、花、果、枝与刺,更深入地描绘出了果实的内外、香气和色泽。在屈原的笔下,年轻的、朝气蓬勃的橘树无一处不美,无一处不美到极致,屈原赞美它"类可任兮",好像可堪担当大任

---

① 文章,即文采,指橘子的颜色。烂:斑斓。
② 精色:鲜明的颜色。内白:内瓤洁白。
③ 类:似。可任:可以担当重任。这句是说类似可以负担重任的人。
④ 纷缊(wēn):茂盛。宜修,指美好。
⑤ 姱:美好。
⑥ 嗟,感叹词。尔,指橘。幼志:年幼时的志向。
⑦ 廓,指胸怀开阔超脱。无求:无所求。
⑧ 苏世,即醒世。这句是说自己清醒地独立于世。
⑨ 横:横绝,意谓特立独行。不流:不随波逐流。
⑩ 闭心,指坚贞自守,不为外力所动摇。自慎,与闭心同义。这句是说凡事谨慎自守。
⑪ 秉德:怀德。
⑫ 参:配合。两句是说橘德无私,可参配天地。
⑬ 并,疑"不"之声误。谢:辞去。这句话是说希望自己年岁之不逝。
⑭ 淑:善。离,通"丽"。不淫:不惑。此言橘美好而不动摇。
⑮ 梗:正直,指橘的枝干。理:木材的纹理。
⑯ 伯夷:殷末孤竹国君的长子,因反对周文王灭殷,不食周粟,饿死在首阳山。古代一直把他看作清高有节操的人物。
⑰ 置,犹"植"。像:榜样。

的志士仁人。

第二部分，是对橘树内在精神品质的抒发。这仿佛是屈原自己的人格宣言——从小的志向就与众不同，而且坚定、清醒，内省无疚，德行可以与天地参配，虽然年少，也可以成为世人的榜样。在这一部分里，屈原正面、直接地表达了自己不畏严峻、不改操守的精神。

今天读《橘颂》，我们仍然会被屈原光芒四射的高尚人格所打动。作为一个早熟的政治家、诗人，屈原才华横溢，更加难得的是，他对于自己的认识、对于理想的确定，都是从少年时即很清醒的，一生从未变过。在那样一个乱世里，他正道直行，却信而见疑、忠而被谤，爱国忠君反被蒙逸疏远，可是忧国忧民之心从来没有放下，高洁自爱的品格从来没有放弃。从骨子里说，屈原是一个具有高度美感的纯粹的人，其人格彪炳万代，"虽与日月争光可也"（司马迁）。

（高　岩）

思考与练习

1. 体会屈原在《橘颂》中表现出来的人格特点。
2. 找到关于屈原的文章和其他《楚辞》作品读一读。
3. 阅读《渔父》篇，深入理解屈原的人格特点，并且得出自己的观点。

备选课文

九歌·山鬼

若有人兮山之阿，被薜荔兮带女萝。既含睇兮又宜笑，子慕予兮善窈窕。乘赤豹兮从文狸，辛夷车兮结桂旗。被石兰兮带杜衡，折芳馨兮遗所思。余处幽篁兮终不见天，路险难兮独后来。表独立兮山之上，云容容兮而在下。杳冥冥兮羌昼晦，东风飘兮神灵雨。留灵修兮憺忘归，岁既晏兮孰华予？采三秀兮于山间，石磊磊兮葛蔓蔓。怨公子兮怅忘归，君思我兮不得闲。山中人兮芳杜若，饮石泉兮荫松柏。君思我兮然疑作。雷填填兮雨冥冥，猿啾啾兮狖夜鸣。风飒飒兮木萧萧，思公子兮徒离忧。

渔　父

屈原既放，游于江潭，行吟泽畔，颜色憔悴，形容枯槁。渔父见而问之曰："子非三闾大夫与？何故至于斯！"屈原曰："举世皆浊我独清，众人皆醉我独醒，是以见放！"渔父曰："圣人不凝滞于物，而能与世推移。世人皆浊，何不淈其泥而扬其波？众人皆醉，何不铺其糟而歠其醨？何故深思高举，自令放为？"

屈原曰："吾闻之，新沐者必弹冠，新浴者必振衣；安能以身之察察，受物之汶汶者乎！宁赴湘流，葬于江鱼之腹中。安能以皓皓之白，而蒙世俗之尘埃乎！"

渔父莞尔而笑，鼓枻而去，乃歌曰："沧浪之水清兮，可以濯吾缨。沧浪之水浊兮，可以濯吾足。"遂去，不复与言。

第三节　历史散文

我国古代有史官的设置，所谓"君举必书"。春秋战国时代，错综复杂的斗争形势要求史家能及时把纷纭繁复的事件记录下来，从中总结经验教训，作为统治者的借鉴，于是便产生了以记叙各国政治、军事、外交活动为主要内容的历史著作。这一时期代表历史散文成就的有《左传》《国语》《战国策》。

左　传

《左传》据传是春秋末年鲁国史官左丘明所撰，是我国第一部记事详细、完整的编年史书。记事上起鲁隐公元年（前722年），下至鲁哀公二十七年（前468年），共255年的历史。《左传》记载了春秋时代周天子以及各诸侯国之间的政治、军事、外交、文化等方面的活动，反映了当时王室衰微、诸侯争霸，以及诸侯衰落、卿大夫专权的历史过程。

《左传》叙事严密完整，故事性强，情节曲折生动，注意文章的结构和布局。善于描写复杂的战争，明确交代战争的原因、经过和结果，注意描写各种人物的动态，并时而穿插一些有趣的细节。如城濮之战、殽之战、鄢陵之战等一些大战役，都写得条理井然，有声有色。《左传》还刻画了性格鲜明的历史人物形象，文辞简练含蓄，有文采。《左传》对后世影响甚大，它形成了我国优良的史学传统，忠于史实，对人物事件有分析、有评价。它标志着我国历史散文的重大发展，是我国古代散文的典范，同时又为后世小说、戏曲创作提供了丰富的题材。

秦晋殽之战（僖公三十二年、三十三年）

冬，晋文公卒。庚辰，将殡于曲沃①，出绛②，柩有声如牛③。卜偃使大夫拜④，曰："君命大事⑤，将有西师过轶我⑥，击之，必大捷焉。"

杞子自郑使告于秦曰："郑人使我掌其北门之管⑦，若潜师以来⑧，国可得也。"穆公访诸蹇叔⑨。蹇叔曰："劳师以袭远⑩，非所闻也⑪。师劳力竭，远主备之，无乃不可乎！师之所为，郑必知之；勤而无所⑫，必有悖心⑬。且行千里，其谁不知？"公辞焉。召孟明、西乞、白乙⑭，使出师于东门之外。蹇叔哭之，曰："孟子，吾见师之出，而不见其入也！"公使谓之曰："尔何知？中寿⑮，尔墓之木拱矣！⑯"

---

① 殡：埋葬。曲沃，今山西省闻喜县，晋君祖坟所在之地。
② 绛：晋的国都，故城在今山西省翼城县东。
③ 柩（jiù）：棺木。这句是说，棺木发声像牛鸣一样。
④ 卜偃：晋卜筮之官，名偃。
⑤ 君命大事：文公发布大事的命令。指柩发声。
⑥ 西师，指秦师。轶（yì）：超前。这句说，秦国的军队将要越境而过。
⑦ 管：锁钥。秦使杞子、扬孙、逢孙等三人戍郑。
⑧ 潜师以来：秘密派军队来郑。
⑨ 蹇叔：秦国的老臣。
⑩ 这句说，辛辛苦苦地调动军队去袭击远方的国家。
⑪ 非所闻也：不是一向听到的。
⑫ 勤而无所：劳苦而无所得。
⑬ 悖（bèi）心：怨恨之心。
⑭ 孟明、西乞、白乙：秦国的将领百里孟明视、西乞术、白乙丙。
⑮ 中寿：一般老年人的寿命。
⑯ "尔墓"句：拱，两手合抱。此时蹇叔已经很老了。穆公说，倘使你只活到一般老年人的寿命，你墓地上的树木已经合抱粗了。

蹇叔之子与师①。哭而送之，曰："晋人御师必于殽②。殽有二陵焉③：其南陵，夏后皋之墓也④；其北陵，文王之所辟风雨也。必死是间⑤，余收尔骨焉！"

秦师遂东。

三十三年，春，秦师过周北门⑥。左右免胄而下，超乘者三百乘⑦。王孙满尚幼⑧，观之；言于王曰："秦师轻而无礼⑨，必败。轻则寡谋，无礼则脱⑩；入险而脱。又不能谋，能无败乎？"

及滑⑪，郑商人弦高将市于周⑫，遇之。以乘韦先⑬，牛十二，犒师⑭。曰："寡君闻吾子将步师出于敝邑⑮，敢犒从者。不腆敝邑⑯，为从者之淹，居则具一日之积，行则备一夕之卫⑰。"且使遽告于郑⑱。

郑穆公使视客馆⑲，则束载、厉兵、秣马矣⑳。使皇武子辞焉㉑，曰：

---

① 与师：参与这次的军队。
② 御：伏兵阻击秦师。殽，同"崤"，山名，在河南省洛宁县北，西北接陕县，东接渑（miǎn）池县。
③ 二陵：殽有南北两山（即二陵），相距三十五里，故称二殽。其山上有峻坡，下临绝涧，山路奇险，不能容两车并进，故为绝险之地。
④ 夏后皋：夏代的君主，名皋，夏后桀的祖父。
⑤ 必死是间：必死于二陵之间，指晋师必于此伏兵出击。
⑥ 周北门：周都洛邑的北门。
⑦ "左右"两句：左右，战车的御者在中，左右指御者左右两旁的武士。胄（zhòu）：头盔。而下：下车步行，表示对周王的敬礼。超乘：一跃上车。脱了头盔而下是有礼，但是一跃上车是无礼的。
⑧ 王孙满：周襄王之孙。
⑨ 轻：轻狂放肆。
⑩ 脱：脱略，就是粗心大意。
⑪ 滑：姬姓国名，在今河南省滑县。
⑫ 将市于周：将到周地进行贸易。
⑬ 以乘韦先：以四张熟牛皮作为先行的礼物。古人送礼必有先行礼物。那时每车一乘驾马四匹，因此乘可作四字用。韦：熟牛皮。
⑭ 犒（kào）师：慰劳军队。
⑮ 步师：行军。出于敝邑：经过敝国。
⑯ 不腆（tiǎn）：不富厚。不腆敝邑，即敝国不富厚，谦辞。
⑰ "为从者之淹"三句：淹，留。居，居留在郑地。一日之积：供一日用的柴米油盐等物。一夕之卫：一晚的保卫工作。
⑱ 遽（jù）：驿车，古代每过一次驿站，即换一次马。这句说，弦高使人用接力的快马驾车到郑国报信。
⑲ 郑穆公：郑的君主。客馆：招待外宾的住所。杞子、逢孙、扬孙都在此。
⑳ 束载、厉兵、秣（mò）马：捆束行装，磨砺兵器，喂足马匹。
㉑ 皇武子：郑大夫。辞：辞谢戍郑的秦大夫，要他们离开。

"吾子淹久于敝邑，唯是脯资饩牵竭矣①。为吾子之将行也，郑之有原圃②，犹秦之有具囿也③。吾子取其麋鹿，以闲敝邑④，若何?"杞子奔齐，逢孙、扬孙奔宋。

孟明曰："郑有备矣，不可冀也⑤。攻之不克，围之不继⑥，吾其还也。"灭滑而还。

晋原轸⑦曰："秦违蹇叔，而以贪勤民⑧，天奉⑨我也。奉不可失，敌不可纵。纵敌患生⑩，违天不祥。必伐秦师。"栾枝曰："未报秦施⑪而伐其师，其为死君乎⑫?"先轸曰："秦不哀吾丧而伐吾同姓⑬，秦则无礼，何施之为⑭? 吾闻之，一日纵敌，数世之患也。谋及子孙，可谓死君乎?"遂发命，遽兴姜戎⑮。子墨衰绖⑯，梁弘御戎⑰，莱驹为右⑱。

夏四月辛巳，败秦师于殽，获百里孟明视、西乞术、白乙丙以归，遂墨以葬文公。晋于是始墨⑲。

文嬴请三帅⑳，曰："彼实构㉑吾二君，寡君若得而食之，不厌㉒。君

---

① 脯资饩(xì)牵：干肉、干粮，已经宰杀的牲畜和尚未宰杀的牲畜。
② 原圃：郑国的兽苑，在今河南省中牟县西北。
③ 具囿：秦国的兽苑，在今陕西省凤翔县内。
④ "吾子"两句：麋，似鹿而大。这两句说，你们可以猎取麋鹿而行，给敝邑休息的机会。
⑤ 不可冀也：不能希望什么了。
⑥ "攻之不克"两句：进攻不能取胜，包围又没有增援的部队。
⑦ 原轸，即先轸，封地在原(地名)，故又称原轸。
⑧ 以贪勤民：因为贪得而劳累了人民。
⑨ 奉：给予。
⑩ 纵敌患生：放走敌人就会发生后患。
⑪ 施：给与恩惠。秦施，指秦资助晋文公回国事。
⑫ 君，指晋文公。死君，指忘却晋文公。这句是说，不报答秦国资助的恩惠而讨伐秦国的军队，那不是忘却文公吗?
⑬ 这句说，秦国不哀悼我国的丧事而进攻和晋同为姬姓诸侯的郑国和滑国。
⑭ 何施之为：还报什么恩呢?
⑮ 遽兴姜戎：急遽发动姜戎的军队。姜戎是秦晋之间的一个部族，和晋国友好。
⑯ 子墨衰(cuī)绖(dié)：子指晋文公之子襄公，因文公未葬，故称子。衰，麻衣;绖，麻的腰带;都是白色，古代以白色为不利，故用墨染之以免不利。
⑰ 梁弘：晋大夫。御戎：驾战车。
⑱ 莱驹：晋大夫。为右：为车右武士。
⑲ 这句说，晋国从此开始以墨色为丧服。
⑳ 文嬴：晋文公夫人，襄公嫡母，秦穆公女。请三帅，为孟明等人请求。
㉑ 构：挑拨离间。
㉒ 不厌：不能满足。

何辱讨焉①？使归就戮于秦，以逞②寡君之志，若何？"公许之。

先轸朝，问秦囚。公曰："夫人请之，吾舍之矣。"先轸怒曰："武夫力而拘诸原③，妇人暂而免诸国④。堕军实而长寇仇⑤，亡无日矣。"不顾而唾。

公使阳处父⑥追之，及诸河，则在舟中矣。释左骖，以公命赠孟明⑦。孟明稽首曰："君之惠，不以累臣衅鼓⑧，使归就戮于秦；寡君之以为戮⑨，死且不朽⑩。若从君惠⑪而免之，三年，将拜君赐⑫。"

秦伯素服郊次⑬，乡师而哭曰⑭："孤违蹇叔以辱二三子，孤之罪也。"不替孟明⑮。"孤之过也，大夫何罪？且吾不以一眚掩大德⑯。"

（选自朱东润：《中国历代文学作品选》，上编第一册，上海，上海古籍出版社，1980年。注释略有删减。）

赏析

《秦晋殽之战》是《左传》中描写战争的一篇杰作，按照时间顺序展开战争的起因、经过、结果，其艺术特点主要有三：

一、围绕主题组织材料，剪裁合理，详略得当。一场大战，肯定有许多精彩细节可以描写，但作者所组织的结构和所选取的细节都是围绕着"侵略者必败"这样一个主题进行的，颇具匠心。文章选取了蹇叔哭师、王孙满观

---

① 这句说，您何必委屈自己惩罚他们呢？
② 逞：满足。
③ 这句说，武士在战场上奋力获得他们。
④ 这句说，妇人在刹那间从朝廷里把他们放走了。
⑤ 这句说，毁灭了战争的果实而助长了敌人的气焰。
⑥ 阳处父：晋大夫。
⑦ "释左骖"两句：解下靠左边的马，用晋文公的名义赠与孟明，打算待其靠岸拜谢，再行逮捕。
⑧ 不以累（léi）臣衅鼓：不将俘虏杀死，以其血涂鼓。累：囚系。累臣，孟明自称。
⑨ 寡君，指秦穆公。之以为戮，同以之为戮，对累臣们执行刑罚。
⑩ 死且不朽：身虽死，这个大恩是不会腐朽的。
⑪ 若从君惠：倘使尊重晋君的好意。
⑫ 三年，将拜君赐：三年后将来拜答晋君的恩赏。言外之意，是说三年以后，要来发兵讨伐晋国。
⑬ 素服郊次：着了丧服在郊外等待。
⑭ 乡师：面对军队。乡，同"向"。
⑮ 替：撤换。
⑯ 眚（shěng）：目病，借指一般疾病，引申则指行为中的过失。

师、弦高犒师、皇武子辞客、先轸论战等几个情节，都是旨在突出秦师必败。从秦军出发点的不义，到战略错误，都交代得井井有条，而大战过程只一笔"败秦师于殽"就轻轻带过，整个结构驾驭得游刃有余，人物的首尾照应也很恰当。

二、善于用对话和行动等细节来刻画人物性格。文中的蹇叔，说起话来条分缕析，指出千里袭郑的不可能，而且在秦穆公不采纳的情况下，坚持己见，准确地预知了大战及其发生的地点。这些都鲜明地刻画出一位老谋深算、军事经验丰富、料事如神的老臣的形象。秦穆公则有着君王的霸气和襟怀。他刚愎自用，原想从蹇叔那里得到支持，得不到时，便出口不逊，毫不避讳。但当事实证明了蹇叔的意见是正确时，他又毫不推卸地承担自己的责任，勇于改过，安抚下属。另外，王孙满的聪慧非凡、弦高的机警慷慨、晋国老臣先轸的恃功暴躁，都是通过不多的语言和行为生动地展现出来，让人回味。

三、委婉含蓄的外交辞令传达出弦外之音。各国之间就军事政治大事进行交锋，难免使用外交辞令，本文不同处的外交辞令使用就显出各自的特点：弦高犒师时说的一段话，谦恭有礼，恰如其分，言外之意却是告诉秦军，郑国早已做好一切准备。皇武子辞客，则是旁敲侧击，在表示抱歉的客气话中委婉又严正地揭露了敌人的阴谋，下了逐客令，让杞子等人仓皇出逃，秦军袭郑的行动就此破产。孟明谢赐却是绵里藏针，暗藏着报仇雪耻的誓言，并且嘲讽了晋军放虎归山的愚蠢和阳处父诱捕他的企图。三年后，在文公三年的传文中，记载有秦伯用孟明伐晋"封殽山尸而还"的战绩，证明了他三年报仇的誓言。

总之，《秦晋殽之战》的写作艺术高超，细节处理从容不迫，人物刻画入木三分，情节交代繁而不乱，今天读来仍然有着很高的审美价值。（高 岩）

思考与练习

1. 秦军失败的最根本原因是什么？
2. 蹇叔的见解在全文中起了什么作用？
3. 三处外交辞令在人物形象塑造上起到了什么作用？

| 备选课文

左传·烛之武退秦师 （僖公三十年）

九月甲午，晋侯、秦伯围郑，以其无礼与晋，且贰于楚也。晋军函陵，秦军汜南。

佚之狐言于郑伯曰："国危矣，若使烛之武见秦军，师必退。"公从之。辞曰："臣之壮也，犹不如人；今老矣，无能为也已。"公曰："吾不能早用子，今急而求子，是寡人之过也。然郑亡，子亦有不利焉。"许之。

夜缒而出。见秦伯曰："秦、晋围郑，郑既知亡矣！若亡郑而有益于君，敢以烦执事。越国以鄙远，君知其难也；焉用亡郑以陪邻？邻之厚，君之薄也。若舍郑以为东道主，行李之往来，供其乏困，君亦无所害。且君尝为晋君赐矣；许君焦、瑕，朝济而夕设版焉，君之所知也。夫晋何厌之有？既东封郑，又欲肆其西封，若不阙秦，将焉取之？阙秦以利晋，唯君图之。"

秦伯说，与郑人盟。使杞子、逢孙、扬孙戍之，乃还。

子犯请击之。公曰："不可。微夫人之力不及此。因人之力而敝之，不仁；失其所与，不知；以乱易整，不武。吾其还也。"亦去之。

（选自朱东润：《中国历代文学作品选》上编第一册，上海，上海古籍出版社，1980年。）

战 国 策

《战国策》是一部分国记事的史书，杂记东周、西周、秦、齐、楚、赵、魏、韩、燕、宋、卫、中山十二国之事，包括了自春秋以后至秦统一天下约240年的部分历史。这是由战国末期至秦汉间人收集的一部史料汇编，西汉刘向重新整理，分为33卷，定名《战国策》。

《战国策》的主要内容是记叙战国时代策士的言论及其纵横捭阖的斗争，从中反映了那个历史时代的政治大事和各种社会矛盾。全书侧重记叙纵横游说之士急功好利、朝秦暮楚、玩弄权术的行为和耸人听闻、放言无惮的辞令，反映了战国时代纵横家的思想面貌。

《战国策》是继《左传》之后历史散文的进一步发展，有很高的文学成就：叙事状物，铺张扬厉、夸张渲染；说理论事，纵横驰骋、气势逼人；描写了许多具有鲜明个性的人物形象；善于运用寓言故事作比喻来增加语言的生动性和说服力。

冯谖客孟尝君

  齐人有冯谖者①，贫乏不能自存，使人属孟尝君②，愿寄食门下。孟尝君曰："客何好？"曰："客无好也。"曰："客何能？"曰："客无能也。"孟尝君笑而受之曰："诺。"

  左右以君贱之也，食以草具③。居有顷，倚柱弹其剑，歌曰："长铗，归来乎④！食无鱼。"左右以告。孟尝君曰："食之，比门下之客⑤。"居有顷，复弹其铗，歌曰："长铗归来乎！出无车。"左右皆笑之，以告。孟尝君曰："为之驾，比门下之车客。⑥"于是乘其车，揭其剑⑦，过其友曰："孟尝君客我！⑧"后有顷，复弹其剑铗，歌曰："长铗归来乎！无以为家。"左右皆恶之，以为贪而不知足。孟尝君问："冯公有亲乎？"对曰，"有老母。"孟尝君使人给其食用，无使乏。于是冯谖不复歌。

  后孟尝君出记，问门下诸客⑨："谁习计会，能为文收责于薛者乎⑩？"冯谖署曰⑪："能。"

  孟尝君怪之，曰："此谁也？"左右曰："乃歌夫长铗归来者也。"孟尝君笑曰："客果有能也，吾负之⑫，未尝见也。"请而见之。谢曰⑬："文

---

① 冯谖（xuān）：鲍彪注本作冯煖，《史记》作冯讙，音皆同。
② 属：请托。孟尝君，即田文，齐靖郭君田婴少子，为齐相。轻财好士，门下食客常数千人，与魏信陵君、赵平原君、楚春申君齐名，称四公子。
③ 食（sì）以草具：给他吃粗糙的食物。草具：装盛粗劣饮食的食具。
④ 长铗（jiá）归来乎：大意是说，长铗啊，我们还是回去吧！铗，剑把。长铗，犹长剑。
⑤ 食之，比门下之客：供其饮食如门下食鱼之客。吴师道注引《列士传》："孟尝君厨有三列。上客食肉，中客食鱼，下客食菜。"
⑥ 车客：乘车之客。
⑦ 揭其剑：意即高举着他的剑。揭：高举。
⑧ 客我：以我为客。
⑨ "后孟尝君"二句：记，文告。这两句说，孟尝君出文告征询他的门客。
⑩ "谁习计会"两句：计会，即今所谓会计。责，通"债"。薛，孟尝君的领地，今山东省枣庄市附近。
⑪ 署：署己名于文告，并签其上曰"能"。
⑫ 负之：亏待了他。意谓平日忽略冯谖才能。
⑬ 谢：以言词致歉曰谢。

倦于事①，愦于忧②，而性懧愚③，沉于国家之事，开罪于先生④。先生不羞⑤，乃有意欲为收责于薛乎?"冯谖曰："愿之。"于是约车治装⑥，载券契而行⑦，辞曰："责毕收，以何市而反⑧?"孟尝君曰："视吾家所寡有者。"

驱而之薛，使吏召诸民当偿者，悉来合券⑨。券遍合，起，矫命⑩，以责赐诸民，因烧其券，民称万岁。

长驱到齐⑪，晨而求见。孟尝君怪其疾也，衣冠而见之，曰："责毕收乎?来何疾也!"曰："收毕矣。""以何市而反?"冯谖曰："君云'视吾家所寡有者'。臣窃计，君宫中积珍宝，狗马实外厩，美人充下陈⑫。君家所寡有者，以义耳!窃以为君市义。"孟尝君曰："市义奈何?"曰："今君有区区之薛，不拊爱子其民⑬，因而贾利之⑭。臣窃矫君命，以责赐诸民，因烧其券，民称万岁。乃臣所以为君市义也。"孟尝君不说，曰："诺。先生休矣⑮!"

后期年⑯，齐王谓孟尝君曰："寡人不敢以先王之臣为臣。"孟尝君就国于薛⑰。未至百里⑱，民扶老携幼，迎君道中正日⑲。孟尝君顾谓冯谖：

---

① 倦于事：为国事劳碌。意谓事务繁忙。
② 愦（kuì）于忧：困于思虑，以致心中昏乱。意谓所思虑的事很多。愦，昏乱。忧，虑，指有关国事的思虑。
③ 懧；同"懦"，怯弱。
④ 开罪：得罪。
⑤ 羞：耻。不羞：不以己之简慢为辱。
⑥ 约车治装：约期准备车子，并置办行装。
⑦ 券契：指债券，关于债务的契约。鲍彪注："券亦契。"
⑧ "责毕收"两句：债完全收齐后，买些什么回来?
⑨ 合券：指验对债券。古时债券与今合同相似，甲乙两方各持其半，作为凭证。日后验对债券时，必须两相符合。
⑩ 矫命：假托孟尝君的命令。矫：假托。
⑪ 长驱：驱车直前，不在途中逗留。
⑫ 下陈：后列。旧时被迫供玩弄的妇女地位卑贱，处于后列。
⑬ 拊爱：即抚爱。子其民：视其民为子。
⑭ 贾利之：以商贾手段，向人民谋取利息。
⑮ 说：同"悦"。休：息。休矣，犹今言得了、算了。
⑯ 王念孙说，"后期年"下档有脱文，叙述有人向齐湣王进谗言中伤孟尝君的事。
⑰ 就国：回到自己的领地去。
⑱ 未至百里：距离薛还有一百里。
⑲ 正日：犹终日。指人民整天在路上迎接孟尝君。原本无"正日"二字，据鲍彪注本增。

"先生所为文市义者，乃今日见之。"

冯谖曰："狡兔有三窟，仅得免其死耳；今君有一窟，未得高枕而卧也。请为君复凿二窟。"孟尝君予车五十乘，金五百斤，西游于梁①。谓惠王曰："齐放其大臣孟尝君于诸侯②，诸侯先迎之者，富而兵强。"于是梁王虚上位③，以故相为上将军，遣使者黄金千斤，车百乘，往聘孟尝君。冯谖先驱，诫孟尝君曰④："千金，重币也；百乘，显使也。齐其闻之矣。"梁使三反⑤，孟尝君固辞不往也。

齐王闻之，君臣恐惧，遣太傅赍黄金千斤⑥，文车二驷⑦，服剑一⑧，封书谢孟尝君曰："寡人不祥⑨，被于宗庙之祟⑩，沉于谄谀之臣⑪，开罪于君。寡人不足为也，愿君顾先王之宗庙，姑反国统万人乎⑫！"冯谖诫孟尝君曰："愿请先王之祭器，立宗庙于薛⑬。"庙成，还报孟尝君曰："三窟已就，君姑高枕为乐矣。"

孟尝君为相数十年，无纤介之祸者⑭，冯谖之计也。

（选自朱东润：《中国历代文学作品选》上编第一册，上海，上海古籍出版社，1980年。）

赏析

战国时代，风云变幻，策士们空前活跃在各国的政治军事舞台上，而各国诸侯与贵族为了罗致人才，养士之风也极盛。《冯谖客孟尝君》写的就是齐国的孟尝君和他的门客冯谖之间的故事。故事由三个部分组成：弹铗作

---

① 梁：魏国都。时魏都与大梁（今河南省开封市）。
② 放：弃。这句意思是说，齐免孟尝君相位，正给诸侯重用他的机会。
③ 虚上位：空出最高的职位。
④ 诫：告。
⑤ 三反：往返三次。
⑥ 赍（jī）：携带。
⑦ 文车：绘有文采的车。驷，一车四马曰驷。文车二驷，套四匹马的、绘有文采的车子两辆。
⑧ 服剑：王所自佩的剑。
⑨ 不祥：不善。
⑩ 被：遭受。宗庙之祟：祖宗神灵的祸祟。
⑪ 沉：沉溺。沉于谄谀之臣，谓为谗臣所迷惑。
⑫ "寡人"三句：大意说，我是不值得顾念的，但希望你顾念齐国先王的宗庙，姑且回朝廷管理百姓吧。这是齐王求情的话。
⑬ 立宗庙于薛：孟尝君与齐王同族，在薛建立齐国先王的宗庙，目的在于使齐王重视薛。
⑭ 介：通作"芥"。纤芥：细微。

歌、焚券市义、复凿二窟,读来情节波澜起伏、姿态横生,而人物的性格、风貌也被揭示得生动淋漓,令人难忘。

冯谖的性格特点主要表现为:知彼知己、远见卓识、忠心耿耿。

当他因为"贫乏不能自存"而去见孟尝君时,声称既"无好"又"无能",在毫无作为的情况下,又三弹其铗,接连要求提高物质待遇,看起来完全不合乎情理。因此,也引起了读者的好奇心。从后面的情节我们知道了,冯谖是一个极具政治才能的人,他是了解自己的。见面之前,他对孟尝君的为人一定早有耳闻。但是实际上如何,他只有自己来了解。但是这个君主是否值得自己为他做事呢?孟尝君对于冯谖的无理要求一概满足,既无条件,也无底线,让冯谖连老母亲都有了奉养,这自然就让冯谖为他忠心耿耿地效力打下了坚实的基础。

在孟尝君还声威鼎盛之时,冯谖就擅自替他焚券市义,表面看,是有负于君恩,实际上是深谋远虑。以冯谖的政治远见,早能预见到后来的危机,但是孟尝君则不然,他只能在受惠之时才感叹道:"先生所为文市义者,乃今日见之。"至于后来的复凿二窟,也还是冯谖的政治远见和忠心耿耿的表现。

孟尝君自称"性懧愚",却如何使得像冯谖这样优秀的谋士甘心为他效命呢?他所表现出的性格成全了他,这就是:宽宏大量、礼贤下士、听言纳谏。

无论是孟尝君出于天性,还是出于修养,或者就是出于政治需要,他在对待冯谖的态度上表现出一个成功的政治家最重要的品质:宽宏大量。他的礼贤下士看起来是没有底线的,满足对方的一切要求,一句"此谁也",就写出了他并没有把这个弹铗要价的门客挂在心上。但是,在这些看似无意的行为里,阅人无数的孟尝君也早有自己的判断,一句"客果有能也",看出了他当初已在心中判断过冯谖不是一般的人。正是对孟尝君性情的把握让冯谖敢于大胆做出"窃矫君命"、焚券市义的大事,而即使冯谖触怒了孟尝君,他也只是说了句"先生休矣",没有治罪于冯谖。

听言纳谏,看起来似乎不是很有主见,但却是非常理性、智慧的,恰好是这一点为孟尝君铺好了平安之路。对于冯谖安排的每一步,孟尝君都能够接纳执行,于是,他能够在各国的风云波涛中立于不败之地,威望重新上升,被齐王请回,在薛地建立庙,以至于"为相数十年,无纤介之祸",也是他肯听谏言的所得。

《战国策》中的士常有奇异之举,其言行常有夸大其词,故作惊人之笔,细节也有经不起推敲之处,作为史实常不足信,但是作为文学作品却显示出高超的文学技巧,给读者带来了出奇制胜的愉悦。　　　　　（高　岩）

思考与练习

1. 从冯谖和孟尝君身上,你所看到的为人臣、为人君,都应该具备哪些素质。
2. 第一自然段在全文中起什么作用?
3. 孟尝君对冯谖的宽容大度是出于性情还是有目的的?从文中哪些细节可以看出来?
4. 文中人物给了你哪些启发?

备选课文

战国策·唐雎为安陵君劫秦王

秦王使人谓安陵君曰:"寡人欲以五百里之地易安陵,安陵君其许寡人?"安陵君曰:"大王加惠,以大易小,甚善。虽然,受地于先王,愿终守之,弗敢易。"秦王不说。安陵君因使唐雎使于秦。

秦王谓唐雎曰:"寡人以五百里之地易安陵,安陵君不听寡人,何也?且秦灭韩亡魏,而君以五十里之地存者,以君为长者,故不错意也。今吾以十倍之地,请广于君,而君逆寡人者,轻寡人与?"唐雎对曰:"否,非若是也。安陵君受地于先王而守之,虽千里不敢易也,岂直五百里哉?"秦王怫然怒,谓唐雎曰:"公亦尝闻天子之怒乎?"唐雎对曰:"臣未尝闻也。"秦王曰:"天子之怒,伏尸百万,流血千里。"唐雎曰:"大王尝闻布衣之怒乎?"秦王曰:"布衣之怒,亦免冠徒跣,以头抢地尔。"唐雎曰:"此庸夫之怒也,非士之怒也。夫专诸之刺王僚也,彗星袭月。聂政之刺韩傀也,白虹贯日。要离之刺庆忌也,仓鹰击于殿上。此三子者,皆布衣之士也。怀怒未发,休祲降于天,与臣而将四矣。若士必怒,伏尸二人,流血五步,天下缟素。今日是也。"挺剑而起。

秦王色挠，长跪而谢之，曰："先生坐！何至于此？寡人谕矣：夫韩魏灭亡而安陵以五十里之地存者，徒以有先生也。"

（选自朱东润：《中国历代文学作品选》上编第一册，上海，上海古籍出版社，1980年。）

第四节　诸子散文

　　春秋末期到战国时代，是我国古代社会大变革的时代，也是诸子蜂起、百家争鸣的时代。各派为宣传自己的主张著书立说，产生了九流十家丰富多彩的作品。代表诸子散文成就的有《论语》《墨子》《老子》《庄子》《孟子》《荀子》《韩非子》《孙子》《公孙龙子》《吕氏春秋》等，影响最大的是儒、墨、道、法四家。

　　诸子百家虽然都从各自的立场出发，是其所是而非其所非，他们的言论是那么不同，但他们对人类社会以及整个宇宙所做的探讨，在人类认识史上却是重要的一环。班固在《汉书·艺文志》中说："其言虽殊，辟犹水火，相灭亦相生也。仁之与义，敬之与和，相反而皆相成也。"这是很有见地的。诸子百家的争鸣，共同促进了我国古代思想文化的繁荣，使春秋末期到战国时代成为我国思想文化发展史上少有的黄金时代。

　　诸子散文的发展经历了三个阶段：春秋战国之交的《论语》为简短的语录对话体；战国中叶的《孟子》是对话式论辩文；《庄子》突破了对话体，开始向专题论文过渡。战国末叶的《荀子》《韩非子》中，单篇的专题论文占了优势，论点鲜明，论证严密，表现出先秦时代说理文的最高成就。

　　诸子散文的语言风格也是很不一样的。《论语》和顺雍容，《老子》微妙深奥，《墨子》质朴无华，《孟子》流利酣畅，《庄子》汪洋恣肆，《荀子》沉着浑厚，《韩非子》犀利峻峭，各具特色。

孔　子

　　孔子（前551—前479年），名丘，字仲尼，鲁国陬邑（今山东曲阜人，是春秋末年著名的思想家、教育家、儒家学派的创始人。孔子思想的核心是"仁"，主张"博施于民"、为政以德，推崇古代的礼制。他曾在鲁国为官，后率门徒周游列国十四年，晚年归鲁编书授徒。先后编修、删订《诗》《书》《春秋》等书，为整理和传播我国古代文化做出了重大贡献。

《论语》是记载孔子及其弟子言行的一部语录体散文，也是先秦时代儒家学派的经典著作，由孔子弟子及再传弟子整理编纂而成。《论语》共20篇、492章，内容多涉及政治、教育、文学、哲学以及立身处世的道理等多方面的内容，风格简朴。以今天的眼光看，《论语》有着不可避免的时代性和局限性，但它富有哲理的名句箴言，则反映出古人为人处世的智慧，并形成了我们中华民族的个性。虽然时间已经过去两千多年，但它对今天社会的伦理道德、经济、文化、社会等发展同样有着借鉴作用。

论 语 十 则

子曰："弟子①入则孝，出②则悌，谨③而信，泛爱众，而亲仁④。行有余力，则以学文。"

子曰："君子不重，则不威；学则不固。主忠信⑤。无友不如己者⑥。过，则勿惮改。"

子曰："朝闻道，夕死可矣。"

子曰："智者不惑，仁者不忧，勇者不惧。"

子贡问曰："有一言而可以终身行之者乎？"子曰："其恕⑦乎！己所不欲，勿施于人。"

---

① 弟子：一般有两种意义：（甲）年纪幼小的人，（乙）学生。这里用的是第一种意义。
② 入、出：《礼记·内则》："由命士以上，父子皆异宫"，则知这里的"弟子"是指"命士"以上的人物而言。"入"是"入父宫"，"出"是"出己宫"。
③ 谨：寡言叫做谨。详见杨遇夫先生的《积微居小学金石论丛卷一》。
④ 仁：即"仁人"，和《雍也篇第六》的"井有仁焉"的"仁"一样。古代的词汇经常运用这样一种规律：用某一具体人和事物的性质、特征甚至原料来代表那一具体的人和事物。
⑤ 主忠信：《颜渊篇》（12.10）也说，"主忠信，徙义，崇德也"，可见"忠信"是道德。
⑥ 无友不如己者：古今人对这一句发生不少怀疑，因而有一些不同的解释。无，不要。
⑦ 恕："忠"（己欲立则立人，己欲达则达人）是有积极意义的道德，未必每个人都有条件来实行。"恕"只是"己所不欲，勿施于人"，则谁都可以这样做，因之孔子在这里言"恕"不言"忠"。《礼记·大学篇》的"絜矩之道"就是"恕"道。可是在阶级社会里，这也只能是幻想。

樊迟问仁，子曰："爱人。"

子曰："君子坦荡荡，小人长戚戚。"

子曰："无欲速，无见小利。欲速则不达，见小利则大事不成。"

子曰："知之者不如好之者，好之者不如乐之者。"

子曰："质胜文则野，文胜质则史①。文质彬彬②，然后君子。"

（选自杨伯峻：《论语译注》，北京，中华书局，1980年。注释略有增删。）

赏析

儒学作为"实学"，以它的实践理性的特点，两千五百多年来一直成为国人为人处世的圭臬（niè），深入人心，并塑造了我们民族的思维模式和气质。本课所选，都是孔子比较经典的教导，几乎人人耳熟能详。

孔子思想的核心是"仁"，他对于学生的教导多以对仁的践行为宗旨，让人提高品德修养，学习做人——"学而时习之"的"习"，应该是实践之意，学到了经常去做。孔子指出了"孝""悌""谨""信"，是做人的几项根本要素，在人群中，则要"泛爱众而亲仁"。"行有余力，则以学文"，先把人做好了，再去学习古代典籍。

"君子不重则不威"篇，几乎是耳提面命的教导，强调稳重自持，做人以忠信这两种品德为主，不要和道德品行不如自己的人做朋友，有了错误不要害怕改正。"不惑""不忧""不惧"，则是儒家做人的最高境界。"己所不欲，勿施于人"，则更是适用于各个时期、各个世界的黄金法则。"朝闻道，夕死可矣"则道出了孔子的终极价值观——生命的价值是为了追求真理。

孔子的教导基于对人性的洞察、对美好人生境界的追求，有着超越时代的指导意义与生命力，往往言浅意深，知易行难。学习做一个品行端正的正人君子，是对自己的生命负责任，也是对国家民族的贡献，在任何时代都有着积极、重大的意义。在今天，我们尤其需要坚定真诚的信念和进行终身的实践。

（高 岩）

---

① 史：虚浮不实。
② 文质彬彬：此处形容人既文雅又朴实，后来多用来指人文雅又礼貌。

思考与练习

1. 结合自己的实际生活深入理解课文，并得出自己的见解。
2. 努力把孔子的教导运用于日常生活。
3. 把课文背诵下来。

备选课文

1. 子曰："见善如不及，见不善如探汤。"
2. 子曰："吾尝终日不食，终夜不寝，以思，无益，不如学也。"
3. 孔子曰："不知命，无以为君子也；不知礼，无以立也；不知言，无以知人也。"
4. 子曰："君子欲讷于言，而敏于行。"
5. 子张问仁于孔子。孔子曰："能行五者于天下，为仁矣。""请问之。"曰："恭，宽，信，敏，惠。恭则不侮，宽则得众，信则人任焉，敏则有功，惠则足以使人。"
6. 子曰："予欲无言。"子贡曰："子如不言，则小子何述焉？"子曰："天何言哉？四时行焉，百物生焉。天何言哉？"
7. 子游问孝。子曰："今之孝者，是谓能养。至于犬马，皆能有养；不敬，何以别乎？"
8. 曾子曰："士不可以不弘毅，任重而道远。仁以为己任，不亦重乎？死而后已，不亦远乎？"

孟 子

孟子（约前372—前289年），名轲，字子舆，战国时邹（今山东邹城东南）人。是先秦继孔子之后的儒家学说代表人物，被后世尊称为"亚圣"。

《孟子》一书7篇，由孟子及其弟子共同完成，记载了孟子及其弟子的活动，集中反映了他们在文化教育、政治和伦理方面的观点和认识。孟子把孔子的"仁"的思想发展为系统的"仁政"学说，提出了"民贵君轻"的理论，力图建立一整套符合"礼法"的伦理道德。他的认识没有停留在一系列的概念和范畴上，而是从对人性的剖析入手，努力发掘建立高尚道德的思想基础，明确提出了"人性善"的学说，表现了对人的本质的肯定态度。宋代把《大学》《中庸》《论语》《孟子》合称为"四书"，列为儒家的基本经典。

滕文公（节选）

景春曰："公孙衍、张仪岂不诚大丈夫哉①？一怒而诸侯惧，安居而天下熄。"孟子曰："是焉得为大丈夫乎？子未学礼乎？丈夫之冠也②，父命之；女子之嫁也，母命之，往送之门，戒之曰：'往之女家③，必敬必戒，无违夫子！'以顺为正者，妾妇之道也④。居天下之广居，立天下之正位，行天下之大道⑤。得志，与民由之⑥；不得志，独行其道。富贵不能淫，贫贱不能移，威武不能屈。此之谓大丈夫⑦。"

（选自杨伯峻：《孟子译注》，北京，中华书局，1984年。）

赏析

孟子的散文，向来以浩然正气、立志高远、雄辩无碍而服人。他的保国安民的意识、人性善的思想、民贵君轻的理论、对"士"的气节的论述，都激励了后代的无数仁人志士。本课所选，只是其中脍炙人口的一段。

本篇的开首就是问答。景春所心仪的大丈夫，是那些个人的力量足以撼动天下的人——"一怒而诸侯惧，安居而天下熄"。在战国那样纷乱的年代，那些摇唇鼓舌、朝秦暮楚的纵横家们左右着各国的政治局面，玩弄天下于股掌之间，正是平常人心目中的英雄、大丈夫。可是孟子反驳景春：这样的人怎么能是大丈夫呢？你没学过礼吗？接着，善用比喻的孟子生动地引用了女子出嫁时母亲的叮咛："到了你丈夫家里，一定要恭敬，一定要谨慎，不要

---

① 景春：战国时的纵横家；公孙衍、张仪：皆战国时魏人。张仪是当时纵横家的代表人物，曾任秦相，封武信君，采用连横政策瓦解齐楚反秦联盟。后入魏为相，联合各国，合纵抗秦。
② 冠：男子二十行加冠礼，以示成年。
③ 女：通"汝"，指夫家。
④ 指纵横家以顺势为理，如妇人之从夫。
⑤ 广居：喻指仁；正位：喻指礼；大道：喻指义。
⑥ 与民由之：指推行于民；独行其道：独自坚守其道义。
⑦ 淫：惑乱；移：变节；屈：屈从。

违背你的丈夫！"孟子抓住了要点，当头迎击：别看他们声势大，但依附权势、顺势而行者，骨子里只不过是妾妇之道啊！

接着，孟子富有激情地表达了自己心目中的大丈夫：立身于天下最高大的地方——"仁爱"，站在天下最正确的位置——"礼法"，走在天下最宽广的大道——"道义"。得志的时候，便与老百姓一同前进；不得志的时候，便独自坚守自己的节操。富贵不能使我骄奢淫逸，贫贱不能使我改移节操，威武不能使我屈服意志。这样才叫做大丈夫！

在这段论述里，孟子所传达出的这种理想人格——顶天立地，大义凛然，浩然正气，令人肃然起敬。它已经成为经典，为人们千古垂范，鼓舞着更多的有志之士去前行、努力。与之相比，公孙衍、张仪之流黯然失色。

孟子的散文特色在这一段文章中也表现出来，设问、反语、比喻、排比，使得行文气势饱满，博学善辩，令读者受到激励，心悦诚服。（高　岩）

| 备选课文

孟 子 语 录

1. 不以规矩，不成方圆。
2. 权，然后知轻重；度，然后知长短。
3. 人有不为也，而后可以有为。
4. 其进锐者，其退速。
5. 生于忧患而死于安乐也。
6. 惟仁者宜在高位。不仁而在高位，是播其恶于众也。
7. 仁者无敌。
8. 乐民之乐者，民亦乐其乐；忧民之忧者，民亦忧其忧。
9. 仁则荣，不仁则辱。
10. 鱼亦我所欲也，熊掌亦我所欲也；二者不可得兼，舍鱼而取熊掌者也。生亦我所欲也，义亦我所欲也；二者不可得兼，舍生而取义者也。
11. 老吾老，以及人之老；幼吾幼，以及人之幼。
12. 天时不如地利，地利不如人和。
13. 贤者在位，能者在职。
14. 尊贤使能，俊杰在位。

15. 民为贵，社稷次之，君为轻。
16. 天降大任于是人也，必先苦其心志，劳其筋骨，饿其体肤，空乏其身，行拂乱其所为，所以动心忍性，曾益其所不能。

大　学

《大学》是"四书"之一，原为《礼记》中的一篇。《礼记》是孔门弟子论礼的文集，有四十九篇，作者不详。相传《大学》是曾子所作。本文选自《礼记》第四十二篇《大学》中的第一节。

《大学》继承和发展了孔子修身的思想，完整地提出了儒家学说的人格公式：格物、致知、诚意、正心、修身、齐家、治国、平天下。旧时被儒生视为"圭臬"，为天下学人必诵经典，对后世思想文化的影响深远。

大学（节选）

大学之道，在明明德，在亲民，在止于至善①。知止而后有定，定而后能静，静而后能安，安而后能虑，虑而后能得②。物有本末，事有终始。知所先后，则近道矣。古之欲明明德于天下者，先治其国；欲至其国者，先齐其家；欲齐其家者，先修其身；欲修其身者，先正其心；欲正其心者，先诚其意；欲成其意者，先致其知；致知在格物③。物格而后知致，知致而后意诚，意诚而后心正，心正而后身修，身修而后家齐，家齐而后国治，国治而后天下平。自天子以至于庶人，壹是皆以修身为本。其本乱而末治者，否矣④。其所厚者薄，而其所薄者厚，未之有也⑤。

（选自朱熹：《四书章句集注》，北京，中华书局，1983年。）

---

① 大学：大，旧读太，大学，大人之学；明明德：显明人的光明正大的品德；亲民：亲，同"新"，用作使动，新民，即促使人进步，面目一新。
② 止：目标，句谓知目标才能确定方向，从而心静神定、思虑得到收获。
③ 致知在格物：获得知识在于研究事物。
④ 本乱而末治：本根坏死而树梢完美；否矣：是不可能的。
⑤ "所厚者薄"句：指对厚爱的人淡漠，对淡漠的人厚爱，是不会有的事。

赏析

本文开宗明义，指出大学的宗旨是彰显人的光明正大的品德。明德、亲民、止于至善，此三者被朱熹称为"大学之纲领"。儒家认为从君王到百姓都要以修身为根本，其目的就是培养有知识、有能力、有理想道德的人。其修身思想包括"内修"和"外治"两个方面。

"内修"指自我人格的完善，要正其心，约其行。要能够以理性和谐来调整心态。具体内容就是格物、致知、诚意、正心；"外治"包括齐家、治国、平天下。孔子对自己一生内修的总结是"吾十有五而志于学，三十而立，四十不惑，五十而知天命，六十而耳顺，七十而从心所欲，不逾矩"（《论语·为政》）。孔子删《诗》，著《春秋》，延揽门生，宣扬其学说，孜孜不倦，不知老之将至，都是其外治的表现。

值得注意的是，儒家的修身是为了弘扬人性中的"至善"，将其充分调动起来，就可以达到由改造自身到改造社会的目标。修身思想从根本上铸就了儒学的社会使命感，所谓"位卑未敢忘忧国"，形成了中国知识分子忧国忧民的忧患意识，以及能够把个人命运和国家前途联系在一起的"家国"思想，即"国家兴亡，匹夫有责"。这样，儒家的修身理论往往与社会的进步、国家的富强密切相连，在长期的历史发展中，逐渐成为民族优秀文化的重要内容。

《大学》在语言表达上文约意丰，精警动人，以正面论述的方式一气呵成，使人读之淋漓酣畅，有言已尽而意犹存之感。

（邵之茜）

思考与练习

1. 找到《大学》原文完整地读一读。
2. 结合自己的学习、生活，深入理解课文中所谈到的"内修"与"外治"。

备选课文

中庸（节选）

天命之谓性，率性之谓道，修道之谓教。道也者，不可须臾离也，可离非道也。是故君子戒慎乎其所不睹，恐惧乎其所不闻。莫见乎隐，莫显乎微，故君子慎其独也。喜怒哀乐之未发，谓之中；发而皆中节，谓之和。中也者，天下之大本也；和也者，天下之达道也。致中和，天地位焉，万物育焉。

仲尼曰："君子中庸，小人反中庸。君子之中庸也，君子而时中；小人之反中庸也，小人而无忌惮也。"

子曰："中庸其至矣乎！民鲜能久矣。"

子曰："道之不行也，我知之矣，知者过之，愚者不及也；道之不明也，我知之矣：贤者过之，不肖者不及也。人莫不饮食也，鲜能知味也。"

子曰："人皆曰'予知'，驱而纳诸罟（gǔ）擭（huò）陷阱之中，而莫之知辟也。人皆曰'予知'，择乎中庸，而不能期月守也。"

子曰："回之为人也，择乎中庸，得一善，则拳拳服膺而弗失之矣。"

子路问强。子曰："南方之强与？北方之强与？抑而强与？宽柔以教，不报无道，南方之强也，君子居之。衽金革，死而不厌，北方之强也，而强者居之。故君子和而不流，强哉矫！中立而不倚，强哉矫！国有道，不变塞焉，强哉矫！国无道，至死不变，强哉矫！"

子曰："素隐行怪，后世有述焉，吾弗为之矣。君子遵道而行，半途而废，吾弗能已矣。君子依乎中庸，遁世不见知而不悔，唯圣者能之。"

子曰："道不远人，人之为道而远人，不可以为道。《诗》云：'伐柯伐柯，其则不远。'执柯以伐柯，睨而视之，犹以为远。故君子以人治人，改而止。忠恕违道不远，施诸己而不愿，亦勿施于人。君子之道四，丘未能一焉：所求乎子以事父，未能也；所求乎臣以事君，未能也；所求乎弟以事兄，未能也；所求乎朋友先施之，未能也。庸德之行，庸言之谨；有所不足，不敢不勉，有余不敢尽。言顾行，行顾言，君子胡不慥（zào）慥尔！"

君子素其位而行，不愿乎其外。素富贵，行乎富贵；素贫贱，行乎贫贱；素夷狄，行乎夷狄；素患难，行乎患难。君子无入而不自得焉。在上位，不陵下，在下位，不援上，正己而不求于人，则无怨。上不怨天，下不尤人。故君子居易以俟命，小人行险以徼幸。

子曰："射有似乎君子，失诸正鹄，反求诸其身。"

君子之道，辟如行远必自迩；辟如登高必自卑。《诗》曰："妻子好合，如鼓瑟琴。兄弟既翕，和乐且耽。宜尔室家，乐尔妻帑（nú）。"子曰："父母其顺矣乎！"

子曰："鬼神之为德，其盛矣乎！视之而弗见，听之而弗闻，体物而不可遗，使天下之人，齐明盛服，以承祭祀，洋洋乎如在其上，如在其左右。《诗》曰：'神之格思，不可度思，矧可射思！'夫微之显，诚之不可揜（yǎn），如此夫！"

子曰："舜其大孝也与！德为圣人，尊为天子，富有四海之内，宗庙飨之，子孙保之。故大德必得其位，必得其禄，必得其名，必得其寿。故天之生物，必因其材而笃焉，故栽者培之，倾者覆之。《诗》曰：'嘉乐君子，宪宪令德。宜民宜人，受禄于天。保佑命之，自天申之。'故大德者必受命。"

哀公问政。子曰："文武之政，布在方策。其人存，则其政举；其人亡，则其政息。人道敏政，地道敏树。夫政也者，蒲卢也。故为政在人，取人以身，修身以道，修道以仁。仁者，人也。亲亲为大；义者，宜也，尊贤为大。亲亲之杀，尊贤之等，礼所生也。在下位不获乎上，民不可得而治矣。故君子，不可以不修身；思修身，不可以不事亲；思事亲，不可以不知人；思知人，不可以不知天。"

"天下之达道五，所以行之者三。曰：君臣也，父子也，夫妇也，昆弟也，朋友之交也。五者，天下之达道也。知、仁、勇三者，天下之达德也。所以行之者一也。或生而知之，或学而知之，或困而知之，及其知之一也。或安而行之，或利而行之，或勉强而行之，及其成功一也。"

子曰："好学近乎知，力行近乎仁，知耻近乎勇。知斯三者，则知所以修身；知所以修身，则知所以治人；知所以治人，则知所以治天下国家矣。"

"凡事豫则立，不豫则废。言前定则不跲（jiá），事前定则不困，行前定则不疚，道前定则不穷。在下位不获乎上，民不可得而治矣；获乎上有道，不信乎朋友，不获乎上矣；信乎朋友有道，不顺乎亲，不信乎朋友矣；顺乎亲有道，反诸身不诚，不顺乎亲矣；诚身有道，不明乎善，不诚乎身矣。

诚者，天之道也；诚之者，人之道也。诚者不勉而中，不思而得，从容中道，圣人也。诚之者，择善而固执之者也。"

"博学之，审问之，慎思之，明辨之，笃行之。有弗学，学之弗能，弗措也；有弗问，问之弗知，弗措也；有弗思，思之弗得，弗措也；有弗辨，辨之弗明，弗措也；有弗行，行之弗笃，弗措也。人一能之，己百之；人十能之，己千之。果能此道矣，虽愚必明，虽柔必强。"

自诚明，谓之性；自明诚，谓之教。诚则明矣，明则诚矣。

唯天下至诚，为能尽其性；能尽其性，则能尽人之性；能尽人之性，则能尽物之性；能尽物之性，则可以赞天地之化育；可以赞天地之化育，则可以与天地参矣。

其次致曲。曲能有诚，诚则形，形则著，著则明，明则动，动则变，变则化。唯天下至诚为能化。

至诚之道，可以前知。国家将兴，必有祯祥；国家将亡，必有妖孽。见乎蓍（shī）龟，动乎四体。祸福将至，善，必先知之；不善，必先知之。故至诚如神。

诚者自成也，而道自道也。诚者物之终始，不诚无物。是故君子诚之为贵。诚者，非自成己而已也，所以成物也。成己，仁也；成物，知也。性之德也，合外内之道也，故时措之宜也。

唯天下至圣，为能聪明睿知，足以有临也；宽裕温柔，足以有容也；发强刚毅，足以有执也；齐庄中正，足以有敬也；文理密察，足以有别也。溥博渊泉，而时出之。溥博如天，渊泉如渊。见而民莫不敬，言而民莫不信，行而民莫不说。是以声名洋溢乎中国，施及蛮貊。舟车所至，人力所通，天之所覆，地之所载，日月所照，霜露所队，凡有血气者，莫不尊亲，故曰配天。

唯天下至诚，为能经纶天下之大经，立天下之大本，知天地之化育。夫焉有所倚？肫肫其仁，渊渊其渊，浩浩其天。苟不固聪明圣知达天德者，其孰能知之？

《诗》曰："衣锦尚絅。"恶其文之著也。故君子之道，暗然而日章；小人之道，的然而日亡。君子之道，淡而不厌，简而文，温而理，知远之近，知风之自，知微之显，可与入德矣。《诗》云："潜虽伏矣，亦孔之昭。"故君子内省不疚，无恶于志。君子之所不可及者，其唯人之所不见乎？《诗》

云：“相在尔室，尚不愧于屋漏。”故君子不动而敬，不言而信。《诗》曰："奏假无言，时靡有争。"是故君子不赏而民劝，不怒而民威于鈇钺。《诗》曰："不显惟德！百辟其刑之。"是故君子笃恭而天下平。《诗》云："予怀明德，不大声以色。"子曰："声色之于以化民，末也。"《诗》曰："德輶(yóu)如毛。"毛犹有伦。"上天之载，无声无臭。"至矣。

（选自喻岳衡主编：《传统蒙学丛书·四书集注》，长沙，岳麓书社，1986年。）

老 子

老子，姓李，名耳，字伯阳，谥号聃，楚国苦县厉乡曲仁里人，曾为周守藏室史官，生活年代大约与孔子同时，而比孔子年长一些，孔子曾向他问礼。后来他见西周衰微，便西出函谷关而去。在经过函谷关时，他写下了《老子》这部书。后来就"莫知所终"。

《老子》又名《道德经》，全书81章，分上下两篇，上篇道经37章，下篇德经44章，共5 600多字。老子痛恨强权，否定战争，但他不主张斗争，而是提倡清静无为、效法自然，不要希图有所作为。他又认为世上所有的事物都有对立的两方面并互相转化，这种认识包含着朴素的辩证法。《老子》一书说理精辟深奥，含义微妙深远，形象突出，诗味浓郁，在文学史上自有其独特的魅力。

道德经（第二章）

天下皆知美之为美，斯恶已①；皆知善之为善，斯不善已。有无相生②，难易相成，长短相形③，高下相盈④，音声相和⑤，前后相随，恒

---

① 天下皆知美之为美，斯恶已：天下都知道美之所以为美，丑的认识就产生了。恶，指丑。"已"苏辙本作"矣"，"已"、"矣"古通。
② 有无相生："有"、"无"指现象界事物的存在或不存在而言。
③ 形：王弼本原作"较"。
④ 盈：通行本皆作"倾"，据帛本改正。盈，意长。
⑤ 音声相和：乐器的声响和人的声音互相调和。

也。是以圣人①处无为②之事，行不言③之教，万物作而弗始④，生而弗有，为而弗恃⑤，功成而弗居⑥。夫唯弗居，是以不去。

道德经（第二十七章）

善行无辙迹⑦；善言无瑕谪⑧；善数⑨不用筹策⑩；善闭无关楗⑪而不可开；善结无绳约⑫而不可解。是以圣人常善救人，故无弃人；常善救物，故无弃物。是谓袭明⑬。故善人者，不善人之师；不善人者，善人之资⑭。不贵其师，不爱其资，虽智大迷。是谓要妙⑮。

（课文及注释选自陈鼓应：《老子注译及评介》，北京，中华书局，1985年。注释略有增删。）

赏析

老子是我国古代著名的哲学家、思想家，道家学派的创始人。他的思想深奥微妙，充满透彻的智慧，对后世有着深远的影响。

老子哲学的最高范畴是"道"，"道"即宇宙万物的本体，也是万物运作的规律。他的哲学的精髓，在于以朴素的辩证法，揭示出相互对立的事物或概念都是互相依存的，并且向着自己的反方向运动——"反者道之动"。

---

① 圣人：这是道家最高的理想人物，其人格形态不同于儒家。儒家的圣人是典范化的道德人；道家的"圣人"则体认自然，拓展内在生命，以"虚静"、"不争"为理想的生活，鄙弃名教，扬弃一切影响身心活动的束缚（甚至包括伦理常规在内）。道家的"圣人"和儒家的圣人，对政治、人生、宇宙的观点均不相同，两者不可混同看待。
② 无为：顺其自然，不妄为。
③ 不言：不发号施令，不用政令。言，指政教号令。不言之教，意指非形式条规的督教，而为潜移默化的引导。
④ 万物作而弗始：作：发生，兴起。始：开端。弗始：不替它们开头。弗：不。
⑤ 为而不恃：助成了万物但不自恃有恩而求报。恃：依靠，凭借。
⑥ 居：居功。
⑦ 辙迹：辙，轨迹。迹，足迹，马迹。
⑧ 瑕谪（xiá zhé）：过失，疵病。
⑨ 数：计算。
⑩ 筹策：古时候计算的器具。
⑪ 关楗：栓梢。
⑫ 绳约：绳索。"约"也作绳、索讲。
⑬ 袭明：含藏着"明"。袭，承袭，有保持或含藏的意思。明，是指了解道的智慧。
⑭ 资，取资、借资的意思。
⑮ 要妙：精要玄妙的意思。

基于这样的思想，他提出了清净无为、道法自然、处下、贵柔等概念，反对儒家的"礼义"、墨家的"尚贤"和法家的"法制"，主张"绝圣弃智""绝仁弃义""绝巧弃利"，而向往"小国寡民"的社会形态。

在课文所选的第二章中，老子认为，不提出美的概念，就没有丑的产生；不提出善的概念，就没有恶的出现。所有的事物都是两两相生，在对立关系中产生出来的。因此，圣人（顺应自然、超越名教、毫无做作地生活的人）是不会去有为地做事的，顺其自然，不妄为，功业有成而不夸耀，不据为己有。正因为如此，所以功劳不会泯灭。这里所强调的，是天地万物都有自己的本来状态和自然规律，无须以主观的好坏判断强作妄为去提倡什么、反对什么。"圣人"所做的，无非是从旁辅佐，任凭万物展开自己本来的富庶。即使是需要人为的工作，"生"，"为"，"功成"，也要顺其自然来发挥自己的主观能动性，而"弗有"，"弗恃"，"弗居"，摒弃一己之欲。

第二十七章，是对"无为"的深一步探讨。老子所说的"善"，是善于做什么，也就是自然无为的意思——善于行走的，不留车轮的痕迹；善于言谈的，没有过失；善于计算的，不用筹码；善于关闭的，没有栓梢却使人不能打开；善于捆缚的，不用绳索却使人不能解，说的都是能够顺其自然的高明者的作为。转而由这个话题谈到对人的看法和使用上——"圣人"常常能够做到人尽其才，所以没有被遗弃的人；经常能够做到物尽其用，所以没有被废弃的物。这就叫做内藏着聪明智慧。所以，善人可以做恶人的老师，恶人可以做善人的借鉴。不尊重他的老师，不爱惜他的借鉴，虽然自以为聪明，其实是大糊涂。这就叫做精要深奥的道理。老子在本章中写出了有道者顺应自然以接人待物，更表达了其无弃人、无弃物的心怀。具有这种心怀的人，对于好的和不好的人都能一律加以善待，互相映照，互相借鉴，这才是有智慧的。

在老子的眼睛里，天下的人、事、物是没有绝对的好坏可言的，因为都是互相对立而发生的，又时刻在向对立面转化。真正的有道之士，是着眼于事物的全体和其规律性上，并且摒弃狭隘的自我的欲望和见解，去善加利用，这才是含藏着大智慧的。这个道理，即使在今天的社会生活中，仍然是散发着光芒的。

（高 岩）

思考与练习

1. 结合自己的学习和生活经验,深入理解老子的话。
2. 阅读并理解备选课文中老子的篇章,不懂处到网上查找资料。
3. 背下来你喜欢的老子语录。

备选课文

道 德 经

第八章

上善若水。水善利万物而不争,居众人之所恶,故几于道。居善地,心善渊,与善仁,言善信,政善治,事善能,动善时。夫唯不争,故无尤。

第九章

持而盈之,不如其已。揣而锐之,不可长保。金玉满堂,莫之能守。富贵而骄,自遗其咎。功遂身退,天下之道。

第十二章

五色令人目盲;五音令人耳聋;五味令人口爽;驰骋畋猎,令人心发狂;难得之货,令人行妨。是以圣人为腹不为目,故去彼取此。

第十六章

致虚极,守静笃。万物并作,吾以观复。夫物芸芸,各复归其根。归根曰静,静曰复命。复命曰常,知常曰明。不知常,妄作凶。知常容,容乃公,公乃王,王乃天,天乃道,道乃久,殁身不殆。

第十八章

大道废,有仁义;智慧出,有大伪;六亲不和,有孝慈;国家昏乱,有忠臣。

第十九章

绝圣弃智,民利百倍;绝仁弃义,民复孝慈;绝巧弃利,盗贼无有。此三者以为文,不足。故令有所属:见素抱朴,少思寡欲,绝学无忧。

第三十三章

知人者智,自知者明;胜人者有力,自胜者强。知足者富。强行者有志。不失其所者久。死而不亡者寿。

第四十章

反者道之动；弱者道之用。天下万物生于有，有生于无。

第四十四章

名与身孰亲？身与货孰多？得与亡孰病？是故，甚爱必大费，多藏必厚亡。知足不辱，知止不殆，可以长久。

第四十八章

为学日益，为道日损。损之又损，以至于无为。无为而无不为。取天下常以无事。及其有事，不足以取天下。

庄 子

庄子（前369—前286年），名周，战国早期宋国蒙城（今河南商丘市东北）人。他曾经做过漆园吏，一生清贫，不慕权贵，曾拒绝楚威王聘其为相，"终身不仕。以快其志"，是继老子之后道家学派的代表人物。

《庄子》一书为道家学派的重要代表著作，《汉书·艺文志》记有52篇，今仅存33篇，包括内篇7、外篇15、杂篇11。由于诸篇风格各异，一般认为内篇为庄子自作，其余为庄门后学之作。其文汪洋恣肆，仪态万方。在先秦诸子散文中，以《庄子》的艺术成就为最高。

秋水第十七（节选）

北海若曰①："井蛙不可以语于海者，拘于虚②也；夏虫不可以语于冰者，笃于时③也；曲士④不可以语于道者，束于教也。今尔出于崖涘，观于大海，乃知尔丑。尔将可与语大理矣。天下之水，莫大于海。万川归之，不知何时止而不盈；尾闾⑤泄之，不知何时已而不虚。春秋不变，水旱不知。此其过江河之流，不可为量数。而吾未尝以此自多者，自以

---

① 若：北海的海神。
② 虚：同"墟"。
③ 笃于时：拘限于时。笃：固，拘限之意。
④ 曲士：曲知之士，曲见之士，偏执之人。曲：一部分之意。
⑤ 尾闾：泄海水之所，出于传说想象所杜撰的地名。

比形于天地①，而受气于阴阳，物在天地之间，犹小石小木之在大山也。方存乎见少②，又奚③以自多！

"计四海之在天地之间也，不似礨空④之在大泽乎？计中国之在海内，不似稊米⑤之在太仓乎？号⑥物之数谓之万，人处一焉；人卒⑦九州，谷食之所生，舟车之所通，人处一焉。此其比万物也，不似豪末之在于马体乎？五帝之所连⑧，三王之所争，仁人之所忧，任士之所劳，尽此矣。伯夷辞⑨之以为名，仲尼语之以为博。此其自多也，不似尔向之自多于水乎⑩？"

（选自陈鼓应：《庄子今注今译》，北京，中华书局，1985年。注释略有增删。）

赏析

庄子的哲学，讲求的是个人的精神自由，所谓"独与天地精神往来"。要达到这个境界，就必须要顺应自然，活在"道"中，并具备开放的心灵，不受任何知见的束缚。要打破知见，就要把另外一个更广阔的背景作为参照系，来审视自己旧有的思维模式。《庄子·秋水篇》里河伯和海神的对话，正是这样一个打开旧有思维模式的过程。

《秋水》的第一段，中学课文上有选，就是秋天河水上涨，河神自喜为大，直到见到了大海，才望洋兴叹，自愧弗如。本文是《秋水》的第二段。在这一段里，庄子借海神若之口，表明了人们是如何受制于原先的思维模式的限制，而无法领略更广大的事物——"井蛙是不可以和它们去谈论大海的，是受到空间的限制啊；夏虫是不可以和它们谈论冰冻的，是受时间的限制啊；知识偏狭的书生是不能和他谈论大道的，是受到教育的束缚啊。"而

---

① 比形于天地：寄形于天地。比，读为"庇"，寄也。
② 方存乎见少：正存了自己很小的念头。
③ 奚：何，为什么，怎么。
④ 礨空：小穴。一云：蚁冢。空，音"孔"。
⑤ 稊（tí）：稗子一类的草，子实像糜子。
⑥ 号：称呼，号称。
⑦ 人卒：人众。
⑧ 连：连续，继承。
⑨ 辞：辞让。
⑩ 不似尔向之自多于水乎：不就像你从前对于河水的自夸一样吗？向：从前。

海神自己，虽然知道自己是天下大水之最，但是由于把自己放到天地宇宙之间，了解自己是从天地那里有了形体，从阴阳那里禀受了生气，在这个背景之下来认识自己的规模，自然就觉得不过是小石小木在大山了，只会觉得自己很小，又怎么会自满呢！

接着，庄子借海神引领河伯而放谈天地人间，从大到小，从远至近——"计算四海在天地之间，不就像蚁穴在大泽里一样吗？计算中国在四海之内，不就像小米在大仓里一样吗？物类名称的数目有万种之多，而人类只是万物中的一种；人众聚在九州，粮食所生长的地方，舟车所通行的地方，个人只是人类中的一分子，个人和万物比起来，不就像一根毫毛在马身上一样吗？"而回看人间的现实社会又如何呢？"凡是五帝所运筹的，三王所争夺的，仁人所忧虑的，能士所勤劳的，不过如此而已。伯夷辞让以为名，孔子游谈以显示渊博，他们这样的自夸，不就像你刚才对于河水的自夸一样吗？"

同样的事物，以不同的背景去看，其性质就完全不一样了。庄子不看重在社会上的官职、地位、名声等，是因为他把天地宇宙当做参考坐标。显然，具备这样一种心量，人世间的荣辱、得失、贵贱、成败，就都不会打扰他了，人也就可以"游于天地"，自由自在了。　　　　　　　　（高　岩）

备选课文

《庄子》名言名句

1. 吾生也有涯，而知也无涯。以有涯随无涯，殆已；已而为知者，殆而已矣。
2. 物无非彼，物无非是；自彼则不见，自知则知之。故曰：彼出于是，是亦因彼。
3. 泉涸，鱼相与处于陆，相呴以湿，相濡以沫，不如相忘乎江湖。
4. 不以物挫志。
5. 夫小惑易方，大惑易性。
6. 无为也，则用天下而有余；有为也，则为天下用而不足。
7. 天地有大美而不言，四时有明法而不议，万物有成理而不说。
8. 筌者所以在鱼，得鱼而忘筌；蹄者所以在兔，得兔而忘蹄；言者所以在意，得意而忘言。

9. 知足者不以利自累也，审自得者失之而不惧，行修于内者无位而不怍。
10. 有机械者必有机事，有机事者必有机心。机心存于胸中，则纯白不备；纯白不备，则神生不定；神生不定者，道之所不载也。
11. 君子之交淡若水，小人之交甘若醴。
12. 至人无己，神人无功，圣人无名。
13. 故曰，夫恬淡寂寞，虚无无为，此天地之平，而道德之质也。
14. 众人重利，廉士重名，贤人尚志，圣人贵精。
15. 丧己于物，失性于俗者，谓之倒置之民。

第二章 汉魏六朝文学

公元前221年，秦始皇建立了统一的中央集权的封建专制国家，结束了诸侯纷争的局面，文学也随之进入一个新的阶段。由于秦王朝实行焚书坑儒的文化专制政策，统治时间仅15年，文学上无重要建树。其中，吕不韦门客集体撰写的《吕氏春秋》（成书于公元前239年），著作体系完整，广泛吸收诸子百家的观点。李斯的《谏逐客书》逻辑性强，富有文采。记载秦始皇巡游封禅的刻石铭文也多出自李斯之手，对后世碑铭文有一定影响。

公元前207年，刘邦灭秦建汉。汉代统治者认真总结秦朝迅速覆灭的历史教训，虽然在政治体制上沿袭秦朝，但在文化政策上有较大调整，采取了一系列有利于文学发展的措施；加之国力增强，社会进步，汉代文学出现了蓬勃发展的局面。无论是作家的文学素养，还是文学作品的数量、种类、思想深度和艺术水平都很值得注意。汉代文学在价值取向、审美风尚、文体样式等诸多方面为后世树立了典范。

汉代初期文学的成就主要是散文和辞赋。汉初政论受战国说辞和辞赋的影响，大多气势磅礴，感情激切，以贾谊的《过秦论》和晁错的《论贵粟疏》最为著名。汉初辞赋属于战国楚辞的余绪，出现了枚乘《七发》那样为汉赋体制奠定基础的作品。

汉武帝时代，西汉封建王朝进入了全盛时期。经过汉初以来六七十年的休养生息，经济得到进一步的恢复和发展，与此相适应，在思想文化方面，罢黜百家，独尊儒术，从此以后，儒家思想就成为了封建统治阶级的正统思想。从武帝至宣帝，是两汉文学的全盛期，文学上的成就，主要表现为乐府机关的设立、发展，辞赋创作的繁荣和司马迁的《史记》。乐府机关的设立和扩大，使各地民歌有了记录、集中和提高的条件，宫廷文人也竞相创作乐府诗，对中国古代诗歌的发展有着深远的影响。代表汉代文学最高成就的新体赋在此期间定型、成熟，出现了以司马相如为首的一大批辞赋作家。史传文学也发展到高峰，《史记》以人物传记为中心，不仅开创了"纪传体"史学，也开创了历史传记文学，被鲁迅称为"史家之绝唱，无韵之《离骚》"。

两汉文学中期辞赋创作掀起第二次高潮，相继涌现出扬雄、班固等著名的辞赋作家。班固的《汉书》成为继《史记》之后又一部重要的传记文学作品。王充的《论衡》以其"疾虚妄"的批判精神，和当时文坛的模拟风气、陈陈相因的不良倾向形成鲜明的对照。张衡的抒情短赋集中体现了汉代文学的历史转变，京都大赋取得了很高成就。赵壹、蔡邕、祢衡等人的辞赋更加贴近现实，批判精神很强。五言古诗进入成熟阶段，《古诗十九首》代表了文人五言诗的最高成就。作家在诗文中对人的生命、命运及价值的重新发现、思索和追求，诗文的日趋整饬华美，预示着一个文学的自觉时代即将到来。

魏晋南北朝时期，始于东汉建安年代，迄于隋统一，历时约四百年，这一时期文学的自觉和文学创作的个性化极为突出。从思想文化的角度来看，魏晋南北朝文学出现的这些"新变"，与佛教的传播有着极为密切的关系。文学上成就最高的是诗歌，以五言、七言古近体诗的兴盛为标志。五言诗在继承汉乐府民歌的基础上得到巩固和发展，曹操、曹植、阮籍、左思、陶渊明、谢灵运、鲍照、谢朓、庾信等，都是这一时期的代表作家，文人的创作为唐诗的繁荣准备了条件。此外，骈体文在这一时期形成，并几乎风行于一切领域。骈文的特点是讲究辞采、对仗、用典，好用四六句，声韵和谐。

魏晋南北朝是小说开始发展的时期，小说的概念本来是指"小技末道""残丛小语""道听途说"，在古代被视为不登大雅之堂的东西，与今天所指的作为一种文学体裁的"小说"含义不同。当时社会道教和佛教广泛传播，形成了谈玄论道、称道灵异的社会风气，于是产生了许多记载鬼神怪异事物的"志怪小说"和记载人物逸闻琐事的"轶事小说"。志怪小说的内容十分庞杂，包括地理博闻、神仙道术、野史趣事等，其中干宝的《搜神记》是这一时期的代表作。当时社会士大夫崇尚清谈，讲究言行举止，品评人物的风气很盛，于是形成了把知名人物的言行轶事汇集起来的轶事小说。葛洪的《西京杂记》、刘义庆的《世说新语》就是其中的代表，特别是《世说新语》，简练风趣，虽然只是些零碎片段的记载，却广泛地反映了士族阶层的生活面貌，对后代的笔记小说有很大影响。

第一节 汉代文学

司马迁

司马迁（前145—约前90年），字子长，夏阳人，西汉杰出的史学家和文学家。他的先祖世代为周代史官。父亲司马谈是汉武帝时的太史令，精熟天文、历史，通晓诸子学术。10岁时随父亲到京都长安，开始学习古文。20岁开始了游踪遍及全国的漫游，游历名山大川，凭吊历史遗迹，了解风土人情，采集传闻异说，扩大了眼界，积累了丰富的一手资料。武帝元封元年（前110年），司马谈死。三年后，司马迁继任父职做太史令。因此，他得以利用藏书丰富的皇家图书馆，博览群书，接触了古往今来大量的历史资料。太初元年（前104年）开始着手编写《史记》，天汉二年（前99年），他因替投降匈奴的李陵辩解，触怒了武帝，下狱，被处腐刑。狱中继续写作。太始元年（前96年）被赦，出任中书令。当时中书令大多是由宦官担任，他深以为耻，忍辱含垢，发愤著述，在征和初年（前92年）左右，完成这部著作，不久即去世。

史记·管晏列传

管仲夷吾者，颍上人也①。少时常与鲍叔牙游②，鲍叔知其贤。管仲贫困，常欺鲍叔，鲍叔终善遇之，不以为言③。已而鲍叔事齐公子小白，

---

① 管仲（？—前645年）：名夷吾，字仲。颍（yǐng）上，今安徽颍上县南。
② 鲍叔：字叔牙，齐国大夫。游：交往。
③ 不以为言：不以此为话柄，不因为这个而说坏话。

管仲事公子纠①。及小白立为桓公，公子纠死，管仲囚焉②。鲍叔遂进管仲③。管仲既用，任政于齐，齐桓公以霸，九合诸侯④，一匡天下⑤，管仲之谋也。

管仲曰："吾始困时，尝与鲍叔贾⑥，分财利多自与，鲍叔不以我为贪，知我贫也。吾尝为鲍叔谋事而更穷困，鲍叔不以我为愚，知时有利不利也。吾尝三仕三见逐于君，鲍叔不以我为不肖，知我不遭时也。吾尝三战三走，鲍叔不以我怯，知我有老母也。公子纠败，召忽死之，吾幽囚受辱，鲍叔不以我为无耻，知我不羞小节而耻功名不显于天下也。生我者父母，知我者鲍子也。"

鲍叔既进管仲，以身下之⑦。子孙世禄于齐⑧，有封邑者十余世，常为名大夫。天下不多管仲之贤而多鲍叔能知人也⑨。

管仲既任政相齐，以区区之齐在海滨，通货积财，富国彊兵，与俗同好恶。故其称曰："仓廪实而知礼节，衣食足而知荣辱，上服度则六亲固⑩。四维不张⑪，国乃灭亡。下令如流水之原，令顺民心⑫。"故论卑而易行⑬。俗之所欲，因而予之；俗之所否，因而去之。

其为政也，善因祸而为福，转败而为功。贵轻重，慎权衡。桓公实

---

① "已而"两句：公元前686年，齐襄公昏庸无道，齐将乱。为避难，鲍叔奉小白奔莒（jǔ），管仲、召忽二人奉纠奔鲁。公子小白，即后来的齐桓公，姓姜，名小白，齐襄公之弟。公子纠，亦齐襄公之弟。
② "及小白"三句：公元前686年，襄公被杀。鲁国派兵护送公子纠回齐争夺王位，先由管仲带兵阻莒齐要道，管仲射中小白带钩。小白佯死，抢先回齐，取得政权，称齐桓公。桓公以齐军拒鲁，大败鲁军。鲁国被迫按桓公的要求杀死公子纠，召忽自杀，管仲请囚。
③ 进：推荐，保举。桓公赦管仲，任为齐相。
④ 九合诸侯：指桓公多次以盟主身份会合诸侯开同盟大会。
⑤ 一匡天下：当时诸侯无视周天子，互相攻打，管仲辅助齐桓公制止了这种混乱局面。
⑥ 贾（gǔ）：经商。
⑦ 以身下之：把自己的职位放在他的下面。
⑧ 指鲍叔的子孙世代享受齐之俸禄。
⑨ 多：用作意动，"以……为多"，即赞美。
⑩ 上服度则六亲固：居上位者能遵守法度则六亲和睦团结。六亲：父、母、兄、弟、妻、子。
⑪ 四维：指礼义廉耻（见《管子·轻重》）。张：伸张，发扬。
⑫ "下令"两句：发布命令要像流水从源头顺流而下，使其顺应民意。
⑬ 论卑而易行：指政令符合下情，容易被百姓执行。

怒少姬①，南袭蔡②，管仲因而伐楚，责包茅不入贡于周室③。桓公实北征山戎④，而管仲因而令燕修召公之政⑤。于柯之会，桓公欲背曹沫之约⑥，管仲因而信之，诸侯由是归齐。故曰："知与之为取，政之宝也⑦。"

管仲富拟于公室，有三归⑧、反坫⑨，齐人不以为侈。管仲卒，齐国遵其政，常强于诸侯。后百余年而有晏子焉。

晏平仲婴者⑩，莱之夷维人也⑪。事齐灵公、庄公、景公，以节俭力行重于齐。既相齐，食不重肉⑫，妾不衣帛⑬。其在朝，君语及之⑭，即危言⑮；语不及之，即危行。国有道，即顺命⑯；无道，即衡命⑰。以此三世显名于诸侯。

---

① 桓公实怒少姬：少姬，齐桓公的夫人，蔡国人。公元前657年，齐桓公曾与少姬在苑囿的鱼池中乘舟，少姬故意摇晃小舟，齐桓公受惊，桓公叫她不要摇，她不听。桓公大怒，就把她送回了蔡国，但没有断绝关系。蔡国却让少姬改嫁他人。齐桓公十分恼火，就在第二年发兵攻蔡。（见《左传·僖公三年》）
② 蔡：国名，在河南汝南、上蔡等地。
③ "管仲"两句：事见《左传·僖公四年》记载。茅：一种香草，楚地之特产。包茅：成束的青茅，为周王室祭祀所用之物，一向是楚国所贡。管仲以"包茅不入贡于周室"为理由责备楚国，表示齐国用兵不为少姬之事而为公义。
④ 山戎：又称北戎，在今河北迁安一带，经常威胁齐、燕的安全。公元前663年，山戎伐燕（yān），齐桓公因救燕而北伐山戎。
⑤ 召（shào）公：又称召康公，周文王的儿子，周武王的弟弟，姓姬，名奭（shì），周武王封于蓟（今北京市），国号为燕。
⑥ "于柯之会"两句：公元前681年，齐桓公攻鲁，约请鲁庄公在柯（今山东阳谷县东）会盟。曹沫是鲁庄公的侍从，他以匕首胁持齐桓公，胁迫桓公订立盟约，收回失地。后来，桓公想背约，管仲劝他实践诺言以取信于世人，终于使"桓公之信，著于天下"。
⑦ "知与之为取"两句：懂得给予就是为了更好地取得的道理，是治理国家的法宝。
⑧ 三归，即管仲所筑的三归台，是供游览的台观。
⑨ 反坫（diàn）：坫是放置酒杯的土台，在堂中两个柱子之间。周代诸侯宴会之礼，互相敬酒后，把空爵反置在坫上，管仲不是国君亦有反坫。
⑩ 晏子：即晏婴，字仲，谥平，为齐国相，是春秋时期著名的政治家。
⑪ 莱：春秋莱国（今山东省黄县东南），公元前567年被齐所灭。夷维，莱国邑名，今山东高密。
⑫ 重（chóng）：两个以上。
⑬ 衣帛：穿丝织品。衣（yì）：穿。
⑭ 君语及之：国君问到他。
⑮ 危言：正直地陈述意见。危：高耸，引申为正直。
⑯ 顺命：顺着命令做事。
⑰ 衡命：根据命令斟酌情况去做。连接上下句是说，国家的政治清明，他就遵从政令行事；国家的政治不清明，他就权衡利弊斟酌办事。因此，他能历仕灵公、庄公、景公三代，名扬诸侯。

越石父贤，在缧绁中①。晏子出，遭之途，解左骖赎之②，载归。弗谢，入闺。久之，越石父请绝。晏子戄然③，摄衣冠谢曰："婴虽不仁，免子于厄，何子求绝之速也？"石父曰："不然。吾闻君子诎于不知己而信于知己者④。方吾在缧绁中，彼不知我也。夫子既已感寤而赎我⑤，是知己；知己而无礼，固不如在缧绁之中。"晏子于是延入为上客。

晏子为齐相，出，其御之妻从门间而窥其夫。其夫为相御，拥大盖⑥，策驷马，意气扬扬，甚自得也。既而归，其妻请去。夫问其故。妻曰："晏子长不满六尺，身相齐国，名显诸侯。今者妾观其出，志念深矣，常有以自下者⑦。今子长八尺，乃为人仆御，然子之意自以为足，妾是以求去也。"其后，夫自抑损⑧。晏子怪而问之，御以实对。晏子荐以为大夫。

太史公曰：吾读管氏《牧民》、《山高》、《乘马》、《轻重》、《九府》及《晏子春秋》⑨，详哉其言之也。既见其著书，欲观其行事，故次其传。至其书，世多有之，是以不论，论其轶事。

管仲世所谓贤臣，然孔子小之⑩。岂以为周道衰微，桓公既贤，而不勉之至王，乃称霸哉？语曰"将顺其美，匡救其恶，故上下能相亲也⑪"。岂管仲之谓乎⑫？

方晏子伏庄公尸哭之，成礼然后去⑬，岂所谓"见义不为无勇"者

---

① 缧绁（léi xiè）：捆绑犯人的绳子，引申为囚禁。
② 骖（cān）：古代称驾在车子两旁的马叫骖。
③ 戄（jué）然：惊异敬畏的样子。
④ 诎（qū），同"屈"；信，同"伸"。
⑤ 感寤：有所感而觉悟。寤，通"悟"。
⑥ 拥大盖：坐在车上的大伞盖下。盖，古代称伞。
⑦ 常有以自下者：经常有自居人下的样子。
⑧ 抑损：谦卑退让。
⑨ 《晏子春秋》：后人托名晏子作，实为战国时人根据晏子的事迹和传说而写成。
⑩ 孔子小之：见《论语·八佾》，孔子有"管仲之器小"等批评的话。
⑪ "将顺其美"三句：见《孝经·事君》。将顺：顺势助成。匡救：救正。上下：指君臣。句意为：顺从君王的美善之举，匡正君王的过失错误，就能使君臣相亲。
⑫ 岂管仲之谓乎：大概说的是管仲吧！
⑬ "方晏子"两句，事见《左传·襄公二十五年》。齐庄公与齐大夫崔杼的妻子棠姜私通，崔杼杀了庄公。晏婴当时未死君难，只是伏庄公尸体哭了一番就离开了。

邪①？至其谏说，犯君之颜，此所谓"进思尽忠，退思补过②"者哉！假令晏子而在，余虽为之执鞭，所忻慕焉③。

(选自《史记》，北京，中华书局，1985年。)

赏析

《管晏列传》为合传，记载了春秋时期齐国的两位名相。两位名相生平行事和言论，《左传》《国语》《管子》等书籍中材料甚丰，以数百言概括两位名相生平事迹，容易流于浮泛，在叙事中怎样安排轻重主次、虚实详略，怎样质实而有文采，在这篇文章中司马迁为我们做出了杰出的示范。

全文内容分为三部分：第一部分为管仲传；第二部分为晏婴传；第三部分为司马迁对二人的评价。两位名相生平事迹可写者甚多，但是司马迁围绕"知人"这一主题来做文章。写管仲，选择了鲍叔牙与他之间的知人、进贤、让贤的事迹来写，其后以雄健的笔力概括了管仲的功业，"齐桓公以霸，九合诸侯，一匡天下，管仲之谋也"，以管仲自述"生我者父母，知我者鲍子也"，以"天下不多管仲之贤而多鲍叔能知人也"，突出了鲍叔知人善荐之功。

同为齐相，晏子的"节俭力行""危言危行"似乎与管仲的作风大相径庭，然而围绕着"知人"这一主题，二位名相的事迹有机地结合在一起。晏子赎越石父与举荐车夫两个故事，显示了作为政治家与思想家的晏子知人善任。能够举荐缧绁之徒与车夫之流，在等级森严的封建时代是非常难能可贵的，确乎"志念深矣"。

篇末"太史公曰"为第三部分，作者以反问句式既诘问了成见，又有力地肯定了两位名相的美德，体现了作者"不虚美、不隐恶"的写作态度。篇末处"余虽为之执鞭，所忻慕焉"，看似出人意外的幽默，然而联系司马迁的身世经历，就会了解到其中的严肃思想和情感分量。作者在为历史人物作传中，既表达了对优秀历史人物的真诚向慕，同时也寄托了作者在现实中不

---

① "岂所谓"句，见《论语·为政》。句意为：难道是所谓"见义不为无勇"吗？
② "进思尽忠"两句，见《孝经·事君》。句意为：上了朝就想竭尽忠心，退了朝就想弥补君王的过失。
③ 忻（xīn）：欢喜。

遇知己的深切悲慨。

　　本篇显示了作者杰出的叙述功力，叙事简洁生动。如开篇处，仅用百余字将管仲由半生困厄到辅佐齐桓公建立霸业的曲折经历概括殆尽，其中连用虚词"已而""及""遂""既"，一气呵成，叙事极简，笔力强劲，头绪集中，反映了司马迁驾驭语言艺术的高超技巧。此外，叙事中轻重主次、虚实详略打破常规。例如在叙述管仲的事迹中并不正面写鲍叔，而鲍叔荐贤之德却打动人心，可谓合传之中又有附传，叙事丰富多姿。

　　另外，在材料取舍上，体现了作者出众的剪裁功力。传主生平事迹甚多，作者选择"世多有之，是以不论，论其轶事"，是以在叙述晏子事迹中，着重选取了越石父与车夫的故事。晏婴遇见为人奴仆的贤者越石父，故事发展一波三折，晏婴赎之，却入内室久不出见，而在"越石父请绝"之后，晏子又"慄然""延入"，将晏子由赎贤自得到礼贤下士的境界提升过程刻画得入木三分。而驾车人与晏婴形象的对比，车夫前扬后抑的对比，既刻画了妻子的心计，车夫的知过能改，又突出了晏子的谦虚与为贤是举。两个故事着墨不多，却富有戏剧性。体现了作者对史事善于剪裁，此史笔之所以工；描写富有生动性，此文学价值之所以高。《史记》兼具两善，故而被鲁迅称道为"史家之绝唱，无韵之离骚"。

（闫　冰）

思考与练习

1. 对比一下管仲和晏婴两个人物形象，谈谈作者对这两个人物流露了怎样的感情。谈谈你对这两个人物的看法。
2. 搜索关于司马迁的生平资料，谈谈作者"发愤著书"的经历给你带来的启示。
3. 阅读《史记》其他篇章，谈谈文章的主题和写作特点。

备选课文

史记·李将军列传

　　李将军广者，陇西成纪人也。其先曰李信，秦时为将，逐得燕太子丹者也。故槐里，徙成纪。广家世世受射。孝文帝十四年，匈奴大入萧关，而广以良家子从军击胡，用善骑射，杀首虏多，为汉中郎。广从弟李蔡亦为郎，皆为武骑常侍，秩八百石。尝从行，有所冲陷折关，及格猛兽，而文帝曰："惜乎，子不遇时！如令子当高帝时，万户侯岂足道哉！"

及孝景初立，广为陇西都尉，徙为骑郎将。吴、楚军时，广为骁骑都尉，从太尉亚夫击吴、楚军，取旗，显功名昌邑下。以梁王授广将军印，还，赏不行。徙为上谷太守，匈奴日以合战。典属国公孙昆邪为上泣曰："李广才气，天下无双，自负其能，数与虏敌战，恐亡之。"于是乃徙为上郡太守。后广转为边郡太守，徙上郡。尝为陇西、北地、雁门、代郡、云中太守，皆以力战为名。

匈奴大入上郡，天子使中贵人从广勒习兵击匈奴。中贵人将骑数十纵，见匈奴三人，与战。三人还射，伤中贵人，杀其骑且尽。中贵人走广。广曰："是必射雕者也。"广乃遂从百骑往驰三人。三人亡马步行，行数十里。广令其骑张左右翼，而广身自射彼三人者，杀其二人，生得一人，果匈奴射雕者也。已缚之上马，望匈奴有数千骑，见广，以为诱骑，皆惊，上山陈。广之百骑皆大恐，欲驰还走。广曰："吾去大军数十里，今如此以百骑走，匈奴追射我立尽。今我留，匈奴必以我为大军之诱，必不敢击我。"广令诸骑曰："前！"前未到匈奴陈二里所，止，令曰："皆下马解鞍！"其骑曰："虏多且近，即有急，奈何？"广曰："彼虏以我为走，今皆解鞍以示不走，用坚其意。"于是胡骑遂不敢击。有白马将出护其兵，李广上马与十余骑奔射杀胡白马将，而复还至其骑中，解鞍，令士皆纵马卧。是时会暮，胡兵终怪之，不敢击。夜半时，胡兵亦以为汉有伏军于旁欲夜取之，胡皆引兵而去。平旦，李广乃归其大军。大军不知广所之，故弗从。

居久之，孝景崩，武帝立，左右以为广名将也，于是广以上郡太守为未央卫尉，而程不识亦为长乐卫尉。程不识故与李广俱以边太守将军屯。及出击胡，而广行无部伍行陈，就善水草屯，舍止，人人自便，不击刁斗以自卫，莫府省约文书籍事，然亦远斥候，未尝遇害。程不识正部曲行伍营陈，击刁斗，士吏治军簿至明，军不得休息，然亦未尝遇害。不识曰："李广军极简易，然虏卒犯之，无以禁也；而其士卒亦佚乐，咸乐为之死。我军虽烦扰，然虏亦不得犯我。"是时汉边郡李广、程不识皆为名将，然匈奴畏李广之略，士卒亦多乐从李广而苦程不识。程不识孝景时以数直谏为太中大夫。为人廉，谨于文法。

后，汉以马邑城诱单于，使大军伏马邑旁谷，而广为骁骑将军，领属护军将军。是时单于觉之，去，汉军皆无功。其后四岁，广以卫尉为将军，出雁门击匈奴。匈奴兵多，破败广军，生得广。单于素闻广贤，令曰："得李广必生致之。"胡骑得广，广时伤病，置广两马间，络而盛卧广。行十余里，广佯死，睨其旁有一胡儿骑善马，广暂腾而上胡儿马，因推堕儿，取其弓，鞭马南驰数十里，复得其余军，因引而入塞。匈奴捕者骑数百追之，广行取胡儿弓，射杀追骑，以故得脱。于是至汉，汉下广吏。吏当广所失亡多，为虏所生得，当斩，赎为庶人。

顷之，家居数岁。广家与故颍阴侯孙屏野居蓝田南山中射猎。尝夜从一骑出，从人田间饮。还至霸陵亭，霸陵尉醉，呵止广。广骑曰："故李将军。"尉曰："今将军尚不得夜行，何乃故也！"止广宿亭下。居无何，匈奴入杀辽西太守，败韩将军，后韩将军徙右北平。于是天子乃召拜广为右北平太守。广即请霸陵尉与俱，至军而斩之。广居右北平，匈奴闻之，号曰"汉之飞将军"，避之数岁，不敢入右北平。

广出猎，见草中石，以为虎而射之，中石没镞，视之石也。因复更射之，终不能复入石矣。广所居郡闻有虎，尝自射之。及居右北平射虎，虎腾伤广，广亦竟射杀之。

广廉，得赏赐辄分其麾下，饮食与士共之。终广之身，为二千石四十余年，家无余财，终不言家产事。广为人长，猿臂，其善射亦天性也，虽其子孙他人学者，莫能及广。广讷口少言，与人居则画地为军陈，射阔狭以饮。专以射为戏，竟死。广之将兵，乏绝之处，见水，士卒不尽饮，广不近水，士卒不尽食，广不尝食。宽缓不苛，士以此爱乐为用。其射，见敌急，非在数十步之内，度不中不发，发即应弦而倒。用此，其将兵数困辱，其射猛兽亦为所伤云。

居顷之，石建卒，于是上召广代建为郎中令。元朔六年，广复为后将军，从大将军军出定襄，击匈奴。诸将多中首虏率，以功为侯者，而广军无功。

后三岁，广以郎中令将四千骑出右北平，博望侯张骞将万骑与广俱，异道。行可数百里，匈奴左贤王将四万骑围广，广军士皆恐，广乃使其子敢往驰之。敢独与数十骑驰，直贯胡骑，出其左右而还，告广曰："胡虏易与耳。"军士乃安。广为圜陈外向，胡急击之，矢下如雨。汉兵死者过半，汉矢且尽。广乃令士持满毋发，而广身自以大黄射其裨将，杀数人，胡虏益解。会日暮，吏士皆无人色，而广意气自如，益治军。军中自是服其勇也。明日，复力战，而博望侯军亦至，匈奴军乃解去。汉军罢，弗能追。是时广军几没，罢归。汉法，博望侯留迟后期，当死，赎为庶人。广军功自如，无赏。

初，广之从弟李蔡与广俱事孝文帝。景帝时，蔡积功劳至二千石。孝武帝时，至代相。以元朔五年为轻车将军，从大将军击右贤王，有功中率，封为乐安侯。元狩二年中，代公孙弘为丞相。蔡为人在下中，名声出广下甚远，然广不得爵邑，官不过九卿，而蔡为列侯，位至三公。诸广之军吏及士卒或取封侯。广尝与望气王朔燕语，曰："自汉击匈奴而广未尝不在其中，而诸部校尉以下，才能不及中人，然以击胡军功取侯者数十人，而广不为后人，然无尺寸之功以得封邑者，何也？岂吾相不当侯邪？且固命也？"朔曰："将军自念，岂尝有所恨乎？"广曰："吾尝为陇西守，羌尝反，吾诱而降，降者八百余人，吾诈而同日杀之。至今大恨独此耳。"朔曰："祸莫大于杀已降，此乃将军所以不得侯者也。"

后二岁，大将军、骠骑将军大出击匈奴，广数自请行。天子以为老，弗许；良久乃许之，以为前将军。是岁，元狩四年也。

广既从大将军青击匈奴，既出塞，青捕虏知单于所居，乃自以精兵走之，而令广并于右将军军，出东道。东道少回远，而大军行水草少，其势不屯行。广自请曰："臣部为前将军，今大将军乃徙令臣出东道，且臣结发而与匈奴战，今乃一得当单于，臣愿居前，先死单于。"大将军青亦阴受上诫，以为李广老，数奇，毋令当单于，恐不得所欲。而是时公孙敖新失侯，为中将军从大将军，大将军亦欲使敖与俱当单于，故徙前将军广。广时知之，固自辞于大将军。大将军不听，令长史封书与广之莫府，曰："急诣部，如书。"广不谢大将军而起行，意甚愠怒而就部，引兵与右将军食其合军出东道。军亡导，或失道，后大将军。大将军与单于接战，单于遁走，弗能得而还。南绝幕，遇前将军、右将军。广已见大将军，还入军。大将军使长史持糒醪遗广，因问广、食其失道状，青欲上书报天子军曲折。广未对，大将军使长史急责广之幕府对簿。广曰："诸校尉无罪，乃我自失道。吾今自上簿。"至莫府，广谓其麾下曰："广结发与匈奴大小七十余战，今幸从大将军出接单于兵，而大将军又徙广部行回远，而又迷失道，岂非天哉！且广年六十余矣，终不能复对刀笔之吏。"遂引刀自刭。广军士大夫一军皆哭。百姓闻之，知与不知，无老壮皆为垂涕。而右将军独下吏，当死，赎为庶人。

广子三人，曰当户、椒、敢，为郎。天子与韩嫣戏，嫣少不逊，当户击嫣，嫣走。于是天子以为勇。当户早死，拜椒为代郡太守，皆先广死。当户有遗腹子名陵。广死军时，敢从骠骑将军。广死明年，李蔡以丞相坐侵孝景园墙地，当下吏治，蔡亦自杀，不对狱，国除。李敢以校尉从骠骑将军击胡左贤王，力战，夺左贤王鼓旗，斩首多，赐爵关内侯，食邑二百户，代广为郎中令。顷之，怨大将军青之恨其父，乃击伤大将军，大将军匿讳之。居无何，敢从上雍，至甘泉宫猎。骠骑将军去病与青有亲，射杀敢。去病时方贵幸，上讳云鹿触杀之。居岁余，去病死。而敢有女为太子中人，爱幸，敢男禹有宠于太子，然好利，李氏陵迟衰微矣。

李陵既壮，选为建章监，监诸骑。善射，爱士卒。天子以为李氏世将，而使将八百骑。尝深入匈奴二千余里，过居延视地形，无所见虏而还。拜为骑都尉，将丹阳楚人五千人，教射酒泉、张掖以屯卫胡。

数岁，天汉二年秋，贰师将军李广利将三万骑击匈奴右贤王于祁连天山，而使陵将其射士步兵五千人出居延北可千余里，欲以分匈奴兵，毋令专走贰师也。陵既至期还，而单于以兵八万围击陵军。陵军五千人，兵矢既尽，士死者过半，而所杀伤匈奴亦万余人。且引且战，连斗八日，还未到居延百余里，匈奴遮狭绝道，陵食乏而救兵不到，虏急击招降陵。陵曰："无面目报陛下。"遂降匈奴。其兵尽没，余亡散得归汉者四百余人。

单于既得陵，素闻其家声，及战又壮，乃以其女妻陵而贵之。汉闻，族陵母妻子。自是之后，李氏名败，而陇西之士居门下者皆用为耻焉。

太史公曰：传曰"其身正，不令而行；其身不正，虽令不从"。其李将军之谓也？余睹李将军悛悛如鄙人，口不能道辞。及死之日，天下知与不知，皆为尽哀。彼其忠实心诚信于士大夫也？谚曰"桃李不言，下自成蹊"。此言虽小，可以谕大也。

（选自《史记》，北京，中华书局，1985年。）

汉乐府

乐府，本为西汉初年的音乐机构，后代称乐府机关所演奏的歌诗和所采集的民歌为乐府，或乐府诗。汉乐府保留较为完备的是宋朝郭茂倩编的《乐府诗集》。

饮马长城窟行

青青河畔草，绵绵思远道。远道不可思，夙昔梦见之。梦见在我旁，忽觉在他乡；他乡各异县，展转不相见。枯桑知天风，海水知天寒。入门各自媚，谁肯相为言。客从远方来，遗我双鲤鱼。呼儿烹鲤鱼，中有尺素书，长跪读素书，书中竟何如？上言加餐食，下言长相忆。

（选自朱剑心编注：《乐府诗选》，北京，人民文学出版社，2018年。）

赏析

秦人修筑长城，大量征用男性服役，内地便有很多思妇，魏时人陈琳在《饮马长城窟行》中说："饮马长城窟，水寒伤马骨"，"边城多健少，内舍多寡妇。"故而此诗题常被沿用以写征夫思妇。

本诗内容可以分为两节。第一节写思妇梦见征夫。起首四句比兴兼有，以草之绵延不绝比喻思绪缠绵，又以草引出思绪，带出梦境。叙述梦境时又忽然觉醒，重新落入思绪绵延之中。此处八句，情绪曲折，惝恍迷离，其中"枯桑""海水"两个意象，既实写时令变化，又有着浓厚的爱情意味和时空之感。"进门各自媚，谁肯相为言"，写出了思妇内心无从得到安慰的酸楚。第二节写收到书信，诗歌没有描述思妇的情绪，而是用生动的细节刻画接信、拆信、读信的情景。一个"烹"字，将收信的喜悦心情毕现，用字生动活泼，"长跪"的姿势，显示了思妇读书信的郑重。其实书信极为简单，内容不提归期，却是质朴的惦记和思念。"加餐饭""长相忆"，两地分离的夫妇的无尽的思念，化作平淡无奇的朴质话语，然而，这又正是世世代代征夫思妇最朴素、最真挚的情感表达，其情感的强度力量，丝毫不因其表达的节制而稍减。

这首乐府民歌，清新质朴，雅俗共赏，在朴素的文字中寄予了深重的情感力量。此外，诗歌具有较强的叙事性，上节叙梦，下节读信，转折自然流畅，无丝毫斧凿之痕。

思考与练习

1. 体会诗中主人公的情绪起伏变化，并理解这种情绪与诗歌结构的关系。
2. 注意全诗韵脚的转换，体会其音乐感。谈谈这样写的妙处。

备选课文

汉乐府诗选

战城南

战城南，死郭北，野死不葬乌可食。为我谓乌："且为客豪！野死谅不葬，腐肉安能去子逃！"水深激激，蒲苇冥冥；枭骑战斗死，驽马徘徊鸣。梁筑室，何以南，何以北？禾黍不获君何食？愿为忠臣安可得？思子良臣，良臣诚可思：朝行出攻，暮不夜归！

西洲曲（南朝乐府民歌）

忆梅下西洲，折梅寄江北。单衫杏子红，双鬓鸦雏色。西洲在何处？两桨桥头渡。日暮伯劳飞，风吹乌臼树。树下即门前，门中露翠钿。开门郎不至，出门采红莲。采莲南塘秋，莲花过人头。低头弄莲子，莲子清如水。置莲怀袖中，莲心彻底红。忆郎郎不至，仰首望飞鸿。鸿飞满西洲，望郎上青楼。楼高望不见，尽日栏杆头。栏杆十二曲，垂手明如玉。卷帘天自高，海水摇空绿。海水梦悠悠，君愁我亦愁。南风知我意，吹梦到西洲。

有所思

有所思，乃在大海南。何用问遗君？双珠玳瑁簪，用玉绍缭之。闻君有他心，拉杂摧烧之。摧烧之，当风扬其灰。从今以往，勿复相思！相思与君绝！鸡鸣狗吠，兄嫂当知之。妃呼狶，秋风肃肃晨风飔，东方须臾高知之。

东门行

出东门，不顾归；来入门，怅欲悲。盎中无斗米储，还视架上无悬衣。拔剑东门去，舍中儿母牵衣啼："他家但愿富贵，贱妾与君共餔糜。上用沧浪天故，下当用此黄口儿。今非！""咄，行！吾去为迟！白发时下难久居。"

上山采蘼芜

上山采蘼芜，下山逢故夫。长跪问故夫："新人复何如？""新人虽言好,未若故人姝。颜色类相似,手爪不相如。""新人从门入,故人从阁去。""新人工织缣,故人工织素。织缣日一匹,织素五丈余。将缣来比素,新人不如故。"

十五从军征

十五从军征,八十始得归。道逢乡里人:"家中有阿谁?""遥看是君家,松柏冢累累。"兔从狗窦入,雉从梁上飞。中庭生旅谷,井上生旅葵。舂谷持作饭,采葵持作羹。羹饭一时熟,不知贻阿谁!出门东向看,泪落沾我衣。

《古诗十九首》

《古诗十九首》之名,最早见于南朝梁昭明太子萧统所编的《文选》。它是流传在汉末魏初无作者且无诗题的诗歌总称。一般认为它的作者,是东汉末年的中下层文人,所写内容多为游子、思妇之辞,反映了当时的一些社会现实状况。《古诗十九首》学习汲取乐府民歌的营养,同时也接受了《诗经》《楚辞》的优良传统,具有一种独特的艺术风格,标志着中国古代文人五言抒情诗的成熟。刘勰认为《古诗十九首》是"五言之冠冕"。

迢迢牵牛星①

迢迢牵牛星,皎皎河汉女②。纤纤擢素手,札札弄机杼③。终日不成章,泣涕零如雨④。河汉清且浅,相去复几许⑤?盈盈一水间,脉脉不得语⑥。

(选自朱东润:《中国历代文学作品选》上编第二册,上海,上海古籍出版社,1980年。)

---

① 本诗选自《古诗十九首》之十。(以下注解参照邢福义主编《大学语文》,中国人民大学出版社,2009年。)
② 迢迢:邈远的样子。牵牛星和织女星是两个星宿的名称,牵牛星俗称扁担星,在银河南面。皎皎,明亮的样子。河汉,即银河。织女星,在银河北面,与牵牛星相对。
③ 擢(zhuó):引,举,此处指伸出手来。札札:织布机织布的声音。杼(zhù):旧式织布机上的梭子。
④ 章:指布的纹理。不成章:指织不成布,零:落。
⑤ 几许:多少,此处指多远。
⑥ 盈盈:形容水清浅的样子,一说是形容女子仪容端丽美好。一水:指银河。脉脉:用眼神表达爱慕的情意。一说,仔细看的样子。

| 赏析

　　本诗抒写牛郎与织女隔河相望却不能团聚的相思之情。起首两句描写两星相对的清冷环境，于景中寄寓离愁；中间四句由景及人，以生动的动作神态细节描写织女的苦闷、哀怨；最后四句直接抒发诗人的慨叹，暗示离别的根源。"盈盈"之水，"脉脉"情深，这美好的情景与"不得语"的残酷现实形成巨大的矛盾反差，通过牵牛与织女的相思相望而不得相聚的痛苦，表现了人间游子、思妇深切的相思之情，情景交融，哀婉动人。

　　本诗连用六个叠音形容词，具有音韵节奏之美，且增强表现力："迢迢"写距离之远，"皎皎"写星光清冷之美，"纤纤"状素手之美，"札札"状织布之繁忙，"盈盈"写水清浅的样子，"脉脉"写人含情的样子。这六对叠声字声调上平仄互换，错落有致，全诗音调自然，优美而富于变化。语言不假雕琢，浅近自然，但又异常精练，含义丰富，十分耐人寻味。作者善于通过生活情节抒写作者的内心活动，抒情中带有叙事意味，使诗中主人公的形象更鲜明突出。诗歌融情入景，寓景于情，达到天衣无缝、水乳交融的境界，钟嵘称其"文温以丽，意悲而远。惊心动魄，可谓一字千金"。　　　　　（闫　冰）

| 思考与练习

1. 这首诗首尾连续使用六个叠字句对表达情感有什么作用？
2. 刘勰在《文心雕龙》中称《古诗十九首》"婉转切物，怊怅切情，实五言之冠冕也"，结合本诗谈谈你对这段话的理解。

| 备选课文

《古诗十九首》 选读

行行重行行

　　行行重行行，与君生别离。相去万余里，各在天一涯。道路阻且长，会面安可知？胡马依北风，越鸟巢南枝。相去日已远，衣带日已缓。浮云蔽白日，游子不顾返。思君令人老，岁月忽已晚。弃捐勿复道，努力加餐饭。

西北有高楼

　　西北有高楼，上与浮云齐。交疏结绮窗，阿阁三重阶。上有弦歌声，音响一何悲！谁能为此曲，无乃杞梁妻。清商随风发，中曲正徘徊。一弹再三叹，慷慨有余哀。不惜歌者苦，但伤知音稀。愿为双鸿鹄，奋翅起高飞。

今日良宴会

今日良宴会，欢乐难具陈。弹筝奋逸响，新声妙入神。令德唱高言，识曲听其真。齐心同所愿，含意俱未申。人生寄一世，奄忽若飙尘。何不策高足，先据要路津。无为守穷贱，轗轲长苦辛。

涉江采芙蓉

涉江采芙蓉，兰泽多芳草。采之欲遗谁？所思在远道。还顾望旧乡，长路漫浩浩。同心而离居，忧伤以终老。

明月皎夜光

明月皎夜光，促织鸣东壁。玉衡指孟冬，众星何历历。白露沾野草，时节忽复易。秋蝉鸣树间，玄鸟逝安适。昔我同门友，高举振六翮。不念携手好，弃我如遗迹。南箕北有斗，牵牛不负轭。良无磐石固，虚名复何益。

冉冉孤生竹

冉冉孤生竹，结根泰山阿。与君为新婚，兔丝附女萝。兔丝生有时，夫妇会有宜。千里远结婚，悠悠隔山陂。思君令人老，轩车来何迟！伤彼蕙兰花，含英扬光辉。过时而不采，将随秋草萎。君亮执高节，贱妾亦何为！

生年不满百

生年不满百，常怀千岁忧。昼短苦夜长，何不秉烛游！为乐当及时，何能待来兹。愚者爱惜费，但为后世嗤。仙人王子乔，难可与等期。

张 衡

张衡（78—139年），字平子，南阳西鄂（今河南南阳市石桥镇）人，著名的科学家、文学家。生于破落官僚家庭，祖父张堪曾任蜀郡太守和渔阳太守。幼年家境衰落，但他刻苦向学，16岁后出外游学，接触到社会下层劳动群众和生产生活实际，也曾入过洛阳太学，在数学、地理、绘画和文学等方面进行了广泛研究，表现出非凡的才能和广博的学识。永初五年（111年），张衡被征召进京，拜为郎中。元初元年（114年），迁尚书郎。次年，迁太史令。以后曾调任他职，但5年后复为太史令。总计前后任此职达14

年之久，顺帝阳嘉二年（133年），升为侍中。但不久受到宦官排挤中伤，于永和元年（136年），任河间王刘政的相。张衡到任后严整法纪，打击豪强，使得上下肃然。后官至尚书。张衡共著有科学、哲学和文学著作32篇，其文学创作以诗、赋为主，尤以赋著称。其赋今存13篇，以《二京赋》《归田赋》最负盛名。由于张衡在天文学、机械技术、地震学的发展上做出了不可磨灭的贡献，联合国天文组织曾将太阳系中的1802号小行星命名为"张衡星"。

归　田　赋

　　游都邑以永久，无明略以佐时。徒临川以羡鱼，俟河清乎未期。感蔡子①之慷慨，从唐生②以决疑。谅天道之微昧，追渔父以同嬉。超埃尘以遐逝，与世事乎长辞。

　　于是仲春令月，时和气清，原隰郁茂③，百草滋荣。王雎④鼓翼，仓庚哀鸣⑤，交颈颉颃⑥，关关嘤嘤。于焉逍遥，聊以娱情。

　　尔乃龙吟方泽，虎啸山丘；仰飞纤缴⑦，俯钓长流；触矢而毙，贪饵吞钩；落云间之逸禽，悬渊沉之鲨鰡⑧。

　　于时曜灵俄景⑨，系以望舒⑩；极般游之至乐，虽日夕而忘劬。感老氏之遗诫⑪，将回驾乎蓬庐。弹五弦之妙指，咏周孔之图书；挥翰墨以奋藻，陈三皇之轨模⑫。苟纵心于物外，安知荣辱之所如？

（选自陈振鹏：《古文鉴赏辞典》，上册，上海，上海辞书出版社，1997年。注解有删改。）

---

① 蔡子：蔡泽，战国时燕国人，善辩多智，有才而不遇，后入秦，代范雎为相。
② 唐生：唐举，战国时魏人，善相面，蔡泽曾请唐举相面，并询问寿命的长短。
③ 隰（xí）：低平之地。
④ 王雎（jū）：鸟名，即鱼鹰。
⑤ 仓庚：黄鹂，也叫黄莺。哀鸣：婉转啼鸣。
⑥ 颉颃（xié háng）：鸟向上向下飞。
⑦ 纤缴（zhuó）：系在箭上的细丝绳，这里指代箭。
⑧ 鲨鰡（shā liú）：一种小鱼，常伏在水底沙上。
⑨ 曜（yào）灵：太阳。
⑩ 望舒：古神话中月亮的御者，此代指月亮。
⑪ 老氏：指老子，道家学派的创始人。
⑫ 轨模：法则规范。

赏析

《归田赋》约作于顺帝永和三年（138年）张衡免官归家时。它是我国赋史上第一篇以描写田园隐居乐趣的抒情小赋。它的出现，也标志着我国辞赋由大赋向抒情小赋的转变。全赋紧扣"归田"，表达了对黑暗现实的否定与批评，慨叹清明时代的难以预期。他探讨人生玄妙哲理，也探寻合于自己理想与性格的生活。"谅天道之微昧，追渔父以同嬉"二句，说明其主题倾向受到屈原《渔父》中"渔父"高蹈避世思想的影响。因社会的昏乱不可救，个人的抱负无从施展，而转移视角，从而发现了一个诗意的世界：逍遥、闲逸、自由的田园。"仲春令月，时和气清，原隰郁茂，百草滋荣。王雎鼓翼，仓庚哀鸣，交颈颉颃，关关嘤嘤。"作者向往道家"返朴归真"的生命形态："感老氏之遗诫"，然而，并未忘却政治理想和济世抱负，因而"弹五弦之妙指，咏周孔之图书；挥翰墨以奋藻，陈三皇之轨模"，所以最终将个人志趣归于："苟纵心于物外，安知荣辱之所如？"其中融合了道家和儒家的思想，表明作者既追求心灵自由，又秉承儒家积极进取、不计个人荣辱的思想，即"力求达到道德情操极高的心灵自由境界"（程千帆语）。

《归田赋》的艺术表现形式和语言运用，同所展现的内容相称。它一改大赋铺采摛文、刻意雕凿的旧习，表现为自然、恬淡的新文风。通篇以景寄情、情景交融。写景的部分，自然清丽，十分出色。通篇用韵，并随内容和抒情的不同，四次换韵，更使全赋音韵流畅。此外，多用对偶，几近骈体，但精工而不失自然，开后世抒情赋之先河。

（闫　冰）

思考与练习

1. 谈谈汉赋的发展历程。
2. 为什么说《归田赋》是回归内心的抒情篇章？
3. 谈谈田园生活在中国古代文学中的意义和作用。

备选课文

鵩鸟赋（并序） 　　　　　（贾　谊）

谊为长沙王傅，三年，有鵩飞入谊舍。鵩似鸮，不祥鸟也。谊即以谪居长沙，长沙卑湿，以为寿不得长，乃为赋以自广也。其辞曰：

单阏之岁兮，四月孟夏，庚子日斜兮，鵩集予舍。止于坐隅兮，貌甚闲暇。异物来萃兮，私怪其故。发书占之兮，谶言其度，曰："野鸟入室兮，主人将去。"请问于鵩兮："予去何之？吉乎告我，凶言其灾。淹速之度兮，语予其期。"鵩乃叹息，举首奋翼；口不能言，请对以臆：

"万物变化兮，固无休息。斡流而迁兮，或推而还。形气转续兮，变化而嬗。沕穆无穷兮，胡可胜言！祸兮福所依，福兮祸所伏；忧喜聚门兮，吉凶同域。彼吴强大兮，夫差以败；越栖会稽兮，勾践霸世。斯游遂成兮，卒被五刑；傅说胥靡兮，乃相武丁。夫祸之与福兮，何异纠缠；命不可说兮，孰知其极！水激则旱兮，矢激则远；万物回薄兮，振荡相转。云蒸雨降兮，纠错相纷；大钧播物兮，坱圠无垠。天不可预虑兮，道不可预谋；迟速有命兮，焉识其时。

且夫天地为炉兮，造化为工；阴阳为炭兮，万物为铜。合散消息兮，安有常则？千变万化兮，未始有极。忽然为人兮，何足控抟；化为异物兮，又何足患！小智自私兮，贱彼贵我；达人大观兮，物无不可。贪夫殉财兮，烈士殉名。夸者死权兮，品庶每生。怵迫之徒兮，或趋西东；大人不曲兮，意变齐同。愚士系俗兮，窘若囚拘；至人遗物兮，独与道俱。众人惑惑兮，好恶积亿；真人恬漠兮，独与道息。释智遗形兮，超然自丧；寥廓忽荒兮，与道翱翔。乘流则逝兮，得坻则止；纵躯委命兮，不私与己。其生兮若浮，其死兮若休；澹乎若深渊之静，泛乎若不系之舟。不以生故自宝兮，养空而浮；德人无累兮，知命不忧。细故蒂芥兮，何足以疑！"

登　楼　赋　　　　　　　　（王　粲）

登兹楼以四望兮，聊暇日以销忧。览斯宇之所处兮，实显敞而寡仇。挟清漳之通浦兮，倚曲沮之长洲。背坟衍之广陆兮，临皋隰之沃流。北弥陶牧，西接昭丘。华实蔽野，黍稷盈畴。虽信美而非吾土兮，曾何足以少留！

遭纷浊而迁逝兮，漫逾纪以迄今。情眷眷而怀归兮，孰忧思之可任？凭轩槛以遥望兮，向北风而开襟。平原远而极目兮，蔽荆山之高岑。路逶迤而修迥兮，川既漾而济深。悲旧乡之壅隔兮，涕横坠而弗禁。昔尼父之在陈兮，有归欤之叹音。钟仪幽而楚奏兮，庄舄显而越吟。人情同于怀土兮，岂穷达而异心!

惟日月之逾迈兮,俟河清其未极。冀王道之一平兮,假高衢而骋力。惧匏瓜之徒悬兮,畏井渫之莫食。步栖迟以徙倚兮,白日忽其将匿。风萧瑟而并兴兮,天惨惨而无色。兽狂顾以求群兮,鸟相鸣而举翼,原野阒其无人兮,征夫行而未息。心凄怆以感发兮,意忉怛而憯恻。循阶除而下降兮,气交愤于胸臆。夜参半而不寐兮,怅盘桓以反侧。

洛 神 赋 （曹 植）

黄初三年,余朝京师,还济洛川。古人有言,斯水之神,名曰宓妃。感宋玉对楚王说神女之事,遂作斯赋,其辞曰：

余从京域,言归东藩,背伊阙,越轘辕,经通谷,陵景山。日既西倾,车殆马烦。尔乃税驾乎蘅皋,秣驷乎芝田,容与乎阳林,流眄乎洛川。于是精移神骇,忽焉思散。俯则未察,仰以殊观。睹一丽人,于岩之畔。乃援御者而告之曰："尔有觌于彼者乎？彼何人斯,若此之艳也！"御者对曰："臣闻河洛之神,名曰宓妃。然则君王所见,无乃是乎？其状若何,臣愿闻之。"

余告之曰：其形也,翩若惊鸿,婉若游龙,荣曜秋菊,华茂春松。髣髴兮若轻云之蔽月,飘飖兮若流风之回雪。远而望之,皎若太阳升朝霞。迫而察之,灼若芙蕖出渌波。秾纤得衷,修短合度。肩若削成,腰如约素。延颈秀项,皓质呈露,芳泽无加,铅华弗御。云髻峨峨,修眉联娟,丹唇外朗,皓齿内鲜。明眸善睐,靥辅承权,瑰姿艳逸,仪静体闲。柔情绰态,媚于语言。奇服旷世,骨像应图。披罗衣之璀粲兮,珥瑶碧之华琚。戴金翠之首饰,缀明珠以耀躯。践远游之文履,曳雾绡之轻裾。微幽兰之芳蔼兮,步踟蹰于山隅。于是忽焉纵体,以遨以嬉。左倚采旄,右荫桂旗。攘皓腕于神浒兮,采湍濑之玄芝。

余情悦其淑美兮,心振荡而不怡。无良媒以接欢兮,托微波而通辞。愿诚素之先达兮,解玉佩以要之。嗟佳人之信修,羌习礼而明诗。抗琼珶以和予兮,指潜渊而为期。执眷眷之款实兮,惧斯灵之我欺。感交甫之弃言兮,怅犹豫而狐疑。收和颜而静志兮,申礼防以自持。

于是洛灵感焉,徙倚彷徨。神光离合,乍阴乍阳。竦轻躯以鹤立,若将飞而未翔。践椒涂之郁烈,步蘅薄而流芳。超长吟以永慕兮,声哀厉而弥长。

尔乃众灵杂沓，命俦啸侣。或戏清流，或翔神渚。或采明珠，或拾翠羽。从南湘之二妃，携汉滨之游女。叹匏瓜之无匹兮，咏牵牛之独处。扬轻袿之猗靡兮，翳修袖以延伫。体迅飞凫，飘忽若神。凌波微步，罗袜生尘。动无常则，若危若安。进止难期，若往若还。转眄流精，光润玉颜。含辞未吐，气若幽兰。华容婀娜，令我忘餐。

于是屏翳收风，川后静波。冯夷鸣鼓，女娲清歌。腾文鱼以警乘，鸣玉鸾以偕逝。六龙俨其齐首，载云车之容裔。鲸鲵踊而夹毂，水禽翔而为卫。于是越北沚，过南冈，纡素领，回清阳，动朱唇以徐言，陈交接之大纲。恨人神之道殊兮，怨盛年之莫当。抗罗袂以掩涕兮，泪流襟之浪浪。悼良会之永绝兮，哀一逝而异乡。无微情以效爱兮，献江南之明珰。虽潜处于太阴，长寄心于君王。忽不悟其所舍，怅神宵而蔽光。

于是背下陵高，足往神留。遗情想像，顾望怀愁。冀灵体之复形，御轻舟而上溯。浮长川而忘反，思绵绵而增慕。夜耿耿而不寐，沾繁霜而至曙。命仆夫而就驾，吾将归乎东路。揽騑辔以抗策，怅盘桓而不能去。

第二节　魏晋诗歌

曹　操

曹操（155—220年），即魏武帝，字孟德，小字阿瞒，东汉沛国谯县（今安徽省亳州市）人。年二十举孝廉，历任洛阳北部尉、济南相、骑都尉，184年，参与征讨黄巾军，任骑都尉。初平元年（190年），起兵讨伐董卓。建安元年（196年），率军迎汉献帝都于许昌；十三年（208年），晋位丞相；二十一年（216年），封魏王；二十五年（220年）卒。其子曹丕称帝，追尊他为武帝。现存诗歌二十余首，都是乐府旧题。其诗深刻反映汉末社会动乱，慷慨悲凉。散文清峻通脱。他的诗对后人影响深远，原集已散佚，后人辑有《曹操集》。

苦 寒 行

北上太行山①,艰哉何巍巍!羊肠坂诘屈②,车轮为之摧③。树木何萧瑟④,北风声正悲!熊罴对我蹲⑤,虎豹夹路啼。溪谷少人民,雪落何霏霏⑥!延颈长叹息⑦,远行多所怀。我心何怫郁⑧?思欲一东归⑨。水深桥梁绝,中路正徘徊。迷惑失故路,薄暮无宿栖⑩。行行日已远,人马同时饥。担囊行取薪,斧冰持作糜⑪。悲彼《东山》诗⑫,悠悠令我哀。

(选自朱东润:《中国历代文学作品选》上编第二册,上海,上海古籍出版社,1980年。)

赏析

本篇是曹操在建安十一年(206年)征讨高干途中所作。高干是袁绍的外甥,投降曹操后又反叛。诗的内容写征讨行军时的艰苦情景,反映了汉末动乱的现实。诗人以一统天下的抱负以及顽强的进取精神,面对战乱带来的艰难困苦和"少人民""无宿栖"的惨象,表达了伤时悯乱、渴望和平的感情。诗文辞简,直抒襟怀。诗歌开篇气势极大,将气氛渲染得极为浓烈,以下十句皆紧扣"艰哉"而写,写尽行军之苦寒。诗人直抒胸怀,"延颈长叹息,远行多所怀","悲彼《东山》诗,悠悠令我哀",怜世悯人的情感自现,诗风慷慨悲凉而沉郁雄健。后人称赞曹操诗"古直悲凉""汉末实录,真诗史也"。

曹操的诗歌受乐府诗歌影响,诗歌虽用乐府旧题,继承了"感于哀乐,缘事而发"的精神,却不因袭古人诗意,富有创新精神,反映现实,抒发情

---

① 太行山:指河内的太行山,在今河南省沁阳县北。建安十年(205年)高干以并州复叛,举兵守壶关口,曹操从邺城出兵,取道河内,北度太行山。
② 羊肠坂:指沁阳经天井关到晋城的道路。坂:斜坡。诘屈:曲折之状。
③ 摧:折断。
④ 萧瑟:风吹树木声。
⑤ 罴(pí):俗称人熊,比熊体格更庞大。
⑥ 霏霏:雪下得很密的样子。
⑦ 延颈:伸长脖子。
⑧ 怫郁:忧伤,不快乐。
⑨ 东归:指回到故乡谯县(今安徽省亳县)。
⑩ 薄暮:傍晚。
⑪ 斧冰:凿冰。糜:粥。
⑫ 东山:《诗经·豳风》篇名,内容写远征战士思念家乡的感情。

感。曹操的诗歌开启了建安文学的新风,也影响到后来的杜甫、白居易等人。

(闫 冰)

思考与练习

1. 人们说曹操的诗是反映汉末社会动乱的"诗史",试举几例来谈谈你对这句话的理解。
2. 何为"建安风骨"?试举几个建安诗人的诗歌加以说明。

备选课文

观 沧 海 (曹 操)

东临碣石,以观沧海。水何澹澹,山岛竦峙。树木丛生,百草丰茂。秋风萧瑟,洪波涌起。日月之行,若出其中;星汉灿烂,若出其里。幸甚至哉!歌以咏志。

短歌行(二首其一) (曹 操)

对酒当歌,人生几何?譬如朝露,去日苦多。慨当以慷,忧思难忘。何以解忧?唯有杜康。青青子衿,悠悠我心。但为君故,沈吟至今。呦呦鹿鸣,食野之苹。我有嘉宾,鼓瑟吹笙。明明如月,何时可辍?忧从中来,不可断绝。越陌度阡,枉用相存。契阔谈宴,心念旧恩。月明星稀,乌鹊南飞,绕树三匝,何枝可依?山不厌高,海不厌深。周公吐哺,天下归心。

薤 露 行 (曹 操)

惟汉廿二世,所任诚不良。沐猴而冠带,知小而谋强。犹豫不敢断,因狩执君王。白虹为贯日,己亦先受殃。贼臣持国柄,杀主灭宇京。荡覆帝基业,宗庙以燔丧。播越西迁移,号泣而且行。瞻彼洛城郭,微子为哀伤。

蒿 里 行 (曹 操)

关东有义士,兴兵讨群凶。初期会盟津,乃心在咸阳。军合力不齐,踌躇而雁行。势利使人争,嗣还自相戕。淮南弟称号,刻玺于北方。铠甲生虮虱,万姓以死亡。白骨露于野,千里无鸡鸣。生民百遗一,念之断人肠。

燕歌行（二首其一）   （曹　丕）

秋风萧瑟天气凉，草木摇落露为霜。群燕辞归雁南翔，念君客游多思肠。慊慊思归恋故乡，君何淹留寄他方？贱妾茕茕守空房，忧来思君不敢忘。不觉泪下沾衣裳。援琴鸣弦发清商，短歌微吟不能长。明月皎皎照我床，星汉西流夜未央。牵牛织女遥相望，尔独何辜限河梁。

吁嗟篇   （曹　植）

吁嗟此转蓬，居世何独然。长去本根逝，宿夜无休闲。东西经七陌，南北越九阡。卒遇回风起，吹我入云间。自谓终天路，忽然下沉渊。惊飚接我出，故归彼中田。当南而更北，谓东而反西。宕宕当何依，忽亡而复存。飘飘周八泽，连翩历五山。流转无恒处，谁知吾苦艰。愿为中林草，秋随野火燔。糜灭岂不痛，愿与根荄连。

白马篇   （曹　植）

白马饰金羁，连翩西北驰。借问谁家子，幽并游侠儿。少小去乡邑，扬声沙漠垂。宿昔秉良弓，楛矢何参差。控弦破左的，右发摧月支。仰手接飞猱，俯身散马蹄。狡捷过猴猿，勇剽若豹螭。边城多警急，虏骑数迁移。羽檄从北来，厉马登高堤。长驱蹈匈奴，左顾凌鲜卑。弃身锋刃端，性命安可怀？父母且不顾，何言子与妻！名编壮士籍，不得中顾私。捐躯赴国难，视死忽如归！

七哀诗   （曹　植）

明月照高楼，流光正徘徊。上有愁思妇，悲叹有余哀。借问叹者谁？云是宕子妻。君行逾十年，孤妾常独栖。君若清路尘，妾若浊水泥。浮沉各异势，会合何时谐？愿为西南风，长逝入君怀。君怀良不开，贱妾当何依？

七哀诗（三首其一）   （王　粲）

西京乱无象，豺虎方遘患。复弃中国去，委身适荆蛮。亲戚对我悲，朋友相追攀。出门无所见，白骨蔽平原。路有饥妇人，抱子弃草间。顾闻号泣声，挥涕独不还。"未知身死处，何能两相完？"驱马弃之去，不忍听此言。南登霸陵岸，回首望长安。悟彼下泉人，喟然伤心肝。

赠从弟   （刘　桢）

亭亭山上松，瑟瑟谷中风。风声一何盛，松枝一何劲！冰霜正惨悽，终岁常端正。岂不罹凝寒？松柏有本性。

陶渊明

陶渊明（365—427年），字元亮，号五柳先生，谥号靖节先生，入刘宋后改名潜。浔阳柴桑（今江西九江市）人。出身于破落仕宦家庭，29岁后曾数度出仕，任江州祭酒、建威参军、镇军参军、彭泽县令等小官，41岁时弃官归隐，躬耕自养。陶诗思想放达乐观，风格朴素自然，语言不事雕琢而又和谐优美。陶渊明被称为"隐逸诗人之宗"，他的创作开创了田园诗一体，为我国古典诗歌开创了一个新的境界，对后世影响深远。著有《陶渊明集》。

读《山海经》（其一）

孟夏草木长①，绕屋树扶疏②。群鸟欣有托，吾亦爱吾庐。既耕亦已种，时还读我书。穷巷隔深辙，颇回故人车③。欢然酌春酒，摘我园中蔬。微雨从东来，好风与之俱④。泛览周王传⑤，流观山海图⑥。俯仰终宇宙⑦，不乐复何如。

读《山海经》（其二）

精卫衔微木，将以填沧海⑧。刑天舞干戚，猛志故常在⑨。同物既无

---

① 孟夏：夏历四月。
② 扶疏：茂盛。
③ "穷巷"两句：穷巷，陋巷。隔，隔绝。深辙，指显贵者所乘大车的车迹。回，回转。故人，旧交。这两句是说，因为居于偏僻之乡野，车辙不通，因此常使故人回车而去。
④ 俱：同来。
⑤ 周王传：即《穆天子传》，记周穆王驾八骏西征的故事。
⑥ 山海图：即《山海经图》。
⑦ 俯仰：是说顷刻之间。这句说，俯仰之间就可以从图画中穷尽宇宙之事。
⑧ "精卫"两句：精卫，鸟名。传说是炎帝的少女，名女娃，溺死于东海。死后化鸟，常衔西山木石以填东海。（见《山海经·北山经》）
⑨ "刑天"两句：刑天，兽名。传说刑天与帝争神，帝断其首，乃以乳为目，以脐为口，操干戚而舞。（见《山海经·海外西经》）干，即盾；戚，即大斧。

虑①，化去不复悔②。徒设在昔心③，良辰讵可待④！

（选自朱东润：《中国历代文学作品选》上编第二册，上海，上海古籍出版社，1980年。）

赏析

《山海经》是一部记述古代神话传说及海内外山川异物的书，汉代刘歆校定为十八卷，晋代郭璞为它作注和图读。

《读山海经》诗共十三首，不是一时之作。其中的第一篇，写辞官归隐后悠游自在的隐居生活与耕种之暇泛览图书的乐趣，呈现了诗人淡泊自然的生活状态和怡然自得的心态。将日常生活诗化，是陶诗的一大特点。与此同时，陶渊明不仅是诗人也是哲人，诗中呈现的"自然"，体现着作者的哲学思考，不仅是指与人类社会相对而言的自然界，而且是一种状态，即非人为的、本来如此的、自然而然的状态。陶诗中体现的田园之美、自然之趣和自由心境历来被后人称道。第二篇原列第十首，歌颂了精卫和刑天至死不屈的斗争意志，慨叹时光消逝和良时不再来。借吟咏《山海经》中的奇异事物，以刑天的"猛志固常在"来抒发和表明自己济世志向永不熄灭，表现了自己归隐后有志难骋的政治苦闷，可见诗人内心无限深广的忧愤情绪。

两首诗篇呈现了诗人丰富完整的内心世界，既有对宇宙自然之美的欣悦，亦有对社会人生的济世情怀。正如朱光潜所说："他和我们一般人一样，有许多矛盾和冲突；和一切伟大诗人一样，他终于达到了调和静穆。"

（闫　冰）

思考与练习

1. 熟读课文，谈谈你对陶诗中"自然"与"真意"的看法。
2. 搜索更多陶渊明的饮酒诗篇，谈谈"酒"在陶渊明诗作中的特别含义。
3. 谈谈陶渊明的诗风，你认为对当代艺术有何启示。

---

① 同物：同乎异物。
② 化去：指死亡。这句连上句意思说，女娲和刑天，溺死或断首以后，化为异物，既没有任何顾虑，也不悔恨既往，但仍保持原有的壮志，继续斗争。
③ 这句是说，空有昔日的壮志。
④ 良辰，指实现壮志的时候。讵：岂。

| 备选课文

移　居　　　　　　　　　　　　　　　　（陶渊明）

昔欲居南村，非为卜其宅。闻多素心人，乐与数晨夕。怀此颇有年，今日从兹役。蔽庐何必广，取足蔽床席。邻曲时时来，抗言谈在昔。奇文共欣赏，疑义相与析。

乞　食　　　　　　　　　　　　　　　　（陶渊明）

饥来驱我去，不知竟何之。行行至斯里，叩门拙言辞。主人解余意，遗赠岂虚来。谈谐终日夕，觞至辄倾杯。情欣新知欢，言咏遂赋诗。感子漂母意，愧我非韩才。衔戢知何谢，冥报以相贻。

闲情赋(并序)　　　　　　　　　　　　　（陶渊明）

初，张衡作《定情赋》，蔡邕作《静情赋》，检逸辞而宗澹泊，始则荡以思虑，而终归闲正。将以抑流宕之邪心，谅有助于讽谏。缀文之士，奕代继作，因并触类，广其辞义。余园间多暇，复染翰为之；虽文妙不足，庶不谬作者之意乎。

夫何瑰逸之令姿，独旷世以秀群。表倾城之艳色，期有德于传闻。佩鸣玉以比洁，齐幽兰以争芬。淡柔情于俗内，负雅志于高云。悲晨曦之易夕，感人生之长勤；同一尽于百年，何欢寡而愁殷！褰朱帏而正坐，泛清瑟以自欣。送纤指之余好，攘皓袖之缤纷。瞬美目以流眄，含言笑而不分。曲调将半，景落西轩。悲商叩林，白云依山。仰睇天路，俯促鸣弦。神仪妩媚，举止详妍。

激清音以感余，愿接膝以交言。欲自往以结誓，惧冒礼之为愆；待凤鸟以致辞，恐他人之我先。意惶惑而靡宁，魂须臾而九迁。愿在衣而为领，承华首之余芳；悲罗襟之宵离，怨秋夜之未央！愿在裳而为带，束窈窕之纤身；嗟温凉之异气，或脱故而服新！愿在发而为泽，刷玄鬓于颓肩；悲佳人之屡沐，从白水而枯煎！愿在眉而为黛，随瞻视以闲扬；悲脂粉之尚鲜，或取毁于华妆！愿在莞而为席，安弱体于三秋；悲文茵之代御，方经年而见求！愿在丝而为履，附素足以周旋；悲行止之有节，空委弃于床前！愿在昼而为影，常依形而西东；悲高树之多荫，慨有时而不同！愿在夜而为烛，照玉容于两楹；悲扶桑之舒光，奄灭景而藏明！愿在竹而为扇，含凄飙于柔握；悲白露之晨零，顾襟袖以缅邈！愿在木而为桐，作膝上之鸣琴；悲乐极而哀来，终推我而辍音！

考所愿而必违，徒契契以苦心。拥劳情而罔诉，步容与于南林。栖木兰之遗露，翳青松之余阴。倘行行之有觌，交欣惧于中襟；竟寂寞而无见，独悁想以空寻。敛轻裾以复路，瞻夕阳而流叹。步徙倚以忘趣，色惨惨而矜颜。叶燮燮以去条，气凄凄而就寒，日负影以偕没，月媚景于云端。鸟凄声以孤归，兽索偶而不还。悼当年之晚暮，恨兹岁之欲殚。思宵梦以从之，神飘飘而不安；若凭舟之失棹，譬缘崖而无攀。于时毕昴盈轩，北风凄凄，恫恫不寐，众念徘徊。起摄带以侍晨，繁霜粲于素阶。鸡敛翅而未鸣，笛流远以清哀；始妙密以闲和，终寥亮而藏摧。意夫人之在兹，托行云以送怀；行云逝而无语，时奄冉而就过。徒勤思而自悲，终阻山而滞河。迎清风以祛累，寄弱志于归波。尤《蔓草》之为会，诵《召南》之余歌。坦万虑以存诚，憩遥情于八遐。

咏　　怀（选二） 　　　　　　（阮　籍）

嘉树下成蹊，东园桃与李。秋风吹飞藿，零落从此始。繁华有憔悴，堂上生荆杞。驱马舍之去，去上西山趾；一身不自保，何况恋妻子！凝霜被野草，岁暮亦云已。

驾言发魏都，南向望吹台。箫管有遗音，梁王安在哉！战士食糟糠，贤者处蒿莱。歌舞曲未终，秦兵已复来。夹林非吾有，朱宫生尘埃。军败华阳下，身竟为土灰！

代出自蓟北门行　　　　　　　　　（鲍　照）

羽檄起边亭，烽火入咸阳。征师屯广武，分兵救朔方。严秋筋竿劲，虏阵精且强。天子按剑怒，使者遥相望。雁行缘石径，鱼贯度飞梁。箫鼓流汉思，旌甲被胡霜。疾风冲塞起，沙砾自飘扬。马毛缩如猬，角弓不可张。时危见臣节，世乱识忠良。投躯报明主，身死为国殇。

拟行路难（其一） 　　　　　　　（鲍　照）

奉君金卮之美酒，玳瑁玉匣之雕琴。七彩芙蓉之羽帐，九华蒲萄之锦衾。红颜零落岁将暮，寒光宛转时欲沉。愿君裁悲且减思，听我抵节行路吟。不见柏梁铜雀上，宁闻古时清吹音。

之宣城郡出新林浦向板桥　　　　　　　　（谢　朓）

江路西南永，归流东北骛。天际识归舟，云中辨江树。旅思倦摇摇，孤游昔已屡。既欢怀禄情，复协沧洲趣。嚣尘自兹隔，赏心于此遇。虽无玄豹姿，终隐南山雾。

晚登三山还望京邑　　　　　　　　　　　　（谢　朓）

灞涘望长安，河阳视京县。白日丽飞甍，参差皆可见。余霞散成绮，澄江静如练。喧鸟覆春洲，杂英满芳甸。去矣方滞淫，怀哉罢欢宴。佳期怅何许，泪下如流霰。有情知望乡，谁能鬒不变？

第三节　汉魏六朝文

刘　勰

刘勰（465—521年？）字彦和，祖籍东莞莒县（今山东省莒县境内），先祖因避难南迁，移居京口（今江苏镇江）。早孤家贫，笃志好学，因家贫不婚娶，依靠高僧僧佑，居住南京定林寺（在今南京紫金山）十余年，研读佛经和儒家经典，并帮助僧佑整理佛教经典。同时研习中国文学典籍，完成文学批评巨著《文心雕龙》的创作。约40岁后，进入仕途。历任南朝梁中军临川王萧宏记室、太末县令等官职。在任东宫通事舍人期间，深得爱好文学的昭明太子萧统的重视。萧统在编纂文学总集《文选》时，受刘勰文学思想的影响。后梁武帝命刘勰回定林寺编定佛经，遂出家为僧改名慧地，不久就死在寺院里。他的著作除《文心雕龙》外，尚存《灭惑论》等宣扬佛教义理的文章。

文心雕龙·知音

知音其难哉！音实难知，知实难逢①；逢其知音，千载其一乎！夫古来

---

① 知：知音。

知音①，多贱同而思古②。所谓"日进前而不御③，遥闻声而相思"也④。昔《储说》始出⑤，《子虚》初成⑥，秦皇、汉武，恨不同时⑦；既同时矣，则韩囚而马轻⑧，岂不明鉴同时之贱哉⑨！至于班固、傅毅⑩，文在伯仲⑪，而固嗤毅云："下笔不能自休⑫"。及陈思论才⑬，亦深排孔璋⑭；敬礼请润色⑮，叹以为美谈⑯；季绪好诋诃⑰，方之于田巴⑱，意亦见矣。故魏文称"文人相轻"⑲，非虚谈也。至如君卿唇舌⑳，而谬欲论文，乃称"史迁著书㉑，咨东

---

① 知音：这里泛指一般的评论家或欣赏者，而不管正确与否。
② 同：指同时代的人。古：古人。
③ 御：用。
④ 声：名声。这两句是《鬼谷子·内楗（jiàn）》篇中的话。
⑤ 《储说》：战国时期杰出的思想家韩非所著《韩非子》中，有《内储说》《外储说》等篇。
⑥ 《子虚》：指西汉作家司马相如的《子虚赋》。
⑦ 恨不同时：《史记·老庄申韩列传》中说，秦始皇读了韩非的《孤愤》等篇曾说："寡人得见此人，与之游，死不恨矣！"《汉书·司马相如传》中说：汉武帝读了司马相如的《子虚赋》曾说："朕独不得与此人同时哉！"
⑧ 韩：指韩非，他入秦后，被逸入狱而死。马：指司马相如，他始终只是汉武帝视若倡优的人。
⑨ 鉴：察看。《抱朴子·广譬》："贵远而贱近者，常人之用情也；信耳而疑目者，古今之所患也。是以秦王叹息于韩非之书，而想其为人；汉武慷慨于相如之文，而恨不同时。及既得之，终不能拔，或纳谗而诛之，或放乎冗散。"此即刘勰以上论述所本。
⑩ 班固：字孟坚，东汉初年史学家、文学家。傅毅：字武仲，和班固大致同时的文学家。
⑪ 伯仲：兄弟。这里指班固和傅毅作品的成就差不多。
⑫ 休：停止。全句意指傅毅写作不会剪裁。以上几句见曹丕的《典论·论文》："傅毅之于班固，伯仲之间耳，而固小之；与弟超书曰：'武仲以能属文为兰台令史，下笔不能自休。'"
⑬ 陈思：即曹植，他封陈王，谥号"思"。
⑭ 排：排斥。孔璋：陈琳的字。他是"建安七子"之一。曹植《与杨德祖书》说："以孔璋之才，不闲于辞赋。"
⑮ 敬礼：丁廙（yì）的字。他是汉末作家，曹植的好友，常请曹植修改他的文章。润色：修改加工。
⑯ 美谈：恰当的说法。指曹植在《与杨德祖》中所引丁廙的话："文之佳恶，吾自得之，后世谁相知定吾文者耶？"曹植接着说："吾常叹此达言，以为美谈。"
⑰ 季绪：刘修的字。他是汉末作家。诋诃（dǐ hē）：诽谤。
⑱ 方：比。田巴：战国时齐国善辩的人，曾被鲁仲连所驳倒，曹植《与杨德祖书》："刘季绪才不能逮于作者，而好诋诃文章，掎摭利病。昔田巴毁五帝、罪三王，訾五霸于稷下，一旦而服千人；鲁连一说，使终身杜口。刘生之辩，未若田氏；今之仲连，求之不难，可无叹息乎？"
⑲ 魏文：即魏文帝曹丕。曹丕在《典论·论文》中说："文人相轻，自古而然。"
⑳ 君卿：楼护的字。他是西汉末年的辩士。唇舌，指有口才。《论说》篇曾说："楼护唇舌。"
㉑ 史迁：即司马迁。

方朔"①，于是桓谭之徒②，相顾嗤笑。彼实博徒③，轻言负诮④；况乎文士，可妄谈哉！故鉴照洞明⑤，而贵古贱今者，二主是也⑥；才实鸿懿⑦，而崇己抑人者⑧，班、曹是也⑨；学不逮文⑩，而信伪迷真者⑪，楼护是也。酱瓿之议⑫，岂多叹哉！

夫麟凤与麏雉悬绝⑬，珠玉与砾石超殊⑭，白日垂其照，青眸写其形⑮。然鲁臣以麟为麏⑯，楚人以雉为凤⑰，魏氏以夜光为怪石⑱，宋客以燕砾为宝珠⑲。形器易征⑳，谬乃若是；文情难鉴，谁曰易分？

---

① 咨（zī）：询问。东方朔：西汉作家。楼护说司马迁著书曾咨询东方朔的话今不存。《史记·太史公自序》司马贞索隐："案桓谭云：'迁所著书成，以示东方朔，朔皆署曰"太史公"。'则谓'史太公'是朔称也。'"
② 桓谭：东汉初年著名学者，著有《新论》。
③ 博徒：指贱者。
④ 诮（qiào）：责怪。
⑤ 照：察看、理解。洞：深。
⑥ 二主：指秦始皇与汉武帝。
⑦ 鸿：大。懿（yì）：美。
⑧ 崇：高。
⑨ 班：指班固。曹：指曹植。
⑩ 逮（dài）：及。
⑪ 信伪：指关于司马迁请教东方朔的错误传说。
⑫ 瓿（bù）：小瓮。《汉书·扬雄传》中说，扬雄著《太玄经》时，"刘歆亦尝观之，谓雄曰：空自苦！今学者有禄利，然尚不能明《易》，又如《玄》何？吾恐后人用覆酱瓿也"。这里是借以喻指在以上种种不正的批评风气之下，真正有价值的作品只能被人用来盖酱坛子，难以得到正确的评价。
⑬ 麏（jūn）：獐，似鹿而小。雉（zhì）：野鸡。悬绝：相差极远。
⑭ 砾（lì）石：碎石块。
⑮ 青眸（móu）：即青眼，指正视。正目而视，眼多青处。眸：眼的瞳仁。
⑯ 麟为麏：《公羊传·哀公十四年》中说："春，西狩获麟……有以告者曰：有麏而角者。"
⑰ 雉为凤：《尹文子·大道上》中说："楚人担山雉者，路人问：'何鸟也？'担雉者欺之曰：'凤凰也。'路人曰：'我闻有凤凰，今直见之。'"
⑱ 氏：一作"民"。夜光：夜间发光，美玉或明珠都如此。这里指玉。《尹文子·大道上》："魏田父有耕于野者，得宝玉径尺，弗知其玉，以告邻人。邻人阴欲图之，谓之曰：'怪石也。'……于是遽而弃于远野。"
⑲ 燕砾：即燕石。《艺文类聚》卷六录《阚（kàn）子》："宋之愚人得燕石于梧台之东，归而藏之以为宝。周客闻而观焉……掩口而笑曰：'此特燕石也，其与瓦甓（pì）不殊。'"
⑳ 征：证，验。

夫篇章杂沓①,质文交加②,知多偏好③,人莫圆该④。慷慨者逆声而击节⑤,酝藉者见密而高蹈⑥;浮慧者观绮而跃心⑦,爱奇者闻诡而惊听⑧。会己则嗟讽⑨,异我则沮弃⑩,各执一隅之解⑪,欲拟万端之变⑫,所谓"东向而望,不见西墙"也⑬。

凡操千曲而后晓声⑭,观千剑而后识器⑮;故圆照之象⑯,务先博观⑰。阅乔岳以形培塿⑱,酌沧波以喻畎浍⑲。无私于轻重,不偏于憎爱;然后能平理若衡⑳,照辞如镜矣。是以将阅文情,先标六观:一观位体㉑,二观置辞㉒,三观通变㉓,四观奇正㉔,五观事义㉕,六观宫商㉖。斯术既形㉗,则优劣见矣。

---

① 杂沓(tà):纷乱,复杂。
② 质:指作品的思想内容。文:指艺术形式。交加:不同的事物一齐来临。
③ 知:这里是"知音"的知,指对作品的欣赏评论者。
④ 圆该:全面具备。这里指评论一切作品的能力。
⑤ 慷慨:指性情激昂的人。逆:迎。击节:打拍节,表示欣赏。节:乐器。
⑥ 酝藉:指性情含蓄的人。高蹈:远行。
⑦ 浮:浅。绮(qǐ):一种有花纹的丝织品,这里借指文辞华丽的作品。
⑧ 诡(guǐ):不平常的,怪异的。
⑨ 会:合。嗟:称,称叹。讽:诵读。
⑩ 沮(jǔ):阻止。
⑪ 隅:边,角。
⑫ 拟:度量,衡量。
⑬ 东向而望,不见西墙:《淮南子·氾论训》:"故东面而望,不见西墙;南面而视,不睹北方。"
⑭ 操:持,即操作、实践的意思。晓:明白。桓谭《新论·琴道》:"成少伯工吹竽,见安昌侯张子夏鼓瑟,谓曰:'音不通千曲以上,不足以为知音。'"(《全后汉文》卷十五)
⑮ 观千剑:桓谭《新论·道赋》:"扬子云工于赋,王君大习兵器,余欲从二子学,子云曰:'能读千赋则善赋。'君大曰:'能观千剑则晓剑。'"(《全后汉文》卷十五)
⑯ 圆:周遍,全面。照:察看,理解。象:方法。
⑰ 务:必须。博观:《事类》:"将赡才力,务在博见。"《奏启》:"博见足以穷理。"
⑱ 乔岳:高山。形:显著,这里指看清。培塿(pǒu lǒu):小土山。
⑲ 酌:斟酌。沧:沧海。畎浍(quǎn kuài):田间小沟。
⑳ 衡:秤。
㉑ 位:安排,处理。体:体裁。
㉒ 置:安放。
㉓ 通:指继承方面。变:指创新方面。
㉔ 奇:指不正常的表现方式。正:指正常的表现方式。
㉕ 事:主要指作品中所用的典故。
㉖ 宫商:指平仄,古人常以五音配四声。
㉗ 术:方法。

夫缀文者情动而辞发①，观文者披文以入情②，沿波讨源③，虽幽必显④。世远莫见其面，觇文辄见其心⑤。岂成篇之足深？患识照之自浅耳。夫志在山水，琴表其情⑥，况形之笔端，理将焉匿⑦？故心之照理，譬目之照形，目瞭则形无不分⑧，心敏则理无不达⑨。然而俗监之迷者⑩，深废浅售⑪，此庄周所以笑《折杨》⑫，宋玉所以伤《白雪》也⑬。昔屈平有言⑭："文质疏内⑮，众不知余之异采⑯。"见异唯知音耳。扬雄自称⑰："心好沈博绝丽之文⑱"，其事浮浅⑲，亦可知矣。夫唯深识鉴奥⑳，必欢

---

① 缀文：指写作。缀：联结。情动而辞发：《物色》："情以物迁，辞以情发。"
② 披文：《辨骚》："言节候，则披文而见时。"披：翻阅。
③ 讨：寻究。
④ 幽：隐微。
⑤ 觇（chān）：窥视。
⑥ 琴表其情：《吕氏春秋·本味》："伯牙鼓琴，钟子期听之。方鼓琴而志在太山，钟子期曰：'善哉乎鼓琴，巍巍乎若太山。'少选（须臾）之间，而志在流水。钟子期又曰：'善哉乎鼓琴，汤汤（大水疾流的样子）乎若流水。'"伯牙、钟子期：传为春秋时楚人。
⑦ 匿（nì）：隐藏。
⑧ 目瞭：目明。
⑨ 达：通晓。
⑩ 监：察看。
⑪ 售：指作品有许多人欣赏。
⑫ 庄周：即庄子，战国时思想家。《折杨》：一种庸俗的歌曲。《庄子·天地》中说："大声不入千里耳，《折杨》《皇华》则嗑（xiā）然而笑。"嗑：笑声。
⑬ 宋玉：战国时楚国著名作家。《白雪》：一种高妙的乐曲。传为宋玉所作的《对楚王问》中说："客有歌于郢中者，其始曰《下里巴人》，国中属而和者数千人……其为《阳春白雪》，国中属而和者不过数十人。"（《文选》卷四十五）
⑭ 屈平：名原。战国时楚国人，古代伟大诗人。
⑮ 文：指外表。质：指本性。疏：粗，这里指不注意装饰。内：即讷，迟钝，这里引申为朴实的意思。这里所引的话，见于《楚辞·九章·怀沙》。
⑯ 异采：指与众不同的才华。
⑰ 扬雄：字子云，西汉末年著名作家。
⑱ 沈：深。绝：独一无二。引言见于《答刘歆书》（《古文苑》卷十）。
⑲ 其：当作"不"。事：从事于。
⑳ 鉴奥：看得深。

然内怿①，譬春台之熙众人②，乐饵之止过客③。盖闻兰为国香④，服媚弥芬⑤；书亦国华⑥，玩绎方美⑦；知音君子，其垂意焉⑧。

赞曰：洪钟万钧⑨，夔、旷所定⑩。良书盈箧⑪，妙鉴乃订⑫。流郑淫人⑬，无或失听⑭。独有此律⑮，不谬蹊径⑯。

（选自向长清：《文心雕龙浅释》，长春，吉林人民出版社，1984年。注释略有增删。）

赏析

《文心雕龙》是中国文学批评史上一部巨著，全书共50篇，除"序志"外，包括总论5篇、文体论20篇、创作论19篇、批评论5篇，全面论述了文学的本原、文学的体制、文学创作、文学鉴赏和文学批评等各种文学理论问题。全书体系完整，内容博大精深，"体大而虑周"，"笼罩群言"。

《知音》是《文心雕龙》的第四十八篇，是文学鉴赏和文学批评方面的一篇专论，也是中国文学理论史上探讨批评问题的较早的比较系统的专论，比较全面地论述了文学批评的态度、特点、方法和文学批评的基本原理，并涉及文学批评与创作的关系和文学鉴赏等问题。什么是知音，该怎样理解他人的文章，研读中该注意什么样的问题，刘勰都作了认真的思考和研究，提出了许多至今人们依然兴趣盎然的问题：批评的态度、批评家的主观修养和

---

① 内：指内心。怿（yì）：喜悦。
② 春台：《老子·二十章》说："众人熙熙，……如春登台。"河上公本作"如登春台"。《总术》篇"落落之玉"，也是取河上公本，可见刘勰这里说"春台"是据河上公熙本《老子》。
③ 乐：音乐。饵（ěr）：食物。《老子·三十五章》说："乐与饵，止过客。"
④ 兰为国香：《左传·宣公三年》中说："以兰有国香，人服媚之如是。"国香：全国最香的花，后以"国香"专指兰花。
⑤ 服：佩戴。媚：喜爱。弥：更加。
⑥ 华：精华。
⑦ 玩绎：细细体会玩味。
⑧ 其：表示希望。垂意：留心，注意。
⑨ 洪：大。钧：三十斤。
⑩ 夔（kuí）：舜时的乐官。旷：师旷，春秋时晋国的乐师。
⑪ 箧（qiè）：箱。
⑫ 鉴：这里指评论家。订：校订。
⑬ 流：流荡。郑：郑声。儒家认为郑国的音乐淫邪。淫人：使人走到过分的境地。淫：过分。
⑭ 失听：听错了。
⑮ 律：规则。
⑯ 蹊（xī）：路。

批评应该注意的方面等。

全篇分四个部分。第一部分讲"知实难逢",即正确的文学评论者是很难遇见的。刘勰举秦始皇、汉武帝、班固、曹植和楼护等人为例,批评了古来文学批评存在着"贵古贱今""崇己抑人""信伪迷真"等不良倾向。第二部分讲"音实难知"。刘勰分析了两方面的原因,从客观上看,文学作品从内容到形式都是丰富而多样的;从主观上看,评论家又见识有限而各有偏好,所以难于做得恰当。根据这种特点和困难,第三部分提出了"博观"的原则与"六观"的鉴赏方法。文章用类比的手法提出批评者应博见广闻,所谓"操千曲而后晓声,观千剑而后识器",增强其鉴赏文学作品的能力,不应"各执一隅之解,欲拟万端之变",否则就会出现"所谓'东向而望,不见西墙'"的现象;排除私见偏爱,"圆照之象,务先博观",以求客观公正地评价作品。作者提出"六观"的批评方法,一观位体,看其内容与文体风格是否一致;二观置辞,看其文辞在表达情理上是否确切;三观通变,看其有否继承与变化;四观奇正,看其布局是否严谨妥当;五观事义,看其用典是否贴切;六观宫商,看其音韵声律是否完美。从体裁的安排、辞句的运用、继承与革新、表达的奇正、典故的运用、音韵声律的处理这六个方面着手评论文章,这在当时是最为全面和公允的品评标准。第四部分提出文学批评的基本原理:"缀文者情动而辞发,观文者披文以入情。"说明文学批评虽有一定困难,但正确地理解作品和评价作品是完全可能的。最后强调批评者必须深入仔细地玩味作品,才能"服媚弥芬""玩绎方美"。

《文心雕龙》是一部逻辑体系严整缜密的的理论著作,同时又是一部文采斐然的文学名著。文章用南朝盛行骈体文写就,文字唯美,句式精工整饬,两两骈出,大量运用典故,典雅缜丽,音调和谐流畅,诗魂缭绕,美不胜收。

(闫　冰)

| 思考与练习

1. 《文心雕龙·知音》分析文学鉴赏之难的原因是什么?
2. 《文心雕龙·知音》提出的"六观"说具体含义是什么?"六观"说对文学鉴赏、艺术鉴赏有什么指导意义?

| 备选课文

文心雕龙·养气

昔王充著述，制《养气》之篇，验己而作，岂虚造哉！夫耳目鼻口，生之役也；心虑言辞，神之用也。率志委和，则理融而情畅；钻砺过分，则神疲而气衰：此性情之数也。

夫三皇辞质，心绝于道华；帝世始文，言贵于敷奏。三代春秋，虽沿世弥缛，并适分胸臆，非牵课才外也。战代技诈，攻奇饰说，汉世迄今，辞务日新，争光鬻采，虑亦竭矣。故淳言以比浇辞，文质悬乎千载；率志以方竭情，劳逸差于万里。古人所以馀裕，后进所以莫遑也。

凡童少鉴浅而志盛，长艾识坚而气衰，志盛者思锐以胜劳，气衰者虑密以伤神，斯实中人之常资，岁时之大较也。若夫器分有限，智用无涯；或惭凫企鹤，沥辞镌思。于是精气内销，有似尾闾之波；神志外伤，同乎牛山之木。怛惕之盛疾，亦可推矣。

至如仲任置砚以综述，叔通怀笔以专业，既暄之以岁序，又煎之以日时，是以曹公惧为文之伤命，陆云叹用思之困神，非虚谈也。

夫学业在勤，故有锥股自厉；志于文也，则有申写郁滞。故宜从容率情，优柔适会。若销铄精胆，蹙迫和气，秉牍以驱龄，洒翰以伐性，岂圣贤之素心，会文之直理哉！

且夫思有利钝，时有通塞，沐则心覆，且或反常；神之方昏，再三愈黩。是以吐纳文艺，务在节宣，清和其心，调畅其气，烦而即舍，勿使壅滞，意得则舒怀以命笔，理伏则投笔以卷怀，逍遥以针劳，谈笑以药倦，常弄闲于才锋，贾馀于文勇，使刃发如新，腠理无滞，虽非胎息之万术，斯亦卫气之一方也。

赞曰：纷哉万象，劳矣千想。玄神宜宝，素气资养。水停以鉴，火静而朗。无扰文虑，郁此精爽。

干 宝

干宝（？—336年），字令升，祖籍新蔡（今河南新蔡县）。明天启《海盐县图经》云："父莹，仕吴，任立节都尉，南迁定居海盐，干宝遂为海盐人。"在东晋初年做过著作郎、始安太守、散骑常侍等官。干宝学识渊博，著述宏丰，横跨经、史、子、集四部，堪称魏晋间之通人。除《搜神记》外，著作有《晋纪》二十卷，当时称为良史。至今有关专家已收集到的干宝书目达26种，近200卷。

搜神记·紫玉

吴王夫差小女，名曰紫玉，年十八，才貌俱美。童子韩重，年十九，有道术。女悦之，私交信问①，许为之妻。重学于齐鲁之间②，临去，属其父母，使求婚。王怒，不与女。玉结气死③，葬阊门之外④。三年重归，诘其父母⑤，父母曰："王大怒，玉结气死，已葬矣。"重哭泣哀恸，具牲币，往吊于墓前⑥。玉魂从墓出，见重，流涕谓曰："昔尔行之后，令二亲从王相求⑦，度必克从大愿⑧。不图别后，遭命，奈何⑨！"玉乃左顾，宛颈而歌曰⑩："南山有乌，北山张罗；乌既高飞，罗将奈何⑪！意欲从君，谗言孔多⑫。悲结生疾，没命黄垆⑬。命之不造⑭，冤如之何！羽族之长，名为凤凰。一日失雄，三年感伤。虽有众鸟，不为匹双。故见鄙姿，逢君辉光。身远心近，何当暂忘⑮。"歌毕，歔欷流涕⑯，要重还冢⑰。重

---

① 信：使者。问：信件。
② 齐鲁之间：今山东省地。
③ 结气：悲苦郁结。
④ 阊门：吴国都城姑苏（今江苏省苏州市）城门名。
⑤ 诘：盘问。
⑥ 牲币：祭祀用的牺牲和钱币。
⑦ 令二亲：指韩重的父母。令：祈请。
⑧ 度：预计。克从大愿：能实现愿望。
⑨ 不图：不料。这句说，不料别后遭到悲惨的命运，怎么办好呢？
⑩ 宛：屈。这里说因头偏向左边而扭着脖子。
⑪ "南山"四句的意思是，玉以鸟自比，以网比韩重，说自己已经去世，你回来也无济于事。
⑫ 孔多：甚多。
⑬ 黄垆：黄泉，即地下。
⑭ 命：命运。不造：不好。
⑮ 何当：何时。
⑯ 歔欷（xū xī）：哭泣时因气咽而抽噎。
⑰ 要（yāo）：邀请。

曰:"死生异路,惧有尤愆①,不敢承命②。"玉曰:"死生异路,吾亦知之。然今一别,永无后期。子将畏我为鬼而祸子乎?欲诚所奉③,宁不相信。"重感其言,送之还冢。玉与之饮宴,留三日三夜,尽夫妇之礼。临出,取径寸明珠以送重④,曰:"既毁其名,又绝其愿,复何言哉!时节自爱⑤。若至吾家,致敬大王。"重既出,遂诣王,自说其事。王大怒曰:"吾女既死,而重造讹言⑥,以玷秽亡灵⑦。此不过发冢取物,讬以鬼神。"趣收重⑧。重走脱,至玉墓所诉之。玉曰:"无忧。今归白王。"王妆梳,忽见玉,惊愕悲喜,问曰:"尔缘何生?"玉跪而言曰:"昔诸生韩重⑨,来求玉,大王不许,玉名毁义绝,自致身亡。重从远还,闻玉已死,故赍牲币,诣冢吊唁⑩。感其笃终⑪,辄与相见⑫,因以珠遗之。不为发冢,愿勿推治⑬。"夫人闻之⑭,出而抱之,玉如烟然⑮。

(选自朱东润主编:《中国历代文学作品选》,上海,上海古籍出版社,1980年。)

赏析

传说干宝因有感于父婢死而再生及其兄气绝复苏,乃编集神怪灵异故事为《搜神记》。他在序中自称:"虽考志于载籍,收遗佚于当时,盖非一耳一目所亲闻睹也,又安敢谓无失实者哉!"此书为我国魏晋志怪小说中成就最高的代表作,保存了许多古代民间的传说,如《干将莫邪》《相思树》《董

---

① 尤愆(qiān):罪过。这里有意外之祸的意思。
② 承命:奉命。
③ 诚,这里作动词用。所奉,即所奉侍之人,指韩重。
④ 径寸明珠:直径一寸的大明珠。
⑤ 这句意思说,在每年节气变化时,要注意保重身体。
⑥ 讹(é)言:谎话。
⑦ 玷秽亡灵:玷污死者。
⑧ 这句说,吴王催促左右把韩重抓起来。趣:催促。收:收禁。
⑨ 诸生,青年人。
⑩ 赍(jī):拿着。唁(yàn):与吊同意。
⑪ 笃终:恩情深挚而始终不渝。
⑫ 辄:就。
⑬ 推治:追究办罪。
⑭ 夫人:指吴王之妻,紫玉的母亲。
⑮ 这句说,紫玉像烟一样化去。

永卖身》《李寄斩蛇》等,给后世文学艺术以深远影响。

本篇写吴王夫差的小女紫玉与书生韩重相恋,因父亲吴王反对而郁结至死,反映了封建婚姻制度对青年男女的摧残。及至韩重吊唁,感其情深,紫玉魂魄又与之相见,"尽夫妇之礼",情之深挚,甚至可以超越生死之隔。后来,吴王欲治罪韩重,紫玉又现身为韩重解释。情之力可谓使生者赴死,使死者重生。及至真相大白,紫玉乃烟然而逝。本篇故事情节曲折离奇,篇中紫玉因对韩重的爱而逝,因情而生,故事充满浪漫主义气息,使人在称奇之时,不免为这炽烈动人的爱情所打动,为这一对被身份、门第和父母之命而阻隔的青年恋人叹惋不已。全篇故事奇特,歌颂了大胆追求爱情的青年,肯定了青年男女爱情的美好,抨击了专制残暴的家长和君王。而这样一种超越生死之恋,成为历代作家歌咏的主题,在明代汤显祖的《牡丹亭》中又得以再现和超越。

(闫 冰)

思考与练习

1. 谈谈本篇的写作特点,搜索相关题材作品,谈谈这类题材创作的演进。

备选课文

搜神记(节选)

神农以赭鞭鞭百草,尽知其平毒寒温之性,臭味所主,以播百谷,故天下号神农也。

赤松子者,神农时雨师也,服冰玉散,以教神农,能入火不烧。至昆仑山,常入西王母石室中,随风雨上下。炎帝少女追之,亦得仙,俱去。至高辛时,复为雨师,游人间。今之雨师本是焉。

赤将子舆者,黄帝时人也。不食五谷,而啖百草华。至尧时,为木工。能随风雨上下。时于市门中卖缴,故亦谓之缴父。

宁封子,黄帝时人也。世传为黄帝陶正,有异人过之,为其掌火。能出五色烟。久则以教封子,封子积火自烧,而随烟气上下。视其灰烬,犹有其骨。时人共葬之宁北山中。故谓之宁封子。

偓佺者,槐山采药父也。好食松实。形体生毛,长七寸。两目更方。能飞行,逐走马。以松子遗尧,尧不暇服。松者,简松也。时受服者,皆三百岁。

彭祖者,殷时大夫也。姓钱,名铿。帝颛顼之孙,陆终氏之中子。历夏而至商末,号七百岁。常食桂芝。历阳有彭祖仙室。前世云:祷请风雨,莫不辄应。常有两虎在祠左右。今日祠之讫地,则有两虎迹。

崔文子者,泰山人也。学仙于王子乔。子乔化为白蜺,而持药与文子。文子惊怪,引戈击蜺,中之,因堕其药。俯而视之,王子乔之尸也。置之室中,覆以敝筐。须臾,化为大鸟。开而视之,翻然飞去。

冠先,宋人也。钓鱼为业。居睢水旁,百余年,得鱼,或放,或卖,或自食之。常冠带,好种荔,食其葩实焉。宋景公问其道,不告,即杀之。后数十年,踞宋城门上,鼓琴,数十日乃去。宋人家家奉祠之。

琴高,赵人也。能鼓琴。为宋康王舍人。行涓、彭之术,浮游冀州、涿郡间二百余年。后辞入涿水中,取龙子,与诸弟子期之。曰:"明日皆洁斋候。"于水旁设祠屋。果乘赤鲤鱼出,来坐祠中。且有万人观之。留一月,乃复入水去。

有人入焦山七年,老君与之木钻,使穿一盘石,石厚五尺,曰:"此石穿,当得道。"积四十年,石穿,遂得神仙丹诀。

左慈,字符放,庐江人也。少有神通。尝在曹公座,公笑顾众宾曰:"今日高会,珍羞略备。所少者,吴松江鲈鱼为脍。"放曰:"此易得耳。"因求铜盘贮水,以竹竿饵钓于盘中,须臾,引一鲈鱼出。公大拊掌,会者皆惊。公曰:"一鱼不周坐客,得两为佳。"放乃复饵钓之。须臾,引出,皆三尺余,生鲜可爱。公便自前脍之,周赐座席。公曰:"今既得鲈,恨无蜀中生姜耳。"放曰:"亦可得也。"公恐其近道买,因曰:"吾昔使人至蜀买锦,可敕人告吾使;使增市二端。"人去,须臾还,得生姜。又云:"于锦肆下见公使,已敕增市二端。"后经岁余,公使还,果增二端。问之,云:"昔某月某日,见人于肆下,以公敕敕之。"后公出近郊,士人从者百数,放乃赍酒一罂,脯一片,手自倾罂,行酒百官,百官莫不醉饱。公怪,使寻其故。行视沽酒家,昨悉亡其酒脯矣。公怒,阴欲杀放。放在公座,将收之,却入壁中,霍然不见。乃募取之。或见于市,欲捕之,而市人皆放同形,莫知谁是。后人遇放于阳城山头,因复逐之。遂走入羊群。公知不可得,乃令就羊中告之,曰:"曹公不复相杀,本试君术耳。

今既验,但欲与相见。"忽有一老羝,屈前两膝,人立而言曰:"遽如许。"人即云:"此羊是。"竞往赴之。而群羊数百,皆变为羝,并屈前膝,人立,云:"遽如许。"于是遂莫知所取焉。老子曰:"吾之所以为大患者,以吾有身也;及吾无身,吾有何患哉。"若老子之俦,可谓能无身矣。岂不远哉也。

刘义庆

刘义庆(403—444年),彭城人(今江苏省徐州市),刘宋宗室,袭封临川王,曾任南兖州刺史、都督、加开府仪同三司。性喜文学,门下招聚了不少才学之士。除编《世说新语》外,还编有《幽明录》等。

世说新语(节选)

德行门·11

管宁①、华歆②共园中锄菜,见地有片金,管挥锄与瓦石不异,华捉而掷去之。又尝同席读书,有乘轩冕过门者③,宁读如故,歆废书出看。宁割席分坐④,曰:"子非吾友也!"

任诞门·47

王子猷居山阴⑤,夜大雪,眠觉,开室,命酌酒,四望皎然⑥。因起仿偟,咏左思《招隐诗》⑦,忽忆戴安道⑧。时戴在剡⑨,即便夜乘小船就之。经宿

---

① 管宁:字幼安,汉末魏时人,不仕而终。
② 华歆(157—231),字子鱼,高唐(今山东省禹城县西南)人,汉桓帝时为尚书令,入魏后官至太尉。
③ 轩冕:此单指车子。
④ 宁割席分坐:后人以"管宁割席"、"割席分坐"喻朋友断交。
⑤ 王子猷:王徽之。
⑥ 皎然:洁白貌。此形容雪色。
⑦ 左思,字太冲,西晋临淄(今山东淄博)人。家世儒学,妹左芬为晋武帝贵嫔。官秘书郎。他貌丑口讷而博学能文。《招隐诗》:凡二首,歌咏隐居乐趣。诗见《昭明文选》。
⑧ 戴安道:戴逵。
⑨ 剡(shàn):县名。今浙江嵊县。地有剡溪,为曹娥江上游,从山阴可溯流而达。

方至①,造门不前而返。人问其故,王曰:"吾本乘兴而行,兴尽而返,何必见戴?"

(选自张㧑之:《世说新语译注》,上海,上海古籍出版社,1996年。)

赏析

笔记体小说《世说新语》由南朝宋时临川王刘义庆和他的门下文人编撰而成。全书分为德行、言语、政事、文学等三十六篇,记载汉末魏晋时期士大夫阶层的逸事和言谈,比较全面地反映了这个时期士族的放诞生活和清谈风气,展现了被后世所称道的任性自然、不拘小节、追求智慧的"魏晋风度"。除德行、言语、文学、政事属孔门四科,部分传承了儒家思想,其余方正、雅量、识鉴、任诞、伤逝等三十二篇大都洋溢着自由浪漫的人生格调,显示了独立自觉的文学内涵,在中国小说史上自成一体,后代仿作很多。南朝梁刘孝标为此书作注,注释引书达四百余种,大多已经佚失,故材料具有很大文献价值。

自汉朝末年,经三国魏晋南北朝,直至隋统一,中国经历了近四百年的社会动荡。农民起义、封建割据、军阀作乱、外族入侵纠缠起伏,绵绵不绝。鲁迅在其《中国小说的历史变迁》中说:"……从汉末到六朝为篡夺时代,四海骚然,人多抱厌世主义;加以佛道二教盛行一时,皆讲超脱现世,晋人先受其影响,于是有一派人去修仙,想飞升,所以喜服药;有一派人欲永游醉乡,不问世事,所以好饮酒。"因为社会动荡不定,政治波谲云诡,儒家入世的传统思想基石渐渐动摇,人们开始寻觅另外的精神依凭。谈玄论道,服药饮酒,任性率真,成为当时社会精英们追逐的时尚,形成了后世人们所称道的"魏晋风度"。

汉末、魏晋时代,士大夫阶层中品评人物的风气很盛。本节选取两篇,一篇是人物对比,管宁与华歆的品德风貌高下之差,寥寥数语间,形态毕现,并品评其优劣。一篇通过王子猷"乘兴而行,兴尽而返",尽显其放诞任情、不拘形迹的精神风貌。

《世说新语》开笔记体小说的滥觞,是逸事小说集大成者。小说含蓄幽默、洗练隽永的语言,"记言则玄远冷峻,记行则高简瑰奇"的叙述风格为后世人们提供了丰厚的营养,直到今天还在影响着中国文学的发展。 　　(闫　冰)

---

① 经宿:经过一夜。

思考与练习

1. 试举《世说新语》中几例，谈谈何为魏晋风度。
2. 谈谈《世说新语》的写作特色，试仿作一两篇。

备选课文

德行门·9

荀巨伯远看友人疾，值胡贼攻郡，友人语巨伯曰："吾今死矣，子可去！"巨伯曰："远来相视，子令吾去，败义以求生，岂荀巨伯所行邪！"贼既至，谓巨伯曰："大军至，一郡尽空，汝何男子，而敢独止？"巨伯曰："友人有疾，不忍委去，宁以我身代友人命。"贼相谓曰："我辈无义之人，而入有义之国。"遂班军而还，一郡并获全。

伤逝门·1

王仲宣好驴鸣，既葬，文帝临其丧，顾语同游曰："王好驴鸣，可各作一声以送之。"赴客皆一作驴鸣。

贤媛门·5

赵母嫁女，女临去，敕之曰："慎勿为好！"女曰："不为好，可为恶邪？"母曰："好尚不可为，其况恶乎？"

任诞门·3

刘伶病酒，渴甚，从妇求酒。妇捐酒毁器，涕泣谏曰："君饮太过，非摄生之道，必宜断之！"伶曰："甚善。我不能自禁，唯当祝鬼神自誓断之耳。便可具酒肉。"妇曰："敬闻命。"供酒肉于神前，请伶祝誓。伶跪而祝曰："天生刘伶，以酒为名。一饮一斛，五斗解酲。妇人之言，慎不可听！"便引酒进肉，隗（wěi）然已醉矣。

任诞门·6

刘伶恒纵酒放达，或脱衣裸形在屋中。人见讥之，伶曰："我以天地为栋宇，屋宇为裈（kūn）衣，诸君何为入我裈中？"

任诞门·53

王孝伯言："名士不必须奇才，但使常得无事，痛饮酒，熟读《离骚》，便可称名士。"

汰侈门·1

　　石崇每要客燕集，常令美人行酒，客饮酒不尽者，使黄门交斩美人。王丞相与大将军尝共诣崇。丞相素不能饮，辄自勉强，至于沉醉。每至大将军，固不饮，以观其变，已斩三人，颜色如故，尚不肯饮。丞相让之，大将军曰："自杀伊家人，何预卿事！"

第三章 唐宋文学

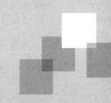

唐代文学是中国古代文学史上承前启后的一个重要时期。这一时期,诗歌、小说、散文、戏曲等各种文学样式都有发展和创造,尤以诗文成就最为突出。诗、词、散文在中国古代文学中大放异彩。

第一节 唐　　诗

唐代是我国古代社会历史空前强盛和繁荣的时代。唐代的诗歌远承先秦,近承六朝,从理论到创作,从创作方法到艺术技巧,几乎全面地总结并发展了前代的优良传统,产生了李白、杜甫、白居易为代表的一大批诗人,形成了中国诗歌史上的黄金时代。唐诗对于后世的影响是难以估量的。唐代诗人们爱国忧民的情怀,批判现实的精神,教育、激励了一代又一代的诗人。唐诗娴熟精深的技巧、多种多样的风格及其所发展、创造的各种诗歌体制,成了后世诗人学习的榜样和遵循的典范。

唐诗的繁荣发展不是孤立的、偶然的现象,这里既有历史原因也有现实原因,既与当时的经济、政治乃至整个文化艺术有直接或间接的关系,更是诗歌自身的历史发展的必然结果。明人胡震亨在《唐音癸签》卷一《体凡》中说:"诗自风雅颂以降,一变有《离骚》,再变为西汉五言诗,三变有歌行杂体,四变为唐之律诗。诗之至唐,体大备矣"。中国旧体诗的所有体裁,都是在唐代完成的。在唐诗中,无论乐府诗(旧题、新题)、古体诗(四、五、七言)、近体诗(五言律、七言律、五绝、七绝、五言排律、七言排律)、歌行杂体,长篇短制,各体兼备。集古来诗体之大成,并在诗的境界、语言、韵律、对偶等方面,开拓了诗歌艺术的广阔天地,使诗歌的艺术表现力达到了历史最高水平。

唐代文学三百年的发展过程,经历了初唐、中唐、盛唐、晚唐四个阶段。初唐文坛,一时尚未摆脱齐梁文风的影响。但被称为"四杰"的王勃、杨炯、卢照邻、骆宾王,已经在作品的内容上有所开拓,而且创造了近体诗。稍后的陈子昂提倡"汉魏风骨",主张"兴寄",批判六朝遗风,为端正诗歌发展方向做出了贡献。开元、天宝之际四五十年间,是唐诗的兴盛时期,群星灿灿,百花齐放,律诗臻于成熟。许多诗人形成各自独特的风格,形成不同的流派。山水田园诗派的代表作家有王维、孟浩然、储光羲等,边塞诗派的重要人物有高适、岑参、王昌龄等。浪漫主义大诗人李白和现实主义大诗人杜甫,是本时期也是我国古代最伟大的诗人。中唐文学是盛唐文学的延续,继续写山水诗的有刘长卿、韦应物,写边塞诗的有李益、卢纶,而元结、顾况则注意关心国计民生,是新乐府运动的先驱。新乐府运动的代表人物是白居易,是李、杜后又一个伟大的诗人,他主张用诗歌反映人民疾苦。元稹、张籍、王建都是白居易的诗友和新乐府运动的积极参与者。此外,中唐独树一帜的诗人还有孟郊、贾岛、刘禹锡、李贺等。到了晚唐,唐诗的发展已经走过了漫长的道路,能于诸多大家之外另辟蹊径,在艺术上有所创新者,当推杜牧与李商隐。

王 绩

王绩(589—644年),字无功,自号"东皋子",绛州龙门(今山西省河津县)人,隋朝大儒王通之弟。在隋末唐初之际,曾经三仕三隐,既想仕途有所作为但又认为显达不能,时常表现出消极避世、明哲保身的一种矛盾心理。

王绩的诗歌创作多涉足山水田园,处处表现出内心闲适情趣,带有一种朴素、不饰胭脂之美,但结合其身世背景,可看出其诗歌思想闲适的背后,往往带有一种无法调和的内心矛盾。

野 望

东皋薄暮①望,徙倚欲何依②。树树皆秋色,山山唯落晖③。牧人驱

---

① 薄暮:傍晚。
② 徙倚:徘徊。欲何依:心情没有着落。
③ 落晖:落日。此句写出山峰夕阳相呼映衬,显出荒凉之感。

犊返,猎马带禽归。相顾无相识,长歌怀采薇①。

(选自《全唐诗》,北京,中华书局,1996年。)

赏析

"东皋"是诗人隐居的地方,当诗人在黄昏时分放眼望去,山野秋景衬托着诗人黯淡的内心世界。三、四句是静态、远景视觉描写。后四句是动态、近景的描摹,"牧人"与"猎马"带有浓重的田园气息。在面对宁谧环境的时候,作者并没有找到心灵的寄托,"相顾无相识,长歌怀采薇"说自己在现实中孤独无依,只好追怀古代的隐士,和伯夷、叔齐那样的人交朋友了。王绩的《野望》作品取境开阔、风格清新、属对工整、格律谐和,是唐初最早的五言律诗之一。

(李松石)

骆宾王

骆宾王(约627—约684年),字观光,婺州义乌人(今中国浙江义乌)。唐初诗人,与王勃、杨炯、卢照邻合称"初唐四杰"。龙朔初年,骆宾王担任道王李元庆的属官。后来相继担任武功主簿和明堂主簿等职,曾经被人诬陷入狱,被赦免后出任地方官临海县丞,所以后人也称他"骆临海"。武则天光宅元年(684年),徐敬业起兵讨伐武则天,他作为秘书,起草了著名的《讨武氏檄》。骆宾王长于歌行体,但五言律诗也有佳作,《在狱咏蝉》便是其中之一。

在狱咏蝉

西陆②蝉声唱,南冠客思侵。③ 不堪玄鬓影④,来对白头吟。⑤ 露重飞

---

① 薇,是一种植物。相传周武王灭商后,伯夷、叔齐不愿做周的臣子,在首阳山上采薇而食,最后饿死。古时"采薇"代指隐居生活。
② 西陆:秋天。
③ 南冠:又称"楚冠",囚徒的意思。《左传·成公九年》:"晋侯观于军府,见钟仪,问之曰:'南冠而絷者谁也?'有司对曰:'郑人所献楚囚也。'"杜预注:"南冠,楚冠也。"后世以"南冠"代指囚徒。客思:想念家乡。侵,一作"深"。
④ 玄鬓:指蝉的黑色翅膀,这里比喻自己正当盛年。不堪:一本作"那堪"。
⑤ 白头吟:乐府曲名,《乐府诗集》解题说是鲍照、张正见、虞世南诸作,皆自伤清直却遭诬谤。两句意谓自己正当玄鬓之年,却来默诵《白头吟》那样哀怨的诗句。

难进，风多响易沉。无人信高洁，谁为表予心。

（选自《全唐诗》，北京，中华书局，1996年。）

赏析

此诗作于唐高宗仪凤三年（678年），骆宾王被捕下狱时狱中所作。下狱原因，众说纷纭，大略有二：一说是被人诬陷贪污，一说是触怒武则天。具体原因我们不得而知，但闻一多先生的一番话颇一语中的："天生一副侠骨，专喜欢管闲事，打抱不平、杀人报仇、革命、帮痴心女子打负心汉。"（《宫体诗的自赎》）

该诗以蝉自喻，借物抒情，字面沉实，读来凝重。首句以秋天的蝉声起兴，即从听觉角度着手，我们可以想象，狱中的骆宾王是孤独的，无人应语，狱壁寂寥，此时外面的蝉声自然而又合理地适时引起诗人的注意。一个"唱"字，奠定诗人对蝉声的"欣赏"，因其古人信其乃"居高声远"的"高洁"之物，同时又因其生命短暂而有哀婉之情。嘉其高洁，以蝉自喻，同时又哀其生短，无限哀伤，这两种情感正是狱中骆宾王情感的主要表现。第二句写由蝉声联想到对家园的思念，这是传统起兴的手法。三、四句是工整的流水对，采用对比的手法，使作者心中哀愁表现更加突出。五、六句是虚想实描，虚想的是在"露重""风多"的恶劣天气里，"蝉"这一高洁的小生命处境是何等艰险，实描的乃是作者狱中的境况，此二句虚虚实实，为读者速写出一幅图画，让人心中生出无限同情。最后两句紧扣主题，"无人信"说其孤独而无奈，正与首句相应，既然得不到别人相信，那只能对蝉自语。整首诗一气呵成，虽孤愤而不卑下，非大家之手、真情之笔难摹如此。（李松石）

张若虚

张若虚（约660—约720年），扬州（今属江苏）人。曾任兖州兵曹。生卒年、字号均不详。事迹略见于《旧唐书·贺知章传》。中宗神龙（705—707年）中，与贺知章、贺朝、万齐融、邢巨、包融俱以文词俊秀驰名于京都，与贺知章、张旭、包融并称"吴中四士"。开元时尚在世。张若虚的诗仅存两首于《全唐诗》中。其中《春江花月夜》是一篇脍炙人口的名作，它沿用乐府旧题,抒写真挚动人的离情别绪及富有哲理意味的人生感慨,语言清新优美,韵律宛转悠扬,洗去了宫体诗的浓脂艳粉,给人以澄澈空明、清丽自然的感觉。

春江花月夜①

春江潮水连海平,海上明月共潮生②。滟滟③随波千万里,何处春江无月明?江流宛转绕芳甸,月照花林皆似霰④。空里流霜⑤不觉飞,汀上白沙看不见。江天一色无纤尘,皎皎空中孤月轮。江畔何人初见月?江月何年初照人?人生代代无穷已,江月年年只相似,不知江月待何人,但见长江送流水。白云一片去悠悠,青枫浦上不胜愁⑥。谁家今夜扁舟子?何处相思明月楼⑦?可怜楼上月徘徊,应照离人妆镜台⑧。玉户帘中卷不去,捣衣砧上拂还来⑨。此时相望不相闻,愿逐月华流照君。鸿雁长飞光不度,鱼龙潜跃水成文⑩。昨夜闲潭梦落花,可怜春半不还家⑪。江水流春去欲尽,江潭落月复西斜。斜月沉沉藏海雾,碣石潇湘无限路⑫。不知乘月几人归?落月摇情满江树⑬。

(选自《全唐诗》,北京,中华书局,1996年。)

---

① 《春江花月夜》:原为乐府旧题,相传是南朝陈后主所作,为宫廷艳辞。
② 此两句写月明初上的情景。海:这里指一望无际的江面,犹如大海。
③ 滟滟:水面波光粼粼的样子。
④ 芳甸:遍布花草的原野。霰:小冰粒,这里指月光照映下的花朵。
⑤ 流霜:非实指,这里流霜是比喻月光的意思。
⑥ 清枫浦:地名,在今湖南省浏阳县境内,这里泛指荒僻的水边;一说清枫浦为唐代著名的送别之地。
⑦ 扁舟:小舟,子:游子。明月楼:月夜下的闺楼,这里指闺中思妇。
⑧ 可怜:可爱。徘徊:月光移动的样子。
⑨ 玉户:华丽的楼阁。捣衣砧:捣衣石。此二句意在比喻楼中思妇的愁绪像这月光照在门帘、捣衣石上一样挥之不去。
⑩ "鱼雁":为我国古代信使的代指。此二句是说传递书信的鸿雁早已飞走,而月光又不能渡过,因就不能替我传递消息;而传递书信的鱼龙也已跃入幽暗之处,只剩下水面的波纹而已,也无传递消息的可能。另一说为此两句摹写思妇仰视天空、俯视江面,指心中寂寞、望月怀人的心情。
⑪ 闲潭:水面安静的潭水。
⑫ 碣石:山名,在今河北境内;潇湘:水名,在今湖南境内。这里分指南北。
⑬ 摇情:激荡情思,犹言牵情。

赏析

《春江花月夜》在思想与艺术上都超越了以前那些单纯模山范水的景物诗,"羡宇宙之无穷,哀吾生之须臾"的哲理诗,抒儿女别情离绪的爱情诗。诗人将这些屡见不鲜的传统题材,注入了新的含义,融诗情、画意、哲理为一体,凭借对春江花月夜的描绘,尽情赞叹大自然的奇丽景色,讴歌人间纯洁的爱情,把对游子思妇的同情心扩大开来,与对人生哲理的追求、对宇宙奥秘的探索结合起来,从而汇成一种情、景、理水乳交融的幽美而邈远的意境。诗人将深邃美丽的艺术世界特意隐藏在惝恍迷离的艺术氛围之中,整首诗篇仿佛笼罩在一片空灵而迷茫的月色里,吸引着读者去探寻其中美的真谛。

全诗紧扣春、江、花、月、夜的背景来写,而又以月为主体。"月"是诗中情景兼融之物,它跳动着诗人的脉搏,在全诗中犹如一条生命纽带,通贯上下,触处生神,诗情随着月轮的生落而起伏曲折。月在一夜之间经历了升起—高悬—西斜—落下的过程。在月的照耀下,江水、沙滩、天空、原野、枫树、花林、飞霜、白云、扁舟、高楼、镜台、砧石、长飞的鸿雁、潜跃的鱼龙、不眠的思妇以及漂泊的游子,组成了完整的诗歌形象,展现出一幅充满人生哲理与生活情趣的画卷。这幅画卷在色调上是以淡寓浓,虽用水墨勾勒点染,但"墨分五彩",从黑白相辅、虚实相生中显出绚烂多彩的艺术效果,宛如一幅淡雅的中国水墨画,体现出春江花月夜清幽的意境美。

诗的韵律节奏也饶有特色。诗人灌注在诗中的感情旋律极其悲慨激荡,但那旋律既不是哀丝豪竹,也不是急管繁弦,而是像小提琴奏出的小夜曲或梦幻曲,含蕴,隽永。诗的内在感情是那样热烈、深沉,看来却是自然的、平和的,犹如脉搏跳动那样有规律、有节奏,而诗的韵律也相应地扬抑回旋。全诗共三十六句,四句一换韵,共换九韵。又平声庚韵起首,中间为仄声霰韵、平声真韵、仄声纸韵、平声尤韵、灰韵、文韵、麻韵,最后以仄声遇韵结束。诗人把阳辙韵与阴辙韵交互杂沓,高低音相间,依次为洪亮级(庚、霰、真)—细微级(纸)—柔和级(尤、灰)—洪亮级(文、麻)—细微级(遇)。全诗随着韵脚的转换变化,平仄的交错运用,一唱三叹,前呼后应,既回环反复,又层出不穷,音乐节奏感强烈而优美。这种语音与韵味的变化，又是切合着诗情的起伏，可谓声情与文情丝丝入扣，宛转谐美。

(吴翠芬，引自萧涤非等：《唐诗鉴赏辞典》，上海，上海辞书出版社，2004年。文字有删减。)

王 维

王维（701—761年），字摩诘，祖籍太原祁州（今山西省祁县），开元九年（721年）中进士。开元二十二年（734年）得张九龄提拔任右拾遗。张九龄被贬后亦遭冷遇，政治态度日趋消极，先后在终南、辋川过着亦官亦隐的生活，安史之乱中被迫任伪职而遭贬。晚年官至尚书右丞。

王维是唐代山水田园诗的代表作家。常常采用以动写静的衬托手法，其诗多表现自然山水、幽居情趣和佛教禅理，感受敏锐，观察细致，诗中有画，意味深长。有《王右丞集》存世。

终 南 别 业

中岁颇好道①，晚家南山陲②。兴来每独往，胜事空自知③。行到水穷处，坐看云起时。偶然值林叟④，谈笑无还期。

(选自《全唐诗》，北京，中华书局，1996年。)

赏析

《终南别业》是王维山水诗的代表作品之一。整首诗表现出的那种闲适、自得其乐的内心辉映着作者心中清净随意的禅趣境界。古人读此诗有是画而不是诗的感慨，可见其在营造意境于画面上达到极高的艺术境界，令读者在看似自然抒写、简单陶清中感受大家笔力。

首联点出作者心中所系与身之所处，笃信佛教的清凉境界正与身之所处的辋川别墅的景物密切关联，给读者营造一个阅读的氛围。

---

① 中岁：中年。好道：信奉佛教。
② 晚：晚年。南山陲：辋川别业所在地。
③ 胜事：美好高兴的事。
④ 值：偶然。

颔联与颈联，因其境界关联，不可分读，"兴来"即"独往"，美景可"自知"，不必慕求同道，也不必牵挂过多，诗人表现出的是闲情逸致和内心的自我领会，独赏美景或许比呼朋引伴的畅游更能激起心中的美感。"行穷"与"坐看"云岫卷舒之美，更加写出一种心境，试问，如果不是心中有大平静、毫无尘俗之气的人，何能写出如此闲适之语句？尾联更是整首诗禅趣的自然体现。"偶然"与"林叟"、"谈笑"与"无期"，点出此次出行乃有兴但非刻意为之，体现着偶然为之的禅趣。整首诗走笔之间不经意地表现出那种行云流水之自然，不刻意、不人为、文字性灵、自然，毫无人工斧痕，真是天成之作。他人说是自然，换一种说法的话，"和谐"可以么？

（李松石）

送　　别

山中相送罢，日暮掩柴扉。春草年年绿，王孙归不归。

（选自《全唐诗》，北京，中华书局，1996年。）

赏析

这首诗的题材很普遍——送别诗，一般的送别诗无非是流连风物、情不忍、人不舍的黯然神伤的描写。但王维的这首《送别》，颇有不同之处，没有描写送别的场面与心情，而是希冀别后的相逢。一个"罢"字，不拖泥带水，干脆利落！尾句化用楚辞"王孙游兮不归，春草生兮萋萋"语句，寄语朋友。整首诗字面自然、平淡，初读了了，细品之后方感情真挚，如品陈年佳酿，妙处非在口舌之感，而在于回味之无限。

（李松石）

备选课文

鸟　鸣　涧　　　　（王　维）

人闲桂花落，夜静春山空。月出惊山鸟，时鸣春涧中。

送　　别　　　　（王　维）

下马饮君酒，问君何所之。君言不得意，归卧南山陲。但去莫复问，白云无尽时。

酬张少府　　　　　　　　　　　　（王　维）

晚年惟好静，万事不关心。自顾无长策，空知返旧林。松风吹解带，山月照弹琴。君问穷通理，渔歌入浦深。

偶然作之六　　　　　　　　　　　　（王　维）

老来懒赋诗，惟有老相随。宿世谬词客，前生应画师。不能舍余习，偶被世人知。名字本皆是，此心还不知。

山居秋暝　　　　　　　　　　　　（王　维）

空山新雨后，天气晚来秋。明月松间照，清泉石上流。竹喧归浣女，莲动下渔舟。随意春芳歇，王孙自可留。

过香积寺　　　　　　　　　　　　（王　维）

不知香积寺，数里入云峰。古木无人径，深山何处钟？泉声咽危石，日色冷青松。薄暮空潭曲，安禅制毒龙。

破山寺后禅院　　　　　　　　　　　　（常　建）

清晨入古寺，初日照高林。曲径通幽处，禅房花木深。山光悦鸟性，潭影空人心。万籁此俱寂，惟闻钟磬音。

孟浩然

孟浩然（689—740年），襄州襄阳（今湖北襄阳）人，世称孟襄阳。前半生主要居家侍亲读书，以诗自适。曾隐居鹿门山。40岁游京师，应进士不第，返襄阳。在长安时，与张九龄、王维交谊甚笃。有诗名。后漫游吴越，穷极山水，以排遣仕途的失意。因纵情宴饮，食鲜疾发而亡。孟浩然诗歌绝大部分为五言短篇，题材不宽，多写山水田园和隐逸、行旅等内容。虽不无愤世嫉俗之作，但更多属于诗人的自我表现。他和王维并称，其诗虽不如王诗境界广阔，但在艺术上有独特造诣，而且是继陶渊明、谢灵运、谢朓之后，开盛唐田园山水诗派之先声。孟诗不事雕饰，清淡简朴，感受亲切真实，生活气息浓厚，富有超妙自得之趣。如《秋登万山寄张五》《过故人庄》《春晓》等篇，淡而有味，浑然一体，韵致飘逸，意境清旷。孟诗以清旷冲淡为基调，但冲淡中有壮逸之气，如《望洞庭湖赠张丞相》"气蒸云梦泽，波撼岳阳城"一联，精力浑健，俯视一切。但这类诗在孟诗中不多见。总的来说，孟诗内容单薄，不免窘于篇幅。现通行的《孟浩然集》收诗263首，但串有别人作品。新、旧《唐书》有传。

初　　秋

不觉初秋夜渐长，清风习习重凄凉。炎炎暑退茅斋静，阶下丛莎①有露光②。

(选自《全唐诗》，北京，中华书局，1996年。)

赏析

诗人以生活常识入诗，以平常景物造境，为我们勾勒出一幅初秋小图，读来清新自然，颇有渊明之风，显示出作者心中的宁静与闲适。　　(李松石)

宿建德江③

移舟④泊烟渚，日暮客愁新。野旷天低树，江清月近人。

(选自《全唐诗》，北京，中华书局，1996年。)

赏析

该诗是孟浩然作品的代表作，历来脍炙人口。日暮时分，诗人泊舟暮宿，淡淡的哀愁不觉由心而生，接下来诗人没有直接描写哀愁，反而用远近视觉相互切换的手法，描写远方的旷野之树与近处的清江明月。值得注意的是，在这远景近物的描写中，我们能感受到诗人的愁思。放眼远望，诗人看到的是远方的树木与所谓的天边，视觉的关系造成诗人看到了一幅奇特的景象——"天低于树"，如果按照一般写景诗的写作惯例，诗人理应继续状写其所见，但孟浩然就此打住，转而进行近景的描写。那就是清江明月，使人

---

① 莎：多年生草本植物。
② 露光：指露水珠。
③ 建德江：指新安江流径建德(今属浙江)的一段江水。
④ 移舟：停船靠岸。

倍感亲切。想必在诗人远眺之时，心中定有无限遐思与愁绪，幸好有这清江、明月、好景给诗人以心灵的慰藉，才使诗人感到"近人"。清人沈德潜说："下半写景，而客愁自见"，可谓本诗之知己言语。真是"一切景语皆情语也"。另外，笔者读"江清月近人"这句的时候觉得与当代诗人顾城的《远和近》情境很相似："你，一会看我，一会看云，我觉得，你看我时很远，你看云时很近。"从隐居的伯夷到高洁的陶渊明，从王维到孟浩然，都对大自然的景物有着非同于常人的眷恋与感悟，或者说对现实的社会与人际关系都保留了几分抵牾与厌弃，了解了这一点，我们更能读出"江清月近人"这句的力量。

（李松石）

备选课文

秋登兰山寄张五　　　　　　　　　　（孟浩然）

北山白云里，隐者自怡悦。相望始登高，心随雁飞灭。愁因薄暮起，兴是清秋发。时见归村人，沙行渡头歇。天边树若荠，江畔洲如月。何当载酒来，共醉重阳节。

夜归鹿门山歌　　　　　　　　　　　（孟浩然）

山寺钟鸣昼已昏，渔梁渡头争渡喧。人随沙路向江村，余亦乘舟归鹿门。鹿门月照开烟树，忽到庞公栖隐处。岩扉松径长寂寥，惟有幽人自来去。

望洞庭赠张丞相　　　　　　　　　　（孟浩然）

八月湖水平，涵虚混太清。气蒸云梦泽，波撼岳阳城。欲济无舟楫，端居耻圣明。坐观垂钓者，徒有羡鱼情。

与诸子登岘山　　　　　　　　　　　（孟浩然）

人事有代谢，往来成古今。江山留胜迹，我辈复登临。水落鱼梁浅，天寒梦泽深。羊公碑尚在，读罢泪沾巾。

留别王维　　　　　　　　　　　　　（孟浩然）

寂寂竟何待，朝朝空自归。欲寻芳草去，惜与故人违。当路谁相假，知音世所稀。只应守寂寞，还掩故园扉。

早寒江上有怀　　　　　　　　　　（孟浩然）

木落雁南渡，北风江上寒。我家襄水曲，遥隔楚云端。乡泪客中尽，孤帆天际看。迷津欲有问，平海夕漫漫。

高　适

高适（700—765 年），字达夫、仲武，沧州（今河北省景县）人，居住在宋中（今河南商丘一带）。少孤贫，爱交游，有游侠之风，并以建功立业自期。天宝八载（749 年），经睢阳太守张九皋推荐，应举中第，授封丘尉。十载，因不忍"鞭挞黎庶"和不甘"拜迎官长"而辞官，又一次到长安。次年入陇右河西节度使哥舒翰幕，为掌书记。安史乱后，曾任淮南节度使、彭州刺史、蜀州刺史、剑南节度使等职，封渤海县侯，世称"高常侍"。有《高常侍集》等传世。永泰元年（765 年）卒，终年65岁，赠礼部尚书，谥号忠。高适为唐代著名的边塞诗人，与岑参并称"高岑"。笔力雄健，气势奔放，洋溢着盛唐时期所特有的奋发进取、蓬勃向上的时代精神。早年曾游历长安，后到过蓟门、卢龙一带，寻求进身之路，都没有成功。在此前后，曾在宋中居住，与李白、杜甫结交。其诗直抒胸臆，不尚雕饰，以七言歌行最富特色，大多写边塞生活。著有《高适集》。

封　丘　作

我本渔樵孟诸野①，一生自是悠悠者②。乍可狂歌草泽中③，宁堪作吏风尘下？只言小邑无所为，公门百事皆有期。拜迎长官心欲碎，鞭挞黎庶令人悲④。悲来向家问妻子，举家尽笑今如此。生事应须南亩田⑤，世情尽付东流水。梦想旧山安在哉，为衔君命且迟回⑥。乃知梅福徒为

---

① 渔樵：打鱼砍柴的人，这是泛指山野村夫。孟诸：古代的大泽名，在今河南商丘县东北一带。
② 悠悠者：无拘无束的人。
③ 乍可：只可。
④ 庶黎：平民百姓。
⑤ 南亩：田亩的泛称。
⑥ 衔君命：奉君命；迟回：徘徊的意思。

尔，转忆陶潜归去来①。

（选自刘开扬：《高适集编年笺注》，北京，中华书局，1981年。）

| 赏析

　　此诗为高适辞官商丘县尉后所作。一说为高适封丘任上所作，琢磨文字，似乎不当。我国诗歌的传统是比兴手法的运用，不过对于"多胸臆语，兼有气骨"（殷璠《河岳英灵集》）的高适来说，却并非如此。本诗开头即毫不雕饰地说出自己的思想感情。诗人本是那无拘束的人，素爱自由自在的生活。"堪"字道出了作者心中压抑。缘何压抑？诗人做出了回答："拜迎长官心欲碎，鞭挞黎庶令人悲"！面对世俗的逢迎与百姓的艰辛，诗人无力改变，这才是心中压抑的原因所在。"悲"与"笑"的强烈对比，更加突出作者心中之块垒难释。在无力改变现实的条件下，诗人自然想到了梅福与陶潜二人作为效仿的榜样，重新做回一个坦荡的"悠悠者"。

　　结尾处用梅、陶二人的典故，依笔者看，并不是表明作者要退隐山林，而是用此二人所处不平结乱之世，来影射当时的唐朝社会。该诗作于"安史之乱"前夕，当朝廷上下醉心于歌舞升平的时候，社会的暗流已然涌动，高适恰好敏锐地感到了这一点，他本想有番作为，但又回天乏力，这样矛盾的心情始终贯彻其间。如果单说此诗体现了作者对下层民众的同情，恐怕是隔靴之论。

（李松石）

燕　歌　行

　　汉家烟尘在东北，汉将辞家破残贼。男儿本自重横行，天子非常赐

---

① 梅福：字子真，西汉末年九江郡寿春（今安徽寿县）人。西汉末年，大司马王凤当权，外戚王氏控制了西汉政权。汉成帝永始元年（前16年），皇太后之侄王莽被封为新都侯，朝政日非，民怨四起。梅福忧国忧民，以一县尉之微官上书朝廷，指陈政事，并讽刺王凤，但被朝廷斥为"边部小吏，妄议朝政"，险遭杀身之祸。因此梅福辞官而去。梅福最初隐居于南昌城郊之南，汉平帝元始年间（1—5年），梅福料知王莽必篡政，乃隐居于南昌西郊飞鸿山学道，遁避尘世。此处作者以梅福为榜样。陶潜：陶渊明，他著有《归去来兮辞》。

颜色①。摐金伐鼓下榆关②，旌旆逶迤碣石间。校尉羽书飞瀚海③，单于猎火照狼山。山川萧条极边土，胡骑凭陵杂风雨④。战士军前半生死，美人帐下犹歌舞。大漠穷秋塞草腓⑤，孤城落日斗兵稀。身当恩遇恒轻敌，力尽关山未解围。铁衣远戍辛勤久，玉箸应啼别离后⑥。少妇城南欲断肠，征人蓟北空回首。边庭飘飖那可度，绝域苍茫更何有。杀气三时作阵云，寒声一夜传刁斗。相看白刃血纷纷，死节从来岂顾勋。君不见沙场征战苦，至今犹忆李将军。

（选自刘开扬：《高适集编年笺注》，北京，中华书局，1981年。）

赏析

《燕歌行》不仅是高适的"第一大篇"（近人赵熙评语），而且是整个唐代边塞诗中的杰作，千古传诵，亦非偶然。

诗的主旨是谴责在皇帝鼓励下的将领骄傲轻敌，荒淫失职，造成战争失败，使广大兵士受到极大的痛苦和牺牲。诗人写的是边塞战争，但重点不在于民族矛盾，而是同情广大兵士，讽刺和愤恨不恤兵士的将军。全诗以非常浓缩的笔墨，写了一个战役的全过程：第一段八句写出师，第二段八句写战败，第三段八句写被围，第四段四句写死斗的结局。各段之间，脉理绵密。

诗人的感情包含着悲悯和礼赞，而"岂顾勋"则是有力地讥刺了轻开边衅、冒进贪功的汉将。最末二句，诗人深为感慨道："君不见沙场征战苦，至今犹忆李将军！"八九百年前威镇北边的飞将军李广，处处爱护士卒，使士卒"咸乐为之死"。这与那些骄横的将军形成多么鲜明的对比！诗人提出李将军，意义尤为深广。从汉到唐，悠悠千载，边塞战争何计其数，驱士兵如鸡犬的将帅数不胜数，备历艰苦而埋尸异域的士兵，更何止千千万万！可是，千百年来只有一个李广，怎不教人苦苦地追念他呢？杜甫赞美高适、岑参的诗："意惬关飞动，篇终接混茫。"（《寄高使君、岑长史三十韵》）此诗

---

① 赐颜色：给予恩宠。
② 摐（chuāng）金伐鼓：鸣金击鼓。榆关：山海关。
③ 羽书：军事紧急的书信。瀚海：沙漠。
④ 凭陵：压迫、冒犯。
⑤ 腓（féi）：草木枯萎。
⑥ 玉箸：比喻思妇的眼泪。

以李广终篇,意境更为雄浑而深远。

全诗气势畅达,笔力矫健,经过惨淡经营而至于浑化无迹。气氛悲壮淋漓,主题深刻含蓄。"山川萧条极边土,胡骑凭陵杂风雨","大漠穷秋塞草腓,孤城落日斗兵稀",诗人着意暗示和渲染悲剧的场面,以凄凉的惨状,揭露好大喜功的将军们的罪责。尤可注意的是,诗人在激烈的战争进程中,描写了士兵们复杂变化的内心活动,凄恻动人,深化了主题。全诗处处隐伏着鲜明的对比。从贯串全篇的描写来看,士兵的效命死节与汉将的怙宠贪功,士兵辛苦久战、室家分离与汉将临战失职、纵情声色,都是鲜明的对比。而结尾提出李广,则又是古今对比。全篇"战士军前半死生,美人帐下犹歌舞","二句最为沈至"(《唐宋诗举要》引吴汝纶评语),这种对比,矛头所指十分明显,因而大大加强了讽刺的力量。

(徐永年,引自萧涤非等:《唐诗鉴赏辞典》,上海,上海辞书出版社,2004年。文字有删减。)

备选课文

走马川行奉送封大夫出师西征　　　　(岑　参)

君不见,走马川行雪海边,平沙莽莽黄入天。轮台九月风夜吼,一川碎石大如斗,随风满地石乱走。匈奴草黄马正肥,金山西见烟尘飞,汉家大将西出师。将军金甲夜不脱,半夜军行戈相拨,风头如刀面如割。马毛带雪汗气蒸,五花连钱旋作冰,幕中草檄砚水凝。虏骑闻之应胆慑,料知短兵不敢接,军师西门伫献捷。

白雪歌送武判官归京　　　　(岑　参)

北风卷地白草折,胡天八月即飞雪。忽如一夜春风来,千树万树梨花开。散入珠帘湿罗幕,狐裘不暖锦衾薄。将军角弓不得控,都护铁衣冷难著。瀚海阑干百丈冰,愁云惨淡万里凝。中军置酒饮归客,胡琴琵琶与羌笛。纷纷暮雪下辕门,风掣红旗冻不翻。轮台东门送君去,去时雪满天山路。山回路转不见君,雪上空留马行处。

古　　意　　　　(李　颀)

男儿事长征,少小幽燕客。赌胜马蹄下,由来轻七尺。杀人莫敢前,须如猬毛磔。黄云陇坻白云飞,未得报恩不能归。辽东小妇年十五,惯弹琵琶解歌舞。今为羌笛出塞声,使我三军泪如雨。

古从军行　　　　　　　　　　（李　颀）

白日登山望烽火,黄昏饮马傍交河。行人刁斗风沙暗,公主琵琶幽怨多。野营万里无城郭,雨雪纷纷连大漠。胡雁哀鸣夜夜飞,胡儿眼泪双双落。闻道玉门犹被遮,应将性命逐轻车。年年战骨埋荒外,空见葡萄入汉家。

李　白

李白(701—762年),字太白,号青莲居士。祖籍陇西成纪(今甘肃静宁西南),隋末其先人流寓碎叶(今吉尔吉斯斯坦北部托克马克附近)。幼时随父迁居绵州昌隆县(今四川江油)青莲乡,二十五岁起"辞亲远游",仗剑出蜀。天宝初(742年)供奉翰林,因遭权贵谗毁,仅三年余(744年)即离开长安。安史之乱中(756年),曾为永王李璘幕僚,因李璘败系浔阳狱,至德二年岁暮(757年)远谪夜郎,中途(759年)遇赦东还。晚年投奔其族叔当涂令李阳冰,后卒于当涂,葬龙山。唐元和十二年(817年),宣歙池观察使范传正根据李白生前"志在青山"的遗愿,将其墓迁至青山。有《李太白文集》30卷行世。

李白是中国最著名的诗人之一,是我国文学史上继屈原之后又一伟大的浪漫主义诗人,有"诗仙"之称。

宣州谢朓楼饯别校书叔云①

弃我去者,昨日之日不可留。乱我心者,今日之日多烦忧。长风万

---

① 此诗《文苑英华》题作《陪侍御叔华登楼歌》,则所别者一为李云,一为李华。李白另有五言诗《饯校书叔云》,作于某春季,且无登楼事,与此诗无涉。诸家注本多系此诗于天宝十二载秋,然于"叔华""叔云"均含糊其辞。待考。《新唐书·李华传》:"天宝十一载迁监察御史。"《新唐书·宰相世系表》二上:赵郡李氏西祖房景昕子仲云,左司员外郎;叔云,监察御史。宣州:今安徽宣城县一带。谢朓楼,又名北楼、谢公楼,在陵阳山上,谢朓任宣城太守时所建。李白于天宝十二载(753年)由梁园(今开封)南行,秋至宣城。李白另有五言诗《秋登宣城谢朓北楼》。校书:官名,即校书郎,掌管朝廷的图书整理工作。叔云:一解作族叔李云,一解疑为李姓而名叔云者。

里送秋雁，对此可以酣高楼①。蓬莱文章建安骨，中间小谢又清发②。俱怀逸兴壮思飞③，欲上青天览明月④。抽刀断水水更流，举杯消愁愁更愁。人生在世不称意，明朝散发弄扁舟⑤。

（选自《全唐诗》，北京，中华书局，1996年。）

赏析

此诗作于李白被"赐金放还"离开长安之后，在"大道如青天"的背景下，李白却"我辈独不出"！诗人心中理想与现实相差甚远，只能寄托于山水，领情于同僚，抒发自己心中的苦闷。

逝去的昨天，不必挽留，令我忧愁的今天，也不必在意。言外之意，我们还有美好的未来，至于诗人选择什么样的未来，李白暂时并没有给予回答。"长风"两句是李白酒酣兴起之抒怀，秋高气爽，目送归鸿，叔侄对饮，不乐何为！这时诗人心中好似非常的快活。"蓬莱"两句以"建安骨"赞美李云，以"小谢"自比，正是对别人更是对自己的价值肯定。"俱怀"两句以夸张的手法使心中的豪爽磊落之气直干云霄。或以为李白完全忘乎所以，但可悲的是李白是何等的清醒！"抽刀断水水更流，举杯消愁愁更愁"，作者的感情似乎一下又跌落谷底，面对壮志难酬现实，在低徊失意之时，李白给出了心灵的归处——"散发扁舟"，这正回答了先前预设的问题，找到了未来的出路。

本诗题作"饯别"，但通篇毫无饯别之意，诗人的情感由兴奋、豪壮再到苦闷最后转而洒脱，既可寄情于美景、酣饮，又可类比于古人。感情跌宕起伏，真是太白笔法。或谓本诗结尾处的归隐之语乃太白无奈之举，这让"吾亦淡荡人，拂衣可同调"的李白会付之一笑吧。　　　　（李松石）

---

① 酣：畅饮。
② 蓬莱：此指东汉时藏书之东观。《后汉书》卷二三《窦融列传》附窦章传，"是时学者称东观为老氏藏室，道家蓬莱山"。李贤注："言东观经籍多也。蓬莱，海中神山，为仙府，幽经秘籍并皆在也。"建安骨：汉末建安年间，"三曹"和"七子"等作家所作之诗风骨道上，后人称之为"建安风骨"，"七子"分别是孔融、陈琳、王粲、徐干、阮瑀、应瑒、刘桢。小谢：指谢朓。后人将他和谢灵运并举，称为大谢、小谢。清发：清秀俊爽。
③ 逸兴：超脱飘逸的兴致，多指山水游兴。
④ 览：通"揽"，摘取的意思。
⑤ 散发扁舟：意谓隐居江湖，用范蠡功成身退、泛舟于五湖的典故。

|备选课文

赠孟浩然 （李 白）

吾爱孟夫子,风流天下闻。红颜弃轩冕,白首卧松云。醉月频中圣,迷花不事君。高山安可仰,徒此揖清芬。

渡荆门送别 （李 白）

渡远荆门外,来从楚国游。山随平野尽,江入大荒流。月下飞天镜,云生结海楼。仍怜故乡水,万里送行舟。

送 友 人 （李 白）

青山横北郭,白水绕东城。此地一为别,孤蓬万里征。浮云游子意,落日故人情。挥手自兹去,萧萧班马鸣。

月 下 独 酌 （李 白）

花间一壶酒,独酌无相亲。举杯邀明月,对影成三人。月既不解饮,影徒随我身。暂伴月将影,行乐须及春。我歌月徘徊,我舞影零乱。醒时同交欢,醉后各分散。永结无情游,相期邈云汉。

关 山 月 （李 白）

明月出天山,苍茫云海间。长风几万里,吹度玉门关。汉下白登道,胡窥青海湾。由来征战地,不见有人还。戍客望边色,思归多苦颜。高楼当此夜,叹息未应闲。

长 干 行 （李 白）

妾发初覆额,折花门前剧。郎骑竹马来,绕床弄青梅。同居长干里,两小无嫌猜。十四为君妇,羞颜未尝开。低头向暗壁,千唤不一回。十五始展眉,愿同尘与灰。常存抱柱信,岂上望夫台。十六君远行,瞿塘滟滪堆。五月不可触,猿声天上哀。门前迟行迹,一一生绿苔。苔深不能扫,落叶秋风早。八月蝴蝶来,双飞西园草。感此伤妾心,坐愁红颜老。早晚下三巴,预将书报家。相迎不道远,直至长风沙。

把 酒 问 月 （李 白）

青天有月来几时?我今停酒一问之。人攀明月不可得,月影却与人相随。皎如飞镜临丹阙,绿烟来尽清辉发。但见宵从海上来,宁知晓向云间没。白兔捣药秋复春,嫦娥孤栖与谁邻。今人不见古时月,今月曾经照古人。古人今人若流水,共看明月皆如此。唯愿当歌对酒时,月光常照金樽里。

杜　甫

杜甫(712—770年),字子美,生于河南巩县瑶湾(今河南省巩义市),出身于封建官僚家庭,天宝五载(746年)到长安,次年应试不第,仕途失意,生活渐渐陷于窘迫。安史之乱爆发,一度为叛军俘虏,困居长安。后投奔肃宗,任左拾遗;旋贬华州司功参军。在此三年左右时间里,眼见国家残破,人民受难,写下了一系列不朽的动人诗篇。乾元二年(759年)七月,弃官,经秦川(今甘肃天水)入蜀。晚年漂泊湘鄂一带,最后病死于湘江舟中。

杜甫是我国古代最负盛名的现实主义诗人。他的诗,由于广泛、真实地反映了唐代社会由盛转衰的种种现实,而被称为"诗史"。杜诗语言精美,韵律谨严。"沉郁顿挫"是它的基本风格。著有《杜少陵集》。

赠卫八处士[①]

人生不相见,动如参与商[②]。今夕复何夕,共此灯烛光。少壮能几时,鬓发各已苍。访旧半为鬼[③],惊呼热中肠。焉知二十载,重上君子堂。昔别君未婚,儿女忽成行。怡然敬父执[④],问我来何方。问答乃未已[⑤],儿女罗酒浆。夜雨剪春韭,新炊间黄粱。主称会面难,一举累十

[①] 处士是隐居不仕的人,八是处士的排行。
[②] 参(shēn)、商:二星名,又作参、辰,一出一没,永不相见,故以为比。动如,是说动不动就像。见得这情况是经常的。
[③] 彼此打听故旧亲友,竟已死亡一半。
[④] "父执"词出《礼记·曲礼》:"见父之执。"意即父亲的执友。"执"是"接"的借字。接友,即常相接近之友。
[⑤] 未及已:还未等说完。

觞。十觞亦不醉，感子故意长①。明日隔山岳②，世事两茫茫③。

（选文及注解自萧涤非：《杜甫诗选注》，北京，人民文学出版社，1998 年。）

赏析

  这首诗是肃宗乾元二年（759 年）春天，杜甫自洛阳返回华州途中所作。卫八处士，名字和生平事迹已不可考。处士，指隐居不仕的人。

  诗人是在动乱的年代、动荡的旅途中，寻访故人的；是在长别 20 年，经历了沧桑巨变的情况下与老朋友见面的，这就使短暂的一夕相会，特别不寻常。于是，那眼前灯光所照，就成了乱离环境中幸存的美好的一角；那一夜时光，就成了烽火乱世中带着和平宁静气氛的仅有的一瞬；而荡漾于其中的人情之美，相对于纷纷扰扰的杀伐争夺，更显出光彩。"今夕复何夕，共此灯烛光"，被战乱推得遥远的、恍如隔世的和平生活，似乎一下子又来到眼前。可以想象，那烛光融融、散发着黄粱与春韭香味、与故人相伴话旧的一夜，对于饱经离乱的诗人，是多么值得眷恋和珍重啊。诗人对这一夕情事的描写，正是流露出对生活美和人情美的珍视，它使读者感到结束这种战乱，是多么符合人们的愿望。

  这首诗平易真切，层次井然。诗人只是随其所感，顺手写来，便有一种浓厚的气氛。它与杜甫以沉郁顿挫为显著特征的大多数古体诗有别，而更近于浑朴的汉魏古诗和陶渊明的创作；但它的感情内涵毕竟比汉魏古诗丰富复杂，有杜诗所独具的感情波澜，如层漪迭浪，展开于作品内部。清代张上若说它"情景逼真，兼极顿挫之妙"（杨伦《杜诗镜铨》引），正是深一层地看到了内在的沉郁顿挫。诗人写朋友相会，却由"人生不相见"的慨叹发端，转入"今夕复何夕，共此灯烛光"，便格外见出内心的激动。但下面并不因为相会便抒写喜悦之情，而是接以"少壮能几时"至"惊呼热中肠"四句，感情又趋向沉郁。诗的中间部分，酒宴的款待，冲淡了世事茫茫的凄

---

① 故意长：老朋友的情谊深长。
② 山岳：指西岳华山。这句是说明天便要分手。
③ 世事：包括社会和个人。两茫茫：是说明天分手后，命运如何，便彼此都不相知了。极言会面之难，正见今夕相会之乐。这时大乱还未定，故杜甫有此感觉。根据末两句，这首诗乃是饮酒的当晚写成的。

愧，带给诗人幸福的微醺，但劝酒的语辞却是"主称会面难"，又带来离乱的感慨。诗以"人生不相见"开篇，以"世事两茫茫"结尾，前后一片苍茫，把一夕的温馨之感，置于苍凉的感情基调上。这些正是诗的内在沉郁的表现。

（余恕诚，引自萧涤非等：《唐诗鉴赏辞典》，上海，上海辞书出版社，2004年。文字有删减。）

兵 车 行[①]

车辚辚，马萧萧[②]，行人弓箭各在腰[③]。耶娘妻子走相送[④]，尘埃不见咸阳桥[⑤]。牵衣顿足拦道哭，哭声直上干云霄[⑥]。道旁过者问行人[⑦]，行人但云点行频[⑧]。或从十五北防河[⑨]，便至四十西营田[⑩]。去时里正与裹头[⑪]，归来头白还戍边。边庭流血成海水，武皇开边意未已[⑫]。君不闻汉家山东二百州，千村万落生荆杞[⑬]。纵有健妇把锄犁，禾生陇亩无东

---

① 《资治通鉴》卷216载："天宝十载四月，剑南节度使鲜于仲通讨南诏蛮，大败于泸南。时仲通将兵八万，……军大败，士卒死者六万人，仲通仅以身免。杨国忠掩其败状，仍叙其战功。……制大募两京及河南北兵以击南诏。人闻云南多瘴疠，未战，士卒死者十八九，莫肯应募。杨国忠遣御史分道捕人，连枷送诣军所。……于是行者愁怨，父母妻子送之，所在哭声振野。"行：本是乐府歌曲中的一种体裁，但《兵车行》是杜甫自创的新题。
② 辚辚：车轮声。《诗经·秦风·车辚》："有车辚辚。"萧萧：马嘶叫声。《诗经·小雅·车攻》："萧萧马鸣。"
③ 行人：指被征出发的士兵。
④ 耶娘：父母。
⑤ 咸阳桥：中渭桥，在今长安北。
⑥ 干：直冲。
⑦ 过者：过路的人，杜甫自称。
⑧ 点行频：频繁的点名出征。
⑨ 北防河：当时常与吐蕃发生战争，曾征召陇右、关中、朔方诸军集结河西一带防御。因其地在长安以北，所以说"北防河"。
⑩ 营田：戍边的士卒，无战事时做开荒的工作，叫做"营田"。
⑪ 里正：唐制，每百户设一里正，负责管理户口、检查民事、催促赋役等。裹头：男子成丁，就裹头巾，犹古之加冠。古时以皂罗（黑绸）三尺裹头，曰头巾。新兵因为年纪小，所以需要里正给他裹头。
⑫ 武皇：汉武帝刘彻。唐诗中常有以汉指唐的委婉避讳方式。这里借武皇代指唐玄宗。下文"汉家"也是指唐王朝。
⑬ 荆杞：荆棘与杞柳，都是野生灌木。

西①。况复秦兵耐苦战,被驱不异犬与鸡②。长者虽有问,役夫敢申恨?③且如今年冬,未休关西卒④。

县官急索租,租税从何出?信知生男恶,反是生女好。生女犹得嫁比邻,生男埋没随百草。君不见青海头,古来白骨无人收⑤。新鬼烦冤旧鬼哭,天阴雨湿声啾啾⑥。

(选自仇兆鳌:《杜诗详注》,北京,中华书局,1979年。)

赏析

"行"是乐府歌曲的一种体裁。杜甫的《兵车行》没有沿用古题,而是缘事而发,即事名篇,自创新题,运用乐府民歌的形式,深刻地反映了人民的苦难生活。

《兵车行》是杜诗名篇,为历代推崇。它揭露了唐玄宗长期以来的穷兵黩武、连年征战,给人民造成了巨大的灾难,具有深刻的思想内容。在艺术上也很突出。首先是寓情于叙事之中。这篇叙事诗,无论是前一段的描写叙述,还是后一段的代人叙言,诗人激切奔越、浓郁深沉的思想感情,都自然地融汇在全诗的始终,诗人那种焦虑不安、忧心如焚的形象也仿佛展现在读者面前。其次在叙述次序上参差错落,前后呼应,舒得开,收得起,变化开阖,井然有序。第一段的人哭马嘶、尘烟滚滚的喧嚣气氛,给第二段的倾诉苦衷作了渲染铺垫;而第二段的长篇叙言,则进一步深化了第一段场面描写的思想内容,前后辉映,互相补充。同时,情节的发展与句型、音韵的变换紧密结合,随着叙述,句型、韵脚不断变化,三言、五言、七言错杂运用,加强了诗歌的表现力。如开头两个三字句,急促短迫,扣人心弦。后来在大

---

① 陇亩:耕地。陇,通"垄",在耕地上培成一行的土埂,中间种植农作物。无东西:不分东西,意思是行列不整齐。
② 秦兵:指关中一带的士兵。耐苦战:能顽强苦战。这句说关中的士兵能顽强苦战,像鸡狗一样被赶上战场卖命。
③ 长者:即上文的"道旁过者",即杜甫,征人敬称他为"长者"。役夫:行役的人。役夫敢申恨:征人自言不敢诉说心中的冤屈愤恨。这是反诘语气,表现士卒敢怒而不敢言的情态。
④ 关西:当时指函谷关以西的地方。这两句说,因为对吐蕃的战争还未结束,所以关西的士兵都未能罢遣还家。
⑤ 青海头:即青海边。这里是自汉代以来,汉族经常与西北少数民族发生战争的地方。唐初也曾在这一带与突厥、吐蕃发生大规模的战争。
⑥ 烦冤:愁烦冤屈。啾啾:象声词,表示一种呜咽的声音。

段的七字句中，忽然穿插上八个五字句，表现"行人"那种压抑不住的愤怒哀怨的激情，格外传神。用韵上，全诗八个韵，四平四仄，平仄相间，抑扬起伏，声情并茂。再次，是在叙述中运用过渡句和习用词语，如在大段代人叙言中，穿插"道旁过者问行人，行人但云点行频。""长者虽有问，役夫敢申恨？"和"君不见""君不闻"等语，不仅避免了冗长平板，还不断提示，惊醒读者，造成了荡气回肠的艺术效果。诗人还采用了民歌的接字法，如"牵衣顿足拦道哭，哭声直上干云霄"。"道旁过者问行人，行人但云点行频"等，这样蝉联而下，累累如贯珠，朗读起来，铿锵和谐，优美动听。最后，采用了通俗口语，如"耶娘妻子""牵衣顿足拦道哭""被驱不异犬与鸡"等，清新自然，明白如话，是杜诗中运用口语非常突出的一篇。前人评及此，曾这样说："语杂歌谣，最易感人，愈浅愈切。"这些民歌手法的运用，给诗增添了明快而亲切的感染力。

（郑庆笃，引自萧涤非等：《唐诗鉴赏辞典》，上海，上海辞书出版社，2004年。文字有删减。）

旅 夜 书 怀

细草微风岸，危樯独夜舟①。星垂平野阔②，月涌大江流③。名岂文章著④，官应老病休⑤。飘飘何所似，天地一沙鸥。

（选自仇兆鳌：《杜诗详注》，北京，中华书局，1979年。）

| 赏析

诗的前半描写"旅夜"的情景。第一、二句写近景：微风吹拂着江岸上的细草，竖着高高桅杆的小船在月夜孤独地停泊着。第三、四句写远景：明星低垂，平野广阔；月随波涌，大江东流。这两句写景雄浑阔大，历来为人所称道。

---

① 危樯：高高的桅杆。
② 星垂：形容天上的星光直射地平线上，好像垂挂着似的。
③ "月涌"句：月光辉映着奔腾的长江。
④ 著：著名。本句是激愤无奈之词。本想政治上有作为的杜甫却一事无成。
⑤ "官应"句：我因为年龄和身体的原因本应该早就辞官。这是反语，实际杜甫的辞官是被迫和无奈的。

诗的后半是"书怀"。第五、六句说，有点名声，哪里是因为我的文章好呢；做官，倒应该因为年老多病而退休。这是反话，立意至为含蓄。诗人素有远大的政治抱负，但长期被压抑而不能施展，因此声名竟因文章而著，这实在不是他的心愿。杜甫此时确实是既老且病，但他的休官，却主要不是因为老和病，而是由于被排挤。这里表现出诗人心中的不平，同时揭示出政治上失意是他漂泊、孤寂的根本原因。最后两句说，飘然一身像个什么呢？不过像广阔的天地间的一只沙鸥罢了。诗人即景自况以抒悲怀。水天空阔，沙鸥飘零；人似沙鸥，转徙江湖。这一联借景抒情，深刻地表现了诗人内心漂泊无依的感伤，真是一字一泪，感人至深。

王夫之《姜斋诗话》说："情景虽有在心在物之分，而景生情，情生景，……互藏其宅。"情景互藏其宅，即寓情于景和寓景于情。前者写宜于表达诗人所要抒发的情的景物，使情藏于景中；后者不是抽象地写情，而是在写情中藏有景物。杜甫的这首《旅夜书怀》诗，就是古典诗歌中情景相生、互藏其宅的一个范例。

（傅思均，引自萧涤非等：《唐诗鉴赏辞典》，上海，上海辞书出版社，2004年。文字有删减。）

备选课文

古 柏 行 （杜 甫）

孔明庙前有老柏，柯如青铜根如石。霜皮溜雨四十围，黛色参天二千尺。君臣已与时际会，树木犹为人爱惜。云来气接巫峡长，月出寒通雪山白。忆昨路绕锦亭东，先主武侯同閟宫。崔嵬枝干郊原古，窈窕丹青户牖空。落落盘踞虽得地，冥冥孤高多烈风。扶持自是神明力，正直原因造化功。大厦如倾要梁栋，万牛回首丘山重。不露文章世已惊，未辞剪伐谁能送。苦心岂免容蝼蚁，香叶终经宿鸾凤。志士幽人莫怨嗟，古来材大难为用。

新 婚 别 （杜 甫）

兔丝附蓬麻，引蔓故不长。嫁女与征夫，不如弃路旁。结发为君妻，席不暖君床。暮婚晨告别，无乃太匆忙？君行虽不远，守边赴河阳。妾身未分明，何以拜姑嫜？父母养我时，日夜令我藏。生女有所归，鸡狗亦得将。君今往死地，沈痛迫中肠。誓欲随君去，形势反苍黄。勿为新婚念，努力事戎行。妇人在军中，兵气恐不扬。自嗟贫家女，久致罗襦裳。罗襦不复施，对君洗红妆。仰视百鸟飞，大小必双翔。人事多错迕，与君永相望。

游龙门奉先寺　　　　　　　　　　　（杜　甫）

已从招提游，更宿招提境。阴壑生虚籁，月林散清影。天阙象纬逼，云卧衣裳冷。欲觉闻晨钟，令人发深省。

天末怀李白　　　　　　　　　　　　（杜　甫）

凉风起天末，君子意如何。鸿雁几时到，江湖秋水多。文章憎命达，魑魅喜人过。应共冤魂语，投诗赠汨罗。

七绝·赠李白　　　　　　　　　　　（杜　甫）

秋来相顾尚飘蓬，未就丹砂愧葛洪。痛饮狂歌空度日，飞扬跋扈为谁雄。

白居易

白居易（772—846 年），字乐天，晚年自号香山居士。下邽（今陕西渭南）人，生于新郑（今河南）。少年时曾避难越中，较多接触到社会现实和民生疾苦。德宗贞元十四年（800 年）中进士。宪宗元和二年（805 年）入翰林院。三年后以翰林学士任左拾遗。多次上书请除弊政，并写作了大量的"讽喻诗"。十年（815 年），为权贵排挤，贬江州（今江西省九江）司马，生活态度不再以关注现实为主，佛老思想逐渐发展。历任忠州（今四川省忠县）、杭州、苏州等地刺史，以及太子宾客、太子少傅等职。武宗会昌六年（846 年）八月，死于洛阳。以刑部尚书致仕。卒赠尚书右仆射，谥曰文。自号醉吟先生，亦称香山居士。白居易故居纪念馆坐落于洛阳市郊。白园（白居易墓）坐落在洛阳城南琵琶峰。

白居易是中唐新乐府运动的主要代表，是我国古代继杜甫以后又一个重要的现实主义诗人。在文学创作上，他旗帜鲜明地强调文学的社会功能，主张"为时""为事"而作。被贬期间创作的"讽喻诗"，敢于大胆揭露弊政，指斥朝中权贵和地方官吏，反映人民苦难，为后人称道，但有些诗篇因过于强调社会功能而损害了诗歌的艺术审美功能。白诗最大的艺术特色是通俗易懂、声调优美，富于形象性。其《长恨歌》《琵琶行》更是以"童子解吟长恨曲，胡儿能唱琵琶篇"而脍炙人口。白居易与同年元稹诗歌往来唱和，号称"元白"。与刘禹锡酬咏，号称"刘白"。有《长庆集》诗20卷，《后集》诗17卷，《别集补遗》2卷。

放言五首之三

赠君①一法决狐疑，不用钻龟与祝蓍②。试玉要烧三日满，辨材须待七年期③。周公恐惧流言日④，王莽谦恭未篡时⑤。向使当初身便死，一生真伪复谁知。

(选自朱金城：《白居易集笺注》，上海，上海古籍出版社，1988年。)

赏析

此诗为白居易在被贬途中酬和好友元稹所作。"放言"可谓豪放洒脱之言，开头两句点明意思：当人生遇到坎坷不快的时候，不必去寻占问卜。一个"赠"字颇显自得而真诚。中间两联有议论、有用典，话语典重而道理平实，尾联重申观点，言语恳切明了，可谓"乐天"言语。需要指出的是，中唐以后，诗歌大开议论之风，诗歌境界融入生活，言语趋于自然，本诗便是例证。

(李松石)

---

① 君：指元稹。
② 钻龟、祝蓍（shī）：古代迷信活动。钻龟壳后，看其裂纹以卜吉凶。或拿蓍草的茎占卜。
③ 此二句言坚贞之士必能经受长期磨炼，栋梁之材也不是短时间就能认出来的。前一句下作者自注说："真玉烧三日不热。"《淮南子·俶真训》："钟山之玉，炊以炉炭，三日三夜而色泽不变。"后句作者亦自注："豫章木，生七年而后知。"豫章：枕木和樟木。《史记·司马相如传》："其北则有阴林巨树梗楠豫章。"《正义》："豫：今之枕木也；樟，今之樟木也。二木生至七年，枕樟乃可分别。"
④ 周公：周武王弟，成王之叔。武王死，成王年幼，周公摄政，管、蔡、霍三叔陷害周公，制造流言，诬蔑周公要篡位。周公于是避居于东，不问政事。后成王悔悟，迎回周公，三叔惧而叛变，成王命周公征之，遂定东南。
⑤ 《汉书·王莽传》："（莽）爵位盖尊，节操愈谦。散舆马衣裘，赈施宾客，家无所余。收赠名士，交结将相卿大夫甚众。……欲令名誉过前人，遂克不倦。"后竟独揽朝政，杀平帝，篡位自立。此二句是用周公、王莽故事，说明真伪邪正，日久当验。

长 恨 歌

汉皇重色思倾国①,御宇多年求不得②。杨家有女初长成③,养在深闺人未识。天生丽质难自弃,一朝选在君王侧。回眸一笑百媚生,六宫粉黛无颜色④。春寒赐浴华清池,温泉水滑洗凝脂⑤。侍儿扶起娇无力,始是新承恩泽时⑥。云鬓花颜金步摇⑦,芙蓉帐暖度春宵。春宵苦短日高起,从此君王不早朝。承欢侍宴无闲暇,春从春游夜专夜⑧。后宫佳丽三千人,三千宠爱在一身。金屋妆成娇侍夜⑨,玉楼宴罢醉和春⑩。姊妹弟兄皆列土⑪,可怜光彩生门户。遂令天下父母心⑫,不重生男重生女。骊宫高处入青云⑬,仙乐风飘处处闻。缓歌曼舞凝丝竹⑭,尽日君王看不足。渔阳鼙鼓动地来,惊破霓裳羽衣曲⑮。九重城阙烟尘生,千乘万骑西南行⑯。翠华摇摇行复止,西出都门百余里⑰。六军不发无奈何,宛转蛾眉

---

① 汉皇:比喻唐玄宗。倾国:比喻美貌女子。
② 御宇:统治天下,指在位。
③ 杨家有女:指杨贵妃。
④ 六宫:皇后寝宫有六,其中一正寝,五燕寝,合起来即六宫。这里指后妃寝宫。粉黛:美女的代称。
⑤ 凝脂:指洁白柔嫩的皮肤。
⑥ 新承恩泽:开始得到皇帝的宠爱。
⑦ 云鬓:形容美发如云。金步摇:一种金首饰,上面缀着垂珠之类,走路时摇曳生姿。
⑧ 夜专夜:皇帝只和她同宿。
⑨ 金屋:杨贵妃的住处。
⑩ 醉和春:醉意中含着春情。
⑪ 列土:分封土地。此指杨家人都受了特殊的封赏。杨玉环受封贵妃后,其父追封太尉、齐国公,叔擢升光禄卿,母封凉国夫人,大姐、三姐、八姐分封为韩国夫人、虢国夫人、秦国夫人。宗兄铦、锜、钊(国忠)分封鸿胪卿、侍御史、右丞相。
⑫ 遂令:于是使得。
⑬ 骊宫:即华清宫,因在骊山下,故称。
⑭ 丝竹:弦乐器和管乐器。
⑮ 渔阳:郡名,辖今北京市平谷县和天津市的蓟县等地,当时属于平卢、范阳、河东三镇节度使安禄山的辖区。天宝十四年(755年)冬,安禄山在范阳起兵叛乱。鼙鼓:古代骑兵用的小鼓,此借指战争。霓裳羽衣曲:舞曲名,据说为唐开元年间西凉节度使杨敬述所献,经唐玄宗润色并制作歌辞,改用此名。乐曲着意表现虚无缥缈的仙境和仙女形象。天宝后曲调失传。
⑯ 九重城阙:九重门的京城,此指长安。烟尘生:指发生战事。天宝十五年(756)六月,安禄山破潼关,逼近长安。玄宗带领杨贵妃等出延秋门向西南方向逃走。当时随行护卫并不多,"千乘万骑"是夸大之辞。
⑰ 翠华:用翠鸟羽毛装饰的旗帜,皇帝仪仗队用。百余里:指到了距长安一百多里的马嵬坡。

马前死①。花钿委地无人收,翠翘金雀玉搔头②。君王掩面救不得,回看血泪相和流。黄埃散漫风萧索,云栈萦纡登剑阁③。峨嵋山下少人行,旌旗无光日色薄。蜀江水碧蜀山青,圣主朝朝暮暮情。行宫见月伤心色,夜雨闻铃肠断声。天旋地转回龙驭,到此踌躇不能去④。马嵬坡下泥土中,不见玉颜空死处。君臣相顾尽沾衣,东望都门信马归。归来池苑皆依旧,太液芙蓉未央柳⑤。芙蓉如面柳如眉,对此如何不泪垂。春风桃李花开日,秋雨梧桐叶落时。西宫南内多秋草,落叶满阶红不扫⑥。梨园弟子白发新,椒房阿监青娥老⑦。夕殿萤飞思悄然,孤灯挑尽未成眠。迟迟钟鼓初长夜,耿耿星河欲曙天⑧。鸳鸯瓦冷霜华重,翡翠衾寒谁与共⑨。悠悠生死别经年,魂魄不曾来入梦⑩。临邛道士鸿都客,能以精诚致魂魄⑪。为感君王辗转思,遂教方士殷勤觅。排空驭气奔如电,升天入地求之遍⑫。上穷碧落下黄泉,两处茫茫皆不见⑬。忽闻海上有仙山,山在虚无缥缈间。楼阁玲珑五云起,其中绰约多仙子⑭。中有一人字太真,雪肤

---

① 六军:泛指禁卫军。当护送唐玄宗的禁卫军行至马嵬坡时,不肯再走,先以谋反为由杀杨国忠,继而请求处死杨贵妃。宛转:形容美人临死前哀怨缠绵的样子。蛾眉:古代美女的代称,此指杨贵妃。
② 花钿:用金翠珠宝等制成的花朵形首饰。委地:丢弃在地上。翠翘:像翠鸟长尾一样的头饰。金雀:雀形金钗。玉搔头:玉簪。
③ 黄埃:黄尘。云栈:高入云霄的栈道。萦纡:萦回盘绕。剑阁:又称剑门关,在今四川剑阁县北,是由秦入蜀的要道。此地群山如剑,峭壁中断处,两山对峙如门。诸葛亮相蜀时,凿石架凌空栈道以通行。
④ 天旋日转:指时局好转。肃宗至德二年(757),郭子仪军收复长安。龙驭:皇帝的车驾。
⑤ 太液:汉宫中有太液池。未央:汉有未央宫。此皆借指唐长安皇宫。
⑥ 西宫南内:皇宫之内称为大内。西宫即西内太极宫,南内为兴庆宫。玄宗返京后,初居南内。上元元年(760),权宦李辅国假借肃宗名义,胁迫玄宗迁往西内,并流贬玄宗亲信高力士、陈玄礼等人。
⑦ 梨园弟子:指玄宗当年训练的乐工舞女。梨园:唐玄宗时宫中教习音乐的机构,曾选"坐部伎"三百人教练歌舞,随时应诏表演,号称"皇帝梨园弟子"。椒房:后妃居住之所,因以花椒和泥抹墙,故称。阿监:宫中的侍从女官。青娥:年轻的宫女。
⑧ 耿耿:微明的样子。
⑨ 鸳鸯瓦:屋顶上俯仰相对合在一起的瓦。翡翠衾:布面绣有翡翠鸟的被子。
⑩ 经年:年复一年。
⑪ 临邛(qióng):今四川邛崃县。鸿都:东汉都城洛阳的宫门名,这里借指长安。精诚:至诚。致:招来。
⑫ 排空驭气:即腾云驾雾。
⑬ 穷:穷尽。碧落:即天空。黄泉:指地下。
⑭ 绰约:体态轻盈柔美。

花貌参差是①。金阙西厢叩玉扃，转教小玉报双成②。闻道汉家天子使，九华帐里梦魂惊③。揽衣推枕起徘徊，珠箔银屏迤逦开④。云鬓半偏新睡觉，花冠不整下堂来。风吹仙袂飘飘举，犹似霓裳羽衣舞⑤。玉容寂寞泪阑干，梨花一枝春带雨⑥。含情凝睇谢君王，一别音容两渺茫⑦。昭阳殿里恩爱绝，蓬莱宫中日月长⑧。回头下望人寰处，不见长安见尘雾⑨。钗留一股合一扇，钗擘黄金合分钿⑩。但教心似金钿坚，天上人间会相见。临别殷勤重寄词，词中有誓两心知。七月七日长生殿⑪，夜半无人私语时。在天愿作比翼鸟，在地愿为连理枝⑫。天长地久有时尽，此恨绵绵无绝期。

（选自朱金城：《白居易集笺注》，上海，上海古籍出版社，1988年。）

赏析

《长恨歌》是白居易诗作中脍炙人口的名篇，作于元和元年（806年），当时诗人正在盩厔县（今陕西周至）任县尉。这首诗是他和友人陈鸿、王质夫同游仙游寺，有感于唐玄宗、杨贵妃的故事而创作的。在这首长篇叙事诗里，作者以精练的语言、优美的形象、叙事和抒情相结合的手法，叙述了唐

---

① 太真：杨玉环为道士时的道号。参差：仿佛，差不多。
② 金阙：黄金装饰的宫殿门楼。玉扃（jiōng）：玉石做的门环。小玉：吴王夫差女。双成：传说中西王母的侍女。这里皆借指杨贵妃在仙山的侍女。
③ 九华帐：绣饰华美的帐子。
④ 珠箔：珠帘。银屏：饰银的屏风。迤逦：接连不断地。
⑤ 袂：衣袖。
⑥ 寂寞：此指神色黯淡凄楚。阑干：纵横。
⑦ 凝睇：凝视。
⑧ 昭阳殿：汉成帝宠妃赵飞燕的寝宫。此借指杨贵妃住过的宫殿。蓬莱：传说中的海上仙山。这里指贵妃在仙山的居所。
⑨ 人寰：人间。
⑩ "钗留"二句：把金钗、钿盒分成两半，自留一半。
⑪ 长生殿：在骊山华清宫内，天宝元年造。按"七月"以下六句为作者虚拟之词。陈寅恪在《元白诗笺证稿·长恨歌》中云："长生殿七夕私誓之为后来增饰之物语，并非当时真确之事实"，"玄宗临幸温汤必在冬季、春初寒冷之时节。今详检两唐书玄宗记无一次于夏日炎暑时幸骊山。"而所谓长生殿者，亦非华清宫之长生殿，而是长安皇宫寝殿之习称。如果真有这样的事，应发生在"飞霜殿"，但此殿不符合爱情的长久与火热，故当改为长生殿。
⑫ 比翼鸟：传说中的鸟名，据说只有一目一翼，雌雄并在一起才能飞。连理枝：两棵树的枝干连在一起，叫连理。古人常用此二物比喻情侣相爱、永不分离。

玄宗、杨贵妃在安史之乱中的爱情悲剧：他们的爱情被自己酿成的叛乱断送了，正在没完没了地吃着这一精神的苦果。唐玄宗、杨贵妃都是历史上的人物，诗人并不拘泥于历史，而是借着历史的一点影子，根据当时人们的传说、街坊的歌唱，从中蜕化出一个回旋曲折、宛转动人的故事，用回环往复、缠绵悱恻的艺术形式描摹、歌咏出来。由于诗中的故事、人物都是艺术化的，是现实中人的复杂真实的再现，所以能够在历代读者的心中漾起阵阵涟漪。

《长恨歌》是一首抒情成分很浓的叙事诗，诗人在叙述故事和人物塑造上，采用了我国传统诗歌擅长的抒写手法，将叙事、写景和抒情和谐地结合在一起，形成诗歌抒情上回环往复的特点。诗人时而把人物的思想感情注入景物，用景物的折光来烘托人物的心境；时而抓住人物周围富有特征性的景物、事物，通过人物对它们的感受来表现内心的感情，层层渲染，恰如其分地表达人物蕴蓄在内心深处的难达之情。在唐玄宗逃往西南的路上，四处是黄尘、栈道、高山，日色暗淡，旌旗无光，秋景凄凉，这是以悲凉的秋景来烘托人物的悲思。在蜀地，面对着青山绿水，还是朝夕不能忘情，蜀中的山山水水原是很美的，但是在寂寞悲哀的唐玄宗眼中，那山的"青"、水的"碧"，也都惹人伤心，大自然的美应该有恬静的心境才能享受，他却没有，所以就更增加了内心的痛苦。这是透过美景来写哀情，使感情又深入一层。行宫中的月色，雨夜里的铃声，本来就很撩人意绪，诗人抓住这些寻常但是富有特征性的事物，把人带进伤心、断肠的境界，再加上那一见一闻，一色一声，互相交错，在语言上、声调上也表现出人物内心的愁苦凄清，这又是一层。还都路上，"天旋地转"，本来是高兴的事，但旧地重过，玉颜不见，不由伤心泪下。叙事中，又增加了一层痛苦的回忆。回长安后，"归来池苑皆依旧，太液芙蓉未央柳。芙蓉如面柳如眉，对此如何不泪垂"。白日里，由于环境和景物的触发，从景物联想到人，景物依旧，人却不在了，禁不住就潸然泪下，从太液池的芙蓉花和未央宫的垂柳仿佛看到了杨贵妃的容貌，展示了人物极其复杂微妙的内心活动。"夕殿萤飞思悄然，孤灯挑尽未成眠。迟迟钟鼓初长夜，耿耿星河欲曙天。"从黄昏写到黎明，集中地表现了夜间被情思萦绕久久不能入睡的情景。这种苦苦的思恋，"春风桃李花开日"是这样，"秋雨梧桐叶落时"也是这样。及至看到当年的"梨园弟子""阿监青娥"都已白发衰颜，更勾引起对往日欢娱的思念，自是黯然神伤。从黄埃散漫到蜀山青青,从行宫夜雨到凯旋回归,从白日到黑夜,从春天到秋天,处处触物伤情,时时睹物思人,从各个方面反复渲染诗中主人公的苦苦追求和寻觅。现实生活中找不到,到梦中去找,梦中找不到,又到仙境中去找。如此跌宕回环,层层渲染,使人物感情回旋上升,达到了高潮。诗人正是通过这样的层层渲染,反复抒情,回环往复,让人物的思想感情蕴蓄得更深邃丰富,使诗歌"肌理细腻",更富有艺术的感染力。

作为一首千古绝唱的叙事诗,《长恨歌》在艺术上的成就是很高的。古往今来,许多人都肯定这首诗特殊的艺术魅力。《长恨歌》在艺术上以什么感染和诱惑着读者呢?宛转动人,缠绵悱恻,恐怕是它最大的艺术个性,也是它能吸引千百年来的读者,使他们受感染、被诱惑的原因。

(饶芃子,引自萧涤非等:《唐诗鉴赏辞典》,上海,上海辞书出版社,2004 年。文字有删减。)

备选课文

遣悲怀·其一　　　　　　　　　　　　(元　稹)

谢公最小偏怜女,自嫁黔娄百事乖。顾我无衣搜荩箧,泥他沽酒拔金钗。野蔬充膳甘长藿,落叶添薪仰古槐。今日俸钱过十万,与君营奠复营斋。

遣悲怀·其二　　　　　　　　　　　　(元　稹)

昔日戏言身后事,今朝都到眼前来。衣裳已施行看尽,针线犹存未忍开。尚想旧情怜婢仆,也曾因梦送钱财。诚知此恨人人有,贫贱夫妻百事哀。

遣悲怀·其三　　　　　　　　　　　　(元　稹)

闲坐悲君亦自悲,百年多是几多时。邓攸无子寻知命,潘岳悼亡犹费辞。同穴窅冥何所望,他生缘会更难期。惟将终夜常开眼,报答平生未展眉。

韦应物

韦应物(737—792 年),长安(今陕西西安)人。早年尚任侠,为人豪放不羁。15 岁起便以三卫郎为玄宗近侍。安史之乱后失官，悔悟早年过失而折节读书。常"焚香扫地而坐"。代宗广德（763—764 年）至德宗贞元（785—805 年）间，先后为洛阳丞、京兆府功曹参军、鄠县令、比部员外郎、滁州和江州刺史、左司郎中、苏州刺史。世称韦江州、韦左司或韦苏州。韦应物是山水田园诗派诗人，与王维、孟浩然、柳宗元并称"王孟韦柳"。其山水诗景致优美，感受深细，清新自然而饶有生意。今传有十卷本《韦江州集》、二卷本《韦苏州诗集》、十卷本《韦苏州集》。

淮上喜会梁州故人

江汉曾为客，相逢每醉还。浮云一别后，流水十年间。欢笑情如旧，萧疏鬓已斑。何因不归去？淮上有秋山。

（选自陶敏、王友胜：《韦应物集校注》，上海，上海古籍出版社，1998 年。）

赏析

题作"喜会"，可谓奠定该诗感情基调。首联两句回忆当初朋友相逢每醉的深厚情谊，情感真挚而高昂，令人生羡，中间两联感情色彩略显消沉。"一别"与"十年"说出时光易逝之感，"欢笑"的是"情如旧"，而哀伤的是"鬓已斑"，世事变迁，一别十年之后，青山不老而年华不再的感慨，怎能不令人叹惋呢？尾联一问一答，道出作者只因有"秋山"之兴，方才耽恋这生活之地，语意淡然，疏落有致。　　　　　　　　　　（李松石）

滁州西涧[①]

独怜[②]幽草涧边生，上有黄鹂深树鸣。春潮[③]带雨晚来急，野渡无人舟自横。

（选自陶敏、王友胜《韦应物集校注》，上海，上海古籍出版社，1998 年。）

[①] 滁州:今安徽省滁州市,唐德宗建中二年(781),韦应物做滁州刺史。西涧:滁州西郊一条小溪,又称上马河,即今西涧湖。
[②] 独怜:独爱。
[③] 春潮:春雨。

赏析

这是山水诗的名篇,也是韦应物的代表作之一。诗写于唐德宗建中二年(781 年)诗人出任滁州刺史期间。唐滁州的治所即今安徽滁州市市区,西涧在滁州城西郊外。这首诗描写了山涧水边的幽静景象,描写了诗人春游滁州西涧赏景和晚潮带雨的野渡所见。

首两句写春景,爱幽草而轻黄鹂,以喻乐守节而嫉高媚;后两句写带雨春潮之急,和水急舟横的景象,蕴含一种不在其位、不得其用的无可奈何之忧伤。全诗表露了恬淡的胸襟和忧伤之情怀。这是一首著名的山水诗,是韦应物最负盛名的写景佳作。诗里写的虽然是平常的景物,但经诗人的点染,却成了一幅意境幽深的有韵之画。

(李松石)

备选课文

寄李儋元锡 (韦应物)

去年花里逢君别,今日花开又一年。世事茫茫难自料,春愁黯黯独成眠。身多疾病思田里,邑有流亡愧俸钱。闻道欲来相问讯,西楼望月几回圆。

长沙过贾谊宅 (刘长卿)

三年谪宦此栖迟,万古惟留楚客悲。秋草独寻人去后,寒林空见日斜时。汉文有道恩犹薄,湘水无情吊岂知。寂寂江山摇落处,怜君何事到天涯。

寻南溪常山道人隐居 (刘长卿)

一路经行处,莓苔见屐痕。白云依静渚,芳草闭闲门。过雨看松色,随山到水源。溪花与禅意,相对亦忘言。

渔翁 (柳宗元)

渔翁夜傍西岩宿,晓汲清湘燃楚竹。烟销日出不见人,欸乃一声山水绿。回看天际下中流,岩上无心云相逐。

溪居 (柳宗元)

久为簪组累,幸此南夷谪。闲依农圃邻,偶似山林客。晓耕翻露草,夜榜响溪石。来往不逢人,长歌楚天碧。

喜见外弟又言别　　　　　　　　　　（李　益）

十年离乱后,长大一相逢,问姓惊初见,称名忆旧容。别来沧海事,语罢暮天钟。明日巴陵道,秋山又几重。

赠阙下裴舍人　　　　　　　　　　　（钱　起）

二月黄鹂飞上林,春城紫禁晓阴阴。长乐钟声花外尽,龙池柳色雨中深。阳和不散穷途恨,霄汉常悬捧日心。献赋十年犹未遇,羞将白发对华簪。

晚次鄂州　　　　　　　　　　　　　（卢　纶）

云开远见汉阳城,犹是孤帆一日程。估客昼眠知浪静,舟人夜语觉潮生。三湘愁鬓逢秋色,万里归心对月明。旧业已随征战尽,更堪江上鼓鼙声。

刘禹锡

刘禹锡(772—842年),字梦得,洛阳(今属河南)人,自称中山(今河北定州)人。贞元九年(793年)中进士,登博学宏词科。举吏部取士科,授太子校书、秘书监使。永贞元年(805年),因辅助王叔文进行政治革新,先贬连州刺史,加贬朗州司马。后回京,又贬连州刺史。历夔州、和州刺史。大和元年(827年),回洛阳任职。次年回朝任主客郎中,后出苏州、汝州、同州刺史。开成元年(836年),改任太子宾客,分司东都。会昌元年(841年),加检校礼部尚书衔。世称刘宾客、刘尚书。

刘禹锡诗风清新、雅俗共赏,又善用比兴寄托寓意政治内容。《金陵怀古》等篇章脍炙人口。又善于从民歌中汲取养料,加以创新。《竹枝词》等篇章饶有民歌风采,是中唐诗坛上一朵靓丽奇葩。刘禹锡与当时著名诗人白居易唱和繁多,时人称"刘白"。著有《刘梦得文集》。

聚　蚊　谣

沉沉夏夜兰堂开①,飞蚊伺暗声如雷。嘈然欻起初骇听②,殷殷若自

---

① 沉沉:昏黑的样子。兰堂:厅堂。
② 嘈然:杂乱喧闹的样子。欻(xū):忽然。

南山来①。喧腾鼓舞喜昏黑②,昧者不分听者惑。露花滴沥月上天,利嘴迎人著不得。我躯七尺尔如芒,我孤尔众能我伤。天生有时不可遏,为尔设幄潜匡床。清商一来秋日晓③　羞尔微形饲丹鸟④。

(选自瞿蜕园:《刘禹锡集笺证》,上海,上海古籍出版社,1989年。)

赏析

此诗作于刘禹锡被贬郎州时期,当时朝中小人对刘禹锡等人肆意恶语中伤,政治打击接踵而来。诗人有感于此,写下了这首政治讽刺诗。

前八句,写出了蚊子的特点:喜欢昏暗,拉帮结伙,在暗中伤人。这些特点正是朝中小人的丑恶嘴脸。"我躯七尺尔如芒,我孤尔众能我伤"两句,写出此时诗人的无奈和当时政治上被排挤的情形。由于政治上的孤立无援,诗人只能采取"为尔设幄潜匡床"的悄然回避策略。但诗人并没有因此而意志消沉,最后两句以乐观和坚定的口吻指出,随着季节的变换,蚊子必然灭亡的下场。整篇文章语言质朴而不失清丽,生动风趣而又一语中的,体现了刘禹锡政治讽刺诗的特点。

(李松石)

竹枝词(九首选一)

瞿塘⑤嘈嘈十二滩,人言道路古来难。长恨人心不如水,等闲平地起波澜。

(选自瞿蜕园:《刘禹锡集笺证》,上海,上海古籍出版社,1989年。)

赏析

这是《竹枝词九首》的第七首。诗从瞿塘峡的艰险借景起兴,引出对世态人情的感慨。面临着惊涛拍岸、险阻重重的瞿塘峡,诗人不禁联想到当时的世态人情:"常恨人心不如水,等闲平地起波澜。"瞿塘峡之所以险,是因

---

① 殷殷:形容很大的震动声音。南山:即终南山,在今陕西省西安市市南。
② 鼓舞:鼓动翅膀飞舞。
③ 清商:秋风。
④ 羞:吃。丹鸟:萤火虫。古有萤火虫吃蚊子一说。
⑤ 瞿塘峡是长江三峡之一,两岸连山,水流急湍,形势最为险要,古有"瞿塘天下险"之称。

为水中有道道险滩,而人间世道"等闲平地"也会起波澜,岂不令人防不胜防?刘禹锡参加永贞改革失败以后,屡受小人诬陷、权贵打击,两次被放逐,达23年之久。痛苦的遭遇,使他深感世路维艰,凶险异常,故有此愤世嫉俗之言。以"瞿塘"喻人心之险,在人之言与我之恨之间过渡,命意精警,比喻巧妙,使抽象的道理具体化,从而给人以深刻的感受。 (李松石)

李 贺

李贺(790—816年),字长吉,祖籍陇西,生于福昌(今河南宜阳)昌谷,后世称李昌谷。唐宗室郑王李亮后裔,但家已没落。青少年时,才华出众,名动京师。父名晋肃,因避父讳(晋、进同音),终不得登第。一生愁苦抑郁,体弱多病,只做过3年奉礼郎,卒时仅27岁。

李贺思想进步,主张任用贤才,反对藩镇割据,主张国家统一,由于生活遭遇了解下层民众疾苦,故能关心民众。李贺诗歌最显著的特色是想象丰富奇特、构思新颖、色彩浓烈。但由于过分追求艺术效果,某些诗句太注意雕琢,致使有的诗往往词意晦涩、堆砌词藻。

致 酒 行①

零落栖迟一杯酒②,主人奉觞客长寿③。主父西游困不归④,家人折断门前柳⑤。吾闻马周昔作新丰客⑥,天荒地老无人识。空将笺上两行书,直犯龙颜请恩泽。我有迷魂招不得,雄鸡一声天下白。少年心事当挐

---

① 致酒:劝酒的意思。行:乐府诗的一种体裁。
② 零落:草木凋零,此处指作者处境潦倒。栖迟:指作者漂泊流浪在外。
③ 奉觞:捧觞,举杯敬酒。客长寿:敬酒时的祝词,祝身体健康之意。
④ 主父:主父偃,汉武帝时人,家贫有才华,曾得到当时名将卫青举荐,但不得重用,家财散尽,屡遭诸侯白眼。后来上书皇帝,终被重用,官至齐相。
⑤ "折断"句:家人攀折柳枝,期望主父偃早日归来。
⑥ 马周:唐太宗时人,早年游历长安,住在新丰(今陕西省临潼县新丰镇)客店,主人见其潦倒便不理睬而招呼其他客人,马周见此情景,自己要了一斗八升酒独自品酌,这时主人才感到马周的不平凡。由于这段经历,时人称马周为"新丰客"。后马周寓居中郎将常何家里,为其草拟奏章,后受太宗赏识,官至中书令和监察御史。

云①,谁念幽寒坐呜呃②。

(选自《全唐诗》,北京,中华书局,1996年。)

赏析

《致酒行》以抒情为主,却运用主客对白的方式,不作平直叙写。诗中涉及两个古人故事,却分属宾主,《李长吉歌诗汇解》引毛稚黄的话说:"主父、马周作两层叙,本俱引证,更作宾主详略,谁谓长吉不深于长篇之法耶?"这篇的妙处,还在于它有情节性,饶有兴味。另外,诗在铸词造句、辟境创调上往往避熟就生,如"零落栖迟""天荒地老""幽寒坐呜呃",尤其是"雄鸡一声"句,或语新,或意新,或境奇,都对表达诗情起到了积极作用,是李贺式的锦心绣口。

(周啸天,引自萧涤非等:《唐诗鉴赏辞典》,上海,上海辞书出版社,2004年。文字有删减。)

李商隐

李商隐(813—858年),字义山,号玉谿生、樊南生,晚唐著名诗人。祖籍怀州河内(今河南沁阳市或博爱县),生于河南荥阳(今郑州荥阳)。唐文宗开成三年(838年)进士及第。曾任弘农尉、佐幕府、东川节度使判官等职。早年以文才而深得牛党要员令狐楚的赏识,后因娶李党要员王茂元之女而遭到牛党的排斥。李商隐受牛李党争影响,政治上遭受排挤,辗转于各藩镇当幕僚,郁郁不得志,潦倒终身。

李商隐诗歌想象丰富,寄托深远,构思细密惊奇,辞采华丽。尤其是一些爱情诗写得缠绵悱恻,为人传诵。但过于隐晦迷离,难于索解。杜牧与他齐名,两人并称"小李杜",与温庭筠合称为"温李"。著有《樊南甲集》20卷,《樊南乙集》20卷,《玉谿生诗》3卷。

---

① 拏云:比喻志气远大、本领高强。
② 呜呃:悲哀抽泣。

安 定 城 楼①

迢递高城百尺楼②,绿杨枝外尽汀洲③。贾生年少虚垂涕④,王粲春来更远游⑤。永忆江湖归白发,欲回天地入扁舟。⑥ 不知腐鼠成滋味,猜意鹓雏竟未休。⑦

(选自刘学锴:《李商隐诗歌集解》,北京,中华书局,2004年。)

赏析

公元838年,李商隐应博学宏词科试,因遭牛党猜忌而落选,客游泾州,寄居岳父王茂元家中,此诗正作于此时。

登上那"迢递"的百尺高楼,登楼驰目所见的是那美丽的绿杨汀州。但这满眼的美景并没消解作者心中的忧愁。颔联两句,用怀才不遇的贾谊、漂泊无定的王粲两位伤心人的典故抒发义山心中的"登高之忧",用典精当,颈、尾两联承上延续,继续抒发心中不快,通篇皆失意之语,令人神伤。本诗的最大特色是借典抒情,但连用四典不免给人以沉重、拖沓的感觉,前人评论义山诗用典过当,的确如此。

(李松石)

备选课文

锦 瑟 (李商隐)

锦瑟无端五十弦,一弦一柱思华年。庄生晓梦迷蝴蝶,望帝春心托杜鹃。沧海月明珠有泪,蓝田日暖玉生烟。此情可待成追忆,只是当时已

---

① 安定城楼:唐泾州(今甘肃省泾川县)城楼,因泾州在隋为安定郡,故又称安定城楼。
② 迢递:高楼延绵的样子。
③ 汀州:水边之地和水中之小洲,这里指登楼所见之景。
④ "贾生"句:贾谊年少而富有才华,多次上书陈述政事,均未被汉文帝采纳,后抑郁而死,年仅33岁。作者以贾谊自比。
⑤ 王粲:东汉末年人,建安七子之首。曾于春日作《登楼赋》抒发背井离乡、志向难酬之情。作者此处以王粲寄居人下自比。
⑥ "永忆"两句:作者用范蠡功成名就而归隐泛舟五湖之事,来表明自己也想成就一番功业,然后急流勇退。
⑦ "不知"二句:运用庄子典故,作者以庄子和鹓雏自比,自己心存高远,此次参加博学宏词试,并非醉心于干禄之事。而群小如鸱鸟之流竟然对作者百般猜忌、排挤,致使作者落选。

惘然。

无题·其一 (李商隐)

来是空言去绝踪,月斜楼上五更钟。梦为远别啼难唤,书被催成墨未浓。蜡照半笼金翡翠,麝熏微度绣芙蓉。刘郎已恨蓬山远,更隔蓬山一万重。

无题·其二 (李商隐)

飒飒东风细雨来,芙蓉塘外有轻雷。金蟾啮锁烧香入,玉虎牵丝汲井回。贾氏窥帘韩掾少,宓妃留枕魏王才。春心莫共花争发,一寸相思一寸灰。

无题·其三 (李商隐)

重帏深下莫愁堂,卧后清宵细细长。神女生涯原是梦,小姑居处本无郎。风波不信菱枝弱,月露谁教桂叶香。直道相思了无益,未妨惆怅是清狂。

利州南渡 (温庭筠)

澹然空水对斜晖,曲岛苍茫接翠微。波上马嘶看棹去,柳边人歇待船归。数丛沙草群鸥散,万顷江田一鹭飞。谁解乘舟寻范蠡,五湖烟水独忘机。

思考与练习

1. 体会《春江花月夜》之美,谈谈为何说它是"唐诗中的唐诗,顶峰上的顶峰"。
2. 王维诗具有禅趣之美,你认为何为禅趣。找出王维的其他一些诗进行品读。
3. 李白的诗歌有其自己的叙述与抒情的方式,请简单作归纳。
4. 杜甫诗歌的特点是沉郁顿挫,请说说其含义是什么。
5. 关于白居易的《长恨歌》一诗的主题,历来有不同见解,找出资料阅读后,试说出自己的看法。
6. 刘禹锡有"诗豪"的雅称,你认为他的诗"豪放"在哪里。
7. 元稹的乐府诗与悼亡诗家喻户晓,此外,他还写作了一些艳情诗,你如何看待他的诗。
8. 李贺有"鬼才"之称,他的"鬼才"除了天赋,是否与其生活遭际有关呢?能否找出这样的一些诗句?
9. 李商隐的诗以"无题"诗最为著名,为何大多冠以"无题"?
10. 学完唐诗一章后,你能否简单概括唐诗的几个发展阶段及其各自特点。

第二节 唐 宋 词

词是唐代出现的一种新的文学体裁,又称"曲子词"。所谓"曲子",是指隋唐以来从西域传入的乐曲(燕乐),代表西北民族刚健风格。"曲子词"就是配合这种曲子演唱的歌词。

词的起源有两大系统,即民间和宫廷,而宫廷的制作、演唱无疑是词体文学的重要源头。李白、白居易、刘禹锡、张志和等人是最早填词的诗人。到了晚唐五代,填词的文人增多,形成了西蜀和南唐两个中心。温庭筠、韦庄是西蜀词人的代表,以二人为首的词人又被称为"花间派",名称取自欧阳炯编订的词集《花间词》。南唐词则以"南唐二主"李璟、李煜为代表。经过晚唐五代词人的努力,特别是李煜的创作,使词争得了与诗并行发展的地位。

宋代是词发展的鼎盛时期。北宋初年的词,多受五代花间词派的影响,都是数十字的"小令",内容多写儿女之情,情调缠绵悱恻,风格柔弱婉约。代表词人如晏殊、张先、晏几道等。对北宋词发展有较大影响的是柳永。他是第一个大量创作慢词的人,扩大了词境和写作范围。北宋时期最杰出的词人是苏轼,他以大胆的革新精神,打破了所谓的"诗庄词媚"的观念,进一步扩大了词的题材和境界,创立了"以诗为词"的写作手法,给词的发展开拓了广阔的道路。苏轼之后的重要词人是周邦彦,他在音韵格律和句式章法上很是讲究,对南宋格律派词人影响很大。

在南北宋交替之际,出现了我国文坛上第一流的女词人李清照,其词艺术成就较高。词至南宋,又有了新的发展,词坛上涌现出了大批的爱国词人，最著名的首推辛弃疾。辛词抚时感事、气魄雄伟，在风格上继承了苏轼词的豪放特色，辛派词人还有陈亮、刘过等。南宋词坛的另一种创作群体就是以姜夔为首的格律派词人。

宋词的兴盛，与北宋初期社会秩序安定、都市生活繁华、市民阶层文化娱乐要求增长有直接关系。当时在一些大都市里，歌楼酒馆竞唱新声，勾栏瓦舍里上演着各种文艺节目，所谓"新声巧笑于柳陌花衢，按管调弦于茶坊酒肆"，词就是其中很受欢迎的一种形式。另外，到了唐末，诗的音律美发展到了最高点，再要发展，若仍在五、七言句法以内去寻索新境界，已不可能，于是借助于音乐曲调艺术的繁荣，便生发、开拓而产生词这一新的文学体裁，我国历史上无数语言音乐艺术大师们，从此得到了一个崭新的天地，得以驰骋他们的才华智慧。

李 白

忆 秦 娥

箫声咽①，秦娥②梦断秦楼月。秦楼月，年年柳色，霸陵③伤别。乐游原④上清秋节，咸阳古道音尘绝⑤。音尘绝，西风残照，汉家陵阙⑥。

（选自龙榆生：《唐宋名家词选》，上海，上海古籍出版社，1980年。）

赏析

此首伤今怀古，托兴深远。首句以月下箫声凄咽引起，已见当年繁华梦断不堪回首。次三句，更自月色外，添出柳色，添出别情，将情景融为一片，想见惨淡迷离之慨。下片响遏云汉，摹写当年极盛之时与地。而"咸阳古道"一句，骤落千丈，凄动心目。再续"音尘绝"一句，悲感愈深。"西

---

① 用"萧史弄玉"故事。
② 秦娥：泛指长安美貌女子。
③ 霸陵：在今陕西省西安市东，因汉文帝葬于此故得名。附近有灞桥，为唐时送别之地。
④ 乐游园：今西安市南，为唐时著名游览胜地。
⑤ "咸阳"句：指远赴西北的爱人音信全无。
⑥ 阙：陵墓前的牌楼。

风"八字,只写境界,兴衰之感都寓其中。其气魄之雄伟,实冠今古。

(唐圭璋:《唐宋词简释》,北京,人民文学出版社,2010年。)

备选课文

菩萨蛮　　　　　　　　(李白)

平林漠漠烟如织,寒山一带伤心碧。暝色入高楼,有人楼上愁。　玉阶空伫立,宿鸟归飞急。何处是归程,长亭更短亭。

温庭筠

温庭筠(约812—870年),本名岐,字飞卿,太原祁(今山西祁县)人,唐初宰相温彦博之后裔。年轻时苦心学文,才思敏捷。晚唐考试律赋,八韵一篇。据说他叉手一吟便成一韵,八叉八韵即告完稿,时人亦称为"温八叉""温八吟"。诗词兼工,诗与李商隐齐名,并称"温李";词与韦庄齐名,并称"温韦"。他是花间词派的重要作家之一,词风秾艳绮丽,词境密隐迷离,是香软词风的奠基者。

更漏子

玉炉香,红蜡泪①,偏照画堂秋思②。眉翠薄,鬓云残③,夜长衾枕寒。　梧桐树,三更雨,不道④离情正苦。一叶叶,一声声,空阶滴到明。

(选自龙榆生:《唐宋名家词选》,上海,上海古籍出版社,1980年。)

赏析

温庭词一向以秾丽著称,但此词却在秾丽中带有疏淡。上片选取女子身边细物如"玉炉""红蜡""衾枕",物人相称,突出画堂女子的孤寂无奈。

---

① 红蜡泪:相思的意思。
② 偏照:一作"遍照"。画堂:华丽的屋子。秋思:秋风引起的愁思。
③ 鬓云残:头发凌乱。
④ 不道:不顾。

"鬓云残"三字写出了女子夜晚辗转反侧、思极难眠的情景。下片一改上片风格,境界由秾丽转为疏淡、幽深。窗外细雨映衬着室内主人的孤寂。"叶叶""声声"仿佛摹写室内女子的声声长叹。整首词无论在色彩还是取景均采用对比的手法,读来感觉景更幽、情更苦,真乃恻艳之极致。 (李松石)

备选课文

菩 萨 蛮 (温庭筠)

玉楼明月长相忆,柳丝袅娜春无力。门外草萋萋,送君闻马嘶。画罗金翡翠,香烛消成泪。花落子规啼,绿窗残梦迷。

韦 庄

韦庄(836—910年),唐初宰相韦见素后人,少孤贫力学,才敏过人。为人疏旷不拘,任性自用。广明元年(880年)45岁,在长安应举,正值黄巢军攻入长安,遂陷于战乱,与弟妹失散。中和二年(882年)始离长安赴洛阳。中和三年(883年)春48岁,作《秦妇吟》。不久避战乱到江南,58岁回到长安,一心想要应试,以伸展其治国平天下之抱负。乾宁元年(894年)59岁登进士第,授校书郎。乾宁四年(897年),时年62岁,被"宣谕和协使"李洵聘为书记,同至西川,结识了西川节度使王建,回长安后,改任左补阙。天复元年(901年)66岁,应王建之聘入川为掌书记。天祐四年(907年),朱温篡唐。唐亡,力劝王建称帝,王建为前蜀皇帝后,任命他为宰相,蜀之开国制度多出其手,后终身仕蜀,官至吏部侍郎兼平章事。75岁卒于成都花林坊。

韦庄工诗能词,其词与温庭筠齐名,但词风疏淡,清丽喜人。

菩 萨 蛮

人人尽说江南好,游人只合江南老①。春水碧于天,画船听雨眠。垆边人似月②,皓腕凝霜雪③。未老莫还乡,还乡须断肠④。

(选自龙榆生:《唐宋名家词选》,上海,上海古籍出版社,1980年。)

赏析

此词仍不离香软之风,"垆边人似月,皓腕凝霜雪"句用白描手法写出江南佳丽之美。碧绿的春水,让人流连忘返的游船,处处美景令人陶醉,既然江南美景人所共知,我自然应安心于此。作者感情似乎是那样舒缓平静,但末尾两句,语风一转,宦游思乡之意跃然纸上,思乡又不能、不敢归乡,原因是回到家乡,面对离乱之景,情何以堪!细品尾句方更能体会"游人只合江南老"的"合"字意思,整首词真是情思婉转、含蓄有致,读来令人叹惋。

(李松石)

备选课文

菩 萨 蛮 (韦 庄)

红楼别夜堪惆怅,香灯半掩流苏帐。残月出门时,美人和泪辞。 琵琶金翠羽,弦上黄莺语。劝我早归家,绿窗人似花。

生 查 子 (牛希济)

春山烟欲收,天淡稀星小。残月脸边明,别泪临清晓。 语已多,情未了。回首犹重道。记得绿罗裙,处处怜芳草。

---

① 游人:漂泊在外的人。
② 垆:酒家。《史记·司马相如列传》有"令文君当垆"之语。
③ "皓腕"句:手臂像霜雪那样洁白。
④ 须:应。

李 璟

李璟（916—961年），字伯玉，初名景通，徐州人，一说湖州人。南唐烈祖李昇的长子，28岁时，继李昇做了南唐的小皇帝。即位之初尚能有所为，后荒于政事。958年受后周威胁，不得不上表以国为附庸，去帝号，称南唐国主（中主或嗣主）。他虽"天性儒懦，素昧威武"，在堂当政时期，国运日衰，处境艰危，但他"多才艺，好读书"，有相当高的文学才能。传世的四首诗，多写愁与恨，但境界开阔、形象鲜明，于绮艳中有深婉之意，体现了南唐词的新风格。后人把他及其第六子李煜的作品，合刻为《南唐二主词》。

浣 溪 沙

手卷真珠上玉钩①，依前春恨锁重楼。风里落花谁是主？思悠悠。青鸟不传云外信②，丁香空结雨中愁③。回首绿波三楚暮④，接天流。

（选自《南唐二主词校订》，北京，中华书局，2007年。）

| 赏析

　　整首小词一改"花间"浓艳之风，清丽婉转，摆脱扭捏妩媚之事转而直抒胸臆。上片以春愁开头，以"思悠悠"结尾，以落花飘风比喻人事飘零，语音凄苦，读来令人颔首长叹。下片用思人之信不来，更用雨中的丁香花蕾比喻愁苦的内心，春意阑珊衬托着作者内心愁苦。尾句"接天流"更是把愁苦放大百倍、千倍，但结尾处笔法高远，意境阔达，令人神思。（李松石）

---

① 真珠：即珠帘。
② 青鸟：神话传说中为西王母取食传信的神鸟，这里指信使。云外：指遥远的地方。
③ 丁香空结：丁香花蕾郁结不舒展，象征愁心。
④ 三楚：指南楚、东楚、西楚。三楚地域，说法不一。据《汉书·高帝纪》注：江陵（今湖北江陵一带）为南楚。吴（今江苏吴县一带）为东楚。彭城（今江苏铜山一带）为西楚。"三楚暮"，一作"三峡暮"。

李 煜

李煜（937—978年），字重光，初名从嘉，号钟隐、莲峰居士。南唐元宗李璟第六子，961—975年在位，史称李后主。开宝八年（975年），国破降宋，俘至汴京，被封为右千牛卫上将军、违命侯。后为宋太宗毒死。李煜虽不通政治，但其艺术才华却非凡。精书法，善绘画，通音律，诗和文均有一定造诣，尤以词的成就最高。早期词多写宫廷乐事，被俘后的作品，则充满了深沉的国破家亡之感，一改往日香艳词风，转而描写内心愁苦，意境高远，语言恬淡，扩大了词的写作境界，对后人影响深远。被称为"千古词帝"。

蝶 恋 花

遥夜①庭皋闲信步。乍过清明，早觉伤春暮。数点雨声风约住，朦胧淡月云来去。　　桃李依依春暗度。谁在秋千，笑里低低语。一片芳心千万绪，人间没个安排处。

（选自《南唐二主词校订》，北京，中华书局，2007年。）

赏析

上片写乍暖还寒的夜晚，词人信步于庭院之中，点点春雨勾起词人伤春的愁绪，朦胧的月色更加重内心的愁绪。下片出现桃李芬芳的气息，似乎在告诉词人，春未远去，此时心中的愁绪似乎淡了一些，加上传来的低低笑语，更加冲淡了内心的愁绪。但词人想起自己意中人，不觉又黯然神伤起来，可谓一波未平一波又起。末句"人间没个安排处"，用俗语夸大突出词人心中无可消释的愁绪，与首句的"闲信步"形成鲜明对比。整首词近远景结合，有声有色，颇显后主婉约之力。　　（李松石）

---

① 遥夜：天色刚黑的时候。

| 备选课文

浣溪沙　　　　　　　　　　（李　璟）

菡萏香销翠叶残。西风愁起绿波间。还与韶光共憔悴，不堪看。　　细雨梦回鸡塞远，小楼吹彻玉笙寒。多少泪珠何限恨，倚阑干。

清平乐　　　　　　　　　　（李　煜）

别来春半，触目柔肠断。砌下落梅如雪乱，拂了一身还满。　　雁来音信无凭，路遥归梦难成。离恨恰如春草，更行更远还生。

破阵子　　　　　　　　　　（李　煜）

四十年来家国，三千里地山河。凤阁龙楼连霄汉，玉树琼枝作烟萝。几曾识干戈？　　一旦归为臣虏，沈腰潘鬓销磨。最是仓皇辞庙日，教坊犹奏别离歌。挥泪对宫娥。

晏　殊

晏殊（991—1055年），字同叔，临川（今属江西）人。14岁以"神童"应举，赐同进士出身。后累官至宰相，谥元献。他一生富贵优游，所作多吟成于舞榭歌台、花前月下，而笔调闲婉，理致深蕴，音律谐适，词语雅丽，被后人称为"北宋倚声家初祖"。著有《珠玉词》，今存140首。

破　阵　子

燕子来时新社①，梨花落后清明。池上碧苔三四点，叶底黄鹂一两声，② 日长飞絮轻。　　巧笑东邻女伴③，采桑径里逢迎④。疑怪昨宵春梦好，元是今朝斗草赢，笑从双脸生⑤。

（选自唐圭璋编：《全宋词》，北京，中华书局，2009年。）

---

① 社：社日。汉以前只有春社，汉以后开始有秋社。自宋代起，以立春、立秋后的第五个戊日为社日。这里指春社，大致时间是立春后、清明前。
② 此二句化用南朝谢灵运"池塘生春早，园柳变鸣禽"诗句。
③ 巧笑：美好的笑。
④ 逢迎：相遇。
⑤ 双脸：脸颊。

赏析

作者上片用"燕子""梨花""碧苔""黄鹂""飞絮",靓丽、活泼的意象,清新的语言为我们描绘出一幅春暮初夏图。当常人伤感于春意阑珊的时候,作者眼中看到的却是另一番新鲜景象。下片用白描的手法,勾勒出一位活泼可爱的邻家少女形象,更加增添了初夏到来的美好。整首词画面和谐、美好,寥寥几笔,便让读者从心中感到了美好,为摹写暮春体裁的作品另辟蹊径,树立了典范。

(李松石)

蝶 恋 花

槛菊愁烟兰泣露①。罗幕轻寒②,燕子双飞去。明月不谙离恨苦③。斜光到晓穿朱户④。 昨夜西风凋碧树。独上高楼,望尽天涯路。欲寄彩笺无尺素⑤。山水长阔知何处。

(选自唐圭璋编:《全宋词》,北京,中华书局,2009年。)

赏析

这首词写离恨相思之苦,情景交融,细致入微,感人至深。上片重在写景,寓情于景,一切景语皆情语。在诗人的眼中,菊花似为愁烟所笼罩,兰花上的露珠似乎是它哭泣时流下的泪珠,这一亦真亦幻、幽极凄绝的特写镜头,正是抒情主人公悲凉、迷离而又孤寂的心态的写照。"罗幕轻寒"二句将笔触由院中折回室内,似乎是写燕子由于罗幕轻寒而离去,实则写作者身之所感,也是作者心之所感。

下片写登楼望远。"昨夜西风"句,使固有的惨淡、凄迷气氛又增添了几分萧瑟、几分凛冽。西风方烈,碧树尽凋;木犹如此,人何以堪!"望尽"

---

① "槛菊"句:槛(jiàn):栏杆。菊花笼罩着一层雾气,像似含愁,兰草上带着露水,像在饮泣。
② 罗幕:富贵人家所用的帷幕。
③ 不谙:不知道。
④ 朱户:朱门,指大户人家。
⑤ 尺素:书信的代称。古人写信用素绢,通常长约一尺,故称尺素,语出《古诗》:"客从远方来,遗我双鲤鱼。呼儿烹鲤鱼,中有尺素书。"

既表明其眺望之远,也见出其凝眸之久,从时空两方面拓展了词境。但"望尽天涯路",不见天涯人。既然如此,那就只有以书寄意了。"山长水阔知何处",以无可奈何的怅问作结,给人情也悠悠、恨也悠悠之感。　　(李松石)

备选课文

浣　溪　沙　　　　　　　　(晏　殊)

　　一向年光有限身,等闲离别易销魂,酒筵歌席莫辞频。　满目山河空念远,落花风雨更伤春,不如怜取眼前人。

木　兰　花　　　　　　　　(晏　殊)

　　绿杨芳草长亭路,年少抛人容易去。楼头残梦五更钟,花底离愁三月雨。　无情不似多情苦,一寸还成千万缕。天涯地角有穷时,只有相思无尽处。

木　兰　花　　　　　　　　(宋　祁)

　　东城渐觉风光好,縠皱波纹迎客棹。绿杨烟外晓云轻,红杏枝头春意闹。　浮生长恨欢娱少,肯爱千金轻一笑。为君持酒劝斜阳,且向花间留晚照。

苏　幕　遮　　　　　　　　(范仲淹)

　　碧云天,黄叶地。秋色连波,波上寒烟翠。山映斜阳天接水。芳草无情,更在斜阳外。　黯乡魂,追旅思。夜夜除非,好梦留人睡。明月楼高休独倚。酒入愁肠,化作相思泪。

渔　家　傲　　　　　　　　(范仲淹)

　　塞下秋来风景异,衡阳雁去无留意。四面边声连角起。千嶂里,长烟落日孤城闭。　浊酒一杯家万里,燕然未勒归无计。羌管悠悠霜满地。人不寐,将军白发征夫泪。

桂　枝　香　　　　　　　　(王安石)

　　登临送目,正故国晚秋,天气初肃。千里澄江似练,翠峰如簇。征帆去棹残阳里,背西风、酒旗斜矗。彩舟云淡,星河鹭起,画图难足。　念往昔，繁华竞逐。叹门外楼头，悲恨相续。千古凭高对此，漫嗟荣辱。六朝旧事随流水，但寒烟、衰草凝绿。至今商女，时时犹唱，《后庭》遗曲。

临 江 仙 　　　　　　　　　　　（晏几道）

梦后楼台高锁，酒醒帘幕低垂。去年春恨却来时。落花人独立，微雨燕双飞。　　记得小蘋初见，两重心字罗衣。琵琶弦上说相思。当时明月在，曾照彩云归。

鹧 鸪 天 　　　　　　　　　　　（晏几道）

彩袖殷勤捧玉钟，当年拚却醉颜红。舞低杨柳楼心月，歌尽桃花扇底风。　　从别后，忆相逢，几回魂梦与君同。今宵剩把银釭照，犹恐相逢是梦中。

张　先

张先（990—1078年），字子野，乌程（今浙江湖州）人。天圣八年（1030年）进士。历任宿州掾、吴江知县、嘉禾（今浙江嘉兴）判官。皇祐二年（1050年），晏殊知永兴军（今陕西西安），辟为通判。后以屯田员外郎知渝州，又知虢州。以尝知安陆，故人称张安陆。治平元年（1064年）以尚书都官郎中致仕，元丰元年卒，享年89岁。

张先词常以男欢女爱作为写作内容，但能将日常小景凝练新丽，词风含蓄隽永，与柳永齐名，著有《安陆词》。

天　仙　子

时为嘉禾小倅①，以病眠，不赴府会

《水调》数声持酒听②，午醉醒来愁未醒。送春春去几时回？临晚镜③，

---

① 嘉禾：宋时郡名，即秀州，今浙江嘉兴市。小倅（cuì）：即小副官。这里指判官。张先此时在嘉禾任判官。
② 《水调》：曲调名，相传隋炀帝开凿汴河时自制此曲《水调歌》。
③ 临晚镜：对镜自照而感叹衰老。

伤流景①,往事后期空记省②。沙上并禽池上暝③,云破月来花弄影④。重重帘幕密遮灯。风不定,人初静,明日落红应满径。

(选自唐圭璋编:《全宋词》,北京,中华书局,2009年。)

| 赏析

  饮着美酒,听着《水调曲》,午间喝醉后已经醒来,可心中的愁苦却不曾排遣。送走了春天,春天什么时候能再回来?晚上对镜自照,惋惜青春年少、似水流年,往日相约,明明记得很清楚,后来却如同云烟。沙滩上双宿的鸳鸯鸟已栖息,风吹走了流云,月光下花儿孤影自怜。一层层的帘幕密密地遮住了灯光,风儿依旧吹,人声却渐渐地安静下来。明天的小路上一定是落满了花瓣。此词为临老伤春之作,为张先词中的名作。全词将作者慨叹年老位卑、前途渺茫之情与暮春之景有机地交融一起,工于锻炼字句,体现了张词的主要艺术特色。

(李松石)

柳　永

  柳永(985?—1053年?),原名三变,字景庄。后改名永,字耆卿,排行第七,故称柳七,崇安祐(今属福建)人。早年屡试不第,常流连于秦楼楚馆,为时人诟病。直至景祐元年(1034年)考中进士。官屯田员外郎,世称柳屯田。柳永能诗文,善度曲、填词,创作慢词独多,铺叙刻画,语言通俗,音律谐婉,情景交融,为北宋词坛着力写词之第一人。

---

① 流景:如流水般逝去的时光。杜牧诗:"自伤晚临镜,谁与惜流年。"
② 后期:瞻望未来。空记省:白白留在记忆中。记:记忆,思念。省:醒悟,明白。
③ 并禽:成对的鸟儿。这里指鸳鸯。暝:闭眼小憩。
④ 花弄影:花在月光下摆弄它的身影。这是对花拟人化的描写。弄:摆弄。

望 海 潮

　　东南形胜①，三吴都会②，钱塘自古繁华。烟柳画桥，风帘翠幕③，参差十万人家。云树绕堤沙④，怒涛卷霜雪，天堑无涯⑤。市列珠玑⑥，户盈罗绮、竞豪奢。

　　重湖叠巘清嘉⑦。有三秋桂子⑧，十里荷花。羌管弄晴，菱歌泛夜，嬉嬉钓叟莲娃。千骑拥高牙⑨，乘醉听箫鼓，吟赏烟霞。异日图将好景⑩，归去凤池夸⑪。

（选自薛瑞生：《乐章集校注》，北京，中华书局，1994年。）

赏析

　　此词通过一幅幅色彩鲜明的画面，生动地展示了杭州秀美的湖山、壮美的钱塘江和豪华的都市生活，特别是对西湖的描绘，有声有色，引人入胜。全词结构严谨，层次分明，语言通俗、形象，在艺术表现上很有特色。特别值得一提的是，柳永是第一个用词这种文学体裁来描绘城市生活内容的词人，后代一些描写都市词滥觞于此。
（陆　明）

---

① 形胜：形势重要、湖山优美之处。
② 三吴：泛指江浙地区。
③ 风帘翠幕：挡风的帘子和翠绿色的帷幕。
④ 云树：高大茂密的树木。
⑤ 天堑：天然的壕沟、险阻，这里说的是钱塘江。
⑥ 珠玑：指珠宝一类的珍贵商品。
⑦ 重湖：杭州西湖以白堤为界，微分里湖、外湖，故曰重湖。叠巘（yǎn）：重叠的山峰。清嘉：清秀嘉丽。
⑧ 三秋：秋天的第三个月。桂子：桂花。
⑨ 高牙：军前大旗，因以象牙为饰，故称高牙。这是借指高级官吏。
⑩ 图将好景：把美丽的景色描绘出来。图：描绘。
⑪ 凤池：凤凰池，本位皇帝禁苑中的池沼，这里泛指朝廷。

鹤 冲 天

黄金榜上①,偶失龙头望②。明代暂遗贤③,如何向?未遂风云便④,争不恣狂荡⑤,何须论得丧。才子词人,自是白衣卿相⑥。

烟花巷陌⑦,依约丹青屏障。幸有意中人,堪寻访。且恁偎红翠⑧,风流事、平生畅。青春都一饷⑨。忍把浮名⑩,换了浅斟低唱。

(选自薛瑞生:《乐章集校注》,北京,中华书局,1994年。)

赏析

这首词是柳永会试落选后的一番"感言",虽然落选,但柳永的"豪情"仍在,"龙头望"一语点破:"我要的不仅仅是个进士身份,而是要拿那头名状元!"清明的时代,我这样有才能的人被遗落,这是何等的讽刺!既然"未遂风云便",暂时没有好的风云际会,"何须论得丧",柳永也没有意志消沉,相反,他感到一种解脱和那无拘无束的快感,为何?"才子词人,自是白衣卿相",这是他自信的原因,是他落举后的一种调和自我心态的一种方法,我们说他精神胜利法也好,说他牢骚也好,总之,在这种看似洒脱的词句中,似乎隐隐有一种说不出的惆怅。特别是下片,柳永把士大夫只做不说的一面,大胆地表白出来:"青春都一饷。忍把浮名,换了浅斟低唱!"这是在用欢快写苦恼,所谓"以乐写哀,一倍其哀"。柳永的这首词不仅仅是牢骚之言,他把下层文人的愤懑、苦恼以另外一种形式抒发出来,这对后来如关汉卿等一批下层文人影响深远,有人说这首词反映了柳永生活低俗的

---

① 黄金榜:发布考中进士的榜,因用黄纸写成,故称"黄金榜"。
② 龙头:又称鳌头,古代状元的别称。
③ 明代:政治清明的时代。遗贤:《尚书·大禹谟》有"野无遗贤"之句。指有才能的人。
④ 风云便:大好机会,人生得意的意思。
⑤ 争不:怎不。恣:放纵。
⑥ 白衣:平民。
⑦ 烟花巷陌:歌妓和住所的别称。
⑧ 恁:这样。偎:紧贴着;红翠:穿红披翠,泛指歌女。
⑨ 一饷:一作"一晌",时间短。
⑩ 浮名:功名。

一面，可谓肤浅之言。

（李松石）

备选课文

雨霖铃 （柳永）

寒蝉凄切，对长亭晚，骤雨初歇。都门帐饮无绪，留恋处、兰舟催发。执手相看泪眼，竟无语凝噎。念去去千里烟波，暮霭沉沉楚天阔。 多情自古伤离别，更那堪冷落清秋节。今宵酒醒何处？杨柳岸、晓风残月。此去经年，应是良辰好景虚设。便纵有千种风情，更与何人说。

蝶恋花 （柳永）

伫倚危楼风细细。望极春愁，黯黯生天际。草色烟光残照里。无言谁会凭阑意。 拟把疏狂图一醉。对酒当歌，强乐还无味。衣带渐宽终不悔。为伊消得人憔悴。

欧阳修

欧阳修（1007—1072年），庐陵（今江西吉安）人。天圣八年（1030年），中进士甲科。累擢知制诰、翰林学士，历枢密副使、参知政事。神宗朝，迁兵部尚书，以太子少师致仕。卒赠太子太师，谥文忠。知滁州时，号醉翁，晚号六一居士。有集传世。他的词主要写恋情游宴、伤春怨别，表现出深婉而清丽的风格，和晏殊比较接近。其词集有《六一词》《近体乐府》《醉翁琴趣外编》等多种。

朝中措

平山阑槛倚晴空①，山色有无中②。手种堂前垂柳，别来几度春风。文章太守，挥毫万字，一饮千钟。行乐直须年少，樽前看取衰翁。

（选自柏寒：《六一词选注》，南京，江苏古籍出版社，1990年。）

---

① 平山：即平山堂，整句形容平山堂之高。
② "山色"句：形容坐在平山堂中看江南诸山，气象万千，景观壮美。

赏析

　　此词为送别友人而作。当时作者并不在扬州,一切均为回忆、想象之词。上片写扬州山水,重点是平山堂,对昔年游乐胜地充满了怀念依恋之情。下片抒情虽出之以豪健之笔,其实感慨良深:自己虽有挥毫万言之才,却只能做一个"一饮千钟"的醉翁,一饮千钟、及时行乐的背后隐含着难言的牢骚和不平;"行乐直须年少",有所作为也要趁年轻,对对方亦有勉励之意。总是,既有自嗟,也有自负,都在不言之中。这体现了欧词的抒情个性,虽然历尽坎坷,却能志气自若。全词写景抒情毫不假借,大开大合,挥洒自如。

(柏　寒)

备选课文

踏　莎　行　　　　　　　　(欧阳修)

　　候馆梅残,溪桥柳细。草熏风暖摇征辔。离愁渐远渐无穷,迢迢不断如春水。　　寸寸柔肠,盈盈粉泪。楼高莫近危阑倚。平芜尽处是春山,行人更在春山外。

木　兰　花　　　　　　　　(欧阳修)

　　别后不知君远近,触目凄凉多少闷!渐行渐远渐无书,水阔鱼沉何处问?　　夜深风竹敲秋韵,万叶千声皆是恨。故欹单枕梦中寻,梦又不成灯又烬。

苏　轼

　　苏轼(1037—1101年),字子瞻,又字和仲,号"东坡居士",世人称其为"苏东坡"。眉州(今四川眉山)人,祖籍栾城。苏轼与父苏洵、弟苏辙并称"三苏"。嘉祐二年(1057年),与弟苏辙同登进士。授大理评事,签书凤翔府判官。后因与宰相王安石政见不合,自请外任,出为杭州通判。再迁至密州(今山东诸城),移至徐州。元丰二年(1079年),罹"乌台诗案",责授黄州(今湖北黄冈)团练副使。哲宗立,高太后临朝,复为朝奉郎知登州(今山东蓬莱)。4个月后,升为礼部郎中,任未旬日,除起居舍人,迁中书舍人,又迁翰林学士知制诰(二品),知礼部贡举。元祐四年(1089年)出知杭州,后改知颍州,知扬州、定州。元祐八年(1093年),哲宗亲政,被远谪惠州(今广东惠州市),再贬儋州(今海南儋州市)。徽宗即位,遇赦北归,建中靖国元年(1101年)卒于常州(今属江苏),葬于汝州郏城县(今河南郏县),享年66岁,御赐谥号文忠公。

苏轼是一位具有多方面才能的文学艺术家,他的散文、诗、词、赋、书画都有很高的造诣。他的词突破晚唐五代的窠臼,一扫绮丽柔靡之习,开创了北宋词坛的新局面,树立了文人雅词的写作方法,为后人树立了写词的"东坡范式"。他的散文长于说理,纵横恣肆。他的书法自成一家,他的画与诗齐名,对中国"文人画"的形成起了奠基作用。著有《东坡全集》《东坡志林》等。

卜 算 子

黄州定惠院①寓居作

缺月挂疏桐,漏断人初静②。时见幽人独往来③,缥缈孤鸿影④。惊起却回头,有恨无人省。拣尽寒枝不肯栖,寂寞沙洲冷。

(选自薛瑞生:《东坡词编年笺证》,西安,三秦出版社,1998年。)

赏析

该词系苏轼被贬黄州寓居定慧院时所作。缺月、疏桐、漏断、人静,简单几笔为读者点染出孤寂的境界。苏轼在毫无铺垫的情况下,笔端直指夜空的孤鸿,并用拟人的手法表现其心理活动。惊恐而无助的身影,高洁的品质,说的是孤鸿,又何尝不是自喻!整首词取神题外,意中设境,托物寓人;在对孤鸿和月夜环境背景的描写中,选景叙事均简约凝练,空灵飞动,含蓄蕴藉,生动传神,如黄庭坚所说:"语意高妙,似非吃烟火食人语,非胸中有万卷书,笔下无一

---

① 定惠院:在湖北黄冈县东南。
② 漏断:漏壶里的水已经滴净,指时间已经到深夜。
③ 幽人:指下句的孤鸿。
④ 缥缈:隐约不清楚的样子。

点尘俗气,孰能至此!"

(李松石)

蝶 恋 花

花褪残红青杏小。燕子飞时,绿水人家绕。枝上柳绵吹又少,天涯何处无芳草! 墙里秋千墙外道。墙外行人,墙里佳人笑。笑渐不闻声渐悄,多情却被无情恼。

(选文薛瑞生:《东坡词编年笺证》,西安,三秦出版社,1998年。)

赏析

这是一首伤春词,上片写暮春景色,残红落尽,青杏初生,轻轻几笔,信手拈来,一幅清丽哀婉的图景便呈现于面前。"枝上"两句虽无一字言情,而其缠绵自现。下片转而写人、写情,正被春愁困扰的行人,又为高墙之内的笑声所吸引,可惜只闻其声,不见其人。苏轼有意在此反复运用几个词语,使小词既有行云流水般的流畅,又有轻快的节奏,虽是写惆怅的心境,却无沉闷抑郁之感。尤其是最后一句,道出多少人都曾有的微妙体验,极有理趣,因而广为流传。

(王洪,文字有删减。)

备选课文

水 龙 吟 (苏 轼)
次韵章质夫《杨花词》

似花还似非花,也无人惜从教坠。抛家傍路,思量却是,无情有思。萦损柔肠,因酣娇眼,欲开还闭。梦随风万里,寻郎去处,又还被、莺呼起。

不恨此花飞尽,恨西园、落缸难缀。晓来雨过,遗踪何?一池萍碎。春色三分,二分尘土,一分流水。细看来不是杨花,点点是离人泪。

满 庭 芳 (秦 观)

山抹微云,天连衰草,画角声断谯门。暂停征棹,聊共引离尊。多少蓬莱旧事,空回首、烟霭纷纷。斜阳外,寒鸦万点,流水绕孤村。 销魂!当此际,香囊暗解,罗带轻分。漫赢得青楼,薄幸名存。此去何时见也,襟袖上、空惹啼痕。伤情处,高城望断,灯火已黄昏。

卜　算　子　　　　　　　　　　（李之仪）

我住长江头，君住长江尾。日日思君不见君，共饮长江水。　　此水几时休，此恨何时已。只愿君心似我心，定不负相思意。

青　玉　案　　　　　　　　　　（贺　铸）

凌波不过横塘路，但目送、芳尘去。锦瑟华年谁与度？月桥花院，琐窗朱户，只有春知处。　　飞云冉冉蘅皋暮，彩笔新题断肠句。试问闲情都几许？一川烟草，满城风絮，梅子黄时雨！

晁补之

晁补之（1053—1110 年），字无咎，号归来子，济州巨野（今属山东巨野县）人，为"苏门四学士"之一。元丰二年（1079 年）进士，试开封及礼部别院皆第一。同年授澶州司户参军。元祐初，任太学正，著作佐郎，后以秘阁校理通判扬州。绍圣元年（1094 年），知齐州（今山东历城），因修《神宗实录》失实，降应天府（今河南商丘），旋改贬亳州（今安徽亳县）通判，哲宗元符二年（1099 年）又贬监处州（今浙江丽水）。元符二年（1099 年）为信州（今江西上饶）酒税。大观末，知达州（今四川达县），未行。改泗州（今江苏盱眙东北），到官不久卒（1110 年）。葬于任城吕村。

晁补之在文学上建树很多，其诗、词都造诣颇深。其一生困苦，仕途不平，随党争四次遭贬，可谓命途多舛。这种境遇在他的诗、词创作中多有反映。著有《鸡肋集》。

摸　鱼　儿

东皋寓居

买陂塘①、旋栽杨柳②，依稀淮岸江浦。东皋嘉雨新痕涨③，沙嘴鹭来鸥

---

① 陂塘：池塘。
② 旋：便、立即。
③ 嘉雨：好雨。

聚①。堪爱处,最好是、一川夜月光流渚。无人独舞。任翠幄张天②,柔茵藉地③,酒尽未能去。　　青绫被④,莫忆金闺故步⑤。儒冠曾把身误⑥。弓刀千骑成何事⑦,荒了邵平瓜圃⑧。君试觑,满青镜、星星鬓影今如许。功名浪语⑨。便似得班超,封侯万里,归计恐迟暮⑩。

(选自乔力:《晁补之词编年笺注》,济南,齐鲁书社,1992年。)

赏析

这首词在词史上有重要的地位,是第一个在描写田园风光的同时,把退隐思想融入里面的,开创了这类词作的典范,这种做法直接启迪了辛弃疾的创作。"无咎词堂庑颇大,人知辛稼轩《摸鱼儿》'更能消几番风雨'一阕,为后来名家所竞效,其实辛词所本,即晁无咎《摸鱼儿》'买陂塘、旋栽杨柳'之波澜也。"另外,这首词也是后代唱和最多的词作之一。"晁无咎《摸鱼儿》……此数词后人和韵最多。"

词中上片写尽隐居的乐事,写得栩栩如生,笔力轻快。下片回忆时世遭遇,一个"儒冠曾把身误",说出了晁补之对于这些年仕途的反思,最后得出了"便似得班超,封侯万里,归计恐迟暮"的感叹!关于这首词的下片用意,现在的学者大都一个解释,即反映出晁补之的沉郁之情,充满了对于现实的无限辛酸和无奈。这样的解释,看似有道理,实际上没有真正了解这首词。该词主旨是抒发对于退隐生活的喜爱。在这首词里,作者的感情线索是肯定——否定——肯定。首先肯定现在生活的闲适,然后否定以前在官场上的作为。"莫

---

① 沙嘴:向水中伸出的沙地。
② 翠幄:绿色的帐幕,这里比喻深绿的天空。
③ 柔茵:柔软的褥垫,这里比喻柔软的草地。
④ 青绫被:汉代尚书郎值夜供新青缣白绫被,尚书郎正是宫廷当中掌管文书之职。这里是作者自喻。
⑤ 金闺:金马门,汉代文学侍从的聚集地,这里暗指作者供职秘书省之事。
⑥ "儒冠"句:语本杜甫《奉赠韦左丞丈二十二韵》:"纨绔不饿死,儒冠多误身。"
⑦ 弓刀千骑:谓达官显宦出行时侍众的盛多。
⑧ 邵平瓜圃:邵平,或作召平,《史记·萧相国世家》:"召平者,故秦东陵侯。秦破,为布衣,贫,种瓜于长安城,瓜美,故世俗谓之东陵瓜,从召平以为名也。"
⑨ 浪语:虚语,空话。
⑩ "便似得"三句:《后汉书·班超传》:"家贫。常以官佣书以供养。久劳苦,尝辍业投笔叹曰:'大丈夫无他志略,犹当效傅介子、张骞,立功异域,以取封侯,安能久事笔砚间乎!'"后果立功西域,封定远侯,在外三十余年,年老上表乞归,曰:"臣不敢望到酒泉郡,但愿生入玉门关。"遂以71岁回洛阳,次年卒。

忆金闺故步"是晁补之经历很多事情后的想法。"晁补之废退金乡,遂置东皋五亩宅,自号归来子。"词的上片显然是在叙述自己怎样布置庭宅。

根据《续资治通鉴》的记载,晁补之这首词写作的大致时间,最早应该是崇宁二年左右。当时的时局非常紧张,苏门弟子相继遭到贬谪迫害。和苏门其他人相比,晁补之能退居到乡里,已经算是幸运。可以说,晁补之对于当时的退居生活是真心满意的。当他回忆起以前的生活,虽然是"青绫被""金闺故步",但是那都是过眼云烟,而且像班超那样,即使封侯拜相又能怎样?"久在樊笼里,复得返自然",这时的晁补之应该是轻松的吧,说该词沉郁、悲凉,或不准确。

(李松石)

周邦彦

周邦彦(1056—1121年),字美成,号清真居士,钱塘(今浙江杭州)人。元丰初,因献《汴都赋》而受到神宗重视,从此走上仕途。历官太学正、庐州教授、知溧水县等。徽宗时提举大晟府,主管宫廷乐事。他精通音律,曾创作不少新词调。作品多写闺情、羁旅,也有咏物之作。格律谨严,语言典丽精雅,长调尤善铺叙。为后来格律派词人所宗。旧时词论称他为"词家之冠"。著有《片玉集》,又名《清真词》。

兰 陵 王

柳①

柳阴直②,烟里丝丝弄碧③。隋堤④上、曾见几番,拂水飘绵送行色⑤。登临望故国,谁识京华倦客⑥?长亭路,年去岁来,应折柔条过

---

① 本篇又题作"柳",借咏柳伤别,抒写词人送别友人之际的羁旅愁怀。兰陵王:词调名,首见于周邦彦词。
② 柳阴直:长堤之柳,排列整齐,其阴影连缀成直线。
③ 烟里丝丝弄碧:笼罩在烟气里细长轻柔的柳条随风飞舞,舞弄它嫩绿的姿色。弄:飘拂。
④ 隋堤:汴京附近汴河之堤,隋炀帝时所建,故称。是北宋时来往京城的必经之路。
⑤ 拂水飘绵:柳枝轻拂水面,柳絮在空中飞扬。行色:指行人出发时的情况。
⑥ 京华倦客:作者自谓。京华,指京城,作者久客京师,有厌倦之感,故云。

千尺①。

　　闲寻旧踪迹②，又酒趁哀弦③，灯照离席④。梨花榆火催寒食⑤。愁一箭风快，半篙波暖，回头迢递便数驿⑥，望人在天北⑦。

　　凄恻，恨堆积！渐别浦萦回⑧，津堠岑寂⑨，斜阳冉冉春无极⑩。念月榭携手，露桥⑪闻笛。沉思前事，似梦里，泪暗滴。

（选自蒋哲伦：《周邦彦集》，南昌，江西人民出版社，1983年。）

赏析

　　此首第一片，紧就柳上说出别恨。起句，写足题面。"隋堤上"三句，写垂柳送行之态。"登临"一句陡接，唤醒上文，再接"谁识"一句，落到自身。"长亭路"三句，与前路回应，弥见年来漂泊之苦。第二片写送别时情景。"闲寻"，承上片"登临"。"又酒趁"三句，记目前之别筵。"愁一箭"四句，是别去之设想。"愁"字贯四句，所愁者即风快、舟快、途远、人远耳。第三片实写人。愈行愈远，愈远愈愁。别浦、津堠，斜阳冉冉，另开拓一绮丽悲壮之境界，领起全篇。"念月榭"两句，忽又折入前事，极吞吐之妙。"沉思"较"念"字尤深，伤心之极，遂迸出热泪。文字亦如百川归海，一片苍茫。

（唐圭璋，《唐宋词简释》）

李清照

　　李清照（1084—约1155年），号易安居士，济南人。工诗善文，尤以词

---

① 应折柔条过千尺：古人有折柳送别之习。过千尺：极言折柳之多。
② 旧踪迹：指往事。
③ 又：又逢。酒趁哀弦：饮酒时奏着离别的乐曲。趁：逐，追随。哀弦：哀怨的乐声。
④ 离席：饯别的宴会。
⑤ 梨花榆火催寒食：饯别时正值梨花盛开的寒食时节。唐宋时期朝廷在清明日取榆柳之火以赐百官，故有"榆火"之说。寒食：清明前一天为寒食。
⑥ 一箭风快：指正当顺风，船驶如箭。半篙波暖：指撑船的竹篙没入水中，时令已近暮春，故曰波暖。迢递：遥远。驿：驿站。
⑦ 望：回头看。人：指送行人。
⑧ 别浦：送行的水边。萦回：水波回旋。
⑨ 津堠：码头上供瞭望歇宿的处所。岑寂：冷清寂寞。
⑩ 冉冉：慢慢移动的样子。无极：无边。
⑪ 露桥：沾满露水的桥边。

著称，是我国宋代著名的女词人。父亲李格非是当时有名的学者，丈夫赵明诚是金石学家。婚后生活优裕，与丈夫一起研究金石字画，并致力于文学创作。她早年的词多写闺情相思，题材比较单一。南渡以后，丈夫去世，乱离、贫困、孤单的生活境遇，使她的创作风格发生了变化。后期词主要抒写了孤寂抑郁的愁苦和自身漂泊的哀痛，联系当时国破家亡的情景，具有很强的社会意义。李清照的词独具一家风貌，被后人称为"易安体"。李词有两大特点：一是以其女性身份和特殊经历写词，塑造了前所未有的个性鲜明的女性形象，从而扩大了传统词的情感深度和思想内涵；二是善于从书面语言和日常口语里提炼出生动晓畅的语言，善于运用白描和铺叙手法，构成浑然一体的境界，具有极高的艺术成就。

浣 溪 沙

莫许杯深琥珀浓①，未成沉醉意先融②。疏钟已应晚来风。　瑞脑香消魂梦断，辟寒金小髻鬟松③。醒时空对烛花红④。

（选自陈祖美：《李清照集新释辑评》，北京，中国书店，2003 年。）

赏析

本词上片写饮酒，下片写醉眠，通篇表现的是闺愁，主要采用"映衬法"，词作情景交融，情中有景，景中有情。"瑞脑香消魂梦断，辟寒金小髻鬟松"两句则是进一步描绘女主人公辗转不寐的绵绵愁思。香已消，魂梦断，可见夜之漫长而梦寐难成。金钗小，髻鬟松，则以金钗之小来反衬发鬟之乱，进一步表现女词人的反侧床席、无法成眠之状，从而以人物情状来勾画人物愁情……全词在语言锤炼上也是颇见功力的。其一是精练、形象、表现力强。如"莫许杯深琥珀浓"的"深""浓"两字，形象地勾画出词中人

---

① 琥珀：这里指色如琥珀的美酒。
② 融：形容酒醉恬适的意态。
③ 辟寒金：相传昆明国有一种益鸟，常吐金屑如粟，铸之可以为器。王嘉《拾遗记》卷七："宫人争以鸟吐之金，用饰钗佩，谓之辟寒金。"这里借指首饰。辟寒金小：喻簪、钗小。
④ "醒时"句：意谓深闺寂寞，醉也不成，梦也不成。深夜醒来，空对烛花，心事重重。烛花：犹灯花。烛芯燃烧后，余烬结成的花形。相传灯花是喜事的征兆，亦当是词人心中希望的象征。

即将豪饮之态。又如"应""空"是两个普通字眼儿,在这里却有极强蕴含力。"应"不仅写出钟声、风声相互应和的声响,而且暗示出女主人公深夜不寐之态,披露出人的脉脉愁情;一个"空"字又带出了词中人的多少寂寥哀怨。"香消魂梦断"一句中两个动词,用得也极为精练、形象,它生动地勾画出女主人公梦寐难成之状。"辟寒金小髻鬟松"句中的"小""松"是一对形容词,而且又是相反相成,鬟愈松,钗愈小,颇有点思辨的味道,以此生动地描绘出词中人辗转床侧的情态。本句着此二形容词,大大增强了表现力,它使读者通过头饰的描写,不仅看到人物的情态,而且体察到人物的内心世界。如此精练、生动的笔墨,令人叹服。其二,通俗的口语与典雅的用事自然和谐地统一于作品中。"琥珀""瑞脑""辟寒金"均是典雅富丽之辞,而"杯深""晚来风""香消魂梦断""髻鬟松""烛花红"等又是极为通俗、明白如话的口语,这些口语经过锤炼加工,使其与典雅的用语相和谐,体现了"易安体"的显著特色。(赵慧文:《李清照作品赏析集》,成都,巴蜀书社,1992年。)

念 奴 娇

春 情

萧条庭院,又斜风细雨,重门须闭①。宠柳娇花寒食近,种种恼人天气。险韵诗成②,扶头酒醒,别是闲滋味。征鸿过尽,万千心事难寄。

楼上几日春寒,帘垂四面,玉阑干慵倚③。被冷香销新梦觉,不许愁人不起。清露晨流,新桐初引④,多少游春意。日高烟敛⑤,更看今日晴未?⑥

(选自陈祖美:《李清照集新释辑评》,北京,中国书店,2003年。)

---

① "又斜风"二句:张志和《渔歌子》:"青箬笠,绿蓑衣,斜风细雨不须归。"这里反用其意。重门:多层的门。
② 险韵诗:以生僻而又难押之字为韵脚的诗。人觉其险峻而又能化艰僻为平妥,并无凑韵之弊。
③ 玉阑干:栏杆的美称。
④ "清露"二句:此系引用《世说新语·赏誉》篇的成句。意为晨光下的点点朝露,梧桐树刚刚抽出的新芽。
⑤ 烟敛:烟收、烟散的意思。烟,这里指像烟一样弥漫在空中的云气。
⑥ 晴未:天气晴了没有?未,同"否",表示询问。

赏析

此为李清照前期春闺独处怀人之作。前五句写环境天气，烘染出一派寂寞无聊氛围。萧条、风雨、寒食、闭门，归结为"恼人"，映现出作者心境。次五句写日常生活内容，作诗遣兴，饮酒却愁，醒而愈无聊赖。"心事难寄"，补述"闲滋味"，略点离思。再五句仍从日常生活映现思绪，小楼独居，无心凭栏，拥被入梦，梦觉再难成眠。"春寒"回应"萧条"，"帘垂"上合闭门，"慵倚"见出没情没绪，"新梦"与心事相关，"不许"句疏懒无聊之至。末五句写感春意绪，春意逗发游兴，却担心未能云散天晴，枯坐？出游？犹移不决，宕开一笔，忽又收煞。以清新之语，记述生活片段，借日常情态，显示内在心绪，乍远乍近，忽开忽合，应情而发，戛戛生新。（刘乃昌：《宋词三百首新编》，长沙，岳麓书社，1994年。）

添字丑奴儿

芭　蕉

窗前谁种芭蕉树，阴满中庭①。阴满中庭，叶叶心心，舒卷有徐清。伤心枕上三更雨，点滴霖霪②。点滴霖霪，愁损北人③，不惯起来听。

（选自陈祖美：《李清照集新释辑评》，北京，中国书店，2003年。）

赏析

这首词作于南渡以后。通过雨打芭蕉引起的愁思，表达作者思念故国、故乡的深情。上片咏物，借芭蕉展心，反衬自己愁怀永结、郁郁寡欢的心情和意绪。首句"窗前谁种芭蕉树"，似在询问，似在埋怨，无人回答，也无须回答。然而通过这一设问，自然而然地将读者的视线引向南方特有的芭蕉庭院。接着，再抓住芭蕉叶心长卷、叶大多荫的特点加以咏写。蕉心长卷，

---

① 阴满：指芭蕉叶大，荫蔽庭院。
② 霖霪：本为长久下的雨，这里指接连不断的雨声。
③ 北人：李清照自指，因从北方南渡而来。

一叶叶,一层层,不断地向外舒展。阔大的蕉叶,似巨掌,似绿扇,一张张,一面面,伸向空间,布满庭院,散发着清香,点缀着南国的夏秋。第二句"阴满中庭"形象而逼真地描绘出这一景象。第三句重复上句,再用一个"阴满中庭"进行吟咏,使人如临庭前,如立窗下,身受绿叶的遮蔽,进而注视到蕉叶的舒卷。"叶叶心心,舒展有徐清",二句寄情于物,寓情于景。"叶叶"与"心心",两对叠字连用,一面从听觉方面形成应接不暇之感,一面从视觉印象方面,向人展示蕉叶不断舒展的动态。而蕉心常卷,犹如愁情无极,嫩黄浅绿的蕉心中,紧裹着绵绵不尽的情思。全词篇幅短小而情意深蕴,语言明白晓畅,能充分运用双声叠韵、重言叠句以及设问和口语的长处,形成参差错落、顿挫有致的韵律;又能抓住芭蕉的形象特征,采用即景抒情、寓情于物、触景生情、寓情于景的写作手法,抒发国破家亡后难言的伤痛;用笔轻灵而感情凝重,体现出漱玉词语新意隽、顿挫有致的优点。(蒋哲伦:《李清照词鉴赏》,济南,齐鲁书社,1986年。)

辛弃疾

辛弃疾(1140—1207年),字幼安,号稼轩,历城(今山东济南)人。青年时期生活在金朝统治的北方地区,受父亲影响,21岁就参加抗金斗争,绍兴三十一年(1161年)率两千民众参加北方抗金义军,次年奉表归南宋。辛弃疾历任建康府通判,湖北、江西、湖南、福建、浙东安抚使等职。面对当时的国家政治状况,他多次向朝廷上书,要求恢复中原失地,但由于当时主和派当权,加上"归正人"的特殊身份,辛弃疾不断遭到排斥和打击,"道男儿到死心如铁,看试手,补天裂",统一中原的壮志始终难以实现。开禧三年(1067年),辛弃疾带着内心无比的遗憾忧愤而死,享年68岁。

辛弃疾是南宋最卓越的爱国词人。辛词题材广阔、内容丰富、意境深远、风格多样,其词的最大特色是悲壮雅健、豪放磊落,颇有词坛大将之风,同时又善于从经史子集中活用典故,以散文式的手法进行创作,笔力峻峭。著有《稼轩长短句》存世词600余首,实为两宋之冠。

最 高 楼

吾拟乞归,犬子以田产未置止我,赋此骂之。

吾衰矣①,须富贵何时②?富贵是危机③。暂忘设醴抽身去④,未曾得米弃官归。穆先生,陶县令⑤,是吾师。

待葺个、园儿名"佚老"⑥。更作个、亭儿名"亦好"。闲饮酒,醉吟诗。千年田换八百主⑦,一人口插几张匙?⑧ 便休休,更说甚,是和非!

(选自邓广铭:《稼轩词编年笺注》,上海,上海古籍出版社,1978年。)

| 赏析

该词语言犀利幽默,虽多处用典,却不失自然,特别是口语化的运用,给人耳目一新的感觉。词中用穆生和陶渊明两人事典,与词序"乞归"相合,其实,辛弃疾因壮志难酬又受到朝廷的猜忌与群僚的排挤,归隐实属无奈之举。这里是假借呵斥之词用以说明自家心思——自己并非贪名慕贵。这点应是阅读时特别注意的地方。

(李松石)

---

① 吾衰矣:出自《论语》:"甚矣吾衰矣,久矣吾不复梦见周公。"
② 富贵何时:意谓什么时候是富贵呢?屡见典籍当中。如《梁书·江淹传》:"人生行乐耳,须富贵何时。"
③ 富贵是危机:语出苏轼诗:"晚觉文章真小技,早知富贵有危机。"
④ "暂忘"句:《汉书·楚元王传》记载,汉高祖刘邦之弟刘交封楚王,他以穆生、白生、申公等三人为中大夫,十分恭敬礼遇。穆生不喜欢喝酒,刘交开宴时,特地为他"设醴"(摆上度数不高的米汁甜酒)。后来刘交的孙子刘戊为王,有一次忘了为穆生设醴,穆生退而言曰:我该走了。醴酒不设,说明王爷已开始怠慢,再不走,就将获罪遭殃。穆生称病去职后,刘戊日渐淫暴,白生、申公劝谏无效,反被罚作苦役,真应验了穆生的预言。这句即咏此事。
⑤ 陶县令:陶渊明。
⑥ 佚老:语自庄子《大宗师》:"夫大块载我以形,劳我以生,佚我以老,息我以死。"这里是指晚年安乐于此。
⑦ "千年田"句:见北宋释道原《景德传灯录》卷十一载五代时韶州灵树院如敏禅师语。僧问:"如何是和尚家风?"师云:"千年田八百主。"僧云:"如何是千年田八百主?"师云:"郎当屋舍勿(没)人修。"另,王梵志诗:"年年造新舍,鬼来拍手笑。身得暂时坐,死后他人卖。千年换百主,各自循环改。前死后人坐,本主何相(厢)在。"
⑧ "一人口"句:范成大《石湖居士诗集》卷二十六《丙午新正书怀》十首其四(穷巷闲门本然):"口不两匙休足谷。"自注:"吴谚曰,一口不能著两匙。"

贺 新 郎

邑中①园亭，仆皆为赋此词。一日，独坐停云②，水声山色，竞来相娱，意溪山欲援例者③，遂作数语，庶几仿佛渊明思亲友之意云④。

甚矣吾衰矣⑤。怅平生、交游零落，只今余几？白空垂三千丈⑥，一笑人间万事。问何物、能令公喜？我见青山多妩媚⑦，料青山、见我应如是。情与貌，略相似。

一尊搔首东窗里。想渊明、停云诗就，此时风味。江左沉酣求名者⑧，岂识浊醪妙理！回首叫、云飞风起。不恨古人吾不见，恨古人、不见吾狂耳⑨。知我者，二三子⑩。

（选自邓广铭：《稼轩词编年笺注》，上海，上海古籍出版社，1978年。）

赏析

辛弃疾非常仰慕陶渊明为人，这里借渊明《停云》一诗来怀念友人。该词上片慨叹自己年华不再，身边朋友渐渐少去。唯一慰藉的是青山绿水，语气中带着些许伤感。下片联系当时社会现实，对那些只知醉生梦死的所谓"求名者"予以讽刺。整首词语言犀利峻峭，豪放而有生气，为辛词佳作。

（李松石）

西 江 月

醉里且贪欢笑，要愁那得工夫。近来始觉古人书。信着全无是处。

---

① 邑中：城中，指作者当时居住的铅山县。
② 停云：停云堂，辛弃疾自建的亭子，名自陶渊明《停云》诗。
③ 意：打算，想。
④ 仿佛：模仿。
⑤ 甚矣吾衰矣：出自《论语》："甚矣吾衰矣，久矣吾不复梦见周公。"
⑥ 三千丈：李白诗"白发三千丈"。
⑦ 妩媚：山水秀丽可爱。
⑧ 江左：南朝，这里指南宋。沉酣求名者：用醉酒来求名的人。
⑨ "不恨"三句：言古人逝去，我不恨自己见不到古人，遗憾的是古人（指陶渊明一类人）看不见自己愤世嫉俗的狂态。南史《张融传》载，张融叹息曰："不恨我不见古人，所恨古人不见我。"
⑩ 二三子：语出《论语》，这里指知己不多。

昨夜松边醉倒，问松："我醉何如"。只疑松动要来扶。以手推松曰："去"！

（选自邓广铭：《稼轩词编年笺注》，上海，上海古籍出版社，1978年。）

赏析

这首词题目是"遣兴"。从词的字面看，好像是抒写悠闲的心情，但骨子里却透露出他那不满现实的思想感情和倔强的生活态度。这首词上片前两句写饮酒，后两句写读书。酒可消愁，他生动地说是"要愁那得工夫"。书可识理，他却说对于古人书"信着全无是处"。下片更具体写醉酒的神态。"松边醉倒"，这不是微醺，而是大醉。他醉眼迷蒙，把松树看成了人，问它："我醉得怎样？"还恍惚觉得松树活动起来，要来扶他，他推手拒绝了。这四句不仅惟妙惟肖地写出醉态，也写出了作者倔强的性格。仅仅25个字，构成了剧本的片段：有对话，有动作，有神情，又有性格的刻画。小令词写出这样丰富的内容，是从来少见的。"以手推松曰去"，这是散文的句法。《孟子》中有"'燕可伐欤？'曰：'可'"的句子；《汉书·二疏传》有疏广"以手推常曰：'去！'"的句子。用散文句法入词，用经史典故入词，这都是辛弃疾豪放词风的特色之一。　　　　（夏承焘，文字有删减。）

备选课文

念　奴　娇　　　　　　　　（辛弃疾）

野棠花落，又匆匆过了，清明时节。刬地东风欺客梦，一枕云屏寒怯。曲岸持觞，垂杨系马，此地曾经别。楼空人去，旧游飞燕能说。　　闻道绮陌东头，行人会见，帘底纤纤月。旧恨春江流不断，新恨云山千叠。料得明朝，尊前重见，镜里花难折。也应惊问，近来多少华发。

菩　萨　蛮　　　　　　　　（辛弃疾）
书江西造口壁

郁孤台下清江水。中间多少行人泪。西北望长安。可怜无数山。　　青山遮不住。毕竟东流去。江晚正愁余。山深闻鹧鸪。

| 思考与练习

1. 温庭筠、韦庄同属"花间"词人,但二人词风同中有异,试归纳其异处。
2. 南唐二主词,词境、字面、审美观照层次与《花间词》的"花间"风味迥然不同,开创了文人雅词的先河,你能否说说文人雅词的特点。
3. 晏殊的词,珠圆玉润,音律协和,找出课外其他词进行品读。
4. 初中学习苏轼的词,素有"豪放"定论,但苏词也有婉约妩媚之作,你认为用"豪放"概括苏轼词风确当吗?
5. 怎样理解苏轼的"以诗为词"的写作手法?
6. 晁补之的《摸鱼儿》一词,体现的是闲适还是愤懑,或二者兼而有之?
7. 李清照反对苏轼"以诗为词"的写作手法,认为是"句读不葺之词",混淆了诗词界限,你如何看待这个问题?
8. 李清照的后期词作在用字、取景、造境上多有相似之处,你能否简单归纳?
9. 辛弃疾的词风素来认为与苏轼词风接洽,你如何看待二人词风的异同?

第三节 唐宋散文

　　我国古代散文,早在先秦、两汉时期已经取得辉煌成就,到了六朝,写作技巧又有新的提高,但同时,一种追求辞藻华丽、堆砌典故的倾向也已存在,形成骈俪浮艳的文风。士族掩盖他们生活内容的空虚,骈文逐渐成为文坛的统治形式。

　　齐梁至隋,不断有人反对骈文,提倡古文,唐初,陈子昂大张"复古"旗帜,天宝以后,萧颖士、独孤及、柳冕等,提倡儒学复古,强调文章的讽刺和教化作用。在唐德宗贞元时期,由于韩愈的努力提倡,古文运动产生了广泛的影响。到了唐宪宗元和时期,又得到柳宗元的大力支持,古文业绩更加显著。从贞元到元和的二三十年间,古文逐渐压倒了骈文,成为文坛的主要风尚,这就是文学史上所谓的"古文运动"。

　　古文,是指汉以前的散文体,古文运动实质上是一次在文体、文风和文学语言等诸多方面都进行变革的散文革新运动。文道合一是古文运动的基本出发点，强调形式和内容的统一，强调作家的思想修养，主张"不平则鸣"，提倡散句单行的秦汉式散文，提倡质朴自然的文风。在文学语言方面，提出"惟唯陈言之务去""词必己出"；反对因袭，贵独创，要求"文从字顺各识职"。

唐代古文运动的胜利，是我国散文发展的一个转折点，它打垮了骈文的长期统治，开创了我国散文的新传统。韩愈、柳宗元是之后最大的散文作家。他们不仅在理论上奠定了散文创作的基础，更重要的是在创作实践上了做出了典范。他们开创了一种摆脱陈艳俗套，随着语言自然音节自由书写的文风。韩文气势磅礴、雄浑奔放，柳文条理自然、意味深长，同属散文创作中的精品。

欧阳修是宋代古文运动的领袖，他文宗韩愈，但独富韵味、委婉畅达。他能奖掖后进，三苏、曾巩都出自他的门下，王安石也曾得其提携。他重视理论，提出重道重文，先道后文的主张。他努力创作，写出了《泷冈阡表》《醉翁亭记》等散文名著。他又校补了韩愈的文集以为典范，并运用自己的政治影响，经过三十多年的努力，终于奠定了一代文风。

养 竹 记 　　　　　　　　(白居易)

竹似贤，何哉？竹本固①，固以树德，君子见其本，则思建善不拔者②。竹性直，直以立身；君子见其性，则思中立不倚者③。竹心空，空以体道；君子见其心则思应用虚者④。竹节贞，贞以立志；君子见其节则思砥砺名行，夷险一致者⑤。夫如是，故君子人多树为庭实焉⑥。

---

① 本：根。固：牢固。
② 树德：讲道德。建善：做好事。不拔：坚定不移，坚持不变。
③ 中立不倚：正直无私，不趋炎附势。
④ 体：接纳。应用：适应需要。虚：虚心接受。
⑤ 贞：坚定。砥砺：本为磨刀石，这里指磨炼修养。夷险一致：无论顺境还是逆境都能坚持操守、保持一致。
⑥ 庭实：庭院中陈设的物品。

贞元十九年春，居易以拔萃选及第①，授校书郎，始于长安求假居处②，得常乐里故关相国私第之东亭而处之③。明日，履及于亭之东南隅④，见丛竹于斯，枝叶殄瘁⑤，无声无色。询于关氏之老，则曰："此相国之手植者。自相国捐馆⑥，他人假居，由是筐篚者斩焉⑦，彗帚者刈焉⑧，刑余之材长无寻焉⑨，数无百焉。又有凡草木杂生其中，菶茸荟郁⑩，有无竹之心焉⑪。"居易惜其尝经长者之手，而见贱俗人之目⑫，剪弃若是，本性犹存。乃芟蘙荟⑬，除粪壤，疏其间，封其下，不终日而毕。于是日出有清阴，风来有清声。依依然⑭，欣欣然⑮，若有情于感遇也⑯。

嗟乎！竹，植物也，于人何有哉？以其有似于贤，而人犹爱惜之，封植之，况其真贤者乎？然则竹之于草木，犹贤之于众庶。呜呼！竹不能自异，惟人异之。贤不能自异，惟用贤者异之。故作《养竹记》，书于亭之壁，以贻其后之居斯者，亦欲以闻于今之用贤者云。

（选自高文、何法周主编：《唐文选》，北京，人民文学出版社，1987年。）

赏析

本文写作于贞元十九年（803年），白居易时年31岁。当年春，白居易中拔萃科，授校书郎，开始登上仕途。本文借养竹为喻，表现了作者慕贤守

---

① 拔萃：唐时考举制度，考取进士后，需经吏部考核合格后方能授官。
② 假：借。
③ 常乐里：长安的里名。私第：私家宅院。
④ 履：步行。
⑤ 殄：灭绝，这里是摧残的意思。
⑥ 捐馆：去世代称。
⑦ 筐篚（fěi）者：做筐的人。筐：古代盛东西的竹器。斩：砍。
⑧ 彗帚者：做扫帚的人。刈（yì）：割。
⑨ 刑余：受过肉刑的人。这里指砍伐过的竹子。寻：古代长度单位，古时八尺为一寻。
⑩ 菶（běng）茸荟郁：四词意思相近，都说草木茂盛的样子。
⑪ 无竹之心：压倒、消灭竹子。这里是杂草木茂盛势将压倒竹子的生动表达。
⑫ 见贱：被看做贱物。
⑬ 芟（shān）：割。蘙（yì）荟：茂盛的杂草。
⑭ 依依然：随风摆动，似对人有情。
⑮ 欣欣然：富有生气，对人高兴的样子。
⑯ 感遇：感激知遇。才能得到别人的认可和重视。

道、坚贞不渝的志向，以及希望日后能得到当权者重用，在政治上有番作为的理想，也透露出对当时不注重培养人才、爱惜人才的状况感到忧虑的心情。

本文语言浅显通畅，朴素自然，不用典，不雕琢，文字省净，意境新颖。
（高　文、何法周）

文与可画筼筜谷偃竹记① 　　　　（苏　轼）

竹之始生，一寸之萌耳，而节叶具焉。自蜩腹蛇蚹以至于剑拔十寻者②，生而有之也。今画者乃节节而为之，叶叶而累之，岂复有竹乎！故画竹必先得成竹于胸中，执笔熟视，乃见其所欲画者，急起从之，振笔直遂，以追其所见，如兔起鹘落，少纵则逝矣。与可之教予如此。予不能然也，而心识其所以然。夫既心识其所以然而不能然者，内外不一，心手不相应，不学之过也。故凡有见于中而操之不熟者，平居自视了然而临事忽焉丧之，岂独竹乎？子由③为《墨竹赋》以遗与可曰："庖丁，解牛者也，而养生者取之④；轮扁，斫轮者也，而读书者与之⑤。今夫夫子之托于斯竹也，而予以为有道者，则非耶？"子由未尝画也，故得其意而已。若予者，岂独得其意，并得其法。

与可画竹，初不自贵重，四方之人持缣素而请者⑥，足相蹑于其门。与可厌之，投诸地而骂曰："吾将以为袜材。"士大夫传之，以为口实。及与可自洋州还，而余为徐州。与可以书遗余曰："近语士大夫，吾墨竹一派，近在彭城⑦，可往求之。袜材当萃于子矣。"书尾复写一诗，其略

---

① 文与可(1018—1079年)：名同，字与可，自号笑笑先生、锦江道人，梓潼（今四川省梓潼县）人。他擅画山水石竹，尤工竹，是"文湖州竹派"的开创者。著有《丹渊集》。筼(yún)筜(dāng)：位于今陕西省洋县西北。偃竹：斜立风中的竹子。
② 蜩(tiáo)腹蛇蚹(fù)：竹笋小时竹节很密，形如蝉腹上的横纹、蛇腹上的横鳞。
③ 子由：苏辙，苏轼弟。
④ 庖丁：语出《庄子·养生主》，善于解牛的人。养生者：指文惠君。
⑤ 轮扁：擅长治轮的人。读书者：指齐桓公。其二人故事见于《庄子·天道》。
⑥ 缣(jiān)素：白色细绢，供作画用。
⑦ 彭城：徐州。

云:"拟将一段鹅溪绢,扫取寒梢万尺长①。"予谓与可,竹长万尺,当用绢二百五十匹,知公倦于笔砚,愿得此绢而已。与可无以答,则曰:"吾言妄矣,世岂有万尺竹哉!"余因而实之,答其诗曰:"世间亦有千寻竹,月落庭空影许长。"与可笑曰:"苏子辩矣②,然二百五十匹,吾将买田而归老焉。"因以所画筼筜谷偃竹遗予,曰:"此竹数尺耳,而有万尺之势。"筼筜谷在洋州,与可尝令予作洋州三十咏,《筼筜谷》其一也。予诗云:"汉川修竹贱如蓬,斤斧何曾赦箨龙③。料得清贫馋太守,渭滨千亩在胸中④。"与可是日与其妻游谷中,烧笋晚食,发函得诗,失笑喷饭满案。

元丰二年正月二十日,与可没于陈州。是岁七月七日,予在湖州曝书画,见此竹废卷而哭失声。昔曹孟德《祭桥公文》,有"车过"、"腹痛"之语⑤。而予亦载与可畴昔戏笑之言者,以见与可于予亲厚无间如此也。

(选自孔凡礼点校:《苏轼文集》,北京,中华书局,1986年。)

赏析

本文为一篇画记,也是一篇哀悼文字,作者睹画思人,抚今追昔,通过记叙文与可的为人、画竹的特点,追忆多年来两人亲密无间的交往,以寄托哀思。

文章先从文与可教作者如何画竹写起,记录了文与可的画竹理论。继而写到文与可赠画,及围绕赠画二人在信中吟诗唱和的种种趣事。最后点出作此文的缘由。三段文字,谈画理、写趣事、述谑语,叙事议论,挥洒自如。文章看似散,实则是形散神不散,通篇都在借画竹、吟竹表现对文与可的缅怀之情。中间一段文字写得可喜可乐,实际上是借乐事衬写哀情,以倍增其哀。

(陆 明)

---

① 鹅溪:位于今四川省盐亭县西北,以产绢闻名。寒梢:竹子。
② 辩:能言善辩,会说话。
③ 箨(tuò)龙:竹笋的别称。
④ 渭滨:渭水边。《史记·货殖列传》有"渭川千亩竹"之语。
⑤ 桥公:桥玄。车过、腹痛:典出《后汉书·桥玄传》:"初,曹操微时,人莫知者。尝往候玄,玄见而异焉……自为其文曰'……徂没之后,路有经由,不以斗酒只鸡过相沃酹,车过三步,腹痛勿怨。'"后以"车过腹痛"谓悼念亡友。

前赤壁赋①   （苏 轼）

壬戌之秋②，七月既望③，苏子与客泛舟游于赤壁之下。清风徐来，水波不兴。举酒属客④，诵明月之诗，歌窈窕之章⑤。少焉⑥，月出于东山之上，徘徊于斗牛之间⑦。白露横江⑧，水光接天⑨。纵一苇之所如，凌万顷之茫然⑩。浩浩乎如冯虚御风⑪，而不知其所止；飘飘乎如遗世独立，羽化而登仙⑫。

于是饮酒乐甚，扣舷而歌之⑬。歌曰："桂棹兮兰桨，击空明兮溯流光。渺渺兮予怀，望美人兮天一方。"⑭ 客有吹洞箫者⑮，倚歌而和之。其声呜呜然，如怨如慕，如泣如诉；余音袅袅，不绝如缕。舞幽壑之潜蛟⑯，泣孤舟之嫠妇⑰。

苏子愀然⑱，正襟危坐⑲，而问客曰："何为其然也？"客曰："'月明

---

① 本文写于苏轼贬谪黄州（今湖北黄冈）时。因先后用"赤壁赋"题目写作两篇文章，根据写作时间先后，分别称为"前赤壁赋"和"后赤壁赋"。赤壁：本文的赤壁其实是黄州赤鼻矶，并不是三国时期赤壁之战的旧址，当地人因音近亦称之为赤壁，苏轼亦从之。
② 壬戌：干支纪年法，这里指宋神宗元丰五年（1082年）。
③ 既望：古时称阴历十五为"望"，后一天即阴历十六为"既望"。但由于阴历月份有大小之分，故一些书籍标注望日有所不同。
④ 属：通"嘱"。属酒即劝酒。
⑤ "诵明月"句：均出自《诗经·月出》。其首章为："月出皎兮，佼人僚兮，舒窈纠兮，劳心悄兮。""窈纠"即"窈窕"。
⑥ 少：通"稍"，一会儿的意思。
⑦ 斗牛：星座名，即斗宿（南斗）、牛宿。这两句是状其空中明月位置。
⑧ 白露：白茫茫的水汽。横江：笼罩江面。
⑨ 水光接天：水天一色。
⑩ "纵一苇"两句：任由小船在宽广的江面上漂荡。纵：任由。一苇：比喻极小的船。《诗经·卫风·河广》："谁谓河广，一苇杭（航）之。"如：往、去。凌：越过。万顷：极为宽阔的江面。另一说为此二句用佛家达摩祖师"一苇渡江"的典故。
⑪ 冯虚：腾空。冯，同"凭"。御：驾驭。
⑫ 羽化：指古人成仙，飞升上天。
⑬ 舷：船边。
⑭ 棹：船桨。空明：清澈闪光的江水。流光：水面上浮动的月光。渺渺：悠远的样子。美人：喻贤君圣主或美好理想。
⑮ 洞箫：单管直吹的箫。
⑯ 幽壑：深谷、深渊。
⑰ 嫠（lí）妇：寡妇。
⑱ 愀（qiǎo）然：忧愁凄怆的样子。
⑲ 正襟：整理衣服。危坐：端坐。

星稀,乌鹊南飞。'此非曹孟德之诗乎?西望夏口,东望武昌,山川相缪①,郁乎苍苍,此非孟德之困于周郎者乎?方其破荆州,下江陵,顺流而东也,舳舻千里②,旌旗蔽空,酾酒临江③,横槊赋诗④,固一世之雄也,而今安在哉?况吾与子渔樵于江渚之上⑤,侣鱼虾而友麋鹿,驾一叶之扁舟,举匏樽以相属⑥。寄蜉蝣于天地⑦,渺沧海之一粟。哀吾生之须臾,羡长江之无穷。挟飞仙以遨游,抱明月而长终。知不可乎骤得,托遗响于悲风⑧。"

苏子曰:"客亦知夫水与月乎?逝者如斯,而未尝往也;盈虚者如彼,而卒莫消长也。盖将自其变者而观之,则天地曾不能以一瞬;自其不变者而观之,则物与我皆无尽也,而又何羡乎?且夫天地之间,物各有主,苟非吾之所有,虽一毫而莫取。惟江上之清风,与山间之明月,耳得之而为声,目遇之而成色,取之无禁,用之不竭。是造物者之无尽藏也⑨,而吾与子之所共适⑩。"

客喜而笑,洗盏更酌⑪。肴核既尽⑫,杯盘狼藉⑬。相与枕藉乎舟中⑭,不知东方之既白。

(选自孔凡礼点校:《苏轼文集》,北京,中华书局,1986年。)

赏析

此赋作于黄州。采用传统的赋体写作形式——主客对话,富有诗意地描

---

① 缪(liáo):通"缭",盘绕。
② 舳(zhú)舻(lú):船尾、船头,指首尾衔接的船只。
③ 酾(shī)酒:斟酒。
④ 槊:长矛。
⑤ 江渚:江中的小洲。
⑥ 匏樽:葫芦做的酒器。
⑦ 蜉蝣:传说的小昆虫,朝生暮死。
⑧ 遗响:余音。
⑨ 无尽藏:佛家语,指无穷的宝藏。
⑩ 适:享受。
⑪ 更酌:重新斟酒。
⑫ 肴:荤菜。核:果品。
⑬ 狼藉:凌乱的样子。
⑭ 枕藉:相互靠着,指紧挨着睡觉。

绘出一个美景良辰，月夜泛舟、主客对饮、俯仰古今、谈笑风生的场面，展现出作者思想感情上的波折，由把酒临江恍若羽化登仙的快乐，跌入现实人生的苦闷，再从天地永恒而人生无常的感慨，引出宇宙的变化中看到人类和万物同样永存的一段哲学议论，表现出旷达开朗，不以得失为怀的积极态度。最后在清风明月中得到解脱、安慰和欢乐。值得玩味的是，苏轼和他吹洞箫的朋友，同处于清风明月的美景之中，感受却完全相反，一悲一喜，是什么原因呢？苏轼在谈话中给出了他的答案，"盖将自其变者而观之，则天地曾不能以一瞬；自其不变者而观之，则物与我皆无尽也"。这就是说，观念决定感觉。执持什么样的观念，就会看到什么事实，得到什么感觉。那个吹洞箫者，因为怀着永生的欲望，所以清风明月让他看到的是，与大自然相比，人生的短促、渺小、无价值，因而悲从中来。而苏轼却看透了物我之间的关系，无欲无求，活在当下，因此襟怀大开，于是眼前每一刻都是圆满无暇、美妙的享受。正是在"乌台诗案"之后被贬黄州的这一段苦闷的日子里，苏轼较多地接受了佛教的思想，人生境界更加开阔达观。他所说的"物与我皆无尽也"，恐怕是洞察生命真相之后的感言，所指乃非形而下的物质世界吧。

（陆　明、高　岩）

思考与练习

1. 孔子说："君子求诸己"，又说"不患人之不己知，患其不能也"的话，但古代文人常有怀才不遇之叹，联系白居易《养竹记》这篇文章，谈谈你对"遇"与"不遇"的看法。
2. 在《文与可画筼筜谷偃竹记》一文中，苏轼提出了关于绘画的一些理论，试请归纳并作以简单评价。
3. 有人评价苏轼在《前赤壁赋》中体现出的"随缘自适"的思想是消极的，对此你是否有不同见解？
4. 了解苏轼在《前赤壁赋》中所表现出的思想，及其在现实生活中的意义。

备选课文

秋 声 赋　　　　　（欧阳修）

欧阳子方夜读书，闻有声自西南来者，悚然而听之，曰："异哉！"初淅沥以萧飒，忽奔腾而砰湃；如波涛夜惊，风雨骤至。其触于物也，**铮铮铮铮**，金铁皆鸣；又如赴敌之兵，衔枚疾走，不闻号令，但闻人马之行声。余谓童子："此何声也？汝出视之。"童子曰："星月皎洁，明河在天，四无人声，声在树间。"

余曰："噫嘻悲哉！此秋声也。胡为而来哉？盖夫秋之为状也，其色惨淡，烟霏云敛；其容清明，天高日晶；其气栗冽，砭人肌骨；其意萧条，山川寂寥。故其为声也，凄凄切切，呼号愤发。丰草绿缛而争茂，佳木葱茏而可悦。草拂之而色变，木遭之而叶脱。其所以摧败零落者，乃一气之余烈。夫秋，刑官也，于时为阴；又兵象也，于行用金。是谓天地之义气，常以肃杀而为心。天之于物，春生秋实。故其在乐也，商声主西方之音，夷则为七月之律。商，伤也，物既老而悲伤；夷，戮也，物过盛而当杀。"

"嗟夫！草木无情，有时飘零。人为动物，惟物之灵。百忧感其心，万事劳其形，有动于中，必摇其精。而况思其力之所不及，忧其智之所不能，宜其渥然丹者为槁木，黟然黑者为星星。奈何以非金石之质，欲与草木而争荣？念谁为之戕贼，亦何恨乎秋声！"

童子莫对，垂头而睡。但闻四壁虫声唧唧，如助余之叹息。

吊古战场文 （李 华）

浩浩乎！平沙无垠，敻不见人。河水萦带，群山纠纷。黯兮惨悴，风悲日曛。蓬断草枯，凛若霜晨。鸟飞不下，兽铤亡群。亭长告余曰："此古战场也。常覆三军；往往鬼哭，天阴则闻。"伤心哉！秦欤？汉欤？将近代欤？

吾闻夫齐魏徭戍，荆韩召募。万里奔走，连年暴露。沙草晨牧，河冰夜渡。地阔天长，不知归路。寄身锋刃，腷臆谁诉？秦汉而还，多事四夷。中州耗斁，无世无之。古称戎、夏，不抗王师。文教失宣，武臣用奇。奇兵有异于仁义，王道迂阔而莫为。呜呼噫嘻！

吾想夫北风振漠，胡兵伺便，主将骄敌，期门受战。野竖旄旗，川回组练。法重心骇，威尊命贱。利镞穿骨，惊沙入面。主客相搏，山川震眩，声析江河，势崩雷电。至若穷阴凝闭，凛冽海隅，积雪没胫，坚冰在须，鸷鸟休巢，征马踟蹰。缯纩无温，堕指裂肤。当此苦寒，天假强胡，凭陵杀气，以相翦屠。径截辎重，横攻士卒。都尉新降，将军覆没。尸填巨港之岸，血满长城之窟。无贵无贱，同为枯骨。可胜言哉！鼓衰兮力尽，矢竭兮弦绝，白刃交兮宝刀折,两军蹙兮生死决。降矣哉?终身夷狄;战矣哉?暴骨沙砾。鸟无声兮山寂寂,夜正长兮风淅淅。魂魄结兮天沉沉,鬼神聚兮云幂幂。日光寒兮草短,月色苦兮霜白,伤心惨目,有如是耶?

吾闻之:牧用赵卒,大破林胡,开地千里,遁逃匈奴。汉倾天下,财殚力痛。任人而已,其在多乎?周逐猃狁,北至太原,既城朔方,全师而还。饮至策勋,和乐且闲。穆穆棣棣,君臣之间。秦起长城,竟海为关;荼毒生灵,万里朱殷。汉击匈奴,虽得阴山,枕骸遍野,功不补患。

苍苍蒸民,谁无父母?提携捧负,畏其不寿。谁无兄弟,如足如手?谁无夫妇,如宾如友?生也何恩?杀之何咎?其存其没,家莫闻知。人或有言,将信将疑。悁悁心目,寝寐见之。布奠倾觞,哭望天涯。天地为愁,草木凄悲。吊祭不至,精魂何依?必有凶年,人其流离。呜呼噫嘻!时耶?命耶?从古如斯。为之奈何?守在四夷。

英 雄 之 言 　　　　　　　　(罗 隐)

物之所以有韬晦者,防乎盗也。故人亦然。夫盗亦人也,冠屦焉,衣服焉。其所以异者,退逊之心、正廉之节,不常其性耳。视玉帛而取之者,则曰牵于寒饿;视家国而取之者,则曰救彼涂炭。牵于寒饿者,无得而言矣。救彼涂炭者,则宜以百姓心为心。而西刘则曰:"居宜如是",楚籍则曰"可取而代"。意彼未必无退逊之心、正廉之节,盖以视其靡曼骄崇,然后生其谋耳。为英雄者犹若是,况常人乎?是以峻宇逸游,不为人所窥者,鲜也。

留 侯 论 　　　　　　　　(苏 轼)

古之所谓豪杰之士者,必有过人之节。人情有所不能忍者,匹夫见辱,拔剑而起,挺身而斗,此不足为勇也。天下有大勇者,猝然临之而不惊,无故加之而不怒。此其所挟持者甚大,而其志甚远也。

夫子房受书于圯上之老人也,其事甚怪;然亦安知其非秦之世,有隐君子者出而试之。观其所以微见其意者,皆圣贤相与警戒之义;而世不察,以为鬼物,亦已过矣。且其意不在书。

当韩之亡,秦之方盛也,以刀锯鼎镬待天下之士。其平居无罪夷灭者,不可胜数。虽有贲、育,无所复施。夫持法太急者,其锋不可犯,而其势未可乘。子房不忍忿忿之心，以匹夫之力而逞于一击之间；当此之时，子房之不死者，其间不能容发，盖亦已危矣。

千金之子，不死于盗贼，何者？其身之可爱，而盗贼之不足以死也。子房以盖世之才，不为伊尹、太公之谋，而特出于荆轲、聂政之计，以侥幸于不死，此圯上老人所为深惜者也。是故倨傲鲜腆而深折之。彼其能有所忍也，然后可以就大事，故曰："孺子可教也。"

楚庄王伐郑，郑伯肉袒牵羊以逆；庄王曰："其君能下人，必能信用其民矣。"遂舍之。勾践之困于会稽，而归臣妾于吴者，三年而不倦。且夫有报人之志，而不能下人者，是匹夫之刚也。夫老人者，以为子房才有余，而忧其度量之不足，故深折其少年刚锐之气，使之忍小忿而就大谋。何则？非有生平之素，卒然相遇于草野之间，而命以仆妾之役，油然而不怪者，此固秦皇之所不能惊，而项籍之所不能怒也。

观夫高祖之所以胜，而项籍之所以败者，在能忍与不能忍之间而已矣。项籍唯不能忍，是以百战百胜而轻用其锋；高祖忍之，养其全锋而待其弊，此子房教之也。当淮阴破齐而欲自王，高祖发怒，见于词色。由此观之，犹有刚强不忍之气，非子房其谁全之？

太史公疑子房以为魁梧奇伟，而其状貌乃如妇人女子，不称其志气。呜呼！此其所以为子房欤！

惠　能

惠能（638—713 年），俗姓卢氏，河北燕山人（现今的河北涿州），生于岭南新州（今广东新兴县），佛教禅宗祖师，得黄梅五祖弘忍传授衣钵，继承东山法门，为禅宗第六祖，是中国历史上有重大影响的佛教高僧之一。唐玄宗先天二年（713 年），圆寂于新州国恩寺。惠能圆寂后，其真身不坏，被运回韶州（今广东韶关）曹溪。其肉身像至今还保存在南华寺，供奉在灵照塔中。唐宪宗追赠他为"大鉴禅师"。

《六祖坛经》是惠能一生讲说佛法、开坛度人的记录，"坛"即指传法授戒的道场。在众多的佛教典籍中，《六组坛经》是唯一由中国僧人述作而又被尊称为"经"的著作。它的思想对禅宗乃至中国佛教本土化的发展起了重要作用,是中外文化相互交汇、融合的结晶,是中国化的佛教经典。

六祖坛经·行由第一(节选)

祖一日唤诸门人总来:"吾向汝说,世人生死事大。汝等终日只求福田,不求出离生死苦海。自性若迷,福何可救?汝等各去,自看智慧,取自本心般若①之性,各作一偈②来呈吾看。若悟大意,付汝衣法,为第六代祖。火急速去,不得迟滞。思量即不中用。见性之人,言下须见。若如此者,轮刀上阵,亦得见之(喻利根者见机而作)。"

众得处分,退而递相谓曰:"我等众人,不须澄心用意作偈。将呈和尚,有何所益?神秀上座现为教授师,必是他得。我辈谩作偈颂,枉用心力。"诸人闻语,总皆息心,咸言:"我等以后依止秀师,何烦作偈。"

神秀思维:诸人不呈偈者,为我与他为教授师,我须作偈,将呈和尚。若不呈偈,和尚如何知我心中见解深浅?我呈偈意,求法即善,觅祖即恶,却同凡心夺其圣位奚别?若不呈偈,终不得法。大难!大难!

五祖堂前,有步廊三间,拟请供奉卢珍③画"楞伽经变相"及"五祖血脉图④",流传供养。神秀作偈成已,数度欲呈,行至堂前,心中恍惚,遍身汗流,拟呈不得。前后经四日,一十三度,呈偈不得。秀乃思维:不如向廊下书着,从他和尚看见。忽若道好,即出礼拜,云是秀作;若道不堪,枉向山中数年,受人礼拜,更修何道?

是夜三更,不使人知,自执灯书偈于南廊壁间,呈心所见。偈曰:

  身是菩提树,心如明镜台,
   时时勤拂拭,勿使惹尘埃。

秀书偈了,便却归房,人总不知。秀复思维:五祖明日见偈欢喜,即我与法有缘;若言不堪,自是我迷,宿业障重,不合得法。圣意难测!

---

① 般若:梵语音译,一般读作"波耶",是智慧的意思。
② 偈:梵语意译,又译颂,四句整齐韵语,用于表达一种对佛法的理解、赞颂。
③ 供奉卢珍:供奉是唐朝皇宫中对有某种技能的人给予的官职名称,供奉卢珍即一个叫卢珍的宫廷画师。
④ 五祖血脉图:当是传法世系图。

房中思想，坐卧不安，直至五更。

祖已知神秀入门未得，不见自性。天明，祖唤卢供奉来，向南廊壁间绘画图像，忽见其偈，报言："供奉！却不用画，劳尔远来。经云：凡所有相，皆是虚妄。但留此偈，与人诵持。依此偈修，免堕恶道；依此偈修，有大利益。"令门人炷香礼敬，尽诵此偈，即得见性。门人诵偈，皆叹："善哉！"

祖三更唤秀入堂，问曰："偈是汝作否？"秀言："实是秀作，不敢妄求祖位，望和尚慈悲，看弟子有少智慧否？"祖曰："汝作此偈，未见本性，只到门外，未入门内。如此见解，觅无上菩提①，了不可得。无上菩提，须得言下识自本心，见自本性，不生不灭。于一切时中，念念自见，万法无滞。一真一切真，万境自如如②。如如之心，即是真实。若如是见，即是无上菩提之自性也。汝且去，一两日思惟，更作一偈，将来吾看。汝偈若入得门，付汝衣法。"

神秀作礼而出。又经数日，作偈不成。心中恍惚，神思不安，犹如梦中，行坐不乐。

复两日，有一童子于碓坊过，唱诵其偈。惠能一闻，便知此偈未见本性。虽未蒙教授，早识大意。遂问童子曰："诵者何偈？"童子曰："尔这獦獠③，不知大师言世人生死事大，欲得传付衣法，令门人作偈来看。若悟大意，即付衣法，为第六祖。神秀上座于南廊壁上书无相偈④，大师令人皆诵。依此偈修，免堕恶道；依此偈修，有大利益。"惠能曰："（一本有：我亦要诵此，结来生缘。）上人！我此踏碓⑤八个余月，未曾行到堂前，望上人引至偈前礼拜。"

---

① 菩提：梵语音译，旧译为道，新译为觉，即觉悟。
② 一真一切真，万境自如如：意为若能见得自性之真（一真），则对一切万法都会持有真见（一切真）。这个真见，就是见得万法各有自己的本来面目（自如如）。这个识得万法各有自己本来面目之心，即下文的"如如之心"。
③ 獦獠（gě liáo）：是当时对携犬行猎为生的南方少数民族的一种蔑称。可能当时惠能的穿戴像少数民族。
④ 无相偈：即不着相之偈。
⑤ 踏碓：碓是过去舂米的器具，一般为石制，配有杠杆原理的木槌，用脚踩木槌将稻碾为米，故叫踏碓。

童子引至偈前礼拜。惠能曰："惠能不识字，请上人为读。"时有江州别驾①，姓张名日用，便高声读。惠能闻已，遂言："亦有一偈，望别驾为书。"别驾言："汝亦作偈？其事希有！"惠能向别驾言："欲学无上菩提，不得轻于初学。下下人有上上智，上上人有没意智。若轻人，即有无量无边罪。"别驾言："汝但诵偈，吾为汝书。汝若得法，先须度吾，勿忘此言。"

惠能偈曰：

菩提本无树，明镜亦非台。
本来无一物，何处惹尘埃？

书此偈已，徒众总惊，无不嗟讶。各相谓言："奇哉！不得以貌取人。何得多时使他肉身菩萨？"祖见众人惊怪，恐人损害，遂将鞋擦了偈，曰："亦未见性。"众以为然。

次日，祖潜至碓坊，见能腰石舂米，语曰："求道之人，为法忘躯，当如是乎！"乃问曰："米熟也未？"惠能曰："米熟久矣，犹欠筛在。"祖以杖击碓三下而去。惠能即会祖意。

三鼓入室，祖以袈裟遮围，不令人见，为说《金刚经》。至"应无所住而生其心"，惠能言下大悟，一切万法，不离自性。遂启祖言："何期自性本自清净！何期自性本不生灭！何期自性不自具足！何期自性本无动摇！何期自性能生万法！"祖知悟本性，谓惠能曰："不识本心，学法无益。若识自本心，见自本性，即名丈夫、天人师、佛。"

三更受法，人尽不知。便传顿教②及衣钵。云："汝为第六代祖，善自护念，广度有情，流布将来，无令断绝。听吾偈曰：

有情来下种，因地果还生。③
无情亦无种，无性亦无生。"

---

① 别驾：官名，刺史的佐僚。
② 顿教：禅宗以顿悟相标榜，所以叫顿教。
③ "有情来下种"偈，前两句说众生没有超脱有情，所以难脱因果报应的循环；后两句说超脱有情而觉悟后就能达无性亦无生的佛教空谛境界。

祖复曰:"昔达磨大师①初来此土,人未之信,故传此衣,以为信体,代代相承。法则以心传心,皆令自悟自解。自古佛佛唯传本体,师师密付本心。衣为争端,止汝勿传。若传此衣,命如悬丝。汝须速去,恐人害汝。"

惠能启曰:"向甚处去?"

祖云:"逢怀则止,遇会则藏②。"

惠能三更领得衣钵,云:"能本是南中人,素不知此山路,如何出得江口?"

五祖言:"汝不须忧,吾自送汝。"

祖相送直至九江驿,祖令上船,五祖把橹自摇。惠能言:"请和尚坐,弟子合摇橹。"祖云:"合是吾渡汝。"惠能云:"迷时师度,悟了自度。度名虽一,用处不同。惠能生在边方,语音不正。蒙师传法,今已得悟,只合自性自度。"

祖云:"如是如是。以后佛法,由汝大行。汝去三年,吾方逝世。汝今好去,努力向南,不宜速说,佛法难起。"

(课文及注释选自李申释译:《六祖坛经》,北京,东方出版社,2016年。注释略有增添。)

赏析

《行由第一》讲述惠能的身世经历,求法觉悟的始末。行由即行履、来历,第一就是第一章。这里节录的是其中记录神秀与惠能先后献偈、弘忍选定惠能为禅宗六祖并亲授衣钵的过程,这是禅宗历史上一段著名的故事。神秀俗姓李,河南开封尉氏人。当时是弘忍的首席大弟子,后来受唐王朝礼遇,他的禅学流派在历史上号为禅门北宗。

神秀的偈语,强调日常修行的重要,提出不断地克服内心俗念的污染,就像要时常擦去"明镜台"上的灰尘一样。惠能的偈语,则强调自心本净,因此只要体悟、护持好各自心中的佛法本性就好了。通常认为,惠能所说适

---

① 达磨大师:南天竺(今印度南部)人,一说波斯人,南北朝时来中国传教,成为所谓禅宗初祖。
② 逢怀则止,遇会则藏:"怀"指怀集县,"会"指四会县,都是广东省的县名。这是带有预言性质的谶语,暗示惠能先在广东一带隐居等待机会。

合于"上根大器",而神秀的禅风则适合广大的一般信众。五祖弘忍认为神秀的偈语虽然有益于修行,但是"未见本性",认为惠能的偈语直指真如,更适合禅宗"明心见性"的宗旨,因此选定惠能为六祖,亲传袈裟。

六祖提出:"菩提自性,本自清静,但用此心,直了成佛。"这四句话很关键,六祖所演说的顿教法门的总纲,一部坛经,讲的就是直指人心,见性成佛,菩提自性,就是佛性,人人本具,而且本自清静无染,因无明覆盖,迷而不觉,妄执分别,所以不能了见自性的本来面目,也不能证得自性本自具足的智慧德性。由此可见,众生与佛的不同之处,就在于心的迷与悟。正法的传授,根本没有什么秘密可言,密付的只不过是众生本具的妙心,单传的也只不过是众生本具的自性。

佛在自己心里,它就是自性,那么,只要识心见性,就可成佛。心是自己本心,性是自己本性,见自己本心、本性,只能依靠自己,自己修行、自己觉悟。即使别人给自己指示一条正路,至于悟与不悟,归根结底,还要靠自己。反过来说,只要自己觉悟,除去迷妄,就一定见性成佛。

思考与练习

1. 阅读《六祖坛经》。
2. 弘忍为什么传衣钵于惠能?

备选课文

般若波罗蜜多心经

观自在菩萨,行深般若波罗蜜多时,照见五蕴皆空,度一切苦厄。舍利子,色不异空,空不异色,色即是空,空即是色,受想行识,亦复如是。舍利子,是诸法空相,不生不灭,不垢不净,不增不减。是故空中无色,无受想行识,无眼耳鼻舌身意,无色声香味触法,无眼界,乃至无意识界。无无明,亦无无明尽,乃至无老死,亦无老死尽。无苦集灭道,无智亦无得,以无所得故。菩提萨埵,依般若波罗蜜多故,心无挂碍,无挂碍故,无有恐怖,远离颠倒梦想,究竟涅槃。三世诸佛,依般若波罗蜜多故,得阿耨多罗三藐三菩提。故知般若波罗蜜多,是大神咒,是大明咒,是无上咒,是无等等咒,能除一切苦,真实不虚。故说般若波罗蜜多咒,即说咒曰:揭谛揭

谛，波罗揭谛，波罗僧揭谛，菩提萨婆诃。　　　　　（唐玄奘译）

佛说吉祥经

　　如是我闻，一时，佛住舍卫国祇陀园给孤独精舍。时已深夜，有一天神殊胜光明遍照园中，来至佛所，恭敬礼拜，站立一旁，以偈白佛言："众天神与人，渴望得利益，思虑求幸福，请示最吉祥。"

　　世尊如是答言：

　　"勿近愚痴人，应与智者交，尊敬有德者，是为最吉祥！
　　居住适宜处，往昔有德行，置身于正道，是为最吉祥！
　　多闻工艺精，严持诸禁戒，言谈悦人心，是为最吉祥！
　　奉养父母亲，爱护妻与子，从业要无害，是为最吉祥！
　　布施好品德，帮助众亲眷，行为无瑕疵，是为最吉祥！
　　邪行须禁止，克己不饮酒，美德坚不移，是为最吉祥！
　　恭敬与谦让，知足并感恩，及时闻教法，是为最吉祥！
　　忍耐与顺从，得见众沙门，适时论信仰，是为最吉祥！
　　自制净生活，领悟八正道，实证涅槃法，是为最吉祥！
　　八风不动心，无忧无污染，宁静无烦恼，是为最吉祥！
　　依此行持者，无往而不胜，一切处得福，是为最吉祥！"

　　　　　　　　　　　　　　　　　　　　　　　　　（李荣熙译）

第四章　元明清文学

元明清是中国文学发展过程中的一个新阶段，元是开始，明清是继续和完成。这一阶段，小说和戏曲成就最为突出。

第一节 元　　曲

元曲包括杂剧和散曲。

散曲是从词发展而来的，主要包括小令和套曲两种形式。小令是独立的支曲。套曲，又叫散套，是由两支以上属于同一宫调的曲子联合而成的组曲，要求一韵到底。关汉卿的［南吕·一枝花］《不伏老》、马致远的［天净沙］《秋思》都是散曲中的名篇。

元杂剧是融合歌曲、宾白、舞蹈等艺术形式而形成的一种完整的戏剧形式。在结构上一般是一本四折演出一个完整的故事。每一折大都包括几个场次，时间、地点根据内容变换。多数杂剧还有"楔子"，相当于序幕或过场戏。杂戏是每折用同一宫调的曲牌组成的一套曲子。演出时一本四折都由正末或正旦独唱，分别称为末本或旦本。杂剧的角色分工已很细密，有正末、正旦、副末、贴旦、搽旦、净、丑等。

杂剧的剧本主要由曲词和宾白组成。曲词主要是抒情，同时也起渲染景物和贯串关目的作用。宾白兼有叙述性质，在情节发展和人物塑造上起重要作用。剧本还规定了主要动作、表情和舞台效果，叫做"科"。

元曲四大家及代表作有：关汉卿《窦娥冤》、马致远《汉宫秋》、白朴《墙头马上》、郑光祖《倩女离魂》。此外，王实甫的《西厢记》、纪君祥的《赵氏孤儿》都是极具代表性的杂剧。

关汉卿

关汉卿，生卒年不详，名不详，字汉卿，大都（今北京）人。曾任太医院尹。一生创作杂剧60多种,现存的有《窦娥冤》《救风尘》《拜月亭》《望江亭》等18种,另有小令57首,套数13篇。关汉卿是我国戏剧史上最早最伟大的作家之一,与马致远、郑光祖、白朴并称"元曲四大家"。他的剧作被译成英文、法文、德文、日文等,在世界各地广泛流传。

窦 娥 冤

(第三折)

(外扮监斩官上,云)下官监斩官是也。今日处决犯人,着①做公②的把住巷口,休放往来人闲走。(净扮公人,鼓三通、锣三下科)(刽子磨旗③,提刀,押正旦带枷上)

(刽子云)行动些,行动些,监斩官去法场上多时了。

(正旦唱)

【正宫端正好】没来由犯王法,不提防遭刑宪,叫声屈动地惊天!顷刻间游魂先赴森罗殿,怎不将天地也生埋怨。

【滚绣球】有日月朝暮悬,有鬼神掌着生死权。天地也只合把清浊分辨,可怎生错看了盗跖颜渊④:为善的受贫穷更命短,造恶的享富贵又寿延。天地也,做得个怕硬欺软,却原来也这般顺水推船。地也,你不分好歹何为地?天也,你错勘贤愚枉做天!哎,只落得两泪涟涟。

(刽子云)快行动些,误了时辰也。(正旦唱)

【倘秀才】则被这枷纽的我左侧右偏,人拥的我前合后偃。我窦娥向哥哥⑤行⑥有句言。(刽子云)你有甚么话说?(正旦唱)前街里去心怀恨,后街里去死无冤,休推辞路远。

(刽子云)你如今到法场上面,有甚么亲眷要见的,可教他过来,见

---

① 着:叫、使、派。
② 做公的:做公事的,指衙门里的差役。
③ 磨旗:摇旗,挥动旗子。
④ 错看了盗跖颜渊:意指好坏不分。盗跖:传说春秋时的大盗。颜渊:春秋时鲁国人,名回,孔子的学生,被誉为贤者。
⑤ 哥哥:当时对男子的客气称呼。
⑥ 行:语气助词,一般用在人称名词后面。

你一面也好。(正旦唱)

【叨叨令】可怜我孤身只影无亲眷,则落的吞声忍气空嗟怨。(刽子云)难道你爷娘家也没的?(正旦云)只有个爹爹,十三年前上朝取应去了,至今杳无音信。

(唱)早已是十年多不睹爹爹面。(刽子云)你适才要我往后街里去,是甚么主意?(正旦唱)怕则怕前街里被我婆婆见。(刽子云)你的性命也顾不得,怕他见怎的?(正旦云)俺婆婆若见我披枷带锁赴法场餐刀①去呵,(唱)枉将他气杀也么哥,枉将他气杀也么哥。告哥哥,临危好与人行方便。

(卜儿哭上科,云)天那,兀的不是我媳妇儿!

(刽子云)婆子靠后。

(正旦云)既是俺婆婆来了,叫他来,待我嘱付他几句话咱。

(刽子云)那婆子,近前来,你媳妇要嘱付你话哩。

(卜儿云)孩儿,痛杀我也。

(正旦云)婆婆,那张驴儿把毒药放在羊肚儿汤里,实指望药死了你,要霸占我为妻。不想婆婆让与他老子吃,倒把他老子药死了。我怕连累婆婆,屈招了药死公公,今日赴法场典刑。婆婆,此后遇着冬时年节,月一十五,有瀽②不了的浆水饭,瀽半碗儿与我吃;烧不了的纸钱,与窦娥烧一陌儿③。则是看你死的孩儿面上。(唱)

【快活三】念窦娥葫芦提④当罪愆⑤,念窦娥身首不完全,念窦娥从前已往干家缘,婆婆也,你只看窦娥少爷无娘面。

【鲍老儿】念窦娥伏侍婆婆这几年,遇时节将碗凉浆奠;你去那受刑法尸骸上烈些纸钱,只当把你亡化的孩儿荐。(卜儿哭科,云)孩儿放心,这个老身都记得,天那,兀的不痛杀我也!(正旦唱)婆婆也,再也不要啼啼哭哭,烦烦恼恼,怨气冲天。这都是我做窦娥的没时没运,不

---

① 餐刀:即俗语所谓"吃一刀",犹言挨刀、被杀。
② 瀽(jiǎn):倾、倒、泼。这里指浇奠酒浆。
③ 一陌儿:一百张,泛指一叠纸钱。陌,通"佰",古时一百钱的通称。
④ 葫芦提:当时的口语,相当于不明不白、糊里糊涂。
⑤ 当罪愆(qiān):承当罪过。

明不暗,负屈衔冤。

（刽子做喝科,云）兀那婆子靠后,时辰到了也。（正旦跪科）（刽子开枷科）

（正旦云）窦娥告监斩大人,有一事肯依窦娥,便死而无怨。

（监斩官云）你有甚么事?你说。

（正旦云）要一领净席,等我窦娥站立;又要丈二白练,挂在旗枪①上。若是我窦娥委实冤枉,刀过处头落,一腔热血休半点儿沾在地下,都飞在白练上者。

（监斩官云）这个就依你,打甚么不紧②。（刽子做取席站科,又取白练挂旗上科）（正旦唱）

【耍孩儿】不是我窦娥罚下③这等无头愿④,委实的冤情不浅。若没些儿灵圣与世人传,也不见得湛湛青天。我不要半星热血红尘洒,都只在八尺旗枪素练悬。等他四下里皆瞧见,这就是咱苌弘化碧⑤,望帝啼鹃⑥。

（刽子云）你还有甚的说话,此时不对监斩大人说,几时说那?

（正旦再跪科,云）大人,如今是三伏⑦天道,若窦娥委实冤枉,身死之后,天降三尺瑞雪,遮掩了窦娥尸首。

（监斩官云）这等三伏天道,你便有冲天的怨气,也召不得一片雪来,可不胡说!（正旦唱）

【二煞】你道是暑气暄,不是那下雪天;岂不闻飞霜六月因邹衍⑧?若果有一腔怨气喷如火,定要感的六出冰花⑨滚似绵,免着我尸骸现,要

---

① 旗枪:指旗杆顶尖。
② 打甚么不紧:当时俗语,意思是没什么要紧。
③ 罚下:发下、立下。
④ 无头愿:即以头颅相拼的誓愿。
⑤ 苌（cháng）弘化碧:周朝大夫苌弘冤枉被杀,他的血被藏起来,三年后变成美玉。
⑥ 望帝啼鹃:古代传说,蜀王杜宇,号望帝,被逼而传位给臣下,自己隐居山中,死后化为杜鹃鸟,日夜悲啼,其声凄厉。
⑦ 三伏:初伏、中伏、末伏的合称,是一年中最炎热的时候。
⑧ 飞霜六月因邹衍:古代关于冤狱的典故。传说燕惠王时邹衍蒙冤,仰天而哭,夏五月时天降寒霜。
⑨ 六出冰花:指雪花。雪花一般为六角形,似花分出瓣,故说"六出冰花"。

甚么素车白马①,断送出②古陌荒阡!

(正旦再跪科,云)大人,我窦娥死的委实冤枉,从今以后,着这楚州亢旱三年!

(监斩官云)打嘴!那有这等说话!(正旦唱)

【一煞】你道是天公不可期,人心不可怜,不知皇天也肯从人愿。做甚么三年不见甘霖降?也只为东海曾经孝妇冤。如今轮到你山阳县,这都是官吏每无心正法③,使百姓有口难言。

(刽子做磨旗科,云)怎么这一会儿天色阴了也?(内做风科,刽子云)好冷风也!(正旦唱)

【煞尾】浮云为我阴,悲风为我旋,三桩儿誓愿明提遍。(做哭科,云)婆婆也,直等待雪飞六月,亢旱三年呵,(唱)那其间才把你个屈死的冤魂这窦娥显。(刽子做开刀,正旦倒科)

(监斩官惊云)呀,真个下雪了,有这等异事!

(刽子云)我也道平日杀人,满地都是鲜血,这个窦娥的血都飞在那丈二白练上,并无半点落地,委实奇怪。

(监斩官惊云)这死罪必有冤枉,早两桩儿应验了,不知亢旱三年的说话,准也不准?且看后来如何。左右,也不必等待雪晴,便与我抬他尸首,还了那蔡婆婆去罢。(众应科,抬尸下)

(选自王起主编:《中国戏曲选》,北京,人民文学出版社,1986年。)

赏析

《窦娥冤》全名《感天动地窦娥冤》,四折一楔子。全剧写窦娥父窦天章为进京赶考,将幼女窦娥卖给蔡婆家为童养媳。窦娥婚后丈夫去世,婆媳相依为命。蔡婆外出讨债时遇到流氓张驴儿父子,遭其胁迫。张驴儿企图霸占窦娥,见她不从便想毒死蔡婆以要挟窦娥,结果反药死自己父亲。张驴儿诬告窦娥杀人,官府严刑逼讯婆媳二人,窦娥为救蔡婆自认杀人,被判斩

---

① 素车白马:白车白马。古代用于凶丧场合,此指送葬的车马。
② 断送出:发送到。
③ 正法:公正执法。

刑。窦娥在临刑之时发了三件誓愿，后一一应验。窦天章后官任廉访使至楚州，窦娥鬼魂诉冤，于是重审此案，为窦娥申冤。这里选的第三折是全剧高潮，窦娥临刑前的呼天斥地，是对黑暗社会的集中控诉，表现了窦娥的善良心灵和至死不屈的反抗精神。

《窦娥冤》是关汉卿的代表作，也是我国古代悲剧的代表作。杂剧在内容上具有强烈的现实性和昂扬的战斗精神，成功地塑造了窦娥这一善良、坚强、富有反抗精神的被压迫妇女的典型形象。在艺术上，作品体现出现实主义与浪漫主义的融合，用丰富的想象、大胆的夸张和超现实的情节，显示出正义的强大力量，寄托了作者鲜明的爱憎，反映了广大人民伸张正义、惩治邪恶的愿望。

（陆　明）

思考与练习

关汉卿戏曲的语言"曲尽人情，字字本色"，评论家以"本色"二字概括其特色。请举例说明。

备选课文

南吕·一枝花　（不伏老）

〔南吕·一枝花〕攀出墙朵朵花，折临路枝枝柳。花攀红蕊嫩，柳折翠条柔。浪子风流，凭着我折柳攀花手，直煞得花残柳败休。半生来折柳攀花，一世里眠花卧柳。

〔梁州〕我是个普天下郎君领袖，盖世界浪子班头，愿朱颜不改常依旧，花中消遣，酒内忘忧。分茶攧竹，打马藏阄，通五音六律滑熟，甚闲愁到我心头！伴的是银筝女银台前理银筝笑倚银屏，伴的是玉天仙携玉手并玉肩同登玉楼，伴的是金钗客歌金缕捧金樽满泛金瓯。你道我"老也，暂休！"占排场风月功名首，更玲珑又剔透；我是个锦阵花营都帅头，曾玩府游州。

〔隔尾〕子弟每是个茅草岗、沙土窝初生的兔羔儿，乍向围场上走，我是个经笼罩受索网苍翎毛老野鸡，踏踏的阵马儿熟。经了些窝弓冷箭镴枪头，不曾落人后，恰不道"人到中年万事休"，我怎肯虚度了春秋！

〔尾〕我是个蒸不烂、煮不熟、捶不匾、炒不爆、响珰珰一粒铜豌豆，恁子弟每谁教你钻入他锄不断、斫不下、解不开、顿不脱、慢腾腾千层锦套头?我玩的是梁园月,饮的是东京酒,赏的是洛阳花,攀的是章台柳。我也会围棋,会蹴鞠,会打围,会插科,会歌舞,会吹弹,会咽作,会吟诗,会双陆。你便是落了我牙,歪了我嘴,瘸了我腿,折了我手,天赐与我这几般儿歹症候,尚兀自不肯休。则除是阎王亲自唤,鬼神自来勾,三魂归地府,七魄丧冥幽。天哪,那其间才不向烟花路儿上走。

王实甫

王实甫(约1230—1310年),名德信,大都(今北京)人。生平事迹不详。著有杂剧十四种,现存《西厢记》《丽春堂》《破窑记》三种。《西厢记》是我国古典戏剧中的不朽之作。

西 厢 记

第一本 张君瑞闹道场

(第一折)①

(正末扮骑马引俫上开)小生姓张,名珙,字君瑞,本贯西洛人②也,先人拜礼部尚书,不幸五旬之上,因病身亡。后一年丧母。小生书剑飘零,功名未遂,游于四方。即今贞元十七年二月上旬,唐德宗即位,欲往上朝取应③,路经河中府,过蒲关上,有一故人,姓杜名确,字君实,与小生同郡同学,当初为八拜之交,后弃文就武,遂得武举状元,官拜征西大元帅,统领十万大军,镇守着蒲关。小生就望哥哥一遭,却往京师求进。暗想小生萤窗雪案④,刮垢磨光⑤,学成满腹文章,尚在湖海飘零,何日得遂大志也呵!万金宝剑藏秋水⑥,满马春愁压绣鞍。

---

① 折:北曲每一个剧本分为四折,一折相当于后来的一场。
② 本贯:籍贯。西洛:洛阳,唐朝开元年间以河南府为西京,治所在洛阳,故称。
③ 上朝:上京。取应:朝廷开科取士,士子应考。
④ 萤窗雪案:晋代故事。车胤家贫,无钱买油点灯,夏天用囊捉几十只萤火虫以照亮读书。孙康家贫,常映雪读书。两个典故表示张生经年刻苦攻读。
⑤ 刮垢磨光:引用韩愈《进学解》的话,表示自己用心钻研,去芜存精。
⑥ "万金"句:满腹才学而功名未就,就如同宝剑未露锋芒。秋水清澈明亮,喻宝剑的光芒。

【仙吕点绛唇】游艺①中原,脚跟无线、如蓬②转。望眼连天,日近长安远③。

【混江龙】向诗书经传,蠹鱼似不出费钻研。将棘围④守暖,把铁砚磨穿。投至得云路鹏程九万里,先受了雪窗萤火二十年。才高难入俗人机,时乖不遂男儿愿。空雕虫篆刻,缀断简残编⑤。

行路之间,早到蒲津。这黄河有九曲,此正古河内⑥之地,你看好形势也呵!

【油葫芦】九曲风涛何处显,则除是此地偏⑦。这河带齐梁,分秦晋,隘幽燕;雪浪拍长空,天际秋云卷;竹索缆浮桥,水上苍龙偃。东西溃九州,南北串百川。归舟紧不紧⑧如何见?却便似弩箭乍离弦。

【天下乐】只疑是银河落九天,渊泉、云外悬,入东洋不离此径穿。滋洛阳千种花,润梁园⑨万顷田,也曾泛浮槎到日月边⑩。

话说间早到城中。这里一座店儿,琴童接下马者!店小二哥哪里?(小二上云)自家是这状元店里小二哥。官人要下呵,俺这里有干净店房。(末云)头房里下,先撒和⑪那马者!小二哥,你来,我问你:这里有什么闲散心处?名山胜境,福地宝坊皆可。(小二云)俺这里有座寺,名曰普救寺,是则天皇后香火院,盖造非俗,琉璃殿相近青霄,舍利塔直侵云汉。南来北往,三教九流,过者无不瞻仰;则除那里可以君子游玩。(末云)琴童料持⑫

---

① 游艺:指通过游乐技艺陶冶身心。《论语·述而》:"志于道,据于德,依于仁,游于艺。"艺,指礼、乐、射、御、书、数六艺。
② 蓬:飞蓬,多年生草本植物,开白花,中心黄色,秋天被风吹起,到处飘荡。
③ 日近长安远:晋明帝司马绍幼时,其父问曰:"日与长安孰近?"对曰:"日近。举目见日,不见长安。"(见《世说新语·夙惠》)后用以比喻向往帝都而不得至。
④ 棘围:考场,科举考试时,为防止人们揭乱或内外串通作弊,试院围墙上遍插荆棘,故称。
⑤ "空雕虫"两句:典故。汉代扬雄少时好辞赋,成年以后称之为"童子雕虫篆刻"、"壮夫不为"。宋代欧阳修古嗜学,常收集断编残简来研究。两句意为白白地写诗文,研究学问,却无成就。
⑥ 河内:古地区名。春秋战国时指黄河以北地区,也专指今河南省黄河以北地区。
⑦ "九曲"两句:意为黄河的风涛只是这里最能显现。则除是,只是。则,只。
⑧ 紧:急,快。
⑨ 梁园:汉代梁孝王建的苑囿,地在今开封。
⑩ "泛浮槎(chá)"句:槎:木排、竹筏。传说汉代张骞曾乘浮槎,沿黄河而上,到了天河,见到了牵牛星和织女星。
⑪ 撒和:喂牲口。
⑫ 料持:安排;准备。

下晌午饭!那里走一遭便回来也。(童)安排下饭,撒和了马,等哥哥回家。(下)(法聪上)小僧法聪,是这普救寺法本长老座下弟子。今日师父赴斋去了,着我在寺中,但有探长老的,便记着,待师父回来报知。山门下立也,看有什么人来。(末上,云)却早来到也。(见聪了,聪问云)客官从何来?(末云)小生西洛至此,闻上刹幽雅清爽,一来瞻仰佛像,二来拜谒长老。敢问长老在么?(聪云)俺师父不在寺中,贫僧弟子法聪的便是,请先生方丈①拜茶。(末云)即然长老不在呵,不必吃茶;敢烦和尚相引,瞻仰一遭,幸甚!(聪云)小僧取钥匙,开了佛殿、钟楼、塔院、罗汉堂、香积厨②,盘桓一会,师父敢待回来。(末云)是盖造得好也呵!

【村里迓鼓】随喜③了上方佛殿,早来到下方僧院。行过厨房近西、法堂北、钟楼前面。游了洞房④,登了宝塔,将回廊绕遍。数了罗汉,参了菩萨,拜了圣贤。

(莺莺引红娘捻花枝上云)红娘,俺去佛殿上耍去来。(末做见科)呀!正撞着五百年前风流业冤。

【元和令】颠不刺⑤的见了万千,似这般可喜娘的庞儿⑥罕曾见。则着人眼花撩乱口难言,魂灵儿飞在半天。他那里尽人调戏軃⑦着香肩,只将花笑捻⑧。

【上马娇】这的是兜率宫⑨,休猜做了离恨天⑩。呀,谁想着寺里遇神仙!我见他宜嗔宜喜春风面,偏宜贴翠花钿⑪。

【胜葫芦】则见他宫样眉儿⑫新月偃,斜侵入鬓边。

---

① 方丈:佛寺住持居住的房间;也指住持。
② 香积厨:寺庙的厨房。
③ 随喜:参观佛寺,瞻拜佛像,字面意思是随缘发生欢喜之心。
④ 洞房:本指深邃的房间,此处指佛殿。
⑤ 颠不刺(lǎ):颠,风流;不刺,语尾助词,用以加强意思。
⑥ 庞儿:脸蛋,面庞。
⑦ 軃(duǒ):下垂。
⑧ 捻(niǎn):用手指搓。
⑨ 兜率(lǜ)宫:印度佛教神话里的天宫,在虚空之中。兜率,充满欢喜。
⑩ 离恨天:中国民间传说三十三天最高的天,文学作品中多用为男女相思烦恼的境界。
⑪ 花钿:古代妇女首饰,也叫花钗,插在发髻上。这里指花子,是贴在眉间或面颊的饰物,以极薄的小金属片或彩纸剪成。
⑫ 宫样眉儿:按宫中流行式样描画的眉毛。

（旦云）红娘，你觑："寂寂僧房人不到，满阶苔衬落花红。"

（末云）我死也！未语前先腼腆，樱桃红绽①，玉粳白露②，半晌恰方言。

【幺篇】恰便似呖呖莺声花外啭，行一步可人怜。解舞③腰肢娇又软，千般袅娜④，万般旖旎⑤，似垂柳晚风前。

（红云）那壁有人，咱家去来。（旦回顾觑末下）（末云）和尚，恰怎么观音现来？（聪云）休胡说，这是河中开府⑥崔相国的小姐。（末云）世间有这等女子，岂非天姿国色乎？休说那模样儿，则那一对小脚儿，价值百镒⑦之金。（聪云）偌⑧远地，他在那壁，你在这壁，系着长裙儿，你便怎知他脚儿？（末云）法聪，来，来，来，你问我怎便知，你觑：

【后庭花】若不是衬残红芳径软，怎显得步香尘底⑨样儿浅。且休题⑩眼角儿留情处，则这脚踪儿将心事传。慢俄延，投至到栊门⑪儿前面，刚挪了一步远。刚刚的打个照面，风魔了张解元⑫。似神仙归洞天，空余下杨柳烟，只闻得鸟雀喧。

【柳叶儿】呀，门掩着梨花深院，粉墙儿高似青天。恨天、天不与人行方便，好着我难消遣，端的是怎留连。小姐呵，则被你兀的不⑬引了人意马心猿⑭？

（聪云）休惹事，河中开府的小姐去远了也。（末唱）

【寄生草】兰麝香仍在，佩环声渐远。东风摇曳垂杨线，游丝牵惹桃花片，珠帘掩映芙蓉面。你道是河中开府相公家，我道是南海水月观音现。

---

① 樱桃红绽：樱桃比喻小嘴，全句是说稍微张开嘴唇。
② 玉粳：露出光洁如玉雪白的牙齿。
③ 解舞：善舞；会舞。
④ 袅娜：形容草木柔软细长或女子姿态柔美。
⑤ 旖旎：轻盈优美；风流。
⑥ 开府：古代高官设置府署自选僚属的制度。这里指莺莺的父亲。
⑦ 镒（yì）：古代的重量单位，合二十两或二十四两。
⑧ 偌（nuò）：如此；那么。
⑨ 底：这，此。
⑩ 题：同"提"。
⑪ 栊门：房门。
⑫ 解（jiè）元：乡试第一名；也用作对书生的尊称。
⑬ 兀（wù）的不：怎么不，这岂不。
⑭ 意马心猿：比喻心神不定，难以控制。

"十年不识君王面,始信婵娟①解误人。"小生便不往京师去应举也罢。(觑聪云)敢烦和尚对长老说知,有僧房借半间,早晚温习经史,胜如旅邸内冗杂;房金依例拜纳,小生明日自来也。

【赚煞】饿眼望将穿,馋口涎空咽,空着我透骨髓相思病染,怎当他临去秋波那一转?休道是小生,便是铁石人也意惹情牵。近庭轩,花柳争妍,日午当庭塔影圆。春光在眼前,争奈②玉人不见,将一座梵王宫疑是武陵源③。

(选自王实甫:《西厢记》,唐松波 校注,北京,金盾出版社,2008年。)

赏析

《西厢记》是根据唐代元稹的传奇小说《莺莺传》及金代董解元《西厢记诸宫调》等改编,叙述书生张生与相国之女崔莺莺的恋爱故事。作品由衷赞美了青年男女的自由恋爱,表达了"愿普天下有情人都成眷属"的主题,深受广大读者喜爱。《西厢记》最突出的成就是从根本上改变了《莺莺传》的主题思想和莺莺的悲剧结局,把男女主人公塑造成在爱情上坚贞不渝,敢于冲破封建礼教的束缚,并经过不懈的努力,终于得到美满结果的一对青年。这一改动,使剧本反封建倾向更鲜明,同时,高度的艺术成就也是《西厢记》经久不衰的保证。剧本通过错综复杂的戏剧冲突,塑造了莺莺、张珙、红娘等艺术形象,人物性格生动鲜明。在语言、唱词上,作者既吸收生动活泼的口头语言,又融汇诗词入剧,典雅秀丽,被推为剧家"文采派"的代表。全剧共五本二十折,这里选的是第一本第一折,张生与崔莺莺一见钟情。

(陆　明)

思考与练习

1. 找出课文中化用唐诗的句子。
2. 分别举出一支属于婉约和豪放风格的曲词。
3. 元杂剧分为本色派、文采派两派。本色派以朴素无华、自然流畅为语言特色;文采派则以词句华丽、文采璀璨为特点。关汉卿是本色派的语言大师,

---

① 婵娟:容貌姿态美好的样子,代指美女。
② 争奈:怎奈,无奈。
③ 武陵源:指东汉刘晨、阮肇在天台山采药迷路,入桃花源,遇见二仙女成婚配的故事。晋代陶潜有《桃花源记》,后人常将刘、阮桃花源说成武陵源。

王实甫则为文采派的杰出代表。请仔细品味两者的语言魅力。

第二节 明清小说

　　魏晋南北朝的志怪轶事小说发展到唐代,出现唐人传奇。唐人传奇与六朝志怪轶事小说粗陈梗概的写法相比,题材扩大了,人物形象和故事情节也愈益清晰完整,体制简短而有长篇小说的规模。它标志着我国小说的发展已逐渐趋于成熟。从此,小说成为一种独立的文学样式。到了宋代,由于手工业和商业的发展,都市繁荣,市民阶层壮大,促进了娱乐伎艺的发达,"说话"成为一门专门职业。说话人所用的底本,即是"话本"。话本是由民间产生和发展起来的新文学样式,可分三类:讲经、讲史和小说。宋代话本在文学史上具有承前启后的作用。它从唐代"讲唱文学"演变而来,直接影响到元明清的小说。讲史成为元明以后演义小说的滥觞,小说则孕育了元明清伟大白话小说的产生。

　　明清时期是中国古典小说高度发展的繁荣时期,在文学史上同唐诗、宋词、元曲相并称。长篇小说《三国演义》《水浒传》《西游记》《儒林外史》《红楼梦》以及短篇小说集《聊斋志异》等,标志着我国古代小说的最高成就。明清小说的成长是根植于人民群众的土壤之中的。从创作方法来看,继承和发展了我国现实主义和积极浪漫主义的优良传统,塑造了许多典型形象,形成了为人民群众所喜闻乐见的鲜明的民族形式和民族风格。

　　明清小说大致有三个系统:一是长篇章回小说,如《三国演义》《水浒传》《西游记》《金瓶梅》《儒林外史》《红楼梦》等,或是继承宋元的说话艺术,如小说、讲史、说经等传统,或是从现实生活中选取题材。二是短篇白话小说,如《喻世明言》《警世通言》《醒世恒言》,以及《拍案惊奇》《西湖二集》等,是对宋元话本的继承与发展。三是短篇文言小说,如《剪灯新话》《聊斋志异》《阅微草堂笔记》等,是对魏晋志怪小说、唐宋传奇小说传统的继承与发展。

蒲松龄

蒲松龄（1640—1715年），字留仙，又字剑臣，别号柳泉居士，世称聊斋先生，山东省淄川县（现淄博市淄川区洪山镇）蒲家庄人。出身于一个逐渐败落的地主家庭。他应试不利，直至71岁时才成贡生。生平除了曾在苏北宝应县当幕客外，都在家乡附近教书，过着清苦的塾师生活。这使他有较多机会接触人民，了解人民的愿望和苦难。他能诗善文，一生著述甚丰。《聊斋志异》近五百篇，通过谈狐说鬼或述异闻故事来批判现实，表达美好理想，继承和发展了志怪传奇文学的表现手法，是我国古代优秀的文言短篇小说集。除《聊斋志异》外，蒲松龄还有大量诗文、戏剧、俚曲以及有关农业、医药方面的著述存世。

席 方 平

席方平，东安①人。其父名廉，性戆拙。因与里中富室羊姓有郤，羊先死；数年，廉病垂危，谓人曰："羊某今贿嘱冥使搒我矣。"俄而身赤肿，号呼遂死。席惨怛不食，曰："我父朴讷，今见凌于强鬼，我将赴地下，代申冤气耳。"自此不复言，时坐时立，状类痴，盖魂已离舍矣。

席觉初出门，莫知所往，但见路有行人，便问城邑。少选②，入城。其父已收狱中。至狱门，遥见父卧檐下，似甚狼狈。举目见子，潸然流涕，便谓："狱吏悉受赇嘱，日夜搒掠，胫股摧残甚矣！"席怒，大骂狱吏："父如有罪，自有王章，岂汝等死魅所能操耶！"遂出，抽笔为词。值城隍早衙，喊冤以投。羊惧，内外贿通，始出质理。城隍以所告无据，颇不直席。席忿气无所复伸，冥行百余里，至郡，以官役私状，告诸郡司。迟之半月，始得质理。郡司扑席，仍批城隍复案③。席至邑，备受械

---

① 东安：县名，此指山东沂水县。
② 少选：一会儿。
③ 复案：复审此案。

梏，惨冤不能自舒。城隍恐其再讼，遣役押送归家。役至门辞去。席不肯入，遁赴冥府，诉郡邑之酷贪。冥王立拘质对。二官密遣腹心与席关说，许以千金。席不听。过数日，逆旅主人告曰："君负气已甚，官府求和而执不从，今闻于王前各有函进，恐事殆矣。"席以道路之口①，犹未深信。俄有皂衣人唤入。升堂，见冥王有怒色，不容置词，命笞二十。席厉声问："小人何罪？"冥王漠若不闻。席受笞，喊曰："受笞允当，谁教我无钱也！"冥王益怒，命置火床。两鬼捽席下，见东墀有铁床，炽火其下，床面通赤。鬼脱席衣，掬置其上，反复揉捺之。痛极，骨肉焦黑，苦不得死。约一时许，鬼曰："可矣。"遂扶起，促使下床着衣，犹幸跛而能行。复至堂上，冥王问："敢再讼乎？"席曰："大冤未伸，寸心不死，若言不讼，是欺王也。必讼！"王曰："讼何词？"席曰："身所受者，皆言之耳。"冥王又怒，命以锯解其体。二鬼拉去，见立木高八九尺许，有木板二，仰置其下，上下凝血模糊。方将就缚，忽堂上大呼"席某"，二鬼即复押回。冥王又问："尚敢讼否？"答曰："必讼！"冥王命捉去速解。既下，鬼乃以二板夹席，缚木上。锯方下，觉顶脑渐辟，痛不可忍，顾亦忍而不号。闻鬼曰："壮哉此汉！"锯隆隆然寻至胸下。又闻一鬼云："此人大孝无辜，锯令稍偏，勿损其心。"遂觉锯锋曲折而下，其痛倍苦。俄顷，半身辟矣。板解，两身俱仆。鬼上堂大声以报，堂上传呼，令合身来见。二鬼即推令复合，曳使行。席觉锯缝一道，痛欲复裂，半步而踣。一鬼于腰间出丝带一条授之，曰："赠此以报汝孝。"受而束之，一身顿健，殊无少苦。遂升堂而伏。冥王复问如前；席恐再罹酷毒，便答："不讼矣。"冥王立命送还阳界。

隶率出北门，指示归途，反身遂去。席念阴曹之暗昧尤甚于阳间，奈无路可达帝听。世传灌口二郎②为帝勋戚，其神聪明正直，诉之当有灵异。窃喜二隶已去，遂转身南向。奔驰间，有二人追至，曰："王疑汝不归，今果然矣。"捽回复见冥王。窃意冥王益怒，祸必更惨；而王殊无厉容，谓席曰："汝志诚孝。但汝父冤，我已为若雪之矣。今已往生富贵

---

① 道路之口：道听途说之言。
② 灌口二郎：疑秦蜀郡太守李冰之次子，后世误传为杨戬（玉帝之外甥）。

家，何用汝鸣呼为。今送汝归，予以千金之产、期颐之寿，于愿足乎？"乃注籍中，嵌以巨印，使亲视之。席谢而下。鬼与俱出，至途，驱而骂曰："奸猾贼！频频翻复，使人奔波欲死！再犯，当捉入大磨中，细细研之！"席张目叱曰："鬼子胡为者！我性耐刀锯，不耐挞楚。请反见王，王如令我自归，亦复何劳相送。"乃返奔。二鬼惧，温语劝回。席故蹇缓，行数步，辄憩路侧。鬼含怒不敢复言。约半日，至一村，一门半辟，鬼引与共坐；席便据门阈①，二鬼乘其不备，推入门中。惊定自视，身已生为婴儿。愤啼不乳，三日遂殇。魂摇摇不忘灌口，约奔数十里，忽见羽葆②来，旟戟横路。越道避之，因犯卤簿③，为前马所执，絷送车前。仰见车中一少年，丰仪瑰玮。问席："何人？"席冤愤正无所出，且意是必巨官，或当能作威福，因缅诉毒痛。车中人命释其缚，使随车行。俄至一处，官府十余员，迎谒道左，车中人各有问讯。已而指席谓一官曰："此下方人，正欲往诉，宜即为之剖决。"席询之从者，始知车中即上帝殿下九王，所嘱即二郎也。席视二郎，修躯多髯，不类世间所传。

九王既去，席从二郎至一官廨，则其父与羊姓并衙隶俱在。少顷，槛车中有囚人出，则冥王及郡司、城隍也。当堂对勘，席所言皆不妄。三官战栗，状若伏鼠。二郎援笔立判；顷刻，传下判语，令案中人共视之。判云："勘得冥王者：职膺王爵，身受帝恩。自应贞洁以率臣僚，不当贪墨以速官谤。而乃繁缨棨戟④，徒夸品秩之尊；羊狠狼贪，竟玷人臣之节。斧敲斨，斨入木，妇子之皮骨皆空；鱼食鲸吞，蝼蚁之微生可悯。当掬江西之水，为尔湔肠⑤；即烧东壁之床，请君入瓮。城隍、郡司：为小民父母之官，司上帝牛羊之牧。虽则职居下列，而尽瘁者不辞折腰；即或势逼大僚，而有志者亦应强项⑥。乃上下其鹰鸷之手，既罔念夫民贫；且飞扬其狙狯之奸⑦，更不嫌乎鬼瘦。惟受赃而枉法，真人面而兽

---

① 门阈：门槛。
② 羽葆：以鸟羽制成的仪仗。
③ 卤簿：贵官出行时的护卫仪仗队。
④ 棨（qǐ）戟：附有套衣的木戟。
⑤ 湔（jiān）肠：洗肠，喻洗刷其罪。
⑥ 强项：不低头，刚直不阿。
⑦ 狙狯（jú kuài）之奸：狡诈的计谋。

心！是宜剔髓伐毛①，暂罚冥死；所当脱皮换革，仍令胎生。隶役者：既在鬼曹，便非人类。只宜公门修行，庶还落蓐之身；何得苦海生波，益造弥天之孽？飞扬跋扈，狗脸生六月之霜；隳突叫号，虎威断九衢之路。肆淫威于冥界，咸知狱吏为尊；助酷虐于昏官，共以屠伯是惧。当以法场之内，剁其四肢；更向汤镬之中，捞其筋骨。羊某：富而不仁，狡而多诈。金光盖地，因使阎摩殿上尽是阴霾；铜臭熏天，遂教枉死城中全无日月。余腥犹能役鬼，大力直可通神。宜籍羊氏之家，以偿席生之孝。即押赴东岳施行。"又谓席廉："念汝子孝义，汝性良懦，可再赐阳寿三纪②。"因使两人送之归里。

席乃抄其判词，途中父子共读之。既至家，席先苏；令家人启棺视父，僵尸犹冰，俟之终日，渐温而活。又索抄词，则已无矣。自此，家道日丰，三年良沃遍野；而羊氏子孙微矣；楼阁田产，尽为席有。里人或有买其田者，夜梦神人叱之曰："此席家物，汝乌得有之！"初未深信；既而种作，则终年升斗无所获，于是复鬻于席。席父九十余岁而卒。

异史氏曰："人人言净土③，而不知生死隔世，意念都迷，且不知其所以来，又乌知其所以去；而况死而又死，生而复生者乎？忠孝志定，万劫不移，异哉席生，何其伟也！"

(选自 [清] 蒲松龄：《聊斋志异》，北京，华夏出版社，2008年。)

赏析

《聊斋志异》是蒲松龄"一生精力所聚"之书。"聊斋"是书屋名，"志"是记述之意，"异"指奇异的故事。这部文言短篇小说集继承了魏晋志怪和唐传奇以来文言小说的传统，利用狐鬼幽冥世界所提供的超现实力量，反映现实矛盾，抒发内心愤懑，寄托生活理想。

本篇通过席方平在冥府代父申冤的故事，曲折地反映了清朝社会政治的黑暗和官吏的残暴贪婪，对封建黑暗统治的揭露之深刻是全书同类题材中非

---

① 剔髓伐毛：脱胎换骨，改恶从善。
② 三纪：三十六年。
③ 净土：佛教尊奉的西天极乐世界。

常突出的一篇。小说中塑造了一个极富反抗性的人物——席方平。他为了申冤，从城隍到冥王，层层上告，不肯罢休；受尽毒刑，仍不屈服，直到冤屈昭雪为止。他这种"大怨未申，寸心不死"的顽强斗争精神，表现了对压迫者的刻骨仇恨，反映了我国人民的高贵品质。

在艺术上，《聊斋志异》达到了极高的成就。按照中国文言小说的传统，志怪小说注重写实、文字简略；传奇小说擅长描绘、情节详细。《聊斋志异》内容为志怪，而笔法类似传奇。它不满足于简单的搜奇述异，而是托鬼言志，抒发胸臆，借用传奇笔法，描绘细腻生动，想象丰富奇特，故事变幻莫测，境界神异迷人，极具浪漫主义色彩。鲁迅先生称之为"用传奇法，而以志怪"，世间公认，"小说家谈狐说鬼之书，以《聊斋》为第一"。《聊斋志异》在中国文言小说史上的地位就如同《红楼梦》在中国通俗小说史上一样，是独一无二、至高无上的。

（陆　明）

思考与练习

1. 试分析本文中的情节波澜是如何推动向前直至高潮的。
2. 将本文翻译成白话文。

曹雪芹

曹雪芹，名霑，字梦阮，号雪芹，又号芹圃、芹溪。生于1717年（一说是1724年），卒于1763年除夕或1764年初春。祖籍河北丰润，其先世原是汉人，后为满洲正白旗包衣（家奴）。至康熙朝，曹氏家族已是烜赫一时的贵族世家。从曾祖父曹玺起，经祖父曹寅，父辈的曹颙和曹頫，其家三代世袭江宁织造，颇受康熙帝宠信。康熙六次南巡，有四次曾驻跸于江宁织造府。曹雪芹在富贵荣华中长大。雍正五年（1727年），曹頫因事获罪，被革职入狱，家产抄没，举家迁回北京，家道从此日渐衰落。约在曹雪芹而立之年，家中又遭祸变，至此家世完全败落。约1750年后，移居北京西郊香山一带。不久便开始《红楼梦》的创作活动。曹雪芹晚年生活困苦凄凉，贫病交加，直至去世。

红楼梦·寿怡红群芳开夜宴（节选）

　　话说宝玉回至房中洗手，因与袭人商议："晚间吃酒，大家取乐，不可拘泥。如今吃什么好，早说给他们备办去。"袭人笑道："你放心，我和晴雯、麝月、秋纹四个人，每人五钱银子，共是二两；芳官、碧痕、小燕、四儿四个人，每人三钱银子；他们有假的不算，共是三两二钱银子，早已交给了柳嫂子，预备四十碟果子。我和平儿说了，已经抬了一坛好绍兴酒藏在那边了。我们八个人单替你过生日。"宝玉听了，喜的忙说："他们是那里的钱，不该叫他们出才是。"晴雯道："他们没钱，难道我们是有钱的！这原是各人的心。那怕他偷的呢，只管领他们的情就是了。"宝玉听了，笑说："你说的是。"袭人笑道："你一天不挨他两句硬话村你，你再过不去。"晴雯笑道："你如今也学坏了，专会架桥拨火儿。"说着，大家都笑了。宝玉说："关院门去罢。"袭人笑道："怪不得人说你是无事忙，这会子关了门，人倒疑惑，越性再等一等。"宝玉点头，因说："我出去走走，四儿舀水去，小燕一个跟我来罢。"说着，走至外边，因见无人，便问五儿之事。小燕道："我才告诉了柳嫂子，他倒喜欢的很。只是五儿那夜受了委屈烦恼，回家去又气病了，那里来得。只等好了罢。"宝玉听了，不免后悔长叹，因又问："这事袭人知道不知道？"小燕道："我没告诉，不知芳官可说了不曾。"宝玉道："我却没告诉过他。也罢，等我告诉他就是了。"说毕，复走进来，故意洗手。

　　已是掌灯时分，听得院门前有一群人进来。大家隔窗悄视，果见林之孝家的和几个管事的女人走来，前头一人提着大灯笼。晴雯悄笑道："他们查上夜的人来了。这一出去，咱们好关门了。"只见怡红院凡上夜的人都迎了出去，林之孝家的看了不少。林之孝家的吩咐："别耍钱吃酒，放倒头睡到大天亮。我听见是不依的。"众人都笑说："那里有那样大胆子的人。"林之孝家的又问："宝二爷睡下了没有？"众人都回："不知道。"袭人忙推宝玉。宝玉趿了鞋，便迎出来，笑道："我还没睡呢。妈妈进来歇歇。"又叫："袭人倒茶来。"林之孝家的忙进来笑说："还没睡？如今天长夜短了，该早些睡，明儿起的方早。不然到了明日起迟了，人笑话，说不是个读书上学的公子了，倒像那起挑脚汉了。"说毕，又笑。宝玉忙笑道:"妈妈说的是。我每日都睡的早,妈妈每日进来,可都是我不知道的,已经睡了。今儿因吃了面,怕停住食,所以多玩一回。"林之孝家的又向袭人等笑说:"该沏些个普洱茶吃。"袭人晴雯二人忙笑说:"沏了一盅子女儿茶,已经吃过两碗了。大娘也尝一碗,都是现成的。"说着,晴雯便倒了一碗来。林之孝家的又笑道:"这些时,我听见二爷嘴里都换了字眼,赶着这几位大姑娘们竟叫起名字来。虽然在这里,到底是老太太太太的人,还该嘴里尊重些才是。若一时半刻偶然叫一声使得;若只管叫起来,怕以后兄弟侄儿照样,便惹人笑话,说这家子的人眼里没有长辈。"宝玉笑道:"妈妈说的是。我原不过是一时半刻的。"袭人晴雯都笑说:"这可别委屈了他。直到如今,他可姐姐没离了口。不过玩的时候叫一声半声名字,若当着人,却是和先一样。"林之孝家的笑道:"这才好呢,这才是读书知礼的。越自己谦逊越尊重,别说是三五代的陈人,现从老太太太太屋里拨过来的;便是老太太太太屋里的猫儿狗儿,轻易也伤他不的。这才是受过调教的公子行事。"说毕,吃了茶,便说:"请安歇罢,我们走了。"宝玉还说:"再歇歇。"那林之孝家的已带了众人,又查别处去了。

这里晴雯等忙命关了门,进来笑说:"这位奶奶那里吃了一杯来了,唠三叨四的,又排场了我们一顿去了。"麝月笑道:"他也不是好意的,少不得也要常提着些儿。也提防着怕走了大摺儿①的意思。"说着,一面摆上酒果。袭人道:"不用围桌,咱们把那张花梨圆炕桌子放在炕上坐,又宽绰,又便宜。"说着,大家果然抬来。麝月和四儿那边去搬果子,用两个大茶盘,做四五次方搬运了来。两个老婆子蹲在外面火盆上筛酒。宝玉说:"天热,咱们都脱了大衣裳才好。"众人笑道:"你要脱,你脱,我们还要轮流安席②呢。"宝玉笑道:"这一安,就安到五更天了。知道我最怕这些俗套子,在外人跟前不得已的,这会子还呕我就不好了。"众人听了,都说"依你"。于是先不上座,且忙着卸妆宽衣。一时将正装卸去,头上只随便挽着纂儿,身上皆是长裙短袄。宝玉只穿着大红棉纱小

---

① 走了大摺(zhé)儿:错了大规矩。
② 安席:宴会入座时敬酒、行礼,叫作"安席"。所以要讲礼貌,不脱大衣裳。

袄子，下面绿绫弹墨夹裤，散着裤脚，倚着一个各色玫瑰芍药花瓣装的玉色夹纱新枕头，和芳官两个先划拳。当时芳官满口嚷热，只穿着一件玉色红青酡绒三色缎子斗的水田小夹袄，束着一条柳绿汗巾；底下水红撒花夹裤，也散着裤腿。头上眉额编着一圈小辫，总归至顶心，结一根鹅卵粗细的总辫，拖在脑后；右耳眼内只塞着米粒大小的一个小玉塞子，左耳上单带着一个白果大小的硬红镶金大坠子：越显的面如满月犹白，眼如秋水还清。引的众人笑说："他两个倒像是双生的弟兄两个。"袭人等一一的斟了酒来，说："且等等再划拳，虽不安席，每人在手里吃我们一口罢了。"于是袭人为先，端在唇上吃了一口，馀依次下去，一一吃过，大家方团圆坐定。小燕四儿因炕沿坐不下。便端了两张椅子，近炕放下。那四十个碟子皆是一色白粉定窑的，不过只有小茶碟大，里面不过是山南海北，中原外国，或干或鲜，或水或陆，天下所有的酒馔果菜。宝玉因说："咱们也该行个令才好。"袭人道："斯文些的才好，别大呼小叫，惹人听见。二则我们不识字，可不要那些文的。"麝月笑道："拿骰子咱们抢红罢。"宝玉道："没趣，不好。咱们占花名儿好。"晴雯笑道："正是早已想弄这个玩意儿。"袭人道："这个玩意儿虽好，人少了没趣。"小燕笑道："依我说，咱们竟悄悄的把宝姑娘林姑娘请了来玩一回子，到二更天再睡不迟。"袭人道："又开门喝户的闹。倘或遇见巡夜的问呢？"宝玉道："怕什么。咱们三姑娘也吃酒，再请他一声才好。还有琴姑娘。"众人都道："琴姑娘罢了，他在大奶奶屋里，叨登的大发了。"宝玉道："怕什么。你们就快请去。"小燕四儿都得不了一声，二人忙命开了门，分头去请。晴雯麝月袭人三人又说：他两个去请，只怕宝林两个不肯来，须得我们请去，死活拉他来。于是袭人晴雯忙又命老婆子打个灯笼，二人又去。果然宝钗说夜深了，黛玉说身上不好，他二人再三央求说："好歹给我们一点体面，略坐坐再来。"探春听了，却也欢喜，因想不请李纨，倘或被他知道了，倒不好，便命翠墨同了小燕也再三的请了李纨和宝琴二人会齐，先后都到了怡红院中。袭人又死活拉了香菱来。炕上又并了一张桌子，方坐开了。宝玉忙说："林妹妹怕冷，过这边靠板壁坐。"又拿个靠背垫着些。袭人等都端了椅子在炕沿下一陪。黛玉却离桌远远的靠着靠背，因笑向宝钗，李纨，探春等道："你们日日说人夜聚饮博，今儿我们自己也如此，往后怎么说人。"李纨笑道："这有何妨。一年之中，不过生日节间如此，并无夜夜如此，这倒也不怕。"说着，晴雯拿了一个竹雕的签筒来，里面装着象牙花名签子，摇了一摇，放在当中。又取过骰子来，盛在盒内，摇了一摇，揭开一看，里面是五点，数至宝钗。宝钗便笑道："我先抓，不知抓出个什么来。"说着，将筒摇了一摇，伸手掣出一根。大家一看，只见签上画着一支牡丹，题着"艳冠群芳"四字，下面又有镌的小字，一句唐诗道是：

　　任是无情也动人。

　　又注着："在席共贺一杯，此为群芳之冠，随意命人，不拘诗词雅谑，道一则以侑①酒。"众人看了，都笑说："巧的很，你也原配牡丹花。"说着，大家共贺了一杯。宝钗吃过，便笑说："芳官唱一支我们听罢。"芳官道："既这样，大家吃了门杯好听的。"于是大家吃酒。芳官便唱："寿筵开处风光好。"众人都道："快打回去。这会子很不用你来上寿，拣你极好的唱来。"芳官只得细细的唱了一支《赏花时》：

　　翠凤毛翎扎帚叉，闲为仙人扫落花。您看那风起玉尘沙。猛可的那一层云下，抵多少门外即天涯。您再休要剑斩黄龙一线儿差，再休向东老贫穷卖酒家。您与俺眼向云霞。洞宾呵，您得了人可便早些儿回话；若迟呵，错叫人留恨碧桃花。

　　才罢。宝玉却只管拿着那签，口内颠来倒去念"任是无情也动人"。听了这曲子，眼看着芳官不语。湘云忙一手夺了，掷与宝钗。宝钗又掷了一个十六点，数到探春，笑道："我还不知得个甚么呢。"伸手掣了一根出来，自己一瞧，便搁在地下，红了脸笑道："这东西不好，不该行这令。这原是外头男人们行的令，许多混话在上头。"众人不解。袭人等忙拾了起来。众人看，上面是一枝杏花，那红字写着"瑶池仙品"四字。诗云：

　　日边红杏倚云栽。

　　注云："得此签者，必得贵婿，大家恭贺一杯，共同饮一杯。"众人笑

---

① 侑（yòu）酒：劝酒。

道:"我说是什么呢。这签原是闺阁中取戏的,除了这两三根有这话的,并无杂话,这有何妨。我们家已有了个王妃,难道你也是王妃不成。大喜大喜。"说着,大家来敬。探春那里肯饮,却被史湘云、香菱、李纨等三四个人强死强活灌了下去。探春只命蠲①了这个,再行别的,众人断不肯依。湘云拿着他的手强掷了个十九点出来,便该李氏掣。李氏摇了一摇,掣出一根来一看,笑道:"好极。你们瞧这劳什子竟有些意思。"众人瞧那签上,画着一枝老梅,是写着"霜晓寒姿"四字。那一面的旧诗是:

竹篱茅舍自甘心。

注云:"自饮一杯,下家掷骰。"李纨笑道:"真有趣,你们掷去罢。我只自吃一杯,不问你们的废与兴。"说着,便吃酒,将骰过与黛玉。黛玉一掷是个十八点,便该湘云掣。湘云笑着挝拳掳袖的伸手掣了一根出来。大家看时,一面画着一枝海棠,题着"香梦沉酣"四字。那面诗道是:

只恐夜深花睡去。

黛玉笑道:"'夜深'两个字,改'石凉'两个字。"众人便知他趣白日间湘云醉卧的事,都笑了。湘云笑指那自行船与黛玉看,又说:"快坐上那船家去罢,别多话了。"众人都笑了。因看注云:"既云'香梦沉酣',掣此签者不便饮酒,只令上下二家各饮一杯。"湘云拍手笑道:"阿弥陀佛!真真好签。"恰好黛玉是上家,宝玉是下家。二人斟了两杯,只得要饮。宝玉先饮了半杯,瞅人不见,递与芳官,端起来便一扬脖。黛玉只管和人说话,将酒全折在漱盂内了。湘云便绰起骰子来一掷个九点,数去该麝月。麝月便掣了一根出来。大家看时,这面上一枝荼蘼花,题着"韶华胜极"四字,那边写着一句旧诗,道是:

开到荼蘼花事了。

注云:"在席各饮三杯送春。"麝月问:"怎么讲?"宝玉愁眉忙将签藏了,说:"咱们且喝酒。"说着,大家吃了三口,以充三杯之数。麝月一掷个十九点,该香菱。香菱便掣了一根并蒂花,题着"联春绕瑞"。那面写着一句诗,道是:

连理枝头花正开。

---

① 蠲(juān):免除。

注云:"共贺掣者三杯,大家陪饮一杯。"香菱便又掷了个六点,该黛玉掣。黛玉默默的想道:"不知还有什么好的,被我掣着方好。"一面伸手取了一根,只见上面画着一枝芙蓉,题着"风露清愁"四字,那面一句旧诗,道是:

莫怨东风当自嗟。

注云:"自饮一杯,牡丹陪饮一杯。"众人笑说:"这个好极。除了他,别人不配作芙蓉。"黛玉也自笑了。于是饮了酒,便掷了个二十点,该着袭人。袭人也伸手取了一根出来,却是一枝桃花,题着"武陵别景"四字。那一面旧诗写着道是:

桃红又是一年春。

注云:"杏花陪一盏,坐中同庚者陪一盏,同辰者陪一盏,同姓者陪一盏。"众人笑道:"这一回热闹有趣。"大家算来香菱、晴雯、宝钗三人皆与他同庚,黛玉与他同辰,只无同姓者。芳官忙道:"我也姓花,我也陪他一钟。"于是大家斟了酒,黛玉因向探春笑道:"命中该着招贵婿的,你是杏花,快喝了,我们好喝。"探春笑道:"这是个什么,大嫂子顺手给他一下子。"李纨笑道:"人家不得贵婿反挨打,我也不忍的。"说的众人都笑了。

袭人才要掷,只听有人叫门。老婆子忙出去问时,原来是薛姨妈打发人来接黛玉的。众人因问几更了。人回:"二更已后了,钟打过十一下了。"宝玉犹不信,要过表来瞧了一瞧,已是子初初刻十分了。黛玉便起身说:"我可撑不住了,回去还要吃药呢。"众人说:"也都该散了。"袭人宝玉等还要留着众人。李纨宝钗等都说:"夜太深了不像,这已是破格了。"袭人道:"既如此,每位再吃一杯再走。"说着,晴雯等已都斟满了酒,每人吃了,都命点灯。袭人等直送过沁芳亭河那边方回来。

关了门,大家复又行起令来。袭人等又用大钟斟了几钟,用盘攒了各样果菜,与地下的老嬷嬷们吃。彼此有了三分酒,便猜拳赢唱小曲儿。那天已四更时分,老嬷嬷们一面明吃,一面暗偷,酒坛已罄,众人听了纳罕,方收拾盥漱睡觉。芳官吃的两腮胭脂一般,眉稍眼角越添了许多丰韵,身子图不得①,便睡在袭人身上道:"好姐姐,心跳的很。"袭人笑道:"谁许你尽力灌起来。"小燕四儿也图不得,早睡了。晴雯还只管叫。宝玉道:"不用叫

---

① 图不得:指过分困倦,扎挣不得。

了,咱们且胡乱歇一歇罢。"自己便枕了那红香枕,身子一歪,便也睡着了。袭人见芳官醉的很,恐闹他唾酒,只得轻轻起来,就将芳官扶在宝玉之侧,由他睡了。自己却在对面榻上倒下。

大家黑甜一觉,不知所之。及至天明,袭人睁眼一看,只见天色晶明,忙说:"可迟了。"向对面床上瞧了一瞧,只见芳官头枕着炕沿上,睡犹未醒,连忙起来叫他。宝玉已翻身醒了,笑道:"可迟了!"因又推芳官起身。那芳官坐起来,犹发怔揉眼睛。袭人笑道:"不害羞!你吃醉了,怎么也不拣地方儿,乱挺下了。"芳官听了,瞧了一瞧,方知道和宝玉同榻,忙笑的下地来,说:"我怎么吃的不知道了!"宝玉笑道:"我竟也不知道了;若知道,给你脸上抹些黑墨。"说着,丫头进来伺候梳洗。宝玉笑道:"昨儿有扰,今儿晚上我还席。"袭人笑道:"罢,罢,罢,今儿可别闹了。再闹就有人说话了。"宝玉道:"怕什么?不过才两次罢了。咱们也算是会吃酒了。那一坛子酒,怎么就吃光了。正是有趣,偏又没了。"袭人笑道:"原要这样才有趣;必至兴尽了,反无后味了。昨儿都好上来了,晴雯连臊也忘了,我记得他还唱了一个。"四儿笑道:"姐姐忘了,连姐姐还唱了一个呢。在席的谁没唱过!"众人听了,俱红了脸,用两手握着,笑个不住。

忽见平儿笑嘻嘻的走来说,亲自来请昨日在席的人,"今儿我还东,短一个也使不得。"众人忙让坐吃茶。晴雯笑道:"可惜昨夜没他。"平儿忙问:"你们夜里做什么来?"袭人便说:"告诉不得你。昨儿夜里热闹非常,连往日老太太太太带着众人玩,也不及昨儿这一玩。一坛酒我们都鼓捣①光了,一个个吃的把臊都丢了,三不知的又都唱起来。四更多天才横三竖四的打了一个盹儿。"平儿笑道:"好,白和我要了酒来。也不请我,还说着给我听,气我。"晴雯道:"今儿他还席,必来请你的,等着罢。"平儿笑问道:"他是谁,谁是他?"晴雯听了赶着笑打说道:"偏你这耳朵尖,听得真。"平儿笑道:"这会子有事,不和你说,我干事去了。一回再打发人来请,一个不到,我是打上门来的。"宝玉等忙留他,已经去了。

(选自〔清〕曹雪芹,〔清〕高鹗:《红楼梦》,俞平伯校,启功等注,北京,人民文学出版社,2000年。)

---

① 鼓捣:有"搞"、"做"、"搬弄"的意思。

赏析

中国的古典小说从元末明初的《三国演义》发展到明后期的《金瓶梅》，在题材和风格上都产生了巨大的变化，这就是从历史题材转向现实题材，从重大的军事政治斗争转向日常的家庭生活。写实手法的成熟和趋于细腻，标志着中国古典小说现实主义艺术发展到一个新阶段。

《红楼梦》就是通过对一个典型的贵族大家庭的日常生活的细腻描写来揭示主题的，其艺术风貌，同《三国演义》《水浒传》《西游记》等很不相同。《红楼梦》在艺术描写上的总体风格是平淡自然。没有阅读经验的读者，乍一看《红楼梦》，觉得它是没有经过艺术加工的生活原貌，平淡无奇，琐碎冗赘，而实际上，那些看似普通的日常生活都是经过精心的提炼和加工的，含着作者十年辛苦不寻常的匠心。曹雪芹追求的是"有自然之理、得自然之气"的天然图画，不论刻画人物、描写环境、叙述故事，都力求做到恰到好处，不过火，不牵强，忌雕琢，以合情合理为上。尤其是人物语言的性格化更为出色，对话的安排极有分寸，这人说的话决不会看作那人的，宝玉、黛玉、袭人等皆能因几句对话而显出个性。我们欣赏《红楼梦》就是要学会在平淡琐碎中看出无限烟波。

本文节选自第六十三回"寿怡红群芳开夜宴 死金丹独艳理亲丧"。表面看不过是宝玉过生日，和姐妹丫鬟等的一次宴饮，实际它是一场作者高度提炼和概括的芳菲繁会，极胜难再，是太虚幻境以后重要的人物提纲，描绘了群芳与宝玉的关系及其未来的际遇遭逢。席间每一个人坐位的安排，行令的点数，抽签的次序和内容，每一句话，每一个表情，每一个行动等，都不是泛泛之笔，而是深具匠心的。从黛玉说起，她一进门，宝玉忙说："林妹妹怕冷，过这边靠板壁坐"。这是一句生活中常见的话语，然而宝玉对黛玉的关切和情有独钟都包含在里面了，"过这边"很显然是宝玉这边。但"黛玉却离桌远远的靠着靠背"，"离桌远远的"已经暗自绘出了宝玉和黛玉的结局，所以到后来掣签时，尽管黛玉心中默默的祈祷：不知还有什么好的，被我掣着方好。然而她得到的只能是"风露清愁"的芙蓉和"莫怨东风当自嗟"的诗句。而宝钗呢？宝钗居上席，又最先抓，一抓就抓到一支"艳冠群芳"的牡丹，那么宝钗将入主怡红院的布置已在暗中完成了，与第三十六回"绣鸳鸯梦兆绛云轩"同义。然后写宝玉，"宝玉却只管拿着那签，口内颠来倒去念'任是无情也动人'"。宝玉的心理神情毕现，同时又呼应了第二十八回"薛宝钗羞笼红麝串"。主要人物的安排是这样，次要人物亦如此。次要人物中的主次，未到场的人物以及平儿还席中的人物等，无论用的笔墨多少，都生动传神，寓意深远，耐人品味。可谓没有一处闲笔，没有一句多余话，表现了精湛的艺术功力。 （陆　明）

| 思考与练习

1. 分析课文中展现的湘云、李纨、探春、袭人、芳官、妙玉的性格和命运。
2. 阅读《红楼梦》第五回"游幻境指迷十二钗　饮仙醪曲演红楼梦"。
3. 在第五回太虚幻境的十二钗正册中，只有十一幅图、十一首诗，林黛玉和薛宝钗合为一图，作者为什么这样安排？

第五章　二十世纪文学

第一节 现代小说

中国的现代小说，是在时代变革的风雷催发下，秉承传统小说的基因，汲取外国小说艺术的养分，在复杂多变的中国社会现实土壤中萌芽、发展、壮大起来的。

晚清维新变法的一位重要人物梁启超，是近代文学改良运动的先驱，"小说界革命"发难者，他的《论小说与群众之关系》称赞"小说为国民之魂"，强调小说的"化民"作用及变革社会的功能，使20世纪初小说创作局面为之一新。20世纪头十年颇为流行的小说流派是谴责小说。主要代表作有李宝嘉的《官场现形记》、吴沃尧的《二十年目睹之怪现状》、刘鹗的《老残游记》、曾朴的《孽海花》，这四部小说，合称为清末四大谴责小说。清末民初之交，小说创作风气为之一变，谴责小说衰退，言情小说初兴，作家的笔杆，从暴露官场黑暗转到关注善男信女的悲欢离合。吴趼人的小说《恨海》（1906年）首开20世纪我国言情小说的风气。苏曼殊的文言长篇小说《断鸿零雁记》是民国初年在国内外影响颇大的言情小说力作。1912年以后，言情小说日益盛行，导致鸳鸯蝴蝶派的产生。

真正举起反封建大旗的小说作家是鲁迅。在1917年"文学革命"的旗帜下，从1918年5月起，他接连发表了三篇白话小说：《狂人日记》《孔乙己》和《药》。从题材内容、主题、思想、语言形式到艺术表现手法，彻底改变传统小说的格局，开创了20世纪中国小说创作的新纪元，使中国文学进入了崭新的现代的发展阶段。

在"五四"反帝反封建的时代精神感召下，20世纪20年代，一批作家沿着鲁迅所开辟的现实主义创作道路前进，先后出现"问题小说""身边小说"和"乡土小说"等几大小说流派。问题小说的代表作家有冰心、叶绍钧、王统照、卢隐、许地山，以文学研究会为中心，以《小说月刊》为阵地，关注现实人生。主要作品有冰心的《斯人独憔悴》《两个家庭》、叶绍钧的《苦菜》《一生》、王统照的《湖畔儿语》、许地山的《缀网劳蛛》和卢隐的《海滨故人》。身边小说是属于创造社的小说流派，多取材于身边，带有自传性色彩，如郭沫若的《残春》《喀尔美萝姑娘》、郁达夫的《沉沦》《南迁》等。有些初涉文坛的年轻作者，将创作视野从眼前的都市转向生于斯、长于斯的家乡农村，关注尚在封建宗法制度桎梏下的农民，写出一批颇有泥土气息的小说，如王鲁彦的《菊英的出嫁》、王任叔的《疲惫者》、冯文炳的《浣衣母》、许杰的《赌徒吉顺》、蹇先艾的《水葬》等，鲁迅称之为"乡土文学"。

30年代，现代小说创作进入繁荣与成熟时期。茅盾、巴金、老舍是成就卓著的艺术大师。茅盾的长篇《子夜》、短篇《林家铺子》和《春蚕》等，形成了他的"社会剖析小说"系列，揭示了在帝国主义的经济侵略和封建主义势力统治下，中国民族资产阶级的悲惨命运以及农村中老一代农民的心酸和新一代农民的觉醒。巴金是激情洋溢的高产作家，《家》是其代表作。贯穿巴金小说的主线，是鲜明的革命民主主义思想，强烈的反帝反封建的激情，对青年一代为推翻旧制度而起来斗争的革命行动的呼唤与讴歌，对未来充满胜利信心。老舍擅长描写市民阶层的生活，是市民文学的佼佼者。他的长篇、短篇创作甚丰，代表作是描写旧中国人力车夫血泪史的长篇小说《骆驼祥子》。

标志着30年代小说成就的，还有丁玲、叶紫、吴组缃、萧军、萧红、沙汀、艾芜、张天翼、沈从文、施蛰存、李劼人等一批作家的作品。

40年代，大量小说描写了抗日战争、解放战争以及解放区的土改斗争，产生了反映抗日斗争、歌颂光明、揭露黑暗三大系列的小说。描写抗日战争的有：茅盾的《第一阶段的故事》，老舍的《四世同堂》，马烽、西戎的《吕梁英雄传》，孔厥、袁静的《新儿女英雄传》，孙犁的《荷花淀》等。描写土地改革、农民翻身的新题材小说有：赵树理的《小二黑结婚》《李有才板话》，周立波的《暴风骤雨》，丁玲的《桑干河上》，柳青的《种谷记》。与此同时，国统区的小说创作呈现多角度、多元化倾向，主要的思想倾向是揭露国民党统治区官场的黑暗和社会的腐败。其代表作家有茅盾、巴金、张天翼、沙汀、张恨水、钱钟书、姚雪垠、路翎、黄谷柳等。

鲁　迅

鲁迅（1881—1936 年），原名周树人，字豫才，浙江绍兴人，中国现代文学的奠基人，伟大的文学家、思想家和革命家。1898 年，鲁迅入江南水师学堂学习，不久转入矿务铁路学堂。1902 年去日本留学。1918 年以写作小说《狂人日记》为起点，积极投身正在兴起的新文化运动。鲁迅的小说收在《呐喊》《彷徨》和《故事新编》中。此外，还有散文集《朝花夕拾》、散文诗集《野草》，以及《热风》《坟》《华盖集》等杂文集。

伤　逝
——涓生的手记

如果我能够，我要写下我的悔恨和悲哀，为子君，为自己。

会馆里的被遗忘在偏僻里的破屋是这样地寂静和空虚。时光过得真快，我爱子君，仗着她逃出这寂静和空虚，已经满一年了。事情又这么不凑巧，我重来时，偏偏空着的又只有这一间屋。依然是这样的破窗，这样的窗外的半枯的槐树和老紫藤，这样的窗前的方桌，这样的败壁，这样的靠壁的板床。深夜中独自躺在床上，就如我未曾和子君同居以前一般，过去一年中的时光全被消灭，全未有过，我并没有曾经从这破屋子搬出，在吉兆胡同创立了满怀希望的小小的家庭。

不但如此。在一年之前，这寂静和空虚是并不这样的，常常含着期待；期待子君的到来。在久待的焦躁中，一听到皮鞋的高底尖触着砖路的清响，是怎样地使我骤然生动起来呵！于是就看见带着笑涡的苍白的圆脸，苍白的瘦的臂膊，布的有条纹的衫子，玄色的裙。她又带了窗外的半枯的槐树的新叶来，使我看见，还有挂在铁似的老干上的一房一房的紫白的藤花。

然而现在呢，只有寂静和空虚依旧，子君却决不再来了，而且永远，永远地！……

子君不在我这破屋里时，我什么也看不见。在百无聊赖中，顺手抓过一本书来，科学也好，文学也好，横竖什么都一样；看下去，看下去，忽而自己觉得，已经翻了十多页了，但是毫不记得书上所说的事。只是耳朵却分外地灵，仿佛听到大门外一切往来的履声，从中便有子君的，而且橐橐地逐渐临近，——但是，往往又逐渐渺茫，终于消失在别的步声的杂沓中了。我憎恶那不像子君鞋声的穿布底鞋的长班的儿子，我憎恶那太像子君鞋声的常常穿着新皮鞋的邻院的搽雪花膏的小东西！

莫非她翻了车么？莫非她被电车撞伤了么？……

我便要取了帽子去看她，然而她的胞叔就曾经当面骂过我。

蓦然，她的鞋声近来了，一步响于一步，迎出去时，却已经走过紫藤棚下，脸上带着微笑的酒窝。她在她叔子的家里大约并未受气；我的心宁帖了，默默地相视片时之后，破屋里便渐渐充满了我的语声，谈家庭专制，谈打破旧习惯，谈男女平等，谈伊孛生，谈泰戈尔，谈雪莱……她总是微笑点头，两眼里弥漫着稚气的好奇的光泽。壁上就钉着一张铜板的雪莱半身像，是从杂志上裁下来的，是他的最美的一张像。当我指给她看时，她却只草草一看，便低了头，似乎不好意思了。这些地方，子君就大概还未脱尽旧思想的束缚，——我后来也想，倒不如换一张雪莱淹死在海里的记念像或是伊孛生的罢；但也终于没有换，现在是连这一张也不知那里去了。

"我是我自己的，他们谁也没有干涉我的权利！"

这是我们交际了半年，又谈起她在这里的胞叔和在家的父亲时，她默想了一会之后，分明地，坚决地，沉静地说了出来的话。其时是我已经说尽了我的意见，我的身世，我的缺点，很少隐瞒；她也完全了解的了。这几句话很震动了我的灵魂，此后许多天还在耳中发响，而且说不出的狂喜，知道中国女性，并不如厌世家所说那样的无法可施，在不远的将来，便要看见辉煌的曙色的。

送她出门，照例是相离十多步远；照例是那鲇鱼须的老东西的脸又紧贴在脏的窗玻璃上了，连鼻尖都挤成一个小平面；到外院，照例又是明晃晃的玻璃窗里的那小东西的脸，加厚的雪花膏。她目不邪视地骄傲地走了，没有看见；我骄傲地回来。

"我是我自己的，他们谁也没有干涉我的权利！"这彻底的思想就在她的脑里，比我还透彻，坚强得多。半瓶雪花膏和鼻尖的小平面，于她能算什么东西呢？

我已经记不清那时怎样地将我的纯真热烈的爱表示给她。岂但现在，那时的事后便已模胡，夜间回想，早只剩了一些断片了；同居以后一两月，便连这些断片也化作无可追踪的梦影。我只记得那时以前的十几天，曾经很仔细地研究过表示的态度，排列过措辞的先后，以及倘或遭了拒绝以后的情形。可是临时似乎都无用，在慌张中，身不由己地竟用了在电影上见过的方法了。后来一想到，就使我很愧恧，但在记忆上却偏只有这一点永远留遗，至今还如暗室的孤灯一般，照见我含泪握着她的手，一条腿跪了下去……

不但我自己的，便是子君的言语举动，我那时就没有看得分明；仅知道她已经允许我了。但也还仿佛记得她脸色变成青白，后来又渐渐转作绯红，——没有见过，也没有再见的绯红；孩子似的眼里射出悲喜，但是夹着惊疑的光，虽然力避我的视线，张皇地似乎要破窗飞去。然而我知道她已经允许我了，没有知道她怎样说或是没有说。

她却是什么都记得：我的言辞，竟至于读熟了的一般，能够滔滔背诵；我的举动，就如有一张我所看不见的影片挂在眼下，叙述得如生，很细微，自然连那使我不愿再想的浅薄的电影的一闪。夜阑人静，是相对温习的时候了，我常是被质问，被考验，并且被命复述当时的言语，然而常须由她补足，由她纠正，像一个丁等的学生。

这温习后来也渐渐稀疏起来。但我只要看见她两眼注视空中，出神似的凝想着，于是神色越加柔和，笑窝也深下去，便知道她又在自修旧课了，只是我很怕她看到我那可笑的电影的一闪。但我又知道，她一定要看见，而且也非看不可的。

然而她并不觉得可笑。即使我自己以为可笑，甚而至于可鄙的，她也毫不以为可笑。这事我知道得很清楚,因为她爱我,是这样地热烈,这样地纯真。

去年的暮春是最为幸福,也是最为忙碌的时光。我的心平静下去了,但又有别一部分和身体一同忙碌起来。我们这时才在路上同行,也到过几回公园,最多的是寻住所。我觉得在路上时时遇到探索,讥笑,猥亵和轻蔑的眼光,一不小心,便使我的全身有些瑟缩,只得即刻提起我的骄傲和反抗来支持。她却是大无畏的,对于这些全不关心,只是镇静地缓缓前行,坦然如入无人之境。

寻住所实在不是容易事,大半是被托辞拒绝,小半是我们以为不相宜。起先我们选择得很苛酷,——也非苛酷,因为看去大抵不像是我们的安身之所;后来,便只要他们能相容了。看了二十多处,这才得到可以暂且敷衍的处所,是吉兆胡同一所小屋里的两间南屋;主人是一个小官,然而倒是明白人,自住着正屋和厢房。他只有夫人和一个不到周岁的女孩子,雇一个乡下的女工,只要孩子不啼哭,是极其安闲幽静的。

我们的家具很简单,但已经用去了我的筹来的款子的大半;子君还卖掉了她唯一的金戒指和耳环。我拦阻她,还是定要卖,我也就不再坚持下去了;我知道不给她加入一点股分去,她是住不舒服的。

和她的叔子,她早经闹开,至于使他气愤到不再认她做侄女;我也陆续和几个自以为忠告,其实是替我胆怯,或者竟是嫉妒的朋友绝了交。然而这倒很清静。每日办公散后,虽然已近黄昏,车夫又一定走得这样慢,但究竟还有二人相对的时候。我们先是沉默的相视,接着是放怀而亲密的交谈,后来又是沉默。大家低头沉思着,却并未想着什么事。我也渐渐清醒地读遍了她的身体,她的灵魂,不过三星期,我似乎于她已经更加了解,揭去许多先前以为了解而现在看来却是隔膜,即所谓真的隔膜了。

子君也逐日活泼起来。但她并不爱花,我在庙会时买来的两盆小草花,四天不浇,枯死在壁角了,我又没有照顾一切的闲暇。然而她爱动物,也许是从官太太那里传染的罢,不一月,我们的眷属便骤然加得很多,四只小油鸡,在小院子里和房主人的十多只在一同走。但她们却认识鸡的相貌,各知道那一只是自家的。还有一只花白的叭儿狗,从庙会买来,记得似乎原有名字,子君却给它另起了一个,叫作阿随。我就叫它阿随,但我不喜欢这名字。

这是真的,爱情必须时时更新,生长,创造。我和子君说起这,她也领会地点点头。

唉唉,那是怎样的宁静而幸福的夜呵!

安宁和幸福是要凝固的,永久是这样的安宁和幸福。我们在会馆里时,还偶有议论的冲突和意思的误会,自从到吉兆胡同以来,连这一点也没有了;我们只在灯下对坐的怀旧谭中,回味那时冲突以后的和解的重生一般的乐趣。

子君竟胖了起来,脸色也红活了;可惜的是忙。管了家务便连谈天的工夫也没有,何况读书和散步。我们常说,我们总还得雇一个女工。

这就使我也一样地不快活,傍晚回来,常见她包藏着不快活的颜色,尤其使我不乐的是她要装作勉强的笑容。幸而探听出来了,也还是和那小官太太的暗斗,导火线便是两家的小油鸡。但又何必硬不告诉我呢?人总该有一个独立的家庭。这样的处所,是不能居住的。

我的路也铸定了,每星期中的六天,是由家到局,又由局到家。在局里便坐在办公桌前钞,钞,钞些公文和信件;在家里是和她相对或帮她生白炉子,煮饭,蒸馒头。我的学会了煮饭,就在这时候。

但我的食品却比在会馆里时好得多了。做菜虽不是子君的特长,然而她于此却倾注着全力;对于她的日夜的操心,使我也不能不一同操心,来算作分甘共苦。况且她又这样地终日汗流满面,短发都粘在脑额上;两只手又只是这样地粗糙起来。

况且还要饲阿随,饲油鸡,……都是非她不可的工作。

我曾经忠告她:我不吃,倒也罢了;却万不可这样地操劳。她只看了我一眼,不开口,神色却似乎有点凄然;我也只好不开口。然而她还是这样地操劳。

我所豫期的打击果然到来。双十节的前一晚,我呆坐着,她在洗碗。听到打门声,我去开门时,是局里的信差,交给我一张油印的纸条。我就有些料到了,到灯下去一看,果然,印着的就是:

```
奉
局长谕史涓生着毋庸到局办事
            秘书处启  十月九号
```

这在会馆里时,我就早已料到了;那雪花膏便是局长的儿子的赌友,一定要去添些谣言,设法报告的。到现在才发生效验,已经要算是很晚的了。其实这在我不能算是一个打击,因为我早就决定,可以给别人去钞写,或者教读,或者虽然费力,也还可以译点书,况且《自由之友》的总编辑便是见过几次的熟人,两月前还通过信。但我的心却跳跃着。那么一个无畏的子君也变了色,尤其使我痛心;她近来似乎也较为怯弱了。

"那算什么。哼,我们干新的。我们……"她说。

她的话没有说完;不知怎地,那声音在我听去却只是浮浮的;灯光也觉得格外黯淡。人们真是可笑的动物,一点极微末的小事情,便会受着很深的影响。我们先是默默地相视,逐渐商量起来,终于决定将现有的钱竭力节省,一面登"小广告"去寻求钞写和教读,一面写信给《自由之友》的总编辑,说明我目下的遭遇,请他收用我的译本,给我帮一点艰辛时候的忙。

"说做,就做罢!来开一条新的路!"

我立刻转身向了书案,推开盛香油的瓶子和醋碟,子君便送过那黯淡的灯来。我先拟广告;其次是选定可译的书,迁移以来未曾翻阅过,每本的头上都满漫着灰尘了;最后才写信。

我很费踌蹰,不知道怎样措辞好,当停笔凝思的时候,转眼去一瞥她的脸,在昏暗的灯光下,又很见得凄然。我真不料这样微细的小事情,竟会给坚决的,无畏的子君以这么显著的变化。她近来实在变得很怯弱了，但也并不是今夜才开始的。我的心因此更缭乱，忽然有安宁的生活的影像——会馆里的破屋的寂静，在眼前一闪，刚刚想定睛凝视，却又看见了昏暗的灯光。

许久之后，信也写成了，是一封颇长的信；很觉得疲劳，仿佛近来自己也较为怯弱了。于是我们决定，广告和发信，就在明日一同实行。大家不约而同地伸直了腰肢，在无言中，似乎又都感到彼此的坚忍崛强的精神，还看见从新萌芽起来的将来的希望。

外来的打击其实倒是振作了我们的新精神。局里的生活，原如鸟贩子手里的禽鸟一般，仅有一点小米维系残生，决不会肥胖；日子一久，只落得麻痹了翅子，即使放出笼外，早已不能奋飞。现在总算脱出这牢笼了，我从此要在新的开阔的天空中翱翔，趁我还未忘却了我的翅子的扇动。

小广告是一时自然不会发生效力的；但译书也不是容易事，先前看过，以为已经懂得的，一动手，却疑难百出了，进行得很慢。然而我决计努力地做，一本半新的字典，不到半月，边上便有了一大片乌黑的指痕，这就证明着我的工作的切实。《自由之友》的总编辑曾经说过，他的刊物是决不会埋没好稿子的。

可惜的是我没有一间静室，子君又没有先前那么幽静，善于体帖了，屋子里总是散乱着碗碟，弥漫着煤烟，使人不能安心做事，但是这自然还只能怨我自己无力置一间书斋。然而又加以阿随，加以油鸡们。加以油鸡们又大起来了，更容易成为两家争吵的引线。

加以每日的"川流不息"的吃饭；子君的功业，仿佛就完全建立在这吃饭中。吃了筹钱，筹来吃饭，还要喂阿随，饲油鸡；她似乎将先前所知道的全都忘掉了，也不想到我的构思就常常为了这催促吃饭而打断。即使在坐中给看一点怒色，她总是不改变，仍然毫无感触似的大嚼起来。

使她明白了我的工作不能受规定的吃饭的束缚，就费去五星期。她明白之后，大约很不高兴罢，可是没有说。我的工作果然从此较为迅速地进行，不久就共译了五万言，只要润色一回，便可以和做好的两篇小品，一同寄给《自由之友》去。只是吃饭却依然给我苦恼。菜冷，是无妨的，然而竟不够；有时连饭也不够，虽然我因为终日坐在家里用脑，饭量已经比先前要减少得多。这是先去喂了阿随了，有时还并那近来连自己也轻易不吃的羊肉。她说，阿随实在瘦得太可怜，房东太太还因此嗤笑我们了，她受不住这样的奚落。

于是吃我残饭的便只有油鸡们。这是我积久才看出来的，但同时也如赫胥黎的论定"人类在宇宙间的位置"一般，自觉了我在这里的位置：不过是叭儿狗和油鸡之间。

后来，经多次的抗争和催逼，油鸡们也逐渐成为肴馔，我们和阿随都享用了十多日的鲜肥；可是其实都很瘦，因为它们早已每日只能得到几粒高粱了。从此便清静得多。只有子君很颓唐，似乎常觉得凄苦和无聊，至于不大愿意开口。我想，人是多么容易改变呵！

但是阿随也将留不住了。我们已经不能再希望从什么地方会有来信，子君也早没有一点食物可以引它打拱或直立起来。冬季又逼近得这么快，火炉就要成为很大的问题；它的食量，在我们其实早是一个极易觉得的很重的负担。于是连它也留不住了。

倘使插了草标到庙市去出卖，也许能得几文钱罢，然而我们都不能，也不愿这样做。终于是用包袱蒙着头，由我带到西郊去放掉了，还要追上来，便推在一个并不很深的土坑里。

我一回寓，觉得又清静得多了；但子君的凄惨的神色，却使我很吃惊。那是没有见过的神色，自然是为阿随。但又何至于此呢？我还没有说起推在土坑里的事。

到夜间，在她的凄惨的神色中，加上冰冷的分子了。

"奇怪。——子君，你怎么今天这样儿了？"我忍不住问。

"什么？"她连看也不看我。

"你的脸色……。"

"没有什么，——什么也没有。"

我终于从她言动上看出,她大概已经认定我是一个忍心的人。其实,我一个人,是容易生活的,虽然因为骄傲,向来不与世交来往,迁居以后,也疏远了所有旧识的人,然而只要能远走高飞,生路还宽广得很。现在忍受着这生活压迫的苦痛,大半倒是为她,便是放掉阿随,也何尝不如此。但子君的识见却似乎只是浅薄起来,竟至于连这一点也想不到了。

　　我拣了一个机会,将这些道理暗示她;她领会似的点头。然而看她后来的情形,她是没有懂,或者是并不相信的。

　　天气的冷和神情的冷,逼迫我不能在家庭中安身。但是,往那里去呢?大道上,公园里,虽然没有冰冷的神情,冷风究竟也刺得人皮肤欲裂。我终于在通俗图书馆里觅得了我的天堂。

　　那里无须买票;阅书室里又装着两个铁火炉。纵使不过是烧着不死不活的煤的火炉,但单是看见装着它,精神上也就总觉得有些温暖。书却无可看:旧的陈腐,新的是几乎没有的。

　　好在我到那里去也并非为看书。另外时常还有几个人,多则十余人,都是单薄衣裳,正如我,各人看各人的书,作为取暖的口实。这于我尤为合式。道路上容易遇见熟人,得到轻蔑的一瞥,但此地却决无那样的横祸,因为他们是永远围在别的铁炉旁,或者靠在自家的白炉边的。

　　那里虽然没有书给我看,却还有安闲容得我想。待到孤身枯坐,回忆从前,这才觉得大半年来,只为了爱,——盲目的爱,——而将别的人生的要义全盘疏忽了。第一,便是生活。人必生活着,爱才有所附丽。世界上并非没有为了奋斗者而开的活路;我也还未忘却翅子的扇动,虽然比先前已经颓唐得多……。

　　屋子和读者渐渐消失了,我看见怒涛中的渔夫,战壕中的兵士,摩托车中的贵人,洋场上的投机家,深山密林中的豪杰,讲台上的教授,昏夜的运动者和深夜的偷儿……。子君,——不在近旁。她的勇气都失掉了,只为着阿随悲愤,为着做饭出神;然而奇怪的是倒也并不怎样瘦损……。

冷了起来，火炉里的不死不活的几片硬煤，也终于烧尽了，已是闭馆的时候。又须回到吉兆胡同，领略冰冷的颜色去了。近来也间或遇到温暖的神情，但这却反而增加我的苦痛。记得有一夜，子君的眼里忽而又发出久已不见的稚气的光来，笑着和我谈到还在会馆时候的情形，时时又很带些恐怖的神色。我知道我近来的超过她的冷漠，已经引起她的忧疑来，只得也勉力谈笑，想给她一点慰藉。然而我的笑貌一上脸，我的话一出口，却即刻变为空虚，这空虚又即刻发生反响，回向我的耳目里，给我一个难堪的恶毒的冷嘲。

子君似乎也觉得的，从此便失掉了她往常的麻木似的镇静，虽然竭力掩饰，总还是时时露出忧疑的神色来，但对我却温和得多了。

我要明告她，但我还没有敢，当决心要说的时候，看见她孩子一般的眼色，就使我只得暂且改作勉强的欢容。但是这又即刻来冷嘲我，并使我失却那冷漠的镇静。

她从此又开始了往事的温习和新的考验，逼我做出许多虚伪的温存的答案来，将温存示给她，虚伪的草稿便写在自己的心上。我的心渐被这些草稿填满了，常觉得难于呼吸。我在苦恼中常常想，说真实自然须有极大的勇气的；假如没有这勇气，而苟安于虚伪，那也便是不能开辟新的生路的人。不独不是这个，连这人也未尝有！

子君有怨色，在早晨，极冷的早晨，这是从未见过的，但也许是从我看来的怨色。我那时冷冷地气愤和暗笑了；她所磨练的思想和豁达无畏的言论，到底也还是一个空虚，而对于这空虚却并未自觉。她早已什么书也不看，已不知道人的生活的第一着是求生，向着这求生的道路，是必须携手同行，或奋身孤往的了，倘使只知道捶着一个人的衣角，那便是虽战士也难于战斗，只得一同灭亡。

我觉得新的希望就只在我们的分离；她应该决然舍去，——我也突然想到她的死，然而立刻自责，忏悔了。幸而是早晨，时间正多，我可以说我的真实。我们的新的道路的开辟，便在这一遭。

我和她闲谈，故意地引起我们的往事，提到文艺，于是涉及外国的文人，文人的作品：《诺拉》，《海的女人》，称扬诺拉的果决……。也还是去年在会馆的破屋里讲过的那些话，但现在已经变成空虚，从我的嘴传入自己的耳中，时时疑心有一个隐形的坏孩子，在背后恶意地刻毒地学舌。

她还是点头答应着倾听，后来沉默了。我也就断续地说完了我的话，连余音都消失在虚空中了。

"是的。"她又沉默了一会，说，"但是，……涓生，我觉得你近来很两样了。可是的？你，——你老实告诉我。"

我觉得这似乎给了我当头一击，但也立即定了神，说出我的意见和主张来：新的路的开辟，新的生活的再造，为的是免得一同灭亡。

临末，我用了十分的决心，加上这几句话：

"……况且你已经可以无须顾虑，勇往直前了。你要我老实说；是的，人是不该虚伪的。我老实说罢：因为，因为我已经不爱你了！但这于你倒好得多，因为你更可以毫无挂念地做事……。"

我同时豫期着大的变故的到来，然而只有沉默。她脸色陡然变成灰黄，死了似的；瞬间便又苏生，眼里也发了稚气的闪闪的光泽。这眼光射向四处，正如孩子在饥渴中寻求着慈爱的母亲，但只在空中寻求，恐怖地回避着我的眼。

我不能看下去了，幸而是早晨，我冒着寒风径奔通俗图书馆。

在那里看见《自由之友》，我的小品文都登出了。这使我一惊，仿佛得了一点生气。我想，生活的路还很多，——但是，现在这样也还是不行的。

我开始去访问久已不相闻问的熟人，但这也不过一两次；他们的屋子自然是暖和的，我在骨髓中却觉得寒冽。夜间，便蜷伏在比冰还冷的冷屋中。

冰的针刺着我的灵魂，使我永远苦于麻木的疼痛。生活的路还很多，我也还没有忘却翅子的扇动，我想。——我突然想到她的死，然而立刻自责，忏悔了。

在通俗图书馆里往往瞥见一闪的光明,新的生路横在前面。她勇猛地觉悟了,毅然走出这冰冷的家,而且,——毫无怨恨的神色。我便轻如行云,漂浮空际,上有蔚蓝的天,下是深山大海,广厦高楼,战场,摩托车,洋场,公馆,晴朗的闹市,黑暗的夜……。

而且,真的,我预感到这新生活便要来到了。

我们总算度过了极难忍受的冬天,这北京的冬天;就如蜻蜓落在恶作剧的坏孩子的手里一般,被系着细线,尽情玩弄,虐待,虽然幸而没有送掉性命,结果也还是躺在地上,只争着一个迟早之间。

写给《自由之友》的总编辑已经有三封信,这才得到回信,信封里只有两张书券:两角的和三角的。我却单是催,就用了九分的邮票,一天的饥饿,又都白挨给于已一无所得的空虚了。

然而觉得要来的事,却终于来到了。

这是冬春之交的事,风已没有这么冷,我也更久地在外面徘徊;待到回家,大概已经昏黑。就在这样一个昏黑的晚上,我照常没精打采地回来,一看见寓所的门,也照常更加丧气,使脚步放得更缓。但终于走进自己的屋子里了,没有灯火;摸火柴点起来时,是异样的寂寞和空虚!

正在错愕中,官太太便到窗外来叫我出去。

"今天子君的父亲来到这里,将她接回去了。"她很简单地说。

这似乎又不是意料中的事,我便如脑后受了一击,无言地站着。

"她去了么?"过了些时,我只问出这样一句话。

"她去了。"

"她,——她可说什么?"

"没说什么。单是托我见你回来时告诉你,说她去了。"

我不信;但是屋子里是异样的寂寞和空虚。我遍看各处,寻觅子君;只见几件破旧而黯淡的家具,都显得极其清疏,在证明着它们毫无隐匿一人一物的能力。我转念寻信或她留下的字迹,也没有;只是盐和干辣椒,面粉,半株白菜,却聚集在一处了,旁边还有几十枚铜元。这是我们两人生活材料的全部，现在她就郑重地将这留给我一个人，在不言中，教我借此去维持较久的生活。

我似乎被周围所排挤，奔到院子中间，有昏黑在我的周围；正屋的纸窗上映出明亮的灯光，他们正在逗着孩子玩笑。我的心也沉静下来，觉得在沉重的迫压中，渐渐隐约地现出脱走的路径：深山大泽，洋场，电灯下的盛筵，壕沟，最黑最黑的深夜，利刃的一击，毫无声响的脚步……。

心地有些轻松，舒展了，想到旅费，并且嘘一口气。

躺着，在合着的眼前经过的豫想的前途，不到半夜已经现尽；暗中忽然仿佛看见一堆食物，这之后，便浮出一个子君的灰黄的脸来，睁了孩子气的眼睛，恳托似的看着我。我一定神，什么也没有了。

但我的心却又觉得沉重。我为什么偏不忍耐几天，要这样急急地告诉她真话的呢？现在她知道，她以后所有的只是她父亲——儿女的债主——的烈日一般的严威和旁人的赛过冰霜的冷眼。此外便是虚空。负着虚空的重担，在严威和冷眼中走着所谓人生的路，这是怎么可怕的事呵！而况这路的尽头，又不过是——连墓碑也没有的坟墓。

我不应该将真实说给子君，我们相爱过，我应该永久奉献她我的说谎。如果真实可以宝贵，这在子君就不该是一个沉重的空虚。谎语当然也是一个空虚，然而临末，至多也不过这样地沉重。

我以为将真实说给子君，她便可以毫无顾虑，坚决地毅然前行，一如我们将要同居时那样。但这恐怕是我错误了。她当时的勇敢和无畏是因为爱。

我没有负着虚伪的重担的勇气，却将真实的重担卸给她了。她爱我之后，就要负了这重担，在严威和冷眼中走着所谓人生的路。

我想到她的死……。我看见我是一个卑怯者，应该被摈于强有力的人们，无论是真实者，虚伪者。然而她却自始至终，还希望我维持较久的生活……。

我要离开吉兆胡同，在这里是异样的空虚和寂寞。我想，只要离开这里，子君便如还在我的身边；至少，也如还在城中，有一天，将要出乎意表地访我，像住在会馆时候似的。

然而一切请托和书信，都是一无反响；我不得已，只好访问一个久不问候的世交去了。他是我伯父的幼年的同窗，以正经出名的拔贡，寓京很久，交游也广阔的。

大概因为衣服的破旧罢，一登门便很遭门房的白眼。好容易才相见，也还相识，但是很冷落。我们的往事，他全都知道了。

"自然，你也不能在这里了，"他听了我托他在别处觅事之后，冷冷地说，"但那里去呢？很难。——你那，什么呢，你的朋友罢，子君，你可知道，她死了。"

我惊得没有话。

"真的？"我终于不自觉地问。

"哈哈。自然真的。我家的王升的家，就和她家同村。"

"但是，——不知道是怎么死的？"

"谁知道呢。总之是死了就是了。"

我已经忘却了怎样辞别他，回到自己的寓所。我知道他是不说谎话的；子君总不会再来的了，像去年那样。她虽是想在严威和冷眼中负着虚空的重担来走所谓人生的路，也已经不能。她的命运，已经决定她在我所给与的真实——无爱的人间死灭了！

自然，我不能在这里了；但是，"那里去呢？"

四围是广大的空虚，还有死的寂静。死于无爱的人们的眼前的黑暗，我仿佛一一看见，还听得一切苦闷和绝望的挣扎的声音。

我还期待着新的东西到来，无名的，意外的。但一天一天，无非是死的寂静。

我比先前已经不大出门，只坐卧在广大的空虚里，一任这死的寂静侵蚀着我的灵魂。死的寂静有时也自己战栗，自己退藏，于是在这绝续之交，便闪出无名的，意外的，新的期待。

一天是阴沉的上午，太阳还不能从云里面挣扎出来；连空气都疲乏着。耳中听到细碎的步声和咻咻的鼻息，使我睁开眼。大致一看，屋子里还是空虚；但偶然看到地面，却盘旋着一匹小小的动物，瘦弱的，半死的，满身灰土的……。

我一细看，我的心就一停，接着便直跳起来。

那是阿随。它回来了。

我的离开吉兆胡同，也不单是为了房主人们和他家女工的冷眼，大半就为着这阿随。但是，"那里去呢？"新的生路自然还很多，我约略知道，也间或依稀看见，觉得就在我面前，然而我还没有知道跨进那里去的第一步的方法。

经过许多回的思量和比较，也还只有会馆是还能相容的地方。依然是这样的破屋，这样的板床，这样的半枯的槐树和紫藤，但那时使我希望，欢欣，爱，生活的，却全都逝去了，只有一个虚空，我用真实去换来的虚空存在。

新的生路还很多，我必须跨进去，因为我还活着。但我还不知道怎样跨出那第一步。有时，仿佛看见那生路就像一条灰白的长蛇，自己蜿蜒地向我奔来，我等着，等着，看看临近，但忽然便消失在黑暗里了。

初春的夜，还是那么长。长久的枯坐中记起上午在街头所见的葬式，前面是纸人纸马，后面是唱歌一般的哭声。我现在已经知道他们的聪明了，这是多么轻松简截的事。

然而子君的葬式却又在我的眼前，是独自负着虚空的重担，在灰白的长路上前行，而又即刻消失在周围的严威和冷眼里了。

我愿意真有所谓鬼魂，真有所谓地狱，那么，即使在孽风怒吼之中，我也将寻觅子君，当面说出我的悔恨和悲哀，祈求她的饶恕；否则，地狱的毒焰将围绕我，猛烈地烧尽我的悔恨和悲哀。

我将在孽风和毒焰中拥抱子君，乞她宽容，或者使她快意……。

但是，这却更虚空于新的生路；现在所有的只是初春的夜，竟还是那么长。我活着，我总得向着新的生路跨出去，那第一步，——却不过是写下我的悔恨和悲哀，为子君，为自己。

我仍然只有唱歌一般的哭声，给子君送葬，葬在遗忘中。

我要遗忘；我为自己，并且要不再想到这用了遗忘给子君送葬。

我要向着新的生路跨进第一步去，我要将真实深深地藏在心的创伤中，默默地前行，用遗忘和说谎做我的前导……。（本篇收入《彷徨》）

（选自童秉国选编：《鲁迅作品精选》，武汉，长江文艺出版社，2008年。）

赏析

《伤逝》写于1925年，收入《彷徨》之前没有发表，是鲁迅唯一的以爱情为题材的小说。

20世纪20年代初，挪威戏剧家易卜生的作品《娜拉》（又译为《玩偶之家》）被译介到中国以后，热衷宣传"婚姻自由""妇女解放"的文艺作品日益增多。《伤逝》中的主人公涓生和子君正是一对被"五四"新文化运动唤醒的知识青年。他们冲破封建家庭的牢笼，打碎旧礼教的枷锁，自由恋爱建立了一个充满希望的小家庭。但他们美妙的幻想不久就被无情的现实所粉碎，头年暮春组建起来的小家庭，第二年初春就解体了，女主人公子君在无爱中死去，男主人公涓生在悔恨和悲哀中挣扎。鲁迅的《伤逝》有别于当时众多的爱情小说，在于他没有停留在反封建反礼教的胜利上，而是写出了大团圆后的悲剧，这是鲁迅的深刻所在。

那么，悲剧的原因是什么？鲁迅想告诉读者什么？我们要紧紧抓住这个问题去读小说，从社会方面、经济方面还有人性本身去分析。社会的解放与进步是个人解放和婚姻自由的前提；"人必生活着，爱才有所附丽""爱情必须时时更新，生长，创造""安宁和幸福是要凝固的"……《伤逝》不仅具有鲜明的时代特征，同时具有深刻的现实意义。

小说采用第一人称、手记的形式，真实感人。加之诗一样的语言、浓郁的抒情性和传神的细节描写，共同谱写了一曲感人肺腑、催人泪下的爱情悲歌。

（陆　明）

| 思考与练习

1. 分析一下子君和涓生的性格特点，子君的勇敢和怯懦都是为什么？涓生为什么离开子君？
2. 鲁迅小说的语言精练传神，以小说中人物外貌描写和细节描写为例，分析体会鲁迅小说语言的艺术功力。
3. "阿随"这个名字有什么含义吗？谈谈你的理解。

老　舍

老舍（1899—1966年），原名舒庆春，字舍予。出生于北京一个贫苦的满族家庭，因而从小就对市民的生活有着深刻的了解和同情。老舍创作的长篇小说有《老张的哲学》《赵子曰》《离婚》《骆驼祥子》《四世同堂》，解放后，写作了《龙须沟》《茶馆》等名剧。1951年被授予"人民艺术家"的光荣称号，1966年8月在"文化大革命"中遭迫害致死。

听来的故事

宋伯公是个可爱的人。他的可爱由于互相关联的两点：他热心交友，舍己从人；朋友托给他的事，他都当作自己的事那样给办理；他永远不怕多受累。因为这个，他的经验所以比一般人的都丰富，他有许多可听的故事。大家爱他的忠诚，也爱他的故事。找他帮忙也好，找他闲谈也好，他总是使人满意的。

对于青岛的樱花，我久已听人讲究过；既然今年有看着的机会，一定不去未免显着自己太别扭；虽然我经验过的对风景名胜和类似樱花这路玩艺的失望使我并不十分热心。太阳刚给嫩树叶油上一层绿银光，我就动身向公园走去，心里说：早点走，省得把看花的精神移到看人上去。这个主意果然不错，树下应景而设的果摊茶桌，还都没摆好呢，差不多除了几位在那儿打扫甘蔗渣子、橘皮和昨天游客们所遗下的一切七零八碎的清道夫，就只有我自己。我在那条樱花路上来回溜达，远观近玩的细细的看了一番樱花。

樱花说不上有什么出奇的地方，它艳丽不如桃花，玲珑不如海棠，清素不如梨花，简直没有什么香味。它的好处在乎"盛"：每一丛有十多朵，每一枝有许多丛；再加上一株挨着一株，看过去是一团团的白雪，微染着朝阳在雪上映出的一点浅粉。来一阵微风，樱树没有海棠那样的轻动多姿，而是整团的雪全体摆动；隔着松墙看过去，不见树身，只见一片雪海轻移，倒还不错。设若有下判断的必要，我只能说樱花的好处是使人痛快，它多、它白、它亮，它使人觉得春忽然发了疯，若是以一朵或一株而论，我简直不能给它六十分以上。

无论怎说吧，我算是看过了樱花。不算冤，可也不想再看，就带着这点心情我由花径中往回走，朝阳射着我的背。走到了梅花路的路头，我疑惑我的眼是有了毛病：迎面来的是宋伯公！这个忙人会有工夫来看樱花！

不是他是谁呢，他从远远的就"嘿喽"，一直"嘿喽"到握着我的手。他的脸朝着太阳，亮得和春光一样。"嘿喽，嘿喽，"他想不起说什么，只就着舌头的便利又补上这么两下。

"你也来看花？"我笑着问。

"可就是，我也来看花！"他松了我的手。

"算了吧，跟我回家溜溜舌头去好不好？"我愿意听他瞎扯，所以不管他怎样热心看花了。

"总得看一下，大老远来的；看一眼，我跟你回家，有工夫；今天我们的头儿逛崂山去，我也放了自己一天的假。"他的眼向樱花那边望了望，表示非去看看不可的样子。我只好陪他再走一遭了。他的看花法和我的大不相同了。在他的眼中，每棵树都像人似的，有历史，有个性，还有名字："看那棵'小歪脖'，今年也长了本事；嘿！看这位'老太太'，居然大卖力气；去年，去年，她才开了，哼，二十来朵花吧！嘿喽！"他立在一棵细高的樱树前面："'小旗杆'，这不行呀，净往云彩里钻，不别枝子！不行，我不看电线杆子，告诉你！"然后他转向我来："去年，它就这么细高，今年还这样，没办法！"

"它们都是你的朋友？"我笑了。

宋伯公也笑了："哼，那边的那一片，几时栽的，哪棵是补种的，我都知道。"

看一下！他看了一点多钟！我不明白他怎么会对这些树感到这样的兴趣。连树干上抹着的白灰，他都得摸一摸，有一片话。诚然，他讲说什么都有趣；可是我对树木本身既没他那样的热诚，所以他的话也就打不到我的心里去。我希望他说些别的。我也看出来，假如我不把他拉走，他是满可以把我说得变成一棵树，一声不出的听他说个三天五天的。

我把他硬扯到家中来。我允许给他打酒买菜；他接收了我的贿赂。他忘了樱花，可是我并想不起一定的事儿来说。瞎扯了半天，我提到孟智辰来。他马上接了过去："提起孟智辰来，那天你见他的经过如何？"

我并不很认识这个孟先生——或者应说孟秘书长——我前几天见过他一面，还是由宋伯公介绍的。我不是要见孟先生，而是必须见孟秘书长；我有件非秘书长不办的事情。"我见着了他，"我说，"跟你告诉我的一点也不差：四棱子脑袋；牙和眼睛老预备着发笑唯恐笑晚了；脸上的神气明明宣布着：我什么也记不住，只能陪你笑一笑。是不是？"宋伯公有点得意他形容人的本事。"可是，对那件事他怎么说？"

"他，他没办法。"

"什么？又没办法？这小子又要升官了！"宋伯公咬上嘴唇，像是想着点什么。

"没办法就又要升官了？"我有点惊异。

"你看，我这儿不是想哪吗？"

我不敢再紧问了，他要说一件事就要说完全了，我必须忍耐的等他想。虽然我的惊异使我想马上问他许多问题，可是我不敢开口；"凭他那个神气，怎能当上秘书长？"这句最先来到嘴边上的，我也咽下去。

我忍耐的等着他，好象避雨的时候渴望黑云裂开一点那样。不久——虽然我觉得仿佛很久——他的眼球里透出点笑光来，我知道他是预备好了。

"哼！"他出了声："够写篇小说的！"

"说吧，下午请你看电影！"

"值得看三次电影的,真的!"宋伯公知道他所有的故事的价值:"你知道,孟秘书长是我大学里的同学?一点不瞎吹!同系同班,真正的同学。那时候,他就是个重要人物:学生会的会长呀,作各种代表呀,都是他。"

"这家伙有两下子?"我问。

"有两下子?连半下子也没有!"

"因为——"

"因为他连半下子没有,所以大家得举他。明白了吧?""大家争会长争得不可开交,"我猜想着:"所以让给他作,是不是?"

宋伯公点了点头:"人家孟先生的本事是凡事无办法,因而也就没主张与意见,最好作会长,或作菩萨。""学问许不错?"没有办事能干的人往往有会读书的聪明,我想。

"学问?哈哈!我和他都在英文系里,人家孟先生直到毕业不晓得莎士比亚是谁。可是他毕了业,因为无论是主任、教授、讲师,都觉得应当,应当,让他毕业。不让他毕业,他们觉得对不起人。人家老孟四年的工夫,没在讲堂上发过问。哪怕教员是条驴呢,他也对着书本发楞,一声不出。教员当然也不问他;即使偶尔问到他,他会把牙露出来,把眼珠收起去,那么一笑。这是天字第一号的好学生,当然得毕业。既准他毕业,大家就得帮助他作卷子,所以他的试卷很不错,因为是教员们给作的。自然,卷子里还有错儿,那可不是教员们作的不好,是被老孟抄错了;他老觉得 M 和 N 是可以通用的,所以把 name 写成 mane,在他,一点也不算出奇。把这些错儿应扣的分数减去,他实得平均分数八十五分,文学士。来碗茶……

"毕业后,同班的先后都找到了事;前些年大学毕业生找事还不像现在这么难。老孟没事。有几个热心教育的同学办了个中学,那时候办中学是可以发财的。他们听说老孟没事,很想拉拔他一把儿,虽然准知道他不行;同学到底是同学,谁也不肯看着他闲起来。他们约上了他。叫他作什么呢,可是?教书,他教不了;训育,他管不住学生;体育,他不会,他顶好作校长。于是他作了校长。他一点不晓得大家为什么让他作校长，可是他也不骄傲，他天生来的是馒头幌子——馒头铺门口放着的那个大馒头，大，体面，木头作的，上着点白漆。

"一来二去不是，同学们看出来这位校长太没用了，可是他既不骄傲，又没主张，生生的把他撑了，似乎不大好意思。于是大家给他运动了个官立中学的校长。这位馒头幌子笑着搬了家。这时候，他结了婚，他的夫人是自幼定下的。她家中很有钱，兄弟们中有两位在西洋留学的。她可是并不认识多少字，所以很看得起她的丈夫。结婚不久，他在校长的椅子上坐不牢了；学校里发生了风潮，他没办法。正在这个时候，他的内兄由西洋回来，得了博士；回来就作了教育部的秘书。老孟一点主意没有，可也并不着急：倒慌了教育局局长——那时候还不叫教育局；管它叫什么呢——这玩艺，免老孟的职简直是和教育部秘书开火；不免职吧，事情办不下去。局长想出条好道，去请示部秘书好了。秘书新由外国回来，还没完全把西洋忘掉，'局长看着办吧。不过，派他去考查教育也好。'局长鞠躬而退；不几天，老孟换了西装，由馒头改成了面包。临走的时候，他的内兄嘱咐他：不必调查教育，安心的念二年书倒是好办法，我可以给你办官费。再来碗热的……

"二年无话，赶老孟回到国来，博士内兄已是大学校长。校长把他安置在历史系，教授。孟教授还是不骄傲，老实不客气的告诉系主任：东洋史，他不熟；西洋史，他知道一点；中国史，他没念过。系主任给了他两门最容易的功课，老孟还是教不了。到了学年终，系主任该重新选过——那时候的主任是由教授们选举的——大家一商议，校长的妹夫既是教不了任何功课，顶好是作主任；主任只须教一门功课就行了。老孟作了系主任，一点也不骄傲，可是挺喜欢自己能少教一门功课，笑着向大家说：我就是得少教功课。好像他一点别的毛病没有，而最适宜当主任似的。有一回我到他家里吃饭，孟夫人指着脸子说他：'我哥哥也留过学，你也留过学，怎么哥哥会作大校长，你怎就不会？'老孟低着头对自己笑了一下：'哼，我作主任合适！'我差点没憋死，我不敢笑出来。"

"后来，他的内兄校长升了部长，他作了编译局局长。叫他作司长吧，他看不懂公事；叫他作秘书吧，他不会写；叫他作编辑委员吧，他不会编也不会译，况且职位也太低。他天生来的该作局长，既不须编，也无须译，又不用天天办公。'哼，我就是作局长合适！'这家伙仿佛很有自知之明似的。可是，我俩是不错的朋友，我不能说我佩服他，也不能说讨厌他。他几乎是一种灵感，一种哲理的化身。每逢当他升官，或是我自己在事业上失败，我必找他去谈一谈。他使我对于成功或失败都感觉到淡漠，使我心中平静。由他身上，我明白了我们的时代——没办法就是办法的时代。一个人无须为他的时代着急，也无须为个人着急，他只须天真的没办法，自然会在波浪上浮着，而相信：'哼，我浮着最合适。'这并不是我的生命哲学，不过是由老孟看出来这么点道理，这个道理使我每逢遇到失败而不去着急。再来碗茶！"

他喝着茶，我问了句："这个人没什么坏心眼？""没有，坏心眼多少需要一些聪明；茶不错，越焖越香！"宋伯公看着手里的茶碗。"在这个年月，凡要成功的必须掏坏；现在的经济制度是大鱼吃小鱼，小鱼吃虾米的制度。掏了坏，成了功；可不见就站得住。三摇两摆，还得栽下来；没有保险的事儿。我说老孟是一种灵感，我的意思就是他有种天才，或是直觉，他无须用坏心眼而能在波浪上浮着，而且浮得很长久。认识了他便认识了保身之道。他没计划，没志愿，他只觉得合适，谁也没法子治他。成功的会再失败；老孟只有成功，无为而治。"

"可是他有位好内兄？"我问了一句。

"一点不错；可是你有那么位内兄，或我有那么位内兄，照样的失败。你，我，不会觉得什么都正合适。不太自傲，便太自贱；不是想露一手儿，便是想故意的藏起一招儿，这便必出毛病。人家老孟自然，糊涂得像条骆驼，可是老那么魁梧壮实，一声不出，能在沙漠里慢慢溜达一个星期！他不去找缝子钻，社会上自然给他预备好缝子，要不怎么他老预备着发笑呢。他觉得合适。你看，现在人家是秘书长；作秘书得有本事，他没有；作总长也得有本事，而且不愿用个有本事的秘书长；老孟正合适。他见客，他作代表，他没意见，他没的可泄露，他老笑着，他有四棱脑袋，种种样样他都合适。没人看得起他，因而也没人忌恨他；没人敢不尊敬他，因为他作什么都合适，而且越作地位越高。学问，志愿，天才，性格，都足以限制个人事业的发展，老孟都没有。要得着一切的须先失去一切，就是老孟。这个人的前途不可限量。我看将来的总统是给他预备着的。你爱信不信！"

"他连一点脾气都没有？"

"没有，纯粹顺着自然。你看，那天我找他去，正赶上孟太太又和他吵呢。我一进门，他笑脸相迎的：'哼，你来得正好，太太也不怎么又炸了。'一点不动感情。我把他约出去洗澡，喝！他那件小褂，多么黑先不用提，破的就像个地板擦子。'哼，太太老不给做新的吗。'这只是陈述，并没有不满意的意思。我请他洗了澡，吃了饭，他都觉得好：'这澡堂子多舒服呀！这饭多好吃呀！'他想不起给钱，他觉得被请合适。他想不起抓外钱，可是他的太太替他收下'礼物'，他也很高兴：'多进俩钱也不错！'你看，他歪打正着，正合乎这个时代的心理——礼物送给太太，而后老爷替礼物说话。他以自己的胡涂给别人的聪明开了一条路。他觉得合适，别人也觉得合适。他好像是个神秘派的诗人，默默中抓住种种现象下的一致的真理。他抓到——虽然他自己并不知道——自古以来中国人的最高的生命理想。"

"先喝一盅吧？"我让他。

他好像没听见。"这像篇小说不？"

"不大像，主角没有强烈的性格！"我假充懂得文学似的。"下午的电影大概要吹？"他笑了笑。"再看看樱花去也好。"

"准请看电影，"我给他斟上一盅酒。"孟先生今年多大？""比我——想想看——比我大好几岁呢。大概有四十八九吧。干吗？呕，我明白了，你怕他不够作总统的年纪？再过几年，五十多岁，正合适！"

（选自老舍：《老舍小说全集》，舒济、舒乙编，武汉，长江文艺出版社，1993年。）

赏析

老舍这部大约完成于20世纪30年代的短篇小说《听来的故事》，保持了他一贯的讽刺和幽默的特点，塑造了一个百无一用而又偏偏不断升官的人，从侧面讽刺了当时社会的荒谬，也揭示出微妙的人情世故。老孟这个角色,是耐人寻味的,他的成功不仅出乎别人的意料,也出乎他自己的意料。而被精明的宋伯公目为抓住了"自古以来中国人的最高的生命理想",就又多了一分可玩味的意境。中国人骨子里的人生理想到底是什么?又有什么价值?从中,读者自会得出自己的结论。

老舍的文笔轻松幽默,写景写人到骨子里却不见用力,火候把握到极佳处。

(高　岩)

思考与练习

1. 分析一下孟先生的性格特点,说一下他为人处世的原则。
2. 找出宋伯公对孟先生的评价,以及他最后一句话的含义。

钱钟书

钱钟书(1910—1998年),字默存,号槐聚,曾用笔名中书君,江苏无锡人,著名学者、作家。主要作品有散文集《写在人生边上》、短篇小说集《人·兽·鬼》、长篇小说《围城》、理论著作《谈艺录》《宋诗选注》《管锥编》等。《围城》于1947年出版,被誉为20世纪40年代的"新儒林外史"。

围城(第三章节选)

……

明天方鸿渐到唐家,唐小姐教女用人请他在父亲书房里坐。见面以后就说:"方先生,你昨天闯了大祸,知道么?"

方鸿渐想一想,笑道:"是不是为了我批评那首诗,你表姐跟我生气?"

"你知道那首诗是谁做的?"她瞧方鸿渐瞪着眼,还不明白——"那首诗就是表姐做的,不是王尔恺的。"

鸿渐跳起来道:"呀?你别哄我,扇子上不是明写着'为文纨小姐录旧作'么?"

"录的就是文纨小姐的旧作。王尔恺跟表伯有往来,还是赵辛楣的上司,家里有太太。可是去年表姐回国,他就讨好个不休不歇,气得赵辛楣人都瘦了。论理,肚子里有大气,应该人膨胀得胖些,你说对不对?后来行政机关搬进内地,他做官心热,才撇下表姐也到里头去了。赵辛楣不肯到内地,也是这个缘故。这扇子就是他送给表姐的,他特请了一个什么人雕刻扇骨子上的花纹,那首诗还是表姐得意之作呢。"

"这文理不通的无聊政客,扇子上落的款不明不白,害我出了岔子,该死该死!怎么办呢?""怎么办呢?好在方先生口才好,只要几句话就解释开了。"

鸿渐被赞,又得意,又谦逊道:"这事弄得太糟了,怕不容易转圜。我回去赶快写封信给你表姐,向她请罪。"

"我很愿意知道这封信怎样写法,让我学个乖,将来也许应用得着。"

"假使这封信去了效果很好,我一定把稿子抄给你看。昨天我走了以后,他们骂我没有?""那诗人说了一大堆话,表姐倒没有讲什么,还说你国文很好。那诗人就引他一个朋友的话,说现代人要国文好,非研究外国文学不可;从前弄西洋科学的人该通外国语文,现在弄中国文学的人也该先精通洋文。那个朋友听说不久要回国,曹元朗要领他来见表姐呢。"

"又是一位宝贝!跟那诗人做朋友的,没有好货。你看他那首什么《拼盘姘伴》,简直不知所云。而且他并不是老实安分的不通,他是仗势欺人,有恃无恐的不通,不通得来头大。""我们程度幼稚,不配开口。不过,我想留学外国有名大学的人不至于像你所说那样糟罢。也许他那首诗是有意开玩笑。"

"唐小姐,现在的留学跟前清的科举功名一样,我父亲常说,从前人不中进士,随你官做得多么大,总抱着终身遗憾。留了学也可以解脱这种自卑心理,并非为高深学问。出洋好比出痘子,出痧子,非出不可。小孩子出过痧痘,就可以安全长大,以后碰见这两种毛病,不怕传染。我们出过洋,也算了了一桩心愿,灵魂健全,见了博士硕士们这些微生虫,有抵抗力来自卫。痘出过了,我们就把出痘这一回事忘了;留过学的人也应把留学这事忘了。像曹元朗那种念念不忘是留学生,到处挂着牛津剑桥的幌子，就像甘心出天花变成麻子，还得意自己的脸像好文章加了密圈呢。"

唐小姐笑道："人家听了你的话，只说你嫉妒他们进的大学比你进的有名。"

鸿渐想不出话来回答，对她傻笑。她倒愿意他有时对答不来，问他道："我昨天有点奇怪，你怎会不知道那首诗是表姐做的。你应该看过她的诗。"

"我和你表姐是这一次回国船上熟起来的，时间很短。以前话都没有谈过。你记得那一天她讲我在学校里的外号是'寒暑表'么？我对新诗不感兴趣，为你表姐的缘故而对新诗发生兴趣，我觉得犯不着。"

"哼，这话要给她知道了——"

"唐小姐，你听我说。你表姐是个又有头脑又有才学的女人，可是——我怎么说呢？有头脑有才学的女人是天生了教愚笨的男人向她颠倒的，因为他自己没有才学，他把才学看得神秘，了不得，五体投地的爱慕，好比没有钱的穷小姐对富翁的崇拜——"

"换句话说，像方先生这样聪明，是喜欢目不识丁的笨女人。"

"女人有女人的特别的聪明，轻盈活泼得跟她的举动一样。比了这种聪明，才学不过是沉淀渣滓。说女人有才学，就仿佛赞美一朵花，说它在天平上称起来有白菜番薯的斤两。真聪明的女人决不用功要做成才女，她只巧妙的偷懒——"

唐小姐笑道："假如她要得博士学位呢？"

"她根本不会想得博士，只有你表姐那样的才女总要得博士。"

"可是现在普通大学毕业亦得做论文。"

"那么，她毕业的那一年，准有时局变动，学校提早结束，不用交论文，就送她毕业。"

唐小姐摇头不信，也不接口，应酬时小意儿献殷勤的话，一讲就完，经不起再讲；恋爱时几百遍讲不厌、听不厌的话，还不到讲的程度；现在所能讲的话，都讲得极边尽限，礼貌不容他冒昧越分。唐小姐看他不作声，笑道："为什么不说话了？"他也笑道："咦，你为什么不说话了?"唐小姐告诉他,本乡老家天井里有两株上百年的老桂树,她小时候常发现树上成群聒噪的麻雀忽然会一声不响,稍停又忽然一齐叫起来,人谈话时也有这景象。

……

褚慎明有生以来,美貌少女跟他讲"心",今天是第一次。他非常激动,夹鼻眼镜泼剌一声直掉在牛奶杯子里,溅得衣服上桌布上都是奶,苏小姐胳膊上也沾了几滴。大家忍不住笑。赵辛楣捺电铃叫跑堂来收拾。苏小姐不敢皱眉,轻快地拿手帕抹去手臂上的飞沫。褚慎明红着脸,把眼镜擦干,幸而没破,可是他不肯戴上,怕看清了大家脸上逗留的余笑。

董斜川道:"好,好,虽然'马前泼水',居然'破镜重圆',慎明兄将来的婚姻一定离合悲欢,大有可观。"

辛楣道:"大家干一杯,预敬我们大哲学家未来的好太太。方先生,半杯也喝半杯。"——辛楣不知道大哲学家从来没有娶过好太太,苏格拉底的太太就是泼妇,褚慎明的好朋友罗素也离了好几次婚。

鸿渐果然说道:"希望褚先生别像罗素那样的三四次的闹离婚。"

慎明板着脸道:"这就是你所学的哲学!"苏小姐道:"鸿渐,我看你醉了,眼睛都红了。"斜川笑得前仰后合。辛楣嚷道:"岂有此理!说这种话非罚一杯不可!"本来敬一杯,鸿渐只需喝一两口,现在罚一杯,鸿渐自知理屈,挨了下去,渐渐觉得另有一个自己离开了身子在说话。

慎明道:"关于 Bertie 结婚离婚的事,我也和他谈过。他引一句英国古话,说结婚仿佛金漆的鸟笼,笼子外面的鸟想住进去,笼内的鸟想飞出来;所以结而离,离而结,没有了局。"苏小姐道:"法国也有这么一句话。不过,不说是鸟笼,说是被围困的城堡(forteresse assiégée),城外的人想冲进去,城里的人想逃出来。鸿渐,是不是?"鸿渐摇头表示不知道。

辛楣道:"这不用问,你还会错吗!"

慎明道:"不管它鸟笼罢,围城罢,像我这种一切超脱的人是不怕围城的。"

……

明天一早方鸿渐醒来,头里还有一条锯齿线的痛,舌头像进门擦鞋底的棕毯。躺到下半天才得爽朗,可以起床。写了一封信给唐小姐,只说病了,不肯提昨天的事。追想起来,对苏小姐真过意不去,她上午下午都来过电话问病。吃了晚饭,因为整天没活动,想踏月散步,苏小姐又来电话,问他好了没有,有没有兴致去夜谈。那天是旧历四月十五,暮春早夏的月亮原是情人的月亮,不比秋冬是诗人的月色,何况月亮团圆,鸿渐恨不能去看唐小姐。苏小姐的母亲和嫂子上电影院去了,用人们都出去逛了,只剩她跟看门的在家。她见了鸿渐,说本来自己也打算看电影去的,叫鸿渐坐一会,她上去加件衣服,两人同到园里去看月。她一下来,鸿渐先闻着刚才没闻到的香味,发现她不但换了衣服,并且脸上唇上都加了修饰。苏小姐领他到六角小亭子里,两人靠栏杆坐了。他忽然省悟这情势太危险,今天不该自投罗网,后悔无及。他又谢了苏小姐一遍,苏小姐又问了他一遍昨晚的睡眠,今天的胃口,当头皎洁的月亮也经不起三遍四遍的赞美,只好都望月不作声。鸿渐偷看苏小姐的脸,光洁得像月光泼上去就会滑下来,眼睛里也闪活着月亮,嘴唇上月华洗不淡的红色变为滋润的深暗。苏小姐知道他在看自己,回脸对他微笑,鸿渐要抵抗这媚力的决心,像出水的鱼,头尾在地上拍动,可是挣扎不起。他站起来道:"文纨,我要走了。"

苏小姐道:"时间早呢,忙什么?还坐一会。"指着自己身旁,鸿渐刚才坐的地方。

"我要坐远一点——你太美了!这月亮会作弄我干傻事。"

苏小姐的笑声轻腻得使鸿渐心里抽痛:"你就这样怕做傻子么?坐下来,我不要你这样正襟危坐,又不是礼拜堂听说教。我问你这聪明人,要什么代价你才肯做傻子?"转脸向他顽皮地问。鸿渐低头不敢看苏小姐,可是耳朵里、鼻子里,都是抵制不了的她,脑子里也浮着她这时候含笑的印象,像漩涡里的叶子在打转:"我没有做傻子的勇气。"

苏小姐胜利地微笑，低声说："Embrasse-moi！"① 说着一阵害羞，奇怪自己竟有做傻子的勇气，可是她只敢躲在外国话里命令鸿渐吻自己。鸿渐没法推避，回脸吻她。这吻的分量很轻，范围很小，只仿佛清朝官场端茶送客时的把嘴唇抹一抹茶碗边，或者从前西洋法庭见证人宣誓时的把嘴唇碰一碰《圣经》，至多像那些信女们吻西藏活佛或罗马教皇的大脚指，一种敬而远之的亲近。吻完了，她头枕在鸿渐肩膀上，像小孩子甜睡中微微叹口气。鸿渐不敢动，好一会，苏小姐梦醒似的坐直了，笑说："月亮这怪东西，真教我们都变了傻子。"

"并且引诱我犯了不可饶恕的罪！我不能再待了。"鸿渐这时候只怕苏小姐会提起订婚结婚，跟自己讨论将来的计划。他不知道女人在恋爱胜利快乐的时候，全想不到那些事情，要有了疑惧，才会要求男人赶快订婚结婚，爱情好有保障。

"我偏不放你走——好，让你走，明天见。"苏小姐看鸿渐脸上的表情，以为他情感冲动得厉害，要失掉自主力，所以不敢留他了。鸿渐一溜烟跑出门，还以为刚才唇上的吻，轻松得很，不当作自己爱她的证据。好像接吻也等于体格检验，要有一定斤两，才算合格似的。

苏小姐目送他走了，还坐在亭子里。心里只是快活，没有一个成轮廓的念头。想着两句话："天上月圆，人间月半，"不知是旧句，还是自己这时候的灵感。今天是四月半，到八月半不知怎样。"孕妇的肚子贴在天上，"又记起曹元朗的诗，不禁一阵厌恶。听见女用人回来了，便站起来，本能地掏手帕在嘴上抹了抹，仿佛接吻会留下痕迹的。觉得剩余的今夜只像海水浴的跳板，自己站在板的极端，会一跳冲进明天的快乐里，又兴奋，又战栗。

方鸿渐回家，锁上房门，撕了五六张稿子，才写成下面的一封信：

文纨女士：

我没有脸再来见你，所以写这封信。从过去直到今夜的事，全是我

---

① 吻我。

不好。我没有借口,我无法解释。我不敢求你谅宥,我只希望你快忘记我这个软弱、没有坦白的勇气的人。因为我真心敬爱你,我愈不忍糟蹋你的友谊。这几个月来你对我的恩意,我不配受,可是我将来永远作为宝贵的回忆。祝你快乐。

惭悔得一晚没睡好,明天到银行叫专差送去。提心吊胆,只怕还有下文。十一点钟左右,一个练习生来请他听电话,说姓苏的打来的,他腿都软了,拿起听筒,预料苏小姐骂自己的话,全行的人都听见。

苏小姐的声音很柔软:"鸿渐么?我刚收到你的信,还没拆呢。信里讲些什么?是好话我就看,不是好话我就不看;留着当了你面拆开来羞你。"

鸿渐吓得头颅几乎下缩齐肩,眉毛上升入发,知道苏小姐误会这是求婚的信,还要撒娇加些波折,忙说:"请你快看这信,我求你。"

"这样着急!好,我就看。你等着,不要挂电话——我看了,不懂你的意思。回头你来解释罢。"

"不,苏小姐,不,我不敢见你——"不能再遮饰了,低声道:"我另有——"怎么说呢?糟透了!也许同事们全在偷听——"我另外有——有个人。"说完了如释重负。

"什么?我没听清楚。"

鸿渐摇头叹气,急得说抽去了脊骨的法文道:"苏小姐,咱们讲法文。我——我爱一个人,——爱一个女人另外,懂?原谅,我求你一千个原谅。"

"你——你这个浑蛋!"苏小姐用中文骂他,声音似乎微颤。鸿渐好像自己耳颊上给她这骂沉重地打一下耳光,自卫地挂上听筒,苏小姐的声音在意识里搅动不住。午时一个人到邻近小西菜馆里去吃饭,怕跟人谈话。忽然转念,苏小姐也许会失恋自杀,慌得什么都吃不进。忙赶回银行,写信求她原谅,请她珍重,把自己作践得一文不值,哀恳她不要留恋。发信以后,心上稍微宽些,觉得饿了,又出去吃东西。四点多钟,同事都要散,他想今天没兴致去看唐小姐了。收发处给他一封电报,他惊惶失措,险以为苏小姐的死信,有谁会打电报来呢?拆开一看,"平成"发出的,好像是湖南一个县名,减少了恐慌,增加了诧异。忙讨本电报明码翻出来是:"敬聘为教挍月薪三百四十元酌送路费盼电霸国立三闾大学校长高松年。""教挍"即"教授"的错误,"电霸"准是"电复"。从没听过三闾大学,想是个战后新开的大学,高松年也不知道是谁,更不知道他聘自己当什么系的教授。不过有国立大学不远千里来聘请,终是增添身价的事,因为战事起了只一年,国立大学教授还是薪水阶级里可企羡的地位。问问王主任,平成确在湖南,王主任要电报看了,赞他实至名归,说点金银行是小地方,蛟龙非池中之物,还说什么三年国立大学教授就等于简任官的资格。鸿渐听得开心,想这真是转运的消息,向唐小姐求婚一定也顺利。今天太值得纪念了,绝了旧葛藤,添了新机会。他晚上告诉周经理夫妇,周经理也高兴,只说平成这地方太僻远了。鸿渐说还没决定答应。周太太说,她知道他先要请苏文纨小姐的许可。她又说老式男女要好得像鸿渐跟苏小姐那样,早结婚了,新式男女没结婚就"心呀,肉呀"的亲密,只怕甜头吃完了,结婚后反而不好。鸿渐笑她只知道个苏小姐。她道:"难道还有旁人么?"鸿渐得意头上,口快说三天告诉她确实消息。她为她死掉的女儿吃醋道:"瞧不出你这样一个人倒是你抢我夺的一块好肥肉!"鸿渐不屑计较这些粗鄙的话,回房间写如下的一封信:

晓芙:

前天所发信,想已寓目。我病全好了;你若补写信来慰问,好比病后一帖补药,还是欢迎的。我今天收到国立三闾大学电报,聘我当教授。校址好像太偏僻些,可是不失为一个机会。我请你帮我决定去不去。你下半年计划怎样?你要到昆明去复学,我也可以在昆明谋个事,假如你进上海的学校,上海就变成我唯一依恋的地方。总而言之,我魇住你,缠着你,冤鬼作祟似的附上你,不放你清静。我久想跟我——啊呀!"你"错写了"我",可是这笔误很有道理,你想想为什么——讲句简单的话，这话在我心里已经复习了几千遍。我深恨发明不来一个新鲜飘忽的说法，只有我可以说，只有你可以听，我说过，你听过，这说法就飞了，过去现在和未来没有第二个男人好对第二个女人这样说。抱歉得很，对绝世无双的你，我只能用几千年经人滥用的话来表示我的情感。你允许我说那句话么？我真不敢冒昧，你不知道我怎样怕你生气。

　　明天一早鸿渐分付周经理汽车夫送去，下午出银行就上唐家。洋车到门口，看见苏小姐的汽车也在，既窘且怕。苏小姐汽车夫向他脱帽，说："方先生来得巧，小姐来了不多一会。"鸿渐胡扯道："我路过，不进去了，"便转个弯回家。想这是撒一个玻璃质的谎，又脆薄，又明亮，汽车夫定在暗笑。苏小姐会不会大讲坏话，破人好事？但她未必知道自己爱唐小姐，并且，这半年来的事讲出来只丢她的脸。这样自譬自慰，他又不担忧了。他明天白等了一天，唐小姐没信来。后天去看唐小姐，女用人说她不在家。到第五天还没信，他两次拜访都扑个空。鸿渐急得眠食都废，把自己的信背了十几遍，字字推敲，自觉并无开罪之处。也许她要读书，自己年龄比她大八九岁，谈恋爱就得结婚，等不了她大学毕业，她可能为这事迟疑不决。只要她答应自己，随她要什么时候结婚都可以，自己一定守节。好，再写封信去，说明天礼拜日求允面谈一次，万事都由她命令。

　　当夜刮大风，明天小雨接大雨，一脉相延，到下午没停过。鸿渐冒雨到唐家，小姐居然在家；他微觉女用人的态度有些异常，没去理会。一见唐小姐，便知道她今天非常矜持，毫无平时的笑容，出来时手里拿个大纸包。他勇气全漏泄了，说："我来过两次，你都不在家，礼拜一的信收到没有？"

　　"收到了。方先生，"——鸿渐听她恢复最初的称呼，气都不敢透——"方先生听说礼拜二也来过，为什么不进来，我那天倒在家。"

　　"唐小姐，"——也还她原来的称呼——"怎么知道我礼拜二来过？"

　　"表姐的车夫看见方先生，奇怪你过门不入，他告诉了表姐，表姐又告诉我。你那天应该进来，我们在谈起你。"

"我这种人值得什么讨论!"

"我们不但讨论,并且研究你,觉得你行为很神秘。"

"我有什么神秘?"

"还不够神秘么?当然我们不知世事的女孩子,莫测高深。方先生的口才我早知道,对自己所作所为一定有很满意中听的解释。大不了,方先生只要说:'我没有借口,我无法解释,'人家准会原谅。对不对?"

"怎么?"鸿渐直跳起来,"你看见我给你表姐的信?"

"表姐给我看的,她并且把从船上到那天晚上的事全告诉我。"

唐小姐脸上添了愤恨,鸿渐不敢正眼瞧她。

"她怎样讲?"鸿渐嗫嚅说;他相信苏文纨一定加油加酱,说自己引诱她、吻她,准备据实反驳。

"你自己做的事还不知道么?"

"唐小姐,让我解释——"

"你'有法解释',先对我表姐去讲。"方鸿渐平日爱唐小姐聪明,这时候只希望她拙口钝腮,不要这样咄咄逼人。"表姐还告诉我几件关于方先生的事,不知道正确不正确。方先生现在住的周家,听说并不是普通的亲戚,是贵岳家,方先生以前结过婚——"鸿渐要插嘴,唐小姐不愧是律师的女儿,知道法庭上盘问见证的秘诀,不让他分辩——"我不需要解释,是不是岳家?是就好了。你在外国这几年有没有恋爱,我不知道。可是你在回国的船上,就看中一位鲍小姐,要好得寸步不离,对不对?"鸿渐低头说不出话——"鲍小姐走了,你立刻追求表姐,直到——我不用再说了。并且,据说方先生在欧洲念书,得到过美国学位——"

鸿渐顿足发恨道:"我跟你吹过我有学位没有?这是闹着玩儿的。"

"方先生人聪明,一切逢场作戏,可是我们这种笨蛋,把你开的玩笑都得认真——"唐小姐听方鸿渐嗓子哽了,心软下来,可是她这时候愈心疼,愈心恨,愈要责罚他个痛快——"方先生的过去太丰富了!我爱的人,我要能够占领他整个生命,他在碰见我以前,没有过去,留着空白等待我——"鸿渐还低头不响——"我只希望方先生前途无量。"

鸿渐身心仿佛通电似的发麻，只知道唐小姐在说自己，没心思来领会她话里的意义，好比头脑里蒙上一层油纸，她的话雨点似的渗不进，可是油纸震颤着雨打的重量。他听到最后一句话，绝望地明白，抬起头来，两眼是泪，像大孩子挨了打骂，咽泪入心的脸。唐小姐鼻子忽然酸了。"你说得对。我是个骗子，我不敢再辩，以后决不来讨厌。"站起来就走。

唐小姐恨不能说："你为什么不辩护呢？我会相信你，"可是只说："那么再会。"她送着鸿渐，希他还有话说。外面雨下得正大，她送到门口，真想留他等雨势稍杀再走。鸿渐披上雨衣，看看唐小姐，瑟缩不敢拉手。唐小姐见他眼睛里的光亮，给那一阵泪滤干了，低眼不忍再看，机械地伸手道："再会——"有时候，"不再坐一会么？"可以撵走人，有时候"再会"可以挽留人；唐小姐挽不住方鸿渐，所以加一句"希望你远行一路平安"。她回卧室去，适才的盛气全消灭了，疲乏懊恼。女用人来告诉道："方先生怪得很，站在马路那一面，雨里淋着。"她忙到窗口一望，果然鸿渐背马路在斜对面人家的篱笆外站着，风里的雨线像水鞭子正侧横斜地抽他漠无反应的身体。她看得心溶化成苦水，想一分钟后他再不走，一定不顾笑话，叫用人请他回来。这一分钟好长，她等不及了，正要分付女用人，鸿渐忽然回过脸来，狗抖毛似的抖擞身子，像把周围的雨抖出去，开步走了。唐小姐抱歉过信表姐，气愤时说话太决绝，又担忧鸿渐失神落魄，别给汽车电车撞死了。看了几次表，过一个钟头，打电话到周家问，鸿渐还没回去，她惊惶得愈想愈怕。吃过晚饭，雨早止了，她不愿意家里人听见，溜出门到邻近糖果店借打电话，心乱性急，第一次打错了，第二次打过了只听对面铃响，好久没人来接。周经理一家三口都出门应酬去了，鸿渐在小咖啡馆里呆坐到这时候才回家，一进门用人便说苏小姐来过电话，他火气直冒，倒从麻木里苏醒过来，他正换干衣服，电话铃响，置之不理，用人跑上来接，一听便说："方少爷，苏小姐电话。"鸿渐袜子没穿好，赤了左脚，跳出房门，拿起话筒，不管用人听见不听见，厉声——只可惜他淋雨受了凉，已开始塞鼻伤风，嗓子没有劲——说："咱们已经断了，断了！听见没有？一次两次来电话干吗？好不要脸！你捣得好鬼！我瞧你一辈子嫁不了人——"忽然发现对方早挂断了，险的要再打电话给苏小姐，逼她听完自己的臭骂。那女用人在楼梯转角听得有趣，赶到厨房里去报告。唐小姐听到"好不要脸"，忙挂上听筒，人都发晕，好容易制住眼泪，回家。

　　这一晚，方鸿渐想着白天的事，一阵阵的发烧，几乎不相信是真的，给唐小姐一条条说破了，觉得自己可鄙可贱得不成为人。明天，他刚起床，唐家包车夫送来一个纸包，昨天见过的，上面没写字，猜准是自己写给她的信。他明知唐小姐不会，然而还希望她会写几句话，借决绝的一刹那让交情多延一口气，忙拆开纸包，只有自己的旧信。他垂头丧气，原纸包了唐小姐的来信，交给车夫走了。唐小姐收到那纸包的匣子，好奇拆开，就是自己送给鸿渐吃的夹心朱古力糖金纸匣子。她知道匣子里是自己的信，不愿意打开，似乎匣子不打开，自己跟他还没有完全破裂，一打开便证据确凿地跟他断了。这样痴坐了不多久——也许只是几秒钟——开了匣盖，看见自己给他的七封信，信封都破了，用玻璃纸衬补的，想得出他急于看信，撕破了信封又手指笨拙地补好。唐小姐心里一阵难受。更发现盒子底衬一张纸，上面是家里的住址跟电话号数，记起这是跟他第一次吃饭时自己写在他书后空页上的，他剪下来当宝贝似的收藏着。她对着发怔，忽然想昨天他电话里的话，也许并非对自己说的；一月前第一次打电话，周家的人误会为苏小姐，昨天两次电话，那面的人一听，就知道是找鸿渐的，毫不问姓名。彼此决裂到这个田地，这猜想还值得证实么？把方鸿渐忘了就算了。可是心里忘不了他，好比牙齿钳去了，齿腔空着作痛，更好比花盆里种的小树，要连根拔它，这花盆就得进碎。唐小姐脾气高傲，宁可忍痛至于生病。病中几天，苏小姐天天来望她陪她，还告诉她已跟曹元朗订婚，兴头上偷偷地把曹元朗求婚的事告诉她。据说曹元朗在十五岁时早下决心不结婚，一见了苏小姐，十五年来的人生观像大地震时的日本房屋。因此，"他自己说，他最初恨我怕我，想躲着我，可是——"苏小姐笑着扭身不说完那句话。求婚是这样的，曹元朗见了面，一股怪可怜的样子，忽然把一个丝绒盒子塞在苏小姐手里，神色仓皇地跑了。苏小姐打开，盒子里盘一条金挂链，头上一块大翡翠，链下压一张信纸。唐小姐问她信上说些什么，苏小姐道："他说他最初恨我，怕我，可是现在——唉，你这孩子最顽皮，我不告诉你。"唐小姐病愈姊姊姊夫邀她到北平过夏。阳历八月底她回上海，苏小姐恳请她做结婚时的宾相。男宾相就是曹元朗那位留学朋友。他见唐小姐，大献殷勤，她厌烦不甚理他。他撇着英国腔向曹元朗说道："Dash it! That girl is forget-me-not and touch-me-not in one, a red rose which has somehow turned into the blue flower."[①] 曹元朗赞他语妙天下，他自以为这句话会传到唐小姐耳朵里。可是唐小姐在吃喜酒后第四天，跟她父亲到香港转重庆去了。

（选自《钱钟书文集》，南昌，江西高校出版社，1999年。）

赏析

《围城》以海外留学回国的方鸿渐为中心，描绘了抗战初期一群留学生和大学教授在恋爱、工作和生活上的种种遭遇，展示了他们空虚、卑微的灵魂和灰色人生。

第三章主要描写了方鸿渐等几个留学生在情场上的角逐。报馆编辑赵辛楣和"新派诗人"曹元朗追逐苏文纨，而苏文纨偏偏钟情于方鸿渐，方鸿渐虽与苏文纨往来，却把心系在苏的表妹唐晓芙身上，一个个为爱情疲于奔命，心机算尽。小说意在表达：人总是苦苦追求得不到的东西，不满足于信手拈来的东西。小说取名"围城"，象征婚姻问题，也包含了人生的所有方面。

主人公方鸿渐有着复杂的思想性格内涵。他是个远离时代大潮，没有明确人生目标，在荒唐和孟浪下尚透出某些真诚与善良的知识分子。

《围城》以杰出的讽刺艺术著称。出色的肖像描写和细腻的心理刻画，使人物形象鲜明突出。象征手法的运用和丰富多彩的比喻，使作品意蕴深广。语言机智俏皮，妙语连珠，令人解颐。

（陆　明）

[①] 真的！那个女孩子是"无忘我草"和"别碰我花"的结合，是红玫瑰变成了蔚蓝花——"蔚蓝花"是浪漫主义遥远理想的象征。

| 思考与练习

1. 摘抄比喻句 20 例,分析钱钟书比喻句式中喻体和被喻体的特点。
2. 分析方鸿渐的形象性格。
3. 钱钟书在《围城》序中写道:"理想不仅是个引诱,并且是个讽刺。在未做之前,它是美丽的对象;在做成以后,它变为惨酷的对照。"谈谈你对这句话的理解。

第二节 现代散文

中国现代散文是在中国古代散文和外国优秀散文的双重养分中发展起来的。清末民初的文学革新运动是它的孕育期,白话散文诞生在"五四"文学革命运动中。

最先脱颖而出的是议论性的散文。《新青年》自 1918 年 4 月起专辟"随感录"一栏,相继刊出陈独秀、刘半农、李大钊、鲁迅、钱玄同、周作人的许多短小精悍、尖锐泼辣的杂感,其他报刊竞相效仿,一时间"随感录"风靡文坛。《新青年》的统一战线分化后,1924 年又组成另一个散文派别语丝派,主要撰稿人是鲁迅、周作人和林语堂,还有钱玄同、俞平伯等,其中鲁迅成就最高,他的早期杂文犀利透辟,辛辣明快,充满了昂扬的战斗激情。

抒情性散文的发轫,稍晚于杂文,大约 1919 年以后,数量才渐趋增多。当时被称为"小品文"或"美文"。后来发展迅速,作者和作品的数量都远远超过了杂文创作。《野草》和《朝花夕拾》是首屈一指的。鲁迅不仅是中国新杂文的祖师,也是中国散文诗的开拓者。"冰心体"散文,赞颂的主题经常是母爱、童真和大自然之美。她的《寄小读者》《往事》,风格典雅清丽,笔调轻松灵活,隐约透露出一缕淡淡的哀愁。朱自清开始创作散文的时间比冰心略迟,他的漂亮精致的抒情散文,具有细腻、真切、深沉的特色。《背影》的问世,使他成为文坛杰出的散文作家。郁达夫是创造社最出色的作家。其散文率真坦诚、恣肆酣畅,带有浓厚的自叙传的色彩,如《还乡记》《日记九种》等。现代评论派徐志摩的散文,也为人注目,具有"志摩式的华丽",文笔潇洒,想象丰富,结构铺张。积极倡导抒情散文的是周作人,他的作品大都收在《自己的园地》《雨天的书》《谈虎集》等集中,既有"浮躁凌厉"的杂文,又有淡雅平和的"美文",后一类散文影响更大。

20世纪30年代,著名的散文作家也很多。一个是以上海开明书店为中心的作家群,有叶圣陶、朱自清、丰子恺、夏丏尊、朱光潜等。他们的风格不尽相同,但写作态度严肃认真,都是积极的人生派。另一个是以《大公报》的文艺副刊为阵地的作家群,包括沈从文、何其芳、李广田、李健吾、萧乾、师陀等。他们主要活动在北方,故人们称之为京派。沈从文的《湘西散记》《湘西》、何其芳的《画梦录》《刻意集》、李广田的《画廊集》《银狐集》都备受人们称道。本时期的散文家还有林语堂、苏雪林、梁遇春、陆蠡等,也各有自己的风韵。

到了20世纪40年代,抗日战争和解放战争期间,散文的内容和格调有了两个较大变化:一是内容上,由"小我"换成"大我",由身边琐事转向时代的血雨腥风,抒发了抗战必胜的爱国信念。茅盾、巴金、丰子恺等人的旅途见闻记,均通过自己颠沛流离的经历,写出了社会百相及自己在战乱时代的遭遇和感受,表现人民必胜的坚定信念。二是许多作家奔向解放区,满腔激情地描写新世界、新事物,展现解放区军民的生活风貌,风格朴实刚健。这以吴伯箫、何其芳、孙犁等人的散文创作最具代表性。这时期值得一提的散文作品,还有梁实秋、钱钟书、张爱玲的作品,都有各自独特的艺术风格。

杨 绛

杨绛(1911—2016年),江苏无锡人,原名杨季康。中国社会科学院外国文学研究员,著名学者、作家、翻译家。1932年考入清华大学研究院西语系,1935—1938年留学英法,回国后从事教学、翻译和文学创作活动。1952年调入中国社科院外文所。主要作品有散文集《干校六记》《将饮茶》《我们仨》《走在人生边上》和长篇小说《洗澡》等。

风

　　为什么天地这般复杂地把风约束在中间？硬的东西把它挡住，软的东西把它牵绕住。不管它怎样猛烈的吹；吹过遮天的山峰，洒脱缭绕的树林，扫过辽阔的海洋，终逃不到天地以外去。或者为此，风一辈子不能平静，和人的感情一样。

　　也许最平静的风，还是拂拂微风。果然纹风不动，不是平静，却是酝酿风暴了。蒸闷的暑天，风重重地把天压低了一半，树梢头的小叶子都沉沉垂着，风一丝不动，可是何曾平静呢？风的力量，已经可以预先觉到，好像蹲伏的猛兽，不在睡觉，正要纵身远跳。只有拂拂微风最平静，没有东西去阻挠它：树叶儿由它撩拨，杨柳顺着它弯腰，花儿草儿都随它俯仰，门里窗里任它出进，轻云附着它浮动，水面被它偎着，也柔和地让它搓揉。随着早晚的温凉、四季的寒暖，一阵微风，像那悠远轻淡的情感，使天地浮现出忧喜不同的颜色。有时候一阵风是这般轻快，这般高兴，顽皮似的一路拍打拨弄。有时候淡淡的带些清愁，有时候润润的带些温柔；有时候亢爽，有时候凄凉。谁说天地无情？它只微微的笑，轻轻的叹息，只许抑制着的风拂拂吹动。因为一放松，天地便主持不住。

　　假如一股流水，嫌两岸缚束太紧，它只要流、流、流，直流到海，便没了边界，便自由了。风呢，除非把它紧紧收束起来，却没法儿解脱它。放松些，让它吹重些吧；树枝儿便拦住不放，脚下一块石子一棵小草都横着身子伸着臂膀来阻挡。窗嫌小，门嫌狭，都挤不过去。墙把它遮住，房子把它罩住。但是风顾得这些么？沙石不妨带着走，树叶儿可以卷个光，墙可以推倒，房子可以掀翻。再吹重些，树木可以拔掉，山石可以吹塌，可以卷起大浪，把大块土地吞没，可以把房屋城堡一股脑儿扫个干净。听它狂嗥狞笑怒吼哀号一般，愈是阻挡它，愈是发狂一般推撞过去。谁还能管它么？地下的泥沙吹在半天，天上的云压近了地，太阳没了光辉，地上没了颜色，直要把天地捣毁，恢复那不分天地的混沌。

　　不过风究竟不能掀翻一角青天，撞将出去。不管怎样猛烈，毕竟闷在小小一个天地中间。吹吧，只能像海底起伏鼓动着的那股力量，掀起一浪，又被压伏下去。风就是这般压在天底下，吹着吹着，只把地面吹起成一片凌乱，自己照旧是不得自由。末了，像盛怒到极点，不能再怒，化成恹恹的烦闷懊恼；像悲哀到极点，转成绵绵幽恨；狂欢到极点，变为凄凉；失望到极点，成了淡漠。风尽情闹到极点，也乏了。不论是严冷的风，蒸热的风，不论是哀号的风，怒叫的风，到末来，渐渐儿微弱下去，剩几声悠长的叹气，便没了声音，好像风都吹完了。

但是风哪里就吹完了呢。只要听平静的时候，夜晚黄昏，往往有几声低吁，像安命的老人，无可奈何的叹息。风究竟还不肯驯伏。或者就为此吧，天地把风这般紧紧的约束着。

四十年代

（选自《杨绛散文》，杭州，浙江文艺出版社，1994年。）

赏析

本篇是杨绛早期散文之一，文中工笔细刻地描绘了风这一自然景物。风是无形无色无味的，作者利用与之相关联的其他景物侧面入笔，通过山峰、树木、海洋、泥沙、云朵、门窗、墙、房屋等写出风的形态，可谓状难写之景如在眼前。这是本篇达到的第一个高度。然而作者的创作目的不是简单地描摹一个难以描写的客观景物，她是透过景物的"形"看到它的"神"，悟到了它的"理"。"风一辈子不能平静，和人的感情一样"，这是画龙点睛的一笔，为一篇单纯的写景散文赋予了神韵和理趣。或者可以说作者构思巧妙，为抽象复杂的大题目——情感找到了一个最恰当的客观对应物，从而达到以形象寓抽象、以小见大、以少胜多的艺术效果。这是本篇的第二个高度。

《风》是作者早期的作品，但无论写作技巧还是人生智慧，都极为成熟。作者喜欢拂拂微风，肯定平和的情感，主张用理智控制情感，细水长流地使用人的情感和精力。

（陆　明）

思考与练习

阅读杨绛《走到人生边上》，谈谈杨绛96岁高龄时的所思所想。

| 备选课文

走到人生边上 （节选）

"我正站在人生的边缘上，向后看看，也向前看看。向后看，我已经活了一辈子，人生一世，为的是什么呢？我要探索人生的价值。向前看呢，我再往前去，就什么都没有了吗？当然，我的躯体火化了，没有了，我的灵魂呢？灵魂也没有了吗？有人说，灵魂来处来，去处去。哪儿来的？又回哪儿去呢？说这话的，是意味着灵魂是上帝给的，死了又回到上帝那儿去。可是上帝存在吗？灵魂不死吗？"

（选自杨绛：《走到人生边上》，北京，商务印书馆，2007年。）

林语堂

林语堂（1895—1976年），原名和乐，后改名玉堂、语堂，福建龙溪人。1912年入上海圣约翰大学。1919年后留学美国、德国。1923年回国，在北京大学、北京女子师范大学任教，支持爱国学生运动。1926年去厦门大学任教，写杂文，并研究语言。1932年后陆续创办《论语》《人间世》和《宇宙风》，推动小品文的创作，成为论语派主要人物。1936年旅居美国从事英文著述。1947年任联合国教科文组织美术与文学主任。1966年自美返中国台湾定居。1967年，受聘为香港中文大学研究教授，主持《当代汉英词典》的编译，1976年病逝于香港。林语堂一生著作甚丰，用中文写的散文集有《剪拂集》《大荒集》《我的话》《进行集》《有不为斋文集》《无所不谈合集》，用英文写的散文、杂文集有《吾国与吾民》《生活的艺术》等。

论 读 书

——十二月八日复旦大学演讲稿，又同月十三日大夏大学演讲

本篇演讲只是谈谈本人对于读书的意见，并不是要训勉青年，亦非敢指导青年。所以不敢训勉青年有两种理由：第一，因为近来常听见贪官污吏到学校致训词，叫学生须有志操，有气节，有廉耻；也有卖国官

僚到大学演讲，劝学生要坚忍卓绝，做富贵不能淫威武不能屈的大丈夫。孟子曰，人之患在好为人师，料想战国的土豪劣绅亦必好训勉当时的青年，所以激起孟子这样不平的话。第二，读书没有什么可以训勉。世上会读书的人，都是书拿起来自己会读。不会读书的人，亦不曾因为指导而变为会读。譬如数学，出五个问题叫学生去做，会做的人是自己脑里做出来的，并非教员教他做出，不会做的人经教员指导，这一题虽然做出，下一题仍旧非指导不可，数学并不会因此高明起来。我所要讲的话于你们本会读书的人，没有什么补助！于你们不会读书的人，也不会使你们变为善读书。所以今日谈谈，亦只是谈谈而已。

读书本是一种心灵的活动，向来算为清高。"万般皆下品，惟有读书高。"所以读书向称为雅事乐事。但是现在雅事乐事已经不雅不乐了。今人读书，或为取资格，得学位，在男为娶美女，在女为嫁贤婿；或为做老爷，踢屁股；或为求爵禄，刮地皮；或为做走狗，拟宣言；或为写讣闻，做贺联；或为当文牍，抄帐簿；或为做相士，占八卦；或为做塾师，骗小孩……诸如此类，都是借读书之名，取利禄之实，皆非读书本旨。亦有人拿父母的钱，上大学，跑百米，拿一块大银盾回家，在我是看不起的，因为这似乎亦非读书的本旨。

今日所谈，亦非指学堂中的读书，亦非指读教授所指定的功课，在学校读书有四不可。（一）所读非书。学校专读教科书，而教科书并不是真正的书。今日大学毕业的人所读的书极其有限。然而读一部《小说概论》，到底不如读《三国》、《水浒》；读一部历史教科书，不如读《史记》。（二）无书可读。因为图书馆存书不多，可读的书极有限。（三）不许读书。因为在课室看书，有犯校规，例所不许。倘是一人自晨至晚上课，则等于自晨至晚被监禁起来，不许读书。（四）书读不好。因为处处受注册部干涉，毛孔骨节，皆不爽快。且学校所教非慎思明辨之学，乃记问之学。记问之学不足为人师，《礼记》早已说过。书上怎样说，你便怎样答，一字不错，叫做记问之学。倘是你能猜中教员心中要你如何答法，照样答出，便得一百分，于是沾沾自喜，自以为西洋历史你知道一百分，其实西洋历史你何尝知道百分之一。学堂所以非注重记问之学不可，是因为便于考试。如拿破仑生卒年月，形容词共有几种，这些不必用头脑，只需强记，然学校考试极其便当，差一年可扣一分；然而事实上于学问无补，你们的教员，也都记不得。要用时自可在百科全书上去查。又如罗马帝国之亡，有三大原因，书上这样讲，你们照样记，然而事实上问题极复杂。有人说罗马帝国之亡，是亡于蚊子（传布寒热疟）。这是书上所无的。

今日所谈的是自由的看书读书：无论是在校，离校，做教员，做学生，做商人，做政客，闲时的读书。这种的读书，得以开茅塞，除鄙见，得新知，增学问，广识见，养性灵。人之初生，都是好学好问，及其长成，受种种俗见俗闻所蔽，毛孔骨节，如有一层包膜，失了聪明，逐渐顽腐。读书便是将此层蔽塞聪明的包膜剥下。能将此层剥下，才是读书人。并且要时时读书，不然便会鄙吝复萌，顽见俗见生满身上，一人的落伍、迂腐、冬烘，就是不肯时时读书所致。所以读书的意义，是使人较虚心，较通达，不固陋，不偏执。一人在世上，对于学问是这样的：幼时认为什么都不懂，大学时自认为什么都懂，毕业后才知道什么都不懂，中年又以为什么都懂，到晚年才觉悟一切都不懂。大学生自以为心理学他也念过，历史地理他亦念过，经济科学也都念过，世界文学艺术声光化电，他也念过，所以什么都懂。毕业以后，人家问他国际联盟在哪里，他说"我书上未念过"，人家又问法西斯蒂在意大利如何，他也说"我书上未念过"，所以觉得什么都不懂。到了中年，许多人娶妻生子，造洋楼，有身分，做名流，戴眼镜，留胡子，拿洋棍，沾沾自喜，那时他的世界已经固定了：女人放胸是不道德，剪发亦不道德，社会主义就是共产党，读《马氏文通》是反动，节制生育是亡种逆天，提倡白话是亡国之先兆，《孝经》是孔子写的，大禹必有其人——意见非常之多而且确定不移，所以又是什么都懂。其实是此种人久不读书，鄙吝复萌所致。此种人不可与之深谈。但亦有常读书的人，老当益壮，其思想每每比青年急进，就是能时时读书所以心灵不曾化石，变为古董。

读书的主旨在于排脱俗气。黄山谷谓人不读书便语言无味，面目可憎。须知世上语言无味面目可憎的人很多，不但商界政界如此，学府中亦颇多此种人。然语言无味，面目可憎，在官僚商贾亦无妨，在读书人是不合理的。所谓面目可憎，不可作面孔不漂亮解，因为并非不能奉承人家，排出笑脸，所以"可憎"；胁肩谄笑，面孔漂亮，便是"可爱"。若欲求美男子小白脸，尽可于跑狗场、跳舞场，及政府衙门中求之。有漂亮面孔，说漂亮话的政客，未必便面貌不可憎。读书与面孔漂亮没有关系，因为书籍并不是雪花膏，读了便会增加你的容辉。所以面目可憎不可憎，在你如何看法。有人看美人专看脸蛋，凡有鹅脸柳眉皓齿朱唇都叫做美人。但是识趣的人如李笠翁看美人专看风韵，李笠翁所谓三分容貌有姿态等于六七分，六七分容貌乏姿态等于三四分。有人面目平常，然而谈起话来，使你觉得可爱；也有满脸脂粉的摩登伽，洋囡囡，做花瓶，做客厅装饰甚好，但一与交谈，风韵全无，便觉得索然无味。黄山谷所谓面目可憎不可憎亦只是指读书人之议论风采说法。若《浮生六记》中的芸，虽非西施面目，并且前齿微露，我却觉得是中国第一美人。男子也是如此看法。章太炎脸孔虽不漂亮，王国维虽有一条辫子，但是他们是有风韵的，不是语言无味面目可憎的，简直可认为可爱。亦有漂亮政客，做武人的兔子姨太太，说话虽然漂亮，听了却令人作呕三日。

　　至于语言无味（着重"味"字），那全看你所读的是什么书及读书的方法。读书读出味来，语言自然有味，语言有味，做出文章亦必有味。有人读书读了半世，亦读不出什么味儿来，那是因为读不合的书，及不得其读法。读书须先知味。这味字，是读书的关键。所谓味，是不可捉摸的，一人有一人胃口，各不相同，所好的味亦异，所以必先知其所好，始能读出味来。有人自幼嚼书本，老大不能通一经，便是食古不化勉强读书所致。袁中郎所谓读所好之书，所不好之书可让他人读之，这是知味的读法。若必强读，消化不来，必生疳积胃滞诸病。

　　口之于味，不可强同，不能因我之所嗜好以强人。先生不能以其所好强学生去读，父亲亦不得以其所好强儿子去读。所以书不可强读，强读必无效，反而有害，这是读书之第一义。有愚人请人开一张必读书目，硬着头皮咬着牙根去读，殊不知读书须求气质相合。人之气质各有不同，英人俗语所谓"在一人吃来是补品，在他人吃来是毒质"。因为听说某书是名著，因为要做通人，硬着头皮去读，结果必毫无所得。过后思之，如做一场噩梦。甚至终身视读书为畏途，提起书名来便头痛。萧伯纳说许多英国人终身不看莎士比亚，就是因为幼年塾师强迫背诵种下的果。许多人离校以后，终身不再看诗，不看历史，亦是旨趣未到学校迫其必修所致。

所以读书不可勉强，因为学问思想是慢慢怀胎滋长出来的。其滋长自有滋长的道理，如草木之荣枯，河流之转向，各有其自然之势。逆势必无成就。树木的南枝遮荫，自会向北枝发展，否则枯槁以待毙。河流遇了矶石悬崖，也会转向，不是硬冲，只要顺势流下，总有流入东海之一日。世上无人人必读之书，只有在某时某地某种心境下不得不读之书。有你所应读，我所万不可读，有此时可读，彼时不可读。即使有必读之书，亦决非此时此刻所必读。见解未到，必不可读，思想发育程度未到，亦不可读。孔子说五十可以学《易》，便是说四十五岁时尚不可读《易经》。刘知几少读古文《尚书》，挨打亦读不来，后听同学读《左传》，甚好之，求授《左传》，乃易成诵。《庄子》本是必读之书，然假使读《庄子》觉得索然无味，只好放弃，过了几年再读。对《庄子》感觉兴味，然后读《庄子》。对马克思感觉兴味，然后读马克思。

且同一本书，同一读者，一时可读出一时之味道来。其景况适如看一名人相片，或读名人文章，未见面时，是一种味道，见了面交谈之后，再看其相片，或读其文章，自有另外一层深切的理会。或是与其人绝交之后，看其照片，读其文章，亦另有一番味道。四十学《易》是一种味道，五十而学《易》，又是一种味道，所以凡是好书都值得重读的。自己见解愈深，学问愈进，愈读得出味道来。譬如我此时重读 Lamb 的论文，比幼时所读全然不同，幼时虽觉其文章有趣，没有真正魂灵的接触，未深知其文之佳境所在。也许我们幼时未进小学，或进小学而未读过地理，或读地理而未觉兴味；然今日逢闽变时翻看闽浙边界地图，便觉津津有味。一人背痛，再去读范增的传，始觉趣味。或是叫许钦文在狱中读清初犯文字狱的文人传记，才别有一番滋味在心头。

由是可知读书有两方面，一是作者，一是读者。程子谓《论语》读者有此等人与彼等人，有读了全然无事者，亦有读了不知手之舞之足之蹈者。所以读书必以气质相近，而凡人读书必找一位同调的先贤，一位气质与你相近的作家，作为老师。这是所谓读书必须得力一家。不可昏头昏脑，听人戏弄，庄子亦好，荀子亦好，苏东坡亦好，程伊川亦好。一人同时爱庄荀，或同时爱苏程，是不可能的事。找到思想相近之作家，找到文学上之情人，必胸中感觉万分痛快，而灵魂上发生猛烈影响，如春雷一鸣，蚕卵孵出，得一新生命，入一新世界。George Eliot 自叙读《卢梭自传》，如触电一般。尼采师叔本华，萧伯纳师易卜生，虽皆非及门弟子，而思想相承，影响极大。当二子读叔本华、易卜生时，思想上起了大影响，是其思想萌芽学问生根之始。因为气质性灵相近，所以乐此不疲，流连忘返，流连忘返，始终可深入，深入后，然后如受春风化雨之赐，欣欣向荣，学业大进。

谁是气质与你相近的先贤，只有你知道，也无需人家指导，更无人能勉强，你找到这样一位作家，自会一见如故。苏东坡初读《庄子》，如有胸中久积的话，被他说出，袁中郎夜读徐文长诗，叫唤起来，叫复读，读复叫，便是此理。这与"一见倾心"之性爱（love at first sight）同一道理。你遇到这样的作家，自会恨相见太晚。一人必有一人中意的作家，各人自己去找去。找到了文学上的爱人，他自会有魔力吸引你，而你也自乐为所吸，甚至声音相貌，一颦一笑，亦渐与相似。这样浸润其中，自然获益不少，将来年事渐长，厌此情人，再找别的情人，到了经过两三个情人，或是四五个情人，大概你自己也已受了熏陶不浅，思想已经成熟，自己也就成了一位作家。若找不到情人，东览西阅，所读的未必能沁入魂灵深处，便是逢场作戏。逢场作戏，不会有心得，学问不会有成就。

知道情人滋味，便知道苦学二字是骗人的话。学者每为"苦学"或"困学"二字所误。读书成名的人，只有乐，没有苦。据说古人读书有追月法，刺股法，及丫头监读法，其实都是很笨。读书无兴味，昏昏欲睡，始拿锥子在股上刺一下，这是愚不可当。一人书本排在面前，有中外贤人向你说极精彩的话，尚且想睡觉，便应当去睡觉，刺股亦无益。叫丫头陪读，等打盹时唤醒你，已是下流，亦应去睡觉，不应读书。而且此法极不卫生。不睡觉，只有读坏身体，不会读出书的精彩来。若已读出书的精彩来，便不想睡觉，故无丫头唤醒之必要。刻苦耐劳，淬砺奋勉是应该的，但不应视读书为苦。视读书为苦，第一着已走了错路。天下读书成名的人皆以读书为乐；汝以为苦，彼却沉湎以为至乐。必如一人打麻将，或如人挟妓冶游，流连忘返，寝食俱废，始读出书来。以我所知国文好的学生，都是偷看几百万言的《三国》、《水浒》而来，决不是一学年读五六十页文选，国文会读好的。试问在偷读《三国》、《水浒》的人，读书有什么苦处？何尝算页数？好学的人，于书无所不窥，窥就是偷看。于书无所不偷看的人，大概学会成名。

有人读书必装腔作势，或嫌板凳太硬，或嫌光线太弱，这就是读书未入门，未觉兴味所致。有人做不出文章，怪房间冷，怪蚊子多，怪稿纸发光，怪马路上电车声音太嘈杂，其实都是因为文思不来，写一句，停一句。一人不好读书，总有种种理由。"春天不是读书天，夏日炎炎最好眠，等到秋来冬又至，不如等待到来年。"其实读书是四季咸宜。古所谓"书淫"之人，无论何时何地可读书皆手不释卷，这样才成读书人样子。顾千里裸体读经，便是一例，即使暑气炎热，至非裸体不可，亦要读经。欧阳修在马上厕上皆可做文章，因为文思一来，非做不可，非必正襟危坐明窗净几才可做文章。一人要读书，则澡堂、马路、洋车上、厕上、图书馆、理发室，皆可读。而且必办到洋车上理发室都必读书，才可以读成书。

读书须有胆识，有眼光，有毅力。胆识二字拆不开，要有识，必敢有自己意见，即使一时与前人不同亦不妨。前人能说得我服，是前人是，前人不能服我，是前人非。人心之不同如其面，要脚踏实地，不可舍己耘人。诗或好李，或好杜，文或好苏，或好韩，各人要凭良知，读其所好，然后所谓好，说得好的道理出来。或竟苏韩皆不好，亦不必惭愧，亦须说出不好的理由来。或某名人文集，众人所称而你独恶之，则或系汝自己学力见识未到，或果然汝是而人非。学力未到，等过几年再读；若学力已到而汝是人非，则将来必发现与汝同情之人。刘知几少时读前后汉书，怪前书不应有《古今人》表，后书宜为更始立纪。当时闻者责以童子轻议前哲，乃"赧然自失，无辞以对"，后来偏偏发现张衡、范晔等，持见与之相同。此乃刘知几之读书胆识。因其读书皆得之襟腑，非人云亦云，所以能著成《史通》一书。如此读书，处处有我的真知灼见，得一分见解，是一分学问，除一种俗见，算一分进步，才不会落入圈套，满口滥调，一知半解，似是而非。

（选自林语堂：《林语堂散文选集》，天津，百花文艺出版社，1989年。）

赏析

　　林语堂关于论读书的文字，值得我们重视。在《大荒集》中有《读书的艺术》《论读书》两篇，是在各大学的演讲稿；在《生活的艺术》一书中有一节名为"读书的艺术"；在他的自传中表述对学校教育看法的文字也占有相当多的笔墨，由此可见，对读书以及学校教育的议论是林语堂一生中感受深刻的话题之一，是其积二十年读书经验而获得的不吐不快的心得。

　　林语堂的读书论主要包括四个方面，即"乐事说""知趣说""情人说"和"胆识说"。这四论并非新鲜的创见，前人有过类似的说法，只不过林语堂说得更加畅达。旧有的理论经过他的心血的滋养而显得更加鲜活生动。

　　林语堂写散文的一个秘诀是"把读者引为知己，向他说真心话，就犹如对老朋友畅所欲言毫无避讳什么一样"。本文作为一篇讲演稿，作者没有板着面孔，没有教训人的口吻，也不摆学者教授的架子，而是以闲谈的方式，将自己对读书的独特见解，用最平实的话讲出来，用最浅显的比方说出来，自然亲切，使听众饶有兴趣地听下去。这种任性畅达、闲谈幽默正是林语堂散文的风格特色。

（陆　明）

思考与练习

1. 结合自己读书的体会讨论林语堂的读书理论。
2. 林语堂批评的当时学校教育的弊端仍然存在于当今的学校教育中。你认为理想的学校教育应该是怎样的？

梁实秋

梁实秋（1903—1987年），学名梁治华，字实秋，现代著名的散文家、学者、文学批评家、翻译家，原籍浙江杭县，生于北京。1915年考入清华学校，后赴美留学。1926年回国后任教于南京东南大学和暨南大学。曾与徐志摩、闻一多创办新月书店，主编《新月》月刊。1948年移居香港，后到台湾。历任台北师范学院英语系主任、英语教研所主任、文学院院长、编译馆馆长。代表作有《雅舍小品》《雅舍谈吃》《看云集》《偏见集》《秋室杂文》、长篇散文集《槐园梦忆》等。译有《莎士比亚全集》等。主编有《远东英汉大辞典》。

女 人[①]

有人说女人喜欢说谎；假如女人所捏撰的故事都能抽取版税，便很容易致富。这问题在什么叫说谎。若是运用小小的机智，打破眼前小小的窘僵，获取精神上小小的胜利，因而牺牲一点点真理，这也可以算是说谎，那么，女人确是比较的富于说谎的天才。有具体的例证。你没有陪过女人买东西吗？尤其是买衣料，她从不干干脆脆的说要做什么衣，要买什么料，准备出多少钱。她必定要东挑西拣，翻天覆地，同时口中念念有词，不是嫌这匹料子太薄，就是怪那匹料子花样太旧，这个不禁洗，那个不禁晒，这个缩头大，那个门面窄，批评得人家一文不值。其实，满不是这么一回事，她只是嫌价码太贵而已！如果价钱便宜，其他的缺点全都不成问题，而且本来不要买的也要购储起来。一个女人若是因为炭贵而不生炭盆，她必定对人解释说："冬天生炭盆最不卫生，到春天容易喉咙痛！"屋顶渗漏，塌下盆大的灰泥，在未修补之前，女人便会向人这样解释："我预备在这地方安装电灯。"自己上街买菜的女人，常常只承认散步和呼吸新鲜空气是她上市的唯一理由。艳羡汽车的女人常常表示她最厌恶汽油的臭味。坐在中排看戏的女人常常说前排的头等座位最不舒适。一个女人馈赠别人，必说："实在买不到什么好的……"其

[①] 本篇及下篇《男人》，作者意在揭女人和男人的丑，而不是把女人和男人都否定。——编者注

实这东西根本不是她买的，是别人送给她的。一个女人表示愿意陪你去上街走走，其实是她顺便要买东西。总之，女人总喜欢拐弯抹角的，放一个小小的烟幕，无伤大雅，颇占体面。这也是艺术，王尔德不是说过"艺术即是说谎"么？这些例证还只是一些并无版权的谎话而已。

女人善变，多少总有些哈姆雷特式，拿不定主意；问题大者如离婚结婚，问题小者如换衣换鞋，都往往在心中经过一读二读三读，决议之后再复议，复议之后再否决，女人决定一件事之后，还能随时做一百八十度的大转弯，做出那与决定完全相反的事，使人无法追随。因为变得急速，所以容易给人以"脆弱"的印象。莎士比亚有一名句："'脆弱'呀，你的名字叫做'女人'！"但这脆弱，并不永远使女人吃亏。越是柔韧的东西越不易摧折。女人不仅在决断上善变，即便是一个小小的别针位置也常变，午前在领扣上，午后就许移到了头发上。三张沙发，能摆出若干阵势；几根头发，能梳出无数花头。讲到服装，其变化之多，常达到荒谬的程度。外国女人的帽子，可以是一根鸡毛，可以是半只铁锅，或是一个畚箕。中国女人的袍子，变化也就够多，领子高的时候可以使她像一只长颈鹿，袖子短的时候恨不得使两腋生风，至于钮扣盘花，滚边镶绣，则更加是变幻莫测。"上帝给她一张脸，她能另造一张出来。""女人是水做的"，是活水，不是止水。

女人善哭。从一方面看，哭常是女人的武器，很少人能抵抗她这泪的洗礼。俗语说："一哭二睡三上吊"，这一哭确实其势难当。但从另一方面看，哭也常是女人的内心的"安全瓣"。女人的忍耐的力量是伟大的，她为了男人，为了小孩，能忍受难堪的委曲。女人对于自己的享受方面，总是属于"斯多亚派"的居多。男人不在家时，她能立刻变成为素食主义者，火炉里能爬出老鼠，开电灯怕费电，再关上又怕费开关。平素既已极端刻苦，一旦精神上再受刺激，便忍无可忍，一腔悲怨天然的化做一把把的鼻涕眼泪，从"安全瓣"中汩汩而出，腾出空虚的心房，再来接受更多的委曲。女人很少破口骂人（骂街便成泼妇，其实甚少），很少揎袖挥拳，但泪腺就比较发达。善哭的也就常常善笑，迷迷的笑，吃吃的笑，格格的笑，哈哈的笑，笑是常驻在女人脸上的，这笑脸常常成为最有效的护照。女人最像小孩,她能为了一个滑稽的姿态而笑得前仰后合,肚皮痛,淌眼泪,以至于翻筋斗!哀与乐都像是常川有备,一触即发。

女人的嘴,大概是用在说话方面的时候多,女孩子从小就往往口齿伶俐,就是学外国语也容易琅琅上口,不像嘴里含着一个大舌头。等到长大之后,三五成群,说长道短,声音脆,嗓门高,如蝉噪,如蛙鸣,真当得好几部鼓吹!等到年事再长,万一堕入"长舌"型,则东家长,西家短,飞短流长,搬弄多少是非,惹出无数口舌;万一堕入"喷壶嘴"型,则琐碎繁杂,絮聒唠叨,一件事要说多少回,一句话要说多少遍,如喷壶下注,万流齐发,当者披靡,不可向迩!一个人给他的妻子买一件皮大衣,朋友问他"你是为使她舒适吗?"那人回答说:"不是,为使她少说些话!"

女人胆小,看见一只老鼠而当场昏厥,在外国不算是奇闻。中国女人胆小不至如此,但是一声霹雷使得她拉紧两个老妈子的手而仍战栗不止,倒是确有其事。这并不是做作,并不是故意在男人面前做态,使他有机会挺起胸脯说:"不要怕,有我在!"她是真怕。在黑暗中或荒僻处,没有人,她怕;万一有人,她更怕!屠牛宰羊,固然不是女人的事,杀鸡宰鱼,也不是不费手脚。胆小的缘故,大概主要的是体力不济,女人的体温似乎较低一些。有许多女人怕发胖而食无求饱,营养不足,再加上怕臃肿而衣裳单薄,到冬天瑟瑟打战,袜薄如蝉翼,把小腿冻得作"浆米藕"色,两只脚放在被里一夜也暖不过来,双手捧热水袋,从八月捧起,捧到明年五月,还不忍释手。抵抗饥寒之不暇,焉能望其胆大。

女人的聪明,有许多不可及处,一根棉线,一下子就能穿入针孔,然后一下子就能在线的尽头处打上一个结子,然后扯直了线在牙齿上砑砑两声,针尖在头发上擦抹两下,便能开始解决许多在人生中并不算小的苦恼,例如缝上衬衣的扣子,补上袜子的破洞之类。至于几根篾棍,一上一下的编出多少样物事,更是令人叫绝。有学问的女人,创辟"沙龙",对任何问题能继续谈论至半小时以上,不但不令人入睡,而且令人疑心她是内行。

（选自梁实秋：《雅舍小品》，长沙，湖南文艺出版社，1992年。）

赏析

梁实秋散文不以知识和学问取胜，他擅长从日常生活和人生百态中选取写作题材，怀着对人生的热爱，兴致勃勃地品尝生活的各种况味。他写女人、男人，写中年、老年，写不同职业身份的各色人等；写吃的东西，写用的东西，写各种大大小小可接触的事物；写每个人都会有的日常生活、社交活动及心理活动。他的话题多如牛毛，囊括人生所有的活动和事理。梁实秋散文在选材上的特点，体现了他一贯的文学主张：写普通的永恒的人性。

在《女人》和《男人》（见备选课文）两篇散文中，梁实秋用夸张的调侃的语调，一一嘲讽了女人和男人的种种缺点，令人捧腹。同样的意思，换个人说也许平淡无奇，但经梁实秋一描绘，风趣就显现出来了。他的散文让人在笑声中认识自我和他人，认识人生和人性。幽默效果的形成可以有许多方法，梁实秋主要运用夸张、比喻、反语和一些别致的说法。

这两篇散文在结构上都整齐如"豆腐块"，每一块讲一个意思，常有鲜明的主题句提示读者，没有旁逸出去的枝枝蔓蔓，线索清晰，极见修剪功夫。

梁实秋博览古今，学贯中西，写起文章来广征博引，风趣典雅，妙语连珠。其语言是经过反复锤炼的上乘的文学语言。文白相间，四字句多，时而排比，时而对偶，整齐又富于变化，音律和谐，辞采华美。

总之，梁实秋散文写得干净利落，挺拔硬朗，又不乏生花妙笔和机智诙谐，表现出简洁雅致的写作特色。 （陆　明）

思考与练习

摘取文中例句说明梁实秋散文的写作特点。

备选课文

男　　人

（梁实秋）

男人令人首先感到的印象是脏！当然，男人当中亦不乏刷洗干净洁身自好的，甚至还有油头粉面衣冠楚楚的，但大体讲来，男人消耗肥皂和水的数量要比较少些。某一男校,对于学生洗澡是强迫的,入浴签名,每周计核,对于不曾入浴的初步惩罚是宣布姓名,最后的断然处置是定期强迫入浴,并派员监视;然而日久玩生,签名簿中尚不无浮冒情事。有些男人,西装裤尽管挺直,他的耳后脖根,土壤肥沃,常常宜于种麦!袜子手绢不知随时洗涤,常常日积月累,到处塞藏,等到无可使用时,再从那一堆污垢存货中拣选比较干净的去应急。有些男人的手绢,拿出来硬像是土灰面制的百果糕,黑糊糊黏成一团,而且内容丰富。男人的一双脚,多半好像是天然的具有泡菜霉干菜再加糖蒜的味道,所谓"濯足万里流"是有道理的,小小的一盆水确是无济于事,然而多少男人却连这一盆水都吝而不用,怕伤元气。两脚既然如此之脏,偏偏有些"逐臭之夫"喜于脚上藏垢纳污之处往复挖掘,然后嗅其手指,引以为乐!多少男人洗脸都是专洗本部,边疆一概不理,洗脸完毕,手背可以不湿,有的男人是在结婚后才开始刷牙。"扪虱而谈"的是男人。还有更甚于此者,曾有人当众搔背,结果是从袖口里面摔出一只老鼠!除了不可挽救的脏相之外,男人的脏大概是由于懒。

对了!男人懒。他可以懒洋洋坐在旋椅上,五官四肢,连同他的脑筋(假如有),一概停止活动,像呆鸟一般;"不闻夫博弈者乎……"那段话是专对男人说的。他若是上街买东西,很少时候能令他的妻子满意,他总是不肯多问几家,怕跑腿,怕费话,怕讲价钱。什么事他都嫌麻烦,除了指使别人替他做的事之外。他像残废人一样,对于什么事都愿坐享其成,而名之曰"室家之乐"。他提前养老,至少提前三二十年。

紧毗连着"懒"的是"馋"。男人大概有好胃口的居多。他的嘴,用在吃的方面的时候多。他吃饭时总要在菜碟里发现至少一时见方的半吋厚的肉,才能算是没有吃素。几天不见肉,他就喊"嘴里要淡出鸟儿来!"若真个三月不知肉味,怕不要淡出毒蛇猛兽来!有一个人半年没有吃鸡,看见了鸡毛帚就流涎三尺。一餐盛馔之后,他的人生观都能改变,对于什么都乐观起来。一个男人在吃一顿好饭的时候,他脸上的表情硬是感谢上天待人不薄;他饭后衔着一根牙签,红光满面,硬是觉得可以骄人。主中馈的是女人,修食谱的是男人。

男子多半自私。他的人生观中有一基本认识,即宇宙一切均是为了他的舒适而安排下来的。除了在做事赚钱的时候不得不忍气吞声的向人奴颜婢膝外,他总是要做出一副老爷相。他的家便是他的国度,他在家里称王。他除了为赚钱而吃苦努力外,他是一个"伊比鸠派",他要享受。他高兴的时候,孩子可以骑在他的颈上,他引颈受骑;他可以像狗似的满地爬;他不高兴时,他看着谁都不顺眼;在外面受了闷气,回到家里来加倍的发作。他不知道女人的苦处。女人对于他的殷勤委曲,在他看来,就如同犬守户、鸡司晨一样稀松平常,都是自然现象。他说他爱女人,其实他不是爱,是享受女人。他不问他给了别人多少,但是他要在别人身上尽量榨取。他觉得他对女人最大的恩惠,便是把赚来的钱全部或部分拿回家来,但是当他把一卷卷的钞票从衣袋里掏出来的时候,他的脸上的表情是骄傲的成分多,亲爱的成分少,好像是在说:"看我!你行么?我这样待你,你多幸运!"他若是感觉到这家不复是他的乐园,他便有多样的藉口不回到家里来。他到处云游,他另辟乐园。他有聚餐会,他有酒会,他有桥会,他有书会画会棋会,他有夜会,最不济的还有个茶馆。他的享乐的方法太多。假如轮回之说不假,下世侥幸依然投胎为人,很少男人情愿下世做女人的。他总觉得这一世生为男身,而享受未足,下一世要继续努力。

"群居终日,言不及义",原是人的通病,但是言谈的内容,却男女有别。女人谈的往往是"我们家的小妹又病了!""你们家每月开销多少?"之类,男人的是另一套,普通的方式,男人的谈话,最后不谈到女人身上便不会散场。这一个题目对男人最有兴味。如果有一个桃色案他们唯恐其和解得太快。他们好议论人家的阴私,好批评别人的妻子的性格相貌。"长舌男"是到处有的,不知为什么这名词尚不甚流行。

(选自梁实秋:《雅舍小品》,长沙,湖南文艺出版社,1992年。)

丰子恺

丰子恺(1898—1975年),名仁,号子恺,浙江桐乡人,散文家、画家和艺术教育家。1919年毕业于浙江省立第一师范学校,1921年赴日学习音乐和美术。先后任教浙江上虞白马湖春晖中学和上海立达学园,1943年起结束教学生涯,专门从事绘画和写作。散文集有《缘缘堂随笔》《车厢社会》《缘缘堂再笔》和《率真集》等。

我与弘一法师[①]

——厦门佛学会讲稿，民国卅七年十一月廿八日

弘一法师是我学艺术的教师，又是我信宗教的导师。我的一生，受法师影响很大。厦门是法师近年经行之地，据我到此三天内所见，厦门人士受法师的影响也很大；故我与厦门人士不啻都是同窗弟兄。今天佛学会要我演讲，我惭愧修养浅薄，不能讲弘法利生的大义，只能把我从弘一法师学习艺术宗教时的旧事，向诸位同窗弟兄谈谈，还请赐我指教。

我十七岁入杭州浙江第一师范，廿岁[②]毕业以后没有升学。我受中等学校以上学校教育，只此五年。这五年间，弘一法师，那时称为李叔同先生，便是我的图画音乐教师。图画音乐两科，在现在的学校里是不很看重的；但是奇怪得很，在当时我们的那间浙江第一师范里，看得比英、国、算还重。我们有两个图画专用的教室，许多石膏模型，两架钢琴，五十几架风琴。我们每天要花一小时去练习图画，花一小时以上去练习弹琴。大家认为当然，恬不为怪，这是什么原故呢？因为李先生的人格和学问，统制了我们的感情，折服了我们的心。他从来不骂人，从来不责备人，态度谦恭，同出家后完全一样，然而个个学生真心的怕他，真心的学习他，真心的崇拜他。我便是其中之一人。因为就人格讲，他的当教师不为名利，为当教师而当教师，用全副精力去当教师。就学问讲，他博学多能，其国文比国文先生更高，其英文比英文先生更高，其历史比历史先生更高，其常识比博物先生更富，又是书法金石的专家，中国话剧的鼻祖。他不是只能教图画音乐，他是拿许多别的学问为背景而教他的图画音乐。夏丏尊先生曾经说："李先生的教师，是有后光的。"像佛菩萨那样有后光，怎不教人崇拜呢？而我的崇拜他，更甚于他人。大约我的气质与李先生有一点相似，凡他所欢喜的，我都欢喜。我在师范学校，一二年级都考第一名；三年级以后忽然降到第二十名，因为我旷废了许多师范生的功课，而专心于李先生所喜的文学艺术，一直到毕

[①] 本篇曾载 1948 年 12 月 12 日《京沪周刊》第 2 卷第 99 期。——编者注
[②] 作者 22 岁毕业于浙江省立第一师范学校。——编者注

业。毕业后我无力升大学，借了些钱到日本去游玩，没有进学校，看了许多画展，听了许多音乐会，买了许多文艺书，一年后回国，一方面当教师，一方面埋头自习，一直自习到现在，对李先生的艺术还是迷恋不舍。李先生早已由艺术而升华到宗教而成正果，而我还彷徨在艺术宗教的十字街头，自己想想，真是一个不肖的学生。

他怎么由艺术升华到宗教呢？当时人都诧异，以为李先生受了什么刺激，忽然"遁入空门"了。我却能理解他的心，我认为他的出家是当然的。我以为人的生活，可以分作三层：一是物质生活，二是精神生活，三是灵魂生活。物质生活就是衣食。精神生活就是学术文艺。灵魂生活就是宗教。"人生"就是这样的一个三层楼。懒得（或无力）走楼梯的，就住在第一层，即把物质生活弄得很好，锦衣玉食，尊荣富贵，孝子慈孙，这样就满足了。这也是一种人生观。抱这样的人生观的人，在世间占大多数。其次，高兴（或有力）走楼梯的，就爬上二层楼去玩玩，或者久居在里头。这就是专心学术文艺的人。他们把全力贡献于学问的研究，把全心寄托于文艺的创作和欣赏。这样的人，在世间也很多，即所谓"知识分子"，"学者"，"艺术家"。还有一种人，"人生欲"很强，脚力很大，对二层楼还不满足，就再走楼梯，爬上三层楼去。这就是宗教徒了。他们做人很认真，满足了"物质欲"还不够，满足了"精神欲"还不够，必须探求人生的究竟。他们以为财产子孙都是身外之物，学术文艺都是暂时的美景，连自己的身体都是虚幻的存在。他们不肯做本能的奴隶，必须追究灵魂的来源，宇宙的根本，这才能满足他们的"人生欲"。这就是宗教徒。世间就不过这三种人。我虽用三层楼为比喻，但并非必须从第一层到第二层，然后得到第三层。有很多人，从第一层直上第三层，并不需要在第二层勾留。还有许多人连第一层也不住，一口气跑上三层楼。不过我们的弘一法师，是一层一层的走上去的。弘一法师的"人生欲"非常之强！他的做人，一定要做得彻底。他早年对母尽孝，对妻子尽爱，安住在第一层楼中。中年专心研究艺术，发挥多方面的天才，便是迁居在二层楼了。强大的"人生欲"不能使他满足于二层楼，于是爬上三层楼去，做和尚，修净土，研戒律，这是当然的事，毫不足怪的。做人好比喝酒：酒量小的，喝一杯花雕酒已经醉了，酒量大的，喝花雕嫌淡，必须喝高粱酒才能过瘾。文艺好比是花雕，宗教好比是高粱。弘一法师酒量很大，喝花雕不能过瘾，必须喝高粱。我酒量很小，只能喝花雕，难得喝一口高粱而已。但喝花雕的人，颇能理解喝高粱者的心。故我对于弘一法师的由艺术升华到宗教，一向认为当然，毫不足怪的。

艺术的最高点与宗教相接近。二层楼的扶梯的最后顶点就是三层楼，所以弘一法师由艺术升华到宗教，是必然的事。弘一法师在闽中，留下不少的墨宝。这些墨宝，在内容上是宗教的，在形式上是艺术的——书法。闽中人士久受弘一法师的熏陶，大都富有宗教信仰及艺术修养。我这初次入闽的人，看见这情形，非常歆羡，十分钦佩！

前天参拜南普陀寺，承广洽法师的指示，瞻观弘一法师的故居及其手种杨柳，又看到他所创办的佛教养正院。广义法师要我为养正院书联，我就集唐人诗句："须知诸相皆非相，能使无情尽有情"，写了一副。这对联挂在弘一法师所创办的佛教养正院里，我觉得很适当。因为上联说佛经，下联说艺术，很可表明弘一法师由艺术升华到宗教的意义。艺术家看见花笑，听见鸟语，举杯邀明月，开门迎白云，能把自然当作人看，能化无情为有情，这便是"物我一体"的境界。更进一步，便是"万法从心"、"诸相非相"的佛教真谛了。故艺术的最高点与宗教相通。最高的艺术家有言："无声之诗无一字，无形之画无一笔。"可知吟诗描画，平平仄仄，红红绿绿，原不过是雕虫小技，艺术的皮毛而已。艺术的精神，正是宗教的。古人云："文章一小技，于道未为尊。"又曰："太上立德，其次立言。"弘一法师教人，亦常引用儒家语："士先器识而后文艺。"所谓"文章"，"言"，"文艺"，便是艺术；所谓"道"，"德"，"器识"，正是宗教的修养。宗教与艺术的高下重轻，在此已经明示；三层楼当然在二层楼之上的。

我脚力小，不能追随弘一法师上三层楼，现在还停留在二层楼上，斤斤于一字一笔的小技，自己觉得很惭愧。但亦常常勉力爬上扶梯，向三层楼上望望。故我希望：学宗教的人，不须多花精神去学艺术的技巧，因为宗教已经包括艺术了。而学艺术的人，必须进而体会宗教的精神，其艺术方有进步。久驻闽中的高僧，我所知道的还有一位太虚法师。他是我的小同乡，从小出家的。他并没有弄艺术，是一口气跑上三层楼的。但他与弘一法师，同样地是旷世的高僧，同样地为世人所景仰。可知在世间，宗教高于一切。在人的修身上，器识重于一切。太虚法师与弘一法师，异途同归，各成正果。文艺小技的能不能，在大人格上是毫不足道的。我愿与闽中人士以二法师为模范而共同勉励。

（选自丰陈宝、丰一吟：《丰子恺文集》，第6卷，杭州，浙江文艺出版社、浙江教育出版社，1992年。）

赏析

丰子恺一生深受佛教的影响。他尊敬的老师李叔同（弘一法师）最终抛弃尘缘而出家做了和尚，丰子恺受老师影响很大，虽然没有出家，却是一名佛教居士。《我与弘一法师》阐述了丰子恺对人生、艺术和宗教的看法，说得极其清晰又生动形象，是理解丰子恺人生观的一篇重要文章。

丰子恺用了一个通俗又新鲜的比喻，将人的生活和追求分成三层楼，即一楼的物质生活、二楼的精神生活和三楼的灵魂生活。他坦言自己因为"脚力小"，始终是一个处在二楼上的艺术家，"斤斤于一字一笔的小技"。但他视宗教高于一切。"艺术的最高点与宗教接近。二层楼的扶梯的最后顶点就是三层楼"，"艺术的精神，正是宗教的"。"学艺术的人，必须进而体会宗教的精神，其艺术方有进步"。

丰子恺的写作风格和林语堂有相同之处，他们都擅长"谈话风"。他不刻意讲究写作技巧，也不苦心经营结构布局，写得随意、自然又亲切，形成平易晓畅的风格。这与其率真的个性相吻合。他的人生态度和人生趣味构成一种魔力，吸引着读者，使之获得一种精神上的享受。　　　　（陆　明）

思考与练习

丰子恺在《读〈读缘缘堂随笔〉》中说："记得某批评家说：'文艺创作是盲进的，不期然而然的'。我过去写了许多文章，自己的确没有知道文章的形状如何。我只是爱这么写就这么写而已。故所谓'盲进'，'不期然而然的'，我觉得确是真话。"从这段表白中，我们可以窥见丰子恺的写作态度。他倾向于"盲进"的说法，认为写作是信笔所至的事情。试谈谈你的看法。

张爱玲

张爱玲（1920—1995 年），本名张瑛，出生在上海一个显赫的家庭，祖父张佩纶是清末名臣，祖母是李鸿章的长女。张爱玲一生创作大量文学作品，包括小说、散文、电影剧本以及文学论著，主要作品有小说集《传奇》和散文集《流言》。1952 年去香港，1973 年，张爱玲定居洛杉矶。

烬 余 录

我与香港之间已经隔了相当的距离了——几千里路，两年，新的事，新的人。战时香港所见所闻，唯其因为它对于我有切身的，剧烈的影响，当时我是无从说起的。现在呢，定下心来了，至少提到的时候不至于语无伦次。然而香港之战予我的印象几乎完全限于一些不相干的事。

我没有写历史的志愿，也没有资格评论史家应持何种态度，可是私下里总希望他们多说点不相干的话。现实这样东西是没有系统的，像七八个话匣子同时开唱，各唱各的，打成一片混沌。在那不可解的喧嚣中偶然也有清澄的，使人心酸眼亮的一刹那，听得出音乐的调子，但立刻又被重重黑暗拥上来，淹没了那点了解。画家，文人，作曲家将零星的，凑巧发现的和谐联系起来，造成艺术上的完整性。历史如果过于注重艺术上的完整性，便成为小说了。像威尔斯的《历史大纲》，所以不能跻于正史之列，便是因为它太合理化了一点，自始至终记述的是小我与大我的斗争。

清坚决绝的宇宙观，不论是政治上的还是哲学上的，总未免使人嫌烦。人生的所谓"生趣"全在那些不相干的事。

在香港，我们初得到开战的消息的时候，宿舍里的一个女同学发起急来，道："怎么办呢？没有适当的衣服穿！"她是有钱的华侨，对于社交上不同的场合需要的不同的行头，从水上跳舞会到隆重的晚餐，都有充分的准备，但是她没想到打仗。后来她借到了一件宽大的灰色棉袍，对于头上营营飞绕的空军大约是没有多少吸引力的。逃难的时候，宿舍的学生"各自奔前程"。战后再度相见，她剪短了头发，梳了男式的菲律宾头，那在香港是风行一时的，为了可以冒充男性。

  战争期中各人不同的心理反应，确与衣服有关。譬如说，苏雷珈，苏雷珈是马来半岛一个偏僻小镇的西施，瘦小，棕黑皮肤，睡沉沉的眼睛与微微外露的白牙。像一般的受过修道院教育的女孩子，她是天真得可耻。她选了医科。医科要解剖人体，被解剖的尸体穿衣服不穿？苏雷珈曾经顾虑到这一层，向人打听过。这笑话在学校里早出了名。

  一个炸弹掉在我们宿舍的隔壁，舍监不得不督促大家避下山去。在急难中苏雷珈并没忘记把她最显焕的衣服整理起来，虽经许多有见识的人苦口婆心地劝阻，她还是在炮火下将那只累赘的大皮箱设法搬运下山。苏雷珈加入防御工作，在红十会分所充当临时看护，穿着赤铜底绿寿字的织锦缎棉袍蹲在地上劈柴生火，虽觉可惜，也还是值得的。那一身伶俐的装束给了她空前的自信心，不然，她不会同那些男护士混得那么好。同他们一起吃苦，担风险，开玩笑，她渐渐惯了，话也多了，人也干练了。战争对于她是很难得的教育。

  至于我们大多数的学生，我们对于战争所抱的态度，可以打个譬喻，是像一个人坐在硬板凳上打瞌盹，虽然不舒服，而且没结没完地抱怨着，到底还是睡着了。

  能够不理会的，我们一概不理会。出生入死，沉浮于最富色彩的经验中，我们还是我们，一尘不染，维持着素日的生活典型。有时候仿佛有点反常，然而仔细分析起来，还是一贯作风。像艾芙林，她是从中国内地来的，身经百战，据她自己说是吃苦耐劳，担惊受怕惯了的。可是轰炸我们邻近的军事要塞的时候，艾芙林第一个受不住，歇斯底里起来，大哭大闹，说了许多可怖的战争的故事，把旁边的女学生一个个吓得面无人色。

  艾芙林的悲观主义是一种健康的悲观。宿舍里的存粮看看要完了，但是艾芙林比平时吃得特别多，而且劝我们大家努力地吃，因为不久便没的吃了。我们未尝不想极力撙节，试行配给制度，但是她百般阻挠，她整天吃饱了就坐在一边啜泣，因而得了便秘症。

我们聚集在宿舍的最下层，黑漆漆的箱子间里，只听见机关枪"忒啦啦啪啪"像荷叶上的雨。因为怕流弹，小大姐不敢走到窗户跟前迎着亮洗菜，所以我们的菜汤里满是蠕蠕的虫。

同学里只有炎樱胆大，冒死上城去看电影——看的是五彩卡通——回宿舍后又独自在楼上洗澡，流弹打碎了浴室的玻璃窗，她还在盆里从容地泼水唱歌，舍监听见歌声，大大地发怒了。她的不在乎仿佛是对众人的恐怖的一种讽嘲。

港大停止办公了，异乡的学生被迫离开宿舍，无家可归，不参加守城工作，就无法解决膳宿问题。我跟着一大批同学到防空总部去报名，报了名领了证章出来就遇着空袭。我们从电车上跳下来向人行道奔去，缩在门洞子里，心里也略有点怀疑我们是否尽了防空团员的责任。——究竟防空员的责任是什么，我还没来得及弄明白，仗已经打完了。——门洞子里挤满了人，有脑油气味的，棉墩墩的冬天的人。从人头上看出去，是明净的浅蓝的天。一辆空电车停在街心，电车外面，浅浅的太阳，电车里面也是太阳——单只这电车便有一种原始的荒凉。

我觉得非常难受——竟会死在一群陌生人之间么？可是，与自己家里人死在一起，一家骨肉被炸得稀烂，又有什么好处呢？有人大声发出命令："摸地！摸地！"哪儿有空隙让人蹲下地来呢？但是我们一个磕在一个的背上，到底是蹲下来了。飞机往下扑，砰的一声，就在头上。我把防空员的铁帽子罩住了脸，黑了好一会，才知道我们并没有死，炸弹落在对街。一个大腿上受了伤的青年店伙被抬进来了，裤子卷上去，稍微流了点血。他很愉快，因为他是群众的注意集中点。门洞子外的人起先捶门捶不开，现在更理直气壮了，七嘴八舌嚷："开门呀，有人受了伤在这里！开门！开门！"不怪里面不敢开，因为我们人太杂了，什么事都做得出。外面气得直骂"没人心"，到底里面开了门，大家一哄而入，几个女太太和女佣木着脸不敢做声，穿堂里的箱笼，过后是否短了几只，不得而知。飞机继续掷弹，可是渐渐远了。警报解除之后。大家又不顾命地轧上电车，唯恐赶不上，牺牲了一张电车票。

我们得到了历史教授佛朗士被枪杀的消息——是被他们自己人打死的。像其他的英国人一般，他被征入伍。那天他在黄昏后回到军营里去，大约是在思索着一些什么，没听见哨兵的吆喝，哨兵就放了枪。

佛朗士是一个豁达的人，彻底地中国化，中国字写得不错（就是不大知道笔画的先后），爱喝酒，曾经和中国教授们一同游广州，到一个名声不大好的尼姑庵里去看小尼姑。他在人烟稀少处造有三幢房屋，一幢专门养猪。家里不装电灯自来水，因为不赞成物质文明。汽车倒有一辆，破旧不堪，是给仆欧买菜赶集用的。

他有孩子似的肉红脸，磁蓝眼睛，伸出来的圆下巴，头发已经稀了，颈上系一块暗败的蓝卐字宁绸作为领带。上课的时候他抽烟抽得像烟囱。尽管说话，嘴唇上永远险伶伶地吊着一支香烟，跷板似的一上一下，可是却也不会落下来。烟蒂子他顺手向窗外一甩，从女学生蓬松的鬈发上飞过，很有着火的危险。

他研究历史很有独到的见地。官样文字被他耍着花腔一念，便显得十分滑稽。我们从那里得到一点历史的亲切感和扼要的世界观，可以从他那里学到的还有很多很多，可是他死了——最无名目的死。第一，算不了为国捐躯。即使是"光荣殉国"，又怎样？他对于英国的殖民地政策没有多大同情，但也看得很随便，也许因为世界上的傻事不止那一件。每逢志愿兵操演，他总是拖长了声音通知我们："下礼拜一不能同你们见面了，孩子们，我要去练武功。"想不到"练武功"竟送了他的命——一个好先生，一个好人。人类的浪费……

围城中种种设施之糟与乱，已经有好些人说在我头里了。政府的冷藏室里，冷气管失修，堆积如山的牛肉，宁可眼看着它腐烂，不肯拿出来。做防御工作的人只分到米与黄豆，没有油，没有燃料。各处的防空机关只忙着争柴争米，设法喂养手下的人员，哪儿有闲工夫去照料炸弹？接连两天我什么都没吃，飘飘然去上工。当然，像我这样不尽职的人，受点委屈也是该当的。在炮火下我看完了《官场现形记》。小时候看过而没能领略它的好处，一直想再看一遍。一面看，一面担心能够不能够容我看完。字印得极小，光线又不充足，但是，一个炸弹下来，还要眼睛做什么呢？——"皮之不存，毛将焉附？"

围城的十八天里，谁都有那种清晨四点钟的难挨的感觉——寒噤的黎明，什么都是模糊，瑟缩，靠不住。回不了家，等回去了，也许家已经不存在了。房子可以毁掉，钱转眼可以成废纸，人可以死，自己更是朝不保暮。像唐诗上的"凄凄去亲爱，泛泛入烟雾"，可是那到底不像这里的无牵无挂的虚空与绝望。人们受不了这个，急于攀住一点踏实的东西，因而结婚了。

有一对男女到我们办公室里来向防空处长借汽车去领结婚证书。男的是医生，在平日也许并不是一个"善眉善眼"的人，但是他不时的望着他的新娘子，眼里只有近于悲哀的恋恋的神情。新娘是看护，矮小，红颧骨，喜气洋洋，弄不到结婚礼服，只穿着一件淡绿绸夹袍，镶着墨绿花边。他们来了几次，一等等上几个钟头，默默对坐，对看，熬不住满脸的微笑，招得我们全笑了。实在应当谢谢他们给带来无端的快乐。

到底仗打完了。乍一停，很有一点弄不懂，和平反而使人心乱，像喝醉酒似的。看见青天上的飞机，知道我们尽管仰着脸欣赏它而不至于有炸弹落在头上，单为这一点便觉得它很可爱。冬天的树，凄迷稀薄像淡黄的云；自来水管子里流出来的清水，电灯光，街头的热闹，这些又是我们的了。第一，时间又是我们的了——白天，黑夜，一年四季——我们暂时可以活下去了，怎不叫人欢喜得发疯呢？就是因为这种特殊的战后精神状态。一九二○年在欧洲号称"发烧的一九二○年"。

我记得香港陷落后我们怎样满街的找寻冰淇淋和嘴唇膏。我们撞进每一家吃食店去问可有冰淇淋。只有一家答应说明天下午或许有，于是我们第二天步行十来里路去践约，吃到一盘昂贵的冰淇淋，里面吱格吱格全是冰屑子。街上摆满了摊子，卖胭脂，西药，罐头牛羊肉，抢来的西装，绒线衫，累丝窗帘，雕花玻璃器皿，整匹的呢绒。我们天天上城买东西，名为买，其实不过是看看而已。从那时候起我学会了怎样以买东西当作一件消遣。——无怪大多数的女人乐此不疲。

香港重新发现了"吃"的喜悦。真奇怪，一件最自然，最基本的功能，突然得到过分的注意，在情感的光强烈的照射下，竟变成下流的，反常的。在战后的香港，街上每隔五步十步便蹲着个衣冠济楚的洋行职员模样的人，在小风炉上炸一种铁硬的小黄饼。香港城不比上海有作为，新的投机事业发展得极慢。许久许久，街上的吃食仍旧为小黄饼所垄断。渐渐有试验性质的甜面包，三角饼，形迹可疑的椰子蛋糕。所有的学校教员，店伙，律师，帮办，全都改行做了饼师。

我们立在摊头上吃滚油煎的萝卜饼，尺来远脚底下就躺着穷人的青紫的尸首。上海的冬天也是那样的罢？可是至少不是那么尖锐肯定。香港没有上海有涵养。

因为没有汽油，汽车行全改了吃食店，没有一家绸缎铺或药房不兼卖糕饼。香港从来没有这样馋嘴过。宿舍里的男女学生整天谈讲的无非是吃。

在这狂欢的气氛里，唯有乔纳生孤单单站着，充满了鄙夷和愤恨。乔纳生也是个华侨学生，曾经加入志愿军上阵打过仗。他大衣里只穿着一件翻领衬衫，脸色苍白，一绺头发垂在眉间，有三分像诗人拜伦，就可惜是重伤风。乔纳生知道九龙作战的情形。他最气的便是他们派两个大学生出壕沟去把一个英国兵抬进来——"我们两条命不抵他们一条。招兵的时候他们答应特别优待，让我们归我们自己的教授管辖，答应了全不算话！"他投笔从戎之际大约以为战争是基督教青年会所组织的九龙远足旅行。

休战后我们在"大学堂临时医院"做看护。除了由各大医院搬来的几个普通病人，其余大都是中流弹的苦力与被捕时受伤的趁火打劫者。有一个肺病患者比较有点钱，雇了另一个病人服侍他，派那人出去采办东西，穿着宽袍大袖的病院制服满街跑，院长认为太不成体统了，大发脾气，把二人都撵了出去。另有个病人将一卷绷带，几把手术刀叉，三条病院制服的裤子藏在褥单底下，被发觉了。

难得有那么戏剧化的一刹那。病人的日子是悠长得不耐烦的。上头派下来叫他们拣米，除去里面的沙石与稗子。因为实在没事做，他们似乎很喜欢这单调的工作。时间一长，跟自己的伤口也发生了感情。在医院里，各个不同的创伤就代表了他们整个的个性。每天敷药换棉花的时候，我看见他们用温柔的眼光注视新生的鲜肉，对之仿佛有一种创造性的爱。

他们住在男生宿舍的餐室里。从前那间房里充满了喧哗——留声机上唱着卡门麦兰达的巴西情歌，学生们动不动就摔碗骂厨子。现在这里躺着三十几个沉默，烦躁，有臭气的人，动不了腿，也动不了脑筋，因为没有思想的习惯。枕头不够用，将他们的床推到柱子跟前，他们头抵在柱子上，颈项与身体成九十度角。就这样眼睁睁躺着，每天两顿红米饭，一顿干，一顿稀。太阳照亮了玻璃门，玻璃上糊的防空纸条经过风吹雨打，已经撕去了一大半了，斑驳的白迹子像巫魇的小纸人，尤其在晚上，深蓝的玻璃上现出奇形怪状的小白魍魉的剪影。

我们倒也不怕上夜班，虽然时间特别长，有十小时。夜里没有什么事做。病人大小便，我们只消走出去叫一声打杂的："二十三号要屎乓。"（"乓"是广东话，英文 pan 的音译）或是"二十三号要溺壶。"我们坐在屏风背后看书，还有宵夜吃，是特地给送来的牛奶面包。唯一的遗憾便是：病人的死亡，十有八九是在深夜。

有一个人，尻骨生了奇臭的蚀烂症。痛苦到了极点，面部反倒近于狂喜……眼睛半睁半闭，嘴拉开了仿佛痒丝丝抓捞不着地微笑着。整夜地叫唤："姑娘啊！姑娘啊！"悠长地，颤抖地，有腔有调。我不理。我是一个不负责任的，没良心的看护。我恨这个人，因为他在那里受磨难。终于一房间的病人都醒过来了。他们看不过去，齐声在叫"姑娘"。我不得不走出来，阴沉地站在他床前，问道："要什么？"他想了一想，呻吟道："要水。"他只要人家给他点东西，不拘什么都行。我告诉他厨房里没有开水，又走开了。他叹口气，静了一会，又叫起来，叫不动了，还哼哼："姑娘啊……姑娘呵……哎，姑娘啊……"

三点钟，我的同伴正在打瞌睡，我去烧牛奶，老着脸抱着肥白的牛奶瓶穿过病房往厨下去。多数的病人全都醒了，眼睁睁望着牛奶瓶，那在他们眼中是比卷心百合花更为美丽的。

香港从来未曾有过这样寒冷的冬天。我用肥皂去洗那没盖子的黄铜锅，手疼得像刀割。锅上腻着油垢，工役们用它煨汤，病人用它洗脸。我把牛奶倒进去，铜锅坐在蓝色的煤气火焰中，像一尊铜佛坐在青莲花上，澄静，光丽。但是那拖长腔的"姑娘啊！姑娘啊！"追踪到厨房里来了。小小的厨房只点一支白蜡烛，我看守着将沸的牛奶，心里发慌，发怒，像被猎的兽。

这人死的那天我们大家都欢欣鼓舞。是天快亮的时候，我们将他的后事交给有经验的职业看护，自己缩到厨房里去。我的同伴用椰子油烘了一炉小面包，味道颇像中国酒酿饼。鸡在叫，又是一个冻白的早晨。我们这些自私的人若无其事地活下去了。

除了工作之外我们还念日文。派来的教师是一个年轻的俄国人，黄头发剃得光光的。上课的时候他每每用日语问女学生的年纪。她一时答不上来，他便猜："十八岁？十九岁？不会超过二十岁罢？你住在几楼？待会儿我可以来拜访么？"她正在盘算着如何托辞拒绝，他便笑了起来道："不许说英文。你只会用日文说：'请进来。请坐。请用点心。'你不会说'滚出去！'"说完了笑话，他自己先把脸涨得通红。起初学生黑压压挤满一课堂，渐渐减少了。少得不成模样，他终于赌气不来了，另换了先生。

这俄国先生看见我画的图，独独赏识其中的一张，是炎樱单穿着一件衬裙的肖像。他愿意出港币五元购买，看见我们面有难色，连忙解释："五元，不连画框。"

由于战争期间特殊空气的感应，我画了许多图，由炎樱着色。自己看了自己的作品欢喜赞叹，似乎太不像话，但是我确实知道那些画是好的，完全不像我画的，以后我再也休想画出那样的图来。就可惜看了略略使人发糊涂。即使以一生的精力为那些杂乱重叠的人头写注解式的传记，也是值得的。譬如说，那暴躁的二房东太太，斗鸡眼突出像两只自来水龙头；那少奶奶，整个的头与颈便是理发店的电气吹风管；像狮子又像狗的，蹲踞着的有传染病的妓女，衣裳底下露出红丝袜的尽头与吊袜带。

有一幅，我特别喜欢炎樱用的颜色，全是不同的蓝与绿，使人联想到"沧海月明珠有泪，蓝田日暖玉生烟"那两句诗。

一面在画，一面我就知道不久我会失去那点能力。从这里我得到了教训——老教训：想做什么，立刻去做，都许来不及了。"人"是最拿不准的东西。

有个安南青年，在同学群中是个有点小小名气的画家。他抱怨说战后他笔下的线条不那么有力了，因为自己动手做菜，累坏了臂膀。因之我们每天看见他炸茄子（他只会做一样炸茄子），总觉得凄惨万分。

战争开始的时候，港大的学生大都乐得欢蹦乱跳，因为十二月八日正是大考的第一天，平白地免考是千载难逢的盛事。那一冬天，我们总算吃够了苦，比较知道轻重了。可是"轻重"这两个字，也难讲……去掉了一切的浮文，剩下的仿佛只有饮食男女这两项。人类的文明努力要想跳出单纯的兽性生活的圈子，几千年来的努力竟是枉费精神么？事实是如此。香港的外埠学生困在那里没事做，成天就只买菜，烧菜，调情——不是普通的学生式的调情，温和而带一点感伤气息的。在战后的宿舍里，男学生躺在女朋友的床上玩纸牌一直到夜深。第二天一早，她还没起床，他又来了，坐在床沿上。隔壁便听见她娇滴滴叫喊："不行！不吗！不，我不！"一直到她穿衣下床为止。这一类的现象给人不同的反应作用——会使人悚然回到孔子跟前去，也说不定。到底相当的束缚是少不得的。原始人天真虽天真，究竟不是一个充分的"人"。

医院院长想到"战争小孩"（战争期间的私生子）的可能性，极其担忧。有一天，他瞥见一个女学生偷偷摸摸抱着一个长形的包裹溜出宿舍，他以为他的噩梦终于实现了。后来才知道她将做工得到的米运出去变钱，因为路上流氓多，恐怕中途被劫，所以将一袋米改扮了婴儿。

论理，这儿聚集了八十多个死里逃生的年青人，因为死里逃生，更是充满了生气：有的吃，有的住，没有外界的娱乐使他们分心；没有教授（其实一般的教授们，没有也罢），可是有许多书，诸子百家，诗经，圣经，莎士比亚——正是大学教育的最理想的环境。然而我们的同学只拿它当做一个沉闷的过渡时期——过去是战争的苦恼，未来是坐在母亲膝上哭诉战争的苦恼，把憋了许久的眼泪出清一下。眼前呢，只能够无聊地在污秽的玻璃窗上涂满了"家,甜蜜的家"的字样。为了无聊而结婚,虽然无聊,比这种态度还要积极一点。

缺乏工作与消遣的人们不得不提早结婚,但看香港报上挨挨挤挤的结婚广告便知道了。学生中结婚的人也有。一般的学生对于人们的真性情素鲜有认识,一旦有机会刮去一点浮皮,看见底下的畏缩,怕痒,可怜又可笑的男人或女人,多半就会爱上他们最初的发现。当然,恋爱与结婚是于他们有益无损,可是自动地限制自己的活动范围,到底是青年的悲剧。

时代的车轰轰地往前开。我们坐在车上,经过的也许不过是几条熟悉的街道,可是在漫天的火光中也自惊心动魄。就可惜我们只顾忙着在一瞥即逝的店铺的橱窗里找寻我们自己的影子——我们只看见自己的脸,苍白,渺小;我们的自私与空虚,我们恬不知耻的愚蠢——谁都像我们一样,然而我们每人都是孤独的。

(一九四四年二月)

(选自金宏达、于青编:《张爱玲文集》,第一卷,合肥,安徽文艺出版社,1992年。)

赏析

张爱玲的散文行文随意自然,语言是絮语式的,看似散散漫漫的文笔,写着写着就闪出锋芒、灵气与华采来。她爱听市声,爱看生趣,擅长从一些看似不相干的小碎片上表现她所要表现的思想。她认为:"人生的所谓'生趣'全在那些不相干的事"。也就是说,越是不相干的小事、小景越能反映人生的真实。如《烬余录》,写战时的香港见闻,没有正面地描写战争的场面或态势,只写饮食、男女、服饰、心态等一堆碎片,似乎零碎、不相干,其实却将战争背景下的人性人情剖析得极其深刻,显示了作者非凡的洞察力与表现力。

(陆　明)

思考与练习

1. 在张爱玲的散文中找出五个精美的比喻句。
2. 张爱玲在描摹或叙述时,常常将各种感官和心理糅合、打通,用"通感"手法达到一种"神似",试着找出这样的语句。

| 备选课文

爱　　　　　　　　　　　　（张爱玲）

这是真的。

有个村庄的小康之家的女孩子,生得美,有许多人来做媒,但都没有说成。那年她不过十五六岁吧,是春天的晚上,她立在后门口,手扶着桃树。她记得她穿的是一件月白的衫子。对门住的年青人,同她见过面,可是从来没有打过招呼的,他走了过来,离得不远,站定了,轻轻地说了一声:"噢,你也在这里吗?"她没有说什么,他也没有再说什么,站了一会,各自走开了。

就这样就完了。

后来这女人被亲眷拐了,卖到他乡外县去作妾,又几次三番地被转卖,经过无数的惊险的风波,老了的时候她还记得从前那一回事,常常说起,在那春天的晚上,在后门口的桃树下,那个青年。

于千万人之中遇见你所要遇见的人,于千万年之中,时间的无涯的荒野里,没有早一步,也没有晚一步,刚巧赶上了,那也没有别的话可说,惟有轻轻地问一声:"噢,你也在这里吗?"(一九四四年四月)(出处同上。)

第三节　二十世纪诗歌

在 20 世纪中国诗歌中,新诗占有绝对的主导地位。新诗的诞生和发展,无疑是三千年的中国诗史上最具革命性意义的变革之一。新诗应运而生,与时俱进。它的优势与局限深深打上了过多的时代印记,随着时代社会政治因素的大更迭,新诗的发展流变也呈现出相应的分期断代。大抵说来,1900—1949 年是新诗的草创与成长期,启蒙与救亡的时代课题,内在地规定了中国现代诗精神结构的主体,同时也给新诗的艺术探索提供了巨大的空间;1949—1976 年是中国(大陆)新诗的规范与停滞期,急剧政治化的社会环境,使诗歌的社会政治功能得到极端强化,诗歌在短暂的兴奋与繁荣后日趋单一和萎缩；1977年以后是新诗的复苏与开拓期，在改革开放中新诗正日益获得一种世界性的艺术与文化视野。

新诗诞生之前，20世纪最初十几年的诗坛上，已有了新旧的对垒，维新派与革命派诗人的"诗界革命"取得了令人瞩目的成就。黄遵宪、谭嗣同、秋瑾等新派诗人，以满腔热血写就了慷慨悲壮、可歌可泣的爱国诗篇，成为晚清文学与三千年传统诗歌的最后绝唱。1909年，以陈去病、柳亚子等同盟会员为主体的"南社"在上海成立，这是20世纪初中国第一个有着巨大作用和影响的文学社团。

率先进行白话新诗创作并初具规模的是以胡适为代表的《新青年》诗人群。1920年胡适的《尝试集》出版，是中国现代第一部新诗集。与其同时的诗人有刘半农、周作人、沈一默、陈衡哲、刘大白等。初期白话诗以叙事写景说理为主。1921年郭沫若的《女神》出版，使新诗在诗坛的正宗地位得以最终确立。此后浪漫主义与理想主义一度成为中国诗坛的主旋律，新诗的自由体式与抒情风格得到更深入的发展；湖畔诗人的爱情诗、冯至的抒情诗、冰心体小诗，都曾风靡一时。

20年代中后期，与现实派和浪漫派在描述或抒情上的"直露"诗风形成对照的，是以李金发为代表的象征派诗人，通过神会、冥想、暗示和象征，表现物我之间隐秘的对应关系和自我对外界的神秘感悟与经验。1926年，徐志摩、闻一多、朱湘、饶孟侃等新月社诗人发起"新诗形式运动"。鉴于自由诗体的散漫无章和情感泛滥，新月诗人主张以艺术至上的追求完善新诗，强调诗的音乐美、建筑美、绘画美，被称为格律派。1928年后太阳社与创造社树起革命文学的大旗，主张把诗歌作为"宣传阶级意识的武器"，为无产阶级革命斗争摇鼓呐喊。左翼诗人中，殷夫的作品是革命诗歌中寓战斗性与诗艺美于一体的难得的精品。

1932年，戴望舒、施蛰存等创办纯文学刊物《现代》，倡导"现代的诗"。对西洋诗、中国古诗、新诗三方面的传统，现代派进行了新诗史上第一次卓有成效的批判与整合，为自由体新诗的艺术成熟做出了可贵的努力。

抗战全面爆发后，救亡成为压倒一切的时代课题，中国新诗终于以前所未有的大众化形式出现在大众面前，朗诵诗、街头诗、民歌体诗等为老百姓所喜闻乐见的新形式层出不穷,影响深广。光未然的《黄河大合唱》、田间的《给战斗者》、李季的《王贵与李香香》、张志民的《王九诉苦》等都是其中的杰作。在自由诗创作领域,艾青立足现实,融汇中西,独树一帜,他的《向太阳》《他死在第二次》《火把》都是抗战诗歌的辉煌代表。该时期国统区的两个重要诗歌团体是"七月诗派"和"九叶诗派"。"七月诗派"的作品,既表现了抗战的时代精神,又坚持独立的艺术追求,表现出强烈的"主观战斗精神"。"九叶诗派"则显示了对西方现代主义艺术更多的借鉴与认同,在艺术完善被严重忽视的特定历史时期,为新诗的艺术发展做出了贡献。

1949年以后,中国诗歌发展进入新的历史时期。新中国成立之初,最流行的主题是对新中国的歌颂。何其芳的《我们最伟大的节日》、冯至的《我们感谢》、郭沫若的《新华颂》(诗集)等,都是这一类型的代表。稍后是有关抗美援朝题材的诗作,如未史的《枪给我吧》《祖国,我回来了》。再后,当代诗歌开始全面反映和歌颂和平建设时期的新生活。生活抒情诗是首先达到繁荣的诗体。这类诗主要以工厂、农村、部队的客观生活场景为书写对象,它们不追求全景式的反映,而是选取其中富有时代气息和生活情趣的场面,并由此展开抒情。明净乐观的牧歌情调和充实有魅力的故事内容相融合,是这类诗的显著特点和艺术价值所在。闻捷的《天山牧歌》中的组诗《吐鲁番情歌》《果子沟山谣》《博斯腾湖滨》,是这类生活抒情诗最成功的代表。

1957年下半年的"反右"和1958年的"大跃进",结束了当代诗歌短暂的艺术繁荣,诗歌进入单纯依附政治、图解政治、全力以赴为政治服务的畸形发展时期。新民歌运动作为政治运动在全国范围内轰轰烈烈地展开,使诗歌的艺术形式和发展方向越来越背离新诗传统和艺术规律。从数以万计的"大跃进"民歌中精选出来的《红旗歌谣》,虽不乏刚健清新的好诗,但绝大多数是浮夸风和无限夸大人的意志和主观唯心主义的时代产物。新诗创作的路子越走越窄,为政治运动和中心工作服务的"政治抒情诗",此后几乎成为新诗领域唯一诗体,虚假、浮夸、"左"倾化的浪漫主义成为诗坛主流。早在50年代中期,郭小川与贺敬之的创作就使政治抒情诗以较成熟的形态登上诗坛,成为有影响的抒情诗体之一。鼓动与歌颂的基调,雄浑磅礴的气势,铺陈排比、反复咏叹的手法,以及对音律、节奏的注重,构成政治抒情诗思想艺术的主要特征。20世纪50年代末到60年代初,随着政治运动的不断升级,政治抒情诗迅速走向繁荣和鼎盛,并最终成为"文革"式"假、大、空"文学的代表。

1976年4月爆发的天安门诗歌运动,是中国当代诗史上最悲壮、最辉煌的一页。觉醒与反抗、纪念与揭露、反封建与反"左"、马列主义与现代化,正是天安门诗歌最重要最有价值的主题。

以天安门诗歌运动为前奏,现实主义精神开始在新时期诗歌运动中复归。首先是一批与天安门诗歌主题接近的政治抒情诗,如贺敬之的《中国的十月》、李瑛的《一月的哀思》、柯岩的《周总理,你在哪里?》等,在新旧交替的历史时期,人民巨大的悲喜情绪的真切表达,使诗歌开始恢复真情实感,重新在人民中赢得声誉和信任。其次,说真话、抒真情,最大限度地发挥社会批判与社会参与作用的诗作,迅速引起全社会的热烈反响。艾青的长诗《在浪尖上》、公刘的《呐喊》、邵燕祥的《含笑向70年告别》、叶文福的《将军,不能这样做》、雷抒雁的《小草在歌唱》、骆耕野的《不满》等,把新时期诗坛的现实主义复兴推向高潮,把诗歌的真实性与战斗性提高到一个崭新的水平。

以"朦胧诗"为代表的"新诗潮"的崛起,构成中国当代诗歌艺术变革的另一支重要力量,它是中国诗歌承接中断已久的新诗现代化传统,在新形势下重新走向世界、走向现代化的开始。1980年前后,北岛、舒婷、顾城、梁小斌、江河、杨炼、食指、徐敬亚等一批诗人先后登上诗坛,以"叛逆"的精神,打破了当时现实主义创作原则一统诗坛的局面,为诗歌注入了新的生命力,同时也给新时期文学带来了一次意义深远的变革。他们在诗作中以现实意识思考人的本质,肯定人的自我价值和尊严,注重创作主体内心情感的抒发。

"朦胧诗"并没有形成统一的组织形式,也未曾发表宣言,然而却以各自独立又呈现出共性的艺术主张和创作实绩,构成一个"崛起的诗群"。"朦胧诗"精神内涵的三个层面是:一是揭露和批判黑暗的社会,对荒诞感和压抑感的表达与超越;二是在黑暗中寻找光明、反思与探求意识以及浓厚的英雄主义色彩;三是在人道主义基础上建立起来的对"人"的特别关注。

"朦胧诗"改写了以往诗歌单纯描摹"现实"与图解政策的传统模式，把诗歌作为探求人生的重要方式，在哲学意义上达到了前所未有的高度。从某种意义上讲，"朦胧诗"的崛起，也是中国文学生命之树的崛起。

朦胧诗的现代性，突出表现在艺术技巧上，朦胧诗人由自发摸索到自觉借鉴，手法多以象征为中心，常采用象征、隐喻、变形、视角转换、意识流、暗示、通感等技法，强调总体的情绪氛围，丰富了诗的内涵，增强了诗歌的想象空间。20世纪80年代中期以后，朦胧诗在思想内涵和艺术形式上逐渐趋于成熟定型，一些在朦胧诗影响下成长起来的"新诗潮"诗人，不满于朦胧诗的停滞及其原有的艺术局限，纷纷探寻新的艺术变革，诗坛一时诗派林立、风起云涌，中国现代主义诗歌进入"后新诗潮"时期。在众多诗人中，海子、骆一禾、王家新、西川、韩东、翟永明等较为踏实，在当代诗坛有一定影响。后新诗潮在一定程度上丰富了新诗的艺术表现技法，使诗歌成为更切近人生、更切近人的感悟生命的一种艺术形式。

郭沫若

郭沫若（1892—1978年），原名郭开贞，四川乐山人。中国现代著名学者、文学家、历史学家、古文字学家、社会活动家。早年赴日本留学，后接受斯宾诺莎、惠特曼等人思想，决心弃医从文。与成仿吾、郁达夫等组织"创造社"，积极从事新文学运动。1921年出版诗集《女神》，是我国新诗的奠基之作。1926年投笔从戎，参加北伐。大革命失败后，流亡日本，研究历史学和古文字学，著有《中国古代社会研究》《甲骨文字研究》等重要学术著作。1937年抗日战争爆发后回国，在周恩来的领导下从事抗日救亡运动，其间创作历史剧《屈原》《虎符》等。新中国成立后，当选为中华全国文学艺术界联合会主席，历任政务院副总理兼文化教育委员会主任、中国科学院院长、全国人民代表大会常务委员会副委员长等职。在极其繁忙的政务工作和社会活动之余，创作了《蔡文姬》等历史剧和多部诗文集。主编《中国史稿》和《甲骨文合集》，全部作品编成《郭沫若全集》38卷。

炉 中 煤
——眷念祖国的情绪

啊，我年青的女郎！
我不辜负你的殷勤，
你也不要辜负了我的思量。
我为我心爱的人儿
燃到了这般模样！

啊，我年青的女郎！
你该知道了我的前身？
你该不嫌我黑奴卤莽？
要我这黑奴的胸中，
才有火一样的心肠。

啊，我年青的女郎！
我想我的前身
原本是有用的栋梁，
我活埋在地底多年，
到今朝总得重见天光。

啊，我年青的女郎！
我自从重见天光，
我常常思念我的故乡，
我为我心爱的人儿
燃到了这般模样！

（选自郭沫若：《郭沫若诗精编》，武汉，长江文艺出版社，2014 年。）

赏析

这首诗是郭沫若在1920年留学日本期间所作。当时，国内正处在"五四运动"的前期，反帝反封建的潮流、科学和民主的思想以及新文化运动风起云涌，方兴未艾。处身国外的诗人被祖国的革命浪潮冲击着，振奋着。他在《创造十年》中写道："'五四'以后的中国，在我心中就像一位很葱俊的有进取气象的姑娘，她简直就和我的爱人一样。我的那篇《凤凰涅槃》便是象征着中国的再生。'眷念祖国的情绪'的《炉中煤》便是我对于她的恋歌。"

这是一首象征诗，诗人用"年轻的女郎"象征祖国，把自己比作燃烧的炉中煤，以一种极端的方式表达了自己对祖国的热爱和眷恋。

打开这首诗，扑面而来的便是火热的激情——"我为我心爱的人儿/燃烧到了这般模样！"为什么必须以恋爱的激情来表达？看来作者对祖国的爱是那么强烈，不用恋爱的极端强度就不足以表达。作者把自己比喻为燃烧中的炉中煤，也是很极端的，煤一旦燃烧，就会炽烈地燃尽，放出最大的光和热，以致最后化为灰烬。至于第三段中对自己身世的倾诉，则更深地表达了爱恋的原因。

在形式上，《炉中煤》可以说是一首很完整的新格律诗。透过这首诗可以清楚地理解到一般自由体诗歌的几个要素——象征意义、主旋律、韵律和节奏。正是因为韵律和节奏的和谐优美，使其读来朗朗上口、充满激情，容易记忆。而且，诗中的炉中煤，是把物理性和象征性完美地结合在一起，而且象征性是建立在物理性的基础上的，如"我想我的前身/原本是有用的栋梁，我活埋在地底多年，到今朝总得重见天光。"于是诗的意味就更加深厚了。

（高 岩）

思考与练习

1. 体会与理解《炉中煤》的旋律和节奏是如何表达出来的。
2. 本诗的"炉中煤"在物理层面和象征层面上是如何融合为一体的？

冯 至

冯至（1905—1993 年），原名冯承植，河北涿县人。诗人、学者和翻译家。1921 年考入北京大学，1923 年后受到新文化运动的影响开始发表新诗。1927 年 4 月出版第一部诗集《昨日之歌》，1929 年 8 月出版第二部诗集《北游及其他》，记录自己大学毕业后的哈尔滨教书生活。1930 年赴德国留学，其间受到德语诗人里尔克的影响。五年后获得哲学博士学位，返回战时偏安的昆明任教于西南联大外语系。1941 年他创作了一组后来结集为《十四行集》的诗作，影响甚大。著有诗集《昨日之歌》《十四行集》《十年诗抄》《冯至诗选》和《立斜阳集》，散文集《山水》《东欧杂记》等，历史小说《伍子胥》，传记《杜甫传》，译著有《海涅诗选》《德国，一个冬天的童话》等。

十四行诗二十七首（节选）

二一　我们听着狂风里的暴雨

我们听着狂风里的暴雨，
我们在灯光下这样孤单，
我们在这小小的茅屋里
就是和我们用具的中间

也有了千里万里的距离：
铜炉在向往深山的矿苗
瓷壶在向往江边的陶泥，
它们都像风雨中的飞鸟

各自东西。我们紧紧抱住，
好像自身也都不能自主。
狂风把一切都吹入高空，

暴雨把一切又淋入泥土，
只剩下这点微弱的灯红
在证实我们生命的暂住。

二七　从一片泛滥无形的水里

从一片泛滥无形的水里
取水人取来椭圆的一瓶，
这点水就得到一个定形；
看，在秋风里飘扬的风旗，

它把住些把不住的事体，
让远方的光、远方的黑夜
和些远方的草木的荣谢，
还有个奔向远方的心意，

都保留一些在这面旗上。
我们空空听过一夜风声，
空看了一天的草黄叶红，

向何处安排我们的思、想？
但愿这些诗像一面风旗
把住一些把不住的事体。

（选自《冯至诗选》，成都，四川人民出版社，1980年。）

赏析

　　自从1918年1月，新诗呱呱坠地以来，到1949年大陆解放为止，冯至的《十四行集》要算是最谨严精致的一部诗集了。

　　全集31首诗、27首十四行体，附录4首杂诗，每一首、每一行都晶光四射。

　　《十四行集》创作的经过颇为戏剧化。那不是积年累月诗作的辑合，而是在诗的创作长期中断之后，由于突然的感兴，遂如枯泉复活一般一口气流泻出来。具体的说，这27首十四行诗，是1941年冬到1942年秋，在不到一年时间涌发出来的。试看作者的自白：

"一九四一年我住在昆明附近的一座山里，每星期要进城两次，十五里的路程，走去走回是很好的散步。一人在山径上，田埂间，总不免要看，要想，看的好像比往日格外的多，想的也比往日想的格外丰富。那时，我早已不惯于写诗了。……但是有一次，在一个冬天的下午，望着几架银色的飞机在蓝得像结晶体一般的天空里飞翔，想到古人的鹏鸟梦，就是随着脚步的节奏，信口说出一首有韵的诗，回家写在纸上，正好是一首变体的十四行。……"

冯至便从这恢复了不由自己的歌唱。

……

由于这些诗是在宁静的情怀、细致的思考、从容的孕育下写出来的，因此意境的清纯、技巧的洗练，都无与伦比；这是新诗诞生以来最好的诗，只有闻一多的《死水》中的部分佳作，才可并比。

由于冯至当时的居住环境和心况，与喧嚣的世事保持了距离，每能超脱现实与天地独往独来，或回味历史，或体念万物，感兴每富于哲思。李广田称之为"沉思的诗"，可谓确当。

十四行27首，以题材来分有两大类：（一）是咏物的诗；（二）是怀人的诗。

……

在这里我们须借重李广田的解析，他论《十四行集》的特色说：

"诗在日常生活中，在平常现象中，却不一定在血和火里，泪与海里，或是爱与死亡里。那在平凡中发现了最深的东西，是最好的诗人。"又：

"有人在人生中追求空华，有人在人生中寻摘果实。还有些人只在人生中拾取那些'枝枝叶叶'；但最理解生命的诗人和哲人，他们每自踏在脚下的土壤里，发掘生命的'根柢'。"

谢绝玄奇和繁华，在平凡中发现不平凡，在一草一木中发现美趣和智慧，也就是在腐朽中创发神奇，这是《十四行集》的主要特色。

此外，李广田点出冯至的诗，流露了若干哲理：

（一）"刹那即永恒"——古往今来是一条长河，都息息相通；

（二）"天地与我并生，万物与我为一"——空间的一切存在都互相关联；

（三）生命在时空交汇里与万物具载生化不息中。

有上述的了解，再静心去读《十四行集》，自能穿云透雾，而见敛息凝神之美、柳暗花明之妙。这里试选第二十一首与读者共赏。

诗的灵魂是意境——情意形象化，形象情意化的浑融。这首诗的意境鲜活芬芳，元气淋漓，从第一行到最后一行，每个字都在歌唱，都在展色生香。从诗中我们不但品味了深山的隔绝、茅屋的孤清、奉谕的震撼、万物的飘摇和生命的渺小，并痛感天地的无常、人生的迷茫。

冯至在那些咏物诗里，表现最多的情趣，是在万物无常、生化不息的长流里，寻找和把握那刹那的永恒。

从万物的生死转化，道出人生的飘忽无常，把这无常的转化，奏为"一段歌曲"，从而见到"青山默默"的永恒。意境虽悲凉，但显示了平流归海的从容，非对人生有深刻的体会，难以欣赏这隽永的美。

（摘自司马长风：《中国新文学史》，下卷，香港，昭明出版社，1976年。）

| 思考与练习

1. 仔细品味附录中的《十四行集》诗中的哲理意味。
2. 在网上查找里尔克的诗，看看冯至的诗歌和里尔克的诗有什么内在的联系。
3. 模仿课文和附录，自己试着写诗来表达对生活的感悟。

| 备选课文

十四行诗二十七首（节选） （冯 至）

2

什么能从我们身上脱落，
我们都让它化作尘埃：
我们安排我们在这时代
像秋日的树木，一棵棵

把树叶和些过迟的花朵
都交给秋风,好舒开树身
伸入严冬;我们安排我们
在自然里,像蜕化的蝉蛾

把残壳都丢在泥里土里;
我们把我们安排给那个
未来的死亡,像一段歌曲,

歌声从音乐的身上脱落,
归终剩下了音乐的身躯
化作一脉的青山默默。

8

是一个旧日的梦想,
眼前的人世太纷杂,
想依附着鹏鸟飞翔
去和宁静的星辰谈话。

千年的梦像个老人
期待着最好的儿孙——
如今有人飞向星辰,
却忘不了人世的纷纭。

他们常常为了学习
怎样运行,怎样降落,
好把星秩序排在人间,

便光一般投身空际。
如今那旧梦却化作
远水荒山的陨石一片。

9

你长年在生死的中间生长,
一旦你回到这堕落的城中,
听着这市上的愚蠢的歌唱,
你会像是一个古代的英雄

在千百年后他忽然回来,
从些变质的堕落的子孙
寻不出一些盛年的姿态,
他会出乎意外,感到眩昏。

你在战场上,像不朽的英雄
在另一个世界永向苍穹,
归终成为一只断线的纸鸢:

但是这个命运你不要埋怨,
你超越了他们,他们已不能
维系住你的向上,你的旷远。

16

我们站立在高高的山巅
化身为一望无边的远景,
化成面前的广漠的平原,
化成平原上交错的蹊径。

哪条路,哪道水,没有关连,
哪阵风,哪片云,没有呼应;
我们走过的城市、山川,
都化成了我们的生命。

我们的生长,我们的忧愁

是某某山坡的一棵松树,
是某某城上的一片浓雾;

我们随着风吹,随着水流,
化成平原上交错的蹊径,
化成蹊径上行人的生命。

18

我们常常度过一个亲密的夜
在一间生疏的房里,它白昼时
是什么模样,我们都无从认识,
更不必说它的过去未来。原野——

一望无边地在我们窗外展开,
我们只依稀地记得在黄昏时
来的道路,便算是对它的认识,
明天走后,我们也不再回来。

闭上眼吧!让那些亲密的夜
和生疏的地方织在我们心里:
我们的生命像那窗外的原野,

我们在朦胧的原野上认出来
一棵树,一闪湖光;它一望无际
藏着忘却的过去,隐约的将来。

20

有多少面容,有多少语声
在我们梦里是这般真切,
不管是亲密的还是陌生:
是我自己的生命的分裂,

可是融合了许多的生命,
在融合后开了花,结了果?
谁能把自己的生命把定
对着这茫茫如水的夜色,

谁能让他的语声和面容
只在些亲密的梦里萦回?
我们不知已经有多少回

被映在一个辽远的天空,
被船夫或沙漠里的行人
添了些新鲜的梦的养分。

22

深夜又是深山,
听着夜雨沉沉。
十里外的山村
廿里外的市廛

它们可还存在?
十年前的山川
廿年前的梦幻
都在雨里沉埋。

四围这样狭窄,
好像回到母胎;
神,我深夜祈求

像个古代的人:
"给我狭窄的心
一个大的宇宙!"

24
这里几千年前
处处好像已经
有我们的生命；
我们未降生前

一个歌声已经
从变幻的天空，
从绿草和青松
唱我们的运命。

我们忧患重重，
这里怎么竟会
听到这样歌声？

看那小的飞虫，
在它的飞翔内
时时都是永生。

25
案头摆设着用具，
架上陈列着书籍，
终日在些静物里
我们不住地思虑；

言语里没有歌声，
举动里没有舞蹈，
空空问窗外飞鸟
为什么振翼凌空。

只有睡着的身体，

夜静时起了韵律,
空气在身内游戏

海盐在血里游戏——
梦里可能听得到
天和海向我们呼叫?

(选自《十四行集》,上海,上海文化生活出版社,1949年。)

何其芳

何其芳(1912—1977年),原名何永芳,四川万县人。1931年入北京大学哲学系,开始在京沪的《现代》《文学季刊》等刊物上发表作品。诗集有《预言》(1945年)、《夜歌》(1945年)、《夜歌和白天的歌》(1952年)、《何其芳诗全编》(1995年)。

预 言

这一个心跳的日子终于来临!
你夜的叹息似的渐近的足音
我听得清不是林叶和夜风私语,
麋鹿驰过苔径的细碎的蹄声!
告诉我,用你银铃的歌声告诉我,
你是不是预言中的年青的神?

你一定来自那温郁的南方,
告诉我那里的月色,那里的日光,
告诉我春风是怎样吹开百花,
燕子是怎样痴恋着绿杨。
我将合眼睡在你如梦的歌声里,
那温暖我似乎记得,又似乎遗忘。

请停下,请停下你疲劳的奔波,
进来,这儿有虎皮的褥你坐!
让我烧起每一个秋天拾来的落叶,
听我低低地唱起我自己的歌!
那歌声将火光一样沉郁又高扬,
火光一样将我的一生诉说。

不要前行!前面是无边的森林:
古老的树现着野兽身上的斑文,
半生半死的藤蟒一样交缠着,
密叶里漏不下一颗星星。
你将怯怯地不敢放下第二步,
当你听见了第一步空寥的回声。

一定要走吗?请等我和你同行!
我的脚步知道每一条平安的路径,
我可以不停地唱着忘倦的歌,
再给你,再给你手的温存!
当夜的浓黑遮断了我们,
你可以不转眼地望着我的眼睛。

我激动的歌声你竟不听,
你的脚竟不为我的颤抖暂停!
像静穆的微风飘过这黄昏里,
消失了,消失了你骄傲的足音!
呵,你终于如预言中所说的无语而来,
无语而去了吗,年轻的神?

1931 年秋天

(选自臧棣、西渡主编:《北大百年新诗》,成都,四川人民出版社,2018 年。)

赏析

《预言》在何其芳的所有诗歌当中,以其精致纯真、热情浪漫被读者喜爱,也被他自己珍视。在这首他19岁的诗作里,诗人"天生的诗人气质,酣嗜迷离的梦境,矜持敏感的柔肠"(司马长风语)已经充分表现出来。

诗中有几个反复出现的词语构成了全诗的主旋律——预言、你、年轻的神、前行、同行、无语而去。通读全诗,可以发现,它是带着微弱的情节的,也可以说是戏剧性——第一节,预言中年轻的神现身了,我们仿佛看到作者急切渴盼的眼光目不转睛地投射过去;第二节,年轻的神走近了,诗人展开对她的深情揣度和一厢情愿的爱恋;紧接着,诗人邀请他的神与他同坐,并听他诉说自己的一生。但显然,年轻的神另有行程,继续前行。于是诗人警告他的神,前路艰险;第六节,我们看到他急切地要与自己的神同行,他真诚而又动人地表白着自己可以为他的神做什么,感人至深。而他的年轻的神终于不为他停留,"无语而来,无语而去"了。也可以说,这首诗是以诗人的内心情感变化的起伏作为结构的:渴盼、惊喜,到痴迷、接近,一直到要求同行、奉献自己而被拒绝,本诗在情感层面落下了完美的帷幕,给读者留下了年轻的爱情无尽的回味。

与一般表达爱情的诗不同,何其芳用了"年轻的神"的意象——他所爱的女子,就这样被神化,戴上光环,照亮黑夜和森林,照亮了诗人的生命。这立刻就把整首诗都提升到一个带着哲理意味的新的高度,仿佛离开人世间,而来到缥缈迷离、真爱纯美之境。整个这首诗的姿态也向着更广阔的面向打开了,你甚至可以离开爱情,在形而上的层面去解读它,会更丰盛,更富有灵性——那我们年轻的心里渴盼着的,那来自遥远与幽深的呼唤,岂止爱情!

只有未经世事的眼睛才能够这样深情热烈,只有未曾被世俗染污的心才会这样美丽地悲伤。诗人后来回忆起以往的爱情,曾这样说:"一个夏天,一个郁热多雨的季节带着一阵奇异的风抚摸我,摇撼我,摧折我,最后给我留下一片凄清又艳丽的秋光,我才像一块经过了琢磨的璞玉安放出自己的光辉,在我自己的心灵里听到了自然流露的纯真的音籁。"(《梦中道路》)

(高 岩)

| 思考与练习

1. 朗读这首诗,感受旋律和节奏之美。
2. 从诗人的眼睛里,你所看到"年轻的神"是一个什么样的形象?

| 备选课文

季 候 病　　　　　　　　(何其芳)

说我是害着病,我不回一声否。
说是一种刻骨的相思,恋中的征候。
但是谁的一角轻扬的裙衣,
我郁郁的梦魂日夜萦系?
谁的流盼的黑睛像牧女的铃声
呼唤着驯服的羊群,我可怜的心?
不,我是梦着,忆着,怀想着秋天!
九月的晴空是多么高,多么圆!
我的灵魂将多么轻轻地举起,飞翔,
穿过白露的空气,如我叹息的目光!
南方的乔木都落下如掌的红叶,
一径马蹄踏破深山的寂默,
或者一湾小溪流着透明的忧愁,
有若渐渐地舒解,又若更深地绸缪……

过了春又到了夏,我在暗暗地憔悴,
迷漠地怀想着,不做声,也不流泪!

欢　　乐　　　　　　　　(何其芳)

告诉我,欢乐是什么颜色?
像白鸽的羽翅?鹦鹉的红嘴?
欢乐是什么声音?像一声芦笛?
还是从稷稷的松声到潺潺的流水?

是不是可握住的,如温情的手?
可看见的,如亮着爱怜的眼光?
会不会使心灵微微地颤抖,
而且静静地流泪,如同悲伤?

欢乐是怎样来的?从什么地方?
萤火虫一样飞在朦胧的树阴?
香气一样散自蔷薇的花瓣上?
它来时脚上响不响着铃声?

对于欢乐,我的心是盲人的目,
但它是不是可爱的,如我的忧郁?

戴望舒

戴望舒(1905—1950年),浙江省杭县人。曾留学法国、西班牙。他是20世纪30年代"现代派"的代表诗人。早年曾加入共产主义青年团,"四·一二"政变后,他一度产生浓重的幻灭情绪。抗日战争时期,他在香港主编报纸副刊,因宣传抗日而被捕入狱。这一时期诗风发生极大变化。1949年春,他由香港回到北京,1950年2月病逝。诗集有《我的记忆》《望舒草》《灾难的岁月》等。

雨 巷

撑着油纸伞,独自
彷徨在悠长、悠长
又寂寥的雨巷,
我希望逢着
一个丁香一样地
结着愁怨的姑娘。

她是有
丁香一样的颜色，
丁香一样的芬芳，
丁香一样的忧愁，
在雨中哀怨，
哀怨又彷徨；

她彷徨在这寂寥的雨巷，
撑着油纸伞
像我一样，
像我一样地
默默彳亍着，
寒漠、凄清，又惆怅。

她静默地走近，
走近，又投出
太息一般的眼光
她飘过
像梦一般地，
像梦一般地凄婉迷茫。

像梦中飘过
一枝丁香地，
我身旁飘过这女郎；
她静默地远了，远了
到了颓圮(pǐ)的篱墙，
走尽这雨巷。

在雨的哀曲里，

消了她的颜色，
散了她的芬芳，
消散了，甚至她的
太息般的眼光，
丁香般的惆怅。

撑着油纸伞，独自
彷徨在悠长、悠长
又寂寥的雨巷，
我希望飘过
一个丁香一样地
结着愁怨的姑娘。

（选自《戴望舒诗集》，成都，四川人民出版社，1981年。）

赏析

一首好诗可以穿越岁月，在不同的时代都能吸引人们欣赏的目光，戴望舒的《雨巷》就是这样的经典之作。这首诗带给读者的审美愉悦，从艺术上来看大致有这样几个方面：

一、创造了一个亦幻亦真的"丁香一样结着愁怨的姑娘"。

这个姑娘的形象的出现，是由诗人的主观愿望"我希望逢着"而渐渐化身而来的，她是幻化，却又在第三节以后变得真实，从身影，到眼光，到太息，最后如"梦中飘过"一般地渐行渐远，消散在诗人的视野里。这个姑娘被诗人塑造得如此真实，她传达出来的气息是如此真实地弥散在空气中，使人不由沉浸其中。而这个亦幻亦真的形象的象征意味，自然就留在了读者的心中。

二、创造了一个既迷惘又含着朦胧的希望的象征性的意境。

诗中，作者通过一系列朦胧色一般的词汇——丁香、彷徨、寂寥、愁怨、忧愁、哀怨、冷漠、凄清、惆怅、静默、凄婉迷茫，等等，着意渲染了一种幻灭而又悄含希望的心境。"青鸟不传云外信，丁香空结雨中愁"（李璟《浣溪沙》），丁香作为中国古代诗词中的一个传统意象，更是情愁的象征。

三、回环往复的旋律和富有乐感的韵律,让整首诗仿佛如歌的行板,充满了音乐的魅力。诗中运用了大致相同的韵脚,以及顶针、叠句、重唱、回环反复等手法,让全诗仿佛一条音乐的河流,而寂寞忧伤的主旋律始终回荡在读者的心头。

"大约在1927年左右或稍后初露头角的一批诚实和敏感的诗人,所走道路不同,可以说是植根于同一个缘由——普遍的幻灭。面对狰狞的现实,投入积极的斗争,使他们中大多数没有工夫多作艺术上的考虑,而回避现实,使他们中其余人在讲求艺术中寻找了出路。望舒是属于后一路人。"(卞之琳《戴望舒诗集》序)据说这首诗写于1927年夏天,作者22岁左右。那时,全国正处于白色恐怖之中,戴望舒因曾参加进步活动而不得不避居于友人家中。大革命失败后年轻诗人的痛苦与彷徨、幻灭与希望,也可以从这首诗的深处细细品读出来吧!

(高　岩)

北　岛

北岛,原名赵振开,祖籍浙江湖州,1949年生于北京。1978年前后,他和诗人芒克创办《今天》,成为朦胧诗歌的代表性诗人。1989年4月,北岛离开祖国,先后在德国、挪威、瑞典、丹麦、荷兰、法国、美国等国家居住。北岛曾著有多种诗集,作品被译成二十余种文字,先后获瑞典笔会文学奖、美国西部笔会中心自由写作奖、古根海姆奖学金等,并被选为美国艺术文学院终身荣誉院士。

回　答

卑鄙是卑鄙者的通行证,
高尚是高尚者的墓志铭,
看吧,在那镀金的天空中,
飘满了死者弯曲的倒影。

冰川纪过去了,

为什么到处都是冰凌？
好望角发现了，
为什么死海里千帆相竞？

我来到这个世界上，
只带着纸、绳索和身影，
为了在审判之前，
宣读那些被判决的声音。

告诉你吧，世界
我——不——相——信！
纵使你脚下有一千名挑战者，
那就把我算作第一千零一名。

我不相信天是蓝的，
我不相信雷的回声，
我不相信梦是假的，
我不相信死无报应。

如果海洋注定要决堤，
就让所有的苦水都注入我心中，
如果陆地注定要上升，
就让人类重新选择生存的峰顶。

新的转机和闪闪星斗，
正在缀满没有遮拦的天空。
那是五千年的象形文字，
那是未来人们凝视的眼睛。

（选自阎月君、高岩、梁云、顾芳编：《朦胧诗选》，沈阳，春风文艺出版社，2001年。）

赏析

作为"文革"后第一批登上诗坛的朦胧诗人的旗手,北岛的标志性意义是无可取代的。他的诗意在唤醒一代人,以清醒的理性、批判的眼光、个人英雄主义的姿态,面对当时整个异化的人性和荒谬的现实社会。他的诗冷静、沉郁、痛苦地质疑和思索,看似绝望里又充满希望,呼唤人们醒来,也勇敢地承担自己的命运。他在诗里表达的思想,基于理性和人性的理想主义,挑战人们相信已久的事实,刺痛人们麻木的神经,渴望建立公平正义的国度,真诚而无畏地迎接新的转机。这些无疑如春雷一样炸响在当时的人们,尤其是年轻人的心头,成为时代的号角。这首《回答》,正是他最具代表性、最广为人知的一首诗。

这首诗的头两句,以其深刻的哲理炮轰一样强有力地发射过来。我们看到了一个孤独的英雄,他犀利的眼睛发现了时代的虚伪,并且带着简直是惊天动地的无惧独自挑战整个颠倒的世界,发出"我——不——相——信!"的吼声。"我不相信天是蓝的;我不相信雷的回声;我不相信梦是假的;我不相信死无报应",无异是对整个时代的观念的颠覆。接下来的两段则表现了作者极大的责任感和对未来"新的转机"的深情展望,打开了一个充满希望的辽阔空间。

北岛的诗歌在艺术上有自己鲜明的特点——气质冷静、理性,宣言般硬朗的气概,直接而明晰的语言和铿锵有力的节奏,使得强烈而深沉的抒情反而被藏起,回荡在读者的心中。他还有一些富有象征性和哲理味道很浓的小诗,也脍炙人口,受到读者喜爱。

(高 岩)

思考与练习

1. 朗读北岛的诗,体会诗中所表达的思想感情。
2. 了解有关朦胧诗的知识,加深对于那个时代诗歌的了解。

备选课文

走 吧 (北 岛)

走吧

落叶吹进深谷

歌声却没有归宿

走吧
冰上的月光
已从河床上溢出

走吧
眼睛望着同一块天空
心敲击着暮色的鼓

走吧
我们没有失去记忆
我们去寻找生命的湖

走吧
路呵路
飘满红罂粟

一　切　　　　　　　　　　（北　岛）

一切都是命运
一切都是烟云
一切都是没有结局的开始
一切都是稍纵即逝的追寻
一切欢乐都没有微笑
一切苦难都没有泪痕
一切语言都是重复
一切交往都是初逢
一切爱情都在心里
一切往事都在梦中
一切希望都带着注释

一切信仰都带着呻吟

一切爆发都有片刻的宁静

一切死亡都有冗长的回声

宣　告　　　　　　　　　（北　岛）

也许最后的时刻到了

我没有留下遗嘱

只留下笔，给我的母亲

我并不是英雄

在没有英雄的年代里

我只想做一个人

宁静的地平线

分开了生者和死者的行列

我只能选择天空

绝不跪在地上

以显出刽子手的高大

好阻挡自由的风

从星星般的弹孔中

将流出血红的黎明

（选自阎月君、高岩、梁云、顾芳编：《朦胧诗选》，沈阳，春风文艺出版社，2001年。）

舒　婷

舒婷，原名龚佩瑜，1952年出生于福建厦门石码镇，朦胧诗派的代表作家之一，《致橡树》是其代表作之一，与北岛、顾城齐名。1969年下乡插队，1972年返城当工人。1979年开始发表诗歌作品。1980年至福建省文联工作，从事专业写作。著有诗集《双桅船》《会唱歌的鸢尾花》《始祖鸟》，散文集《心烟》、《秋天的情绪》、《硬骨凌霄》、《露珠里的"诗想"》、《舒婷文集》（3卷）等。诗歌《祖国呵，我亲爱的祖国》获1980年全国中青年优秀诗歌作品奖,《双桅船》获全国首届新诗优秀诗集奖、1993年庄重文文学奖。

兄弟,我在这儿

夜凉如晚潮
漫上一级级歪歪斜斜的石阶
侵入你的心头
你坐在门槛上
黑洞洞的小屋张着口
蹲在你身后
槐树摇下飞鸟似的落叶
月白的波浪上
小小的金币飘浮

你原属于太阳
属于草原、堤岸、黑宝石的眼眸
你属于暴风雪
属于道路、火把、相扶持的手
你是战士
你的生命铿锵有声
钟一样将阴影从人心震落
风正踏着陌生的步子躲开
他们不愿相信
你还有忧愁

可是,兄弟
我在这儿
我从思念中走来
书亭、长椅、苹果核

在你记忆中温暖地闪烁

留下微笑和灯盏

留下轻快的节奏

离去

沿着稿纸的一个个方格

只要夜里有风

风改变思绪的方向

只要你那只圆号突然沉寂

要求着和声

我就回来

在你肩旁平静地说

兄弟，我在这儿

1980.10

（选自阎月君、高岩、梁云、顾芳编：《朦胧诗选》，沈阳，春风文艺出版社，2001年。）

赏析

舒婷的诗在朦胧诗人中，算是比较易懂的，而且以其女性的浪漫抒情气质赢得了独特的地位，为广大读者所喜爱。但是，她的诗仍然和"文革"前的抒情诗有巨大的不同，在观念上，表达的深度，手法的多样，所开拓出来的空间的多重性上，都带着强烈的时代气息，更丰富而且更美。

这首《兄弟，我在这儿》，看似温柔，却包含着坚强。在这首诗里，"兄弟"和"我"的生活背景是如此不同，但是，"只要夜里有风/风改变思绪的方向/只要你那只圆号突然沉寂/要求着和声/我就回来/在你肩旁平静地说/兄弟，我在这儿"——这里表达的，不是儿女情长，不是柔情蜜意，是对同一时代里并肩战斗的战友的理解和鼓励。虽然没有写出具体背景，那些每一件具象的描写中，却透露出鲜明的形而上意味。至于象征什么，每个读者都会呼唤起自己的经验。这个"兄弟"，也就离开了一个特定的人，泛化为那个时代里最先觉醒的一群。

（高　岩）

思考与练习

1. 理解与体会舒婷诗歌中的时代背景在诗歌中的传达。
2. 体会那个时代的抒情诗的理想主义精神。

备选课文

馈　赠　　　　　　　　（舒　婷）

我的梦想是池塘的梦想
生存不仅映照天空
让周围的垂柳和紫云英
把我汲取干净吧
缘着树根我走向叶脉
凋谢于我并非伤悲
我表达了自己
我获得了生命

我的快乐是阳光的快乐
短暂，却留下不朽的创作
在孩子双眸里
燃起金色的小火
在种子胚芽中
唱着翠绿的歌
我简单而又丰富
所以我深刻

我的悲哀是候鸟的悲哀
只有春天理解这份热爱
忍受一切艰难失败
永远飞向温暖、光明的未来
啊，流血的翅膀

写一行饱满的诗
深入所有心灵
进入所有年代

我的全部感情
都是土地的馈赠

献给我的同代人　　　　　　　（舒　婷）

他们在天上
愿为一颗星
他们在地上
愿为一盏灯
不怕显得多么渺小
只要尽其可能

唯因不被承认
才格外勇敢真诚
即使像眼泪一样跌碎
敏感的大地
处处仍有
持久而悠远的回声

为开拓心灵的处女地
走入禁区，也许——
就在那里牺牲
留下歪歪斜斜的脚印
给后来者
签署通行证

1980．4

（选自阎月君、高岩、梁云、顾芳编：《朦胧诗选》，沈阳，春风文艺出版社，2001年。）

顾 城

顾城（1956—1993年），当代诗人。少年起开始写诗，朦胧诗主要代表人物。顾城被称为童话诗人，他的诗歌有孩子般的纯稚风格、梦幻情绪，用直觉和印象式的语句来表达对理想世界的追求。后期隐居激流岛，1993年10月8日在其新西兰寓所因婚变杀死妻子谢烨后自杀。留下大量诗、文、书法、绘画等作品。主要作品有《白昼的月亮》《舒婷、顾城抒情诗选》《北方的孤独者之歌》《铁铃》《黑眼睛》《北岛、顾城诗选》《顾城的诗》《顾城童话寓言诗选》《顾城新诗自选集》。去世后由父亲顾工编辑出版《顾城诗全编》。另与谢烨合著长篇小说《英儿》。作品被译成英、法、德、西班牙、瑞典等十多种文字。

一 代 人

黑夜给了我黑色的眼睛
我却用它寻找光明

生命幻想曲

把我的幻影和梦
放在狭长的贝壳里
柳枝编成的船篷
还旋绕着夏蝉的长鸣
拉紧桅绳
风吹起晨雾的帆
我开航了

没有目的
在蓝天中荡漾
让阳光的瀑布
洗黑我的皮肤

太阳是我的纤夫
它拉着我
用强光的绳索
一步步
走完十二小时的路途

我被风推着
向东向西
太阳消失在暮色里

黑夜来了
我驶进银河的港湾
几千个星星对我看着
我抛下了
新月——黄金的锚

天微明
海洋挤满阴云的冰山
碰击着
"轰隆隆"——雷鸣电闪
我到那里去呵
宇宙是这样的无边

用金黄的麦秸
织成摇篮
把我的灵感和心
放在里边
装好纽扣的车轮

让时间拖着
去问候世界

车轮滚过
百里香和野菊的草间
蟋蟀欢迎我
抖动着琴弦
我把希望溶进花香
黑夜像山谷
白昼像峰巅
睡吧！合上双眼
世界就与我无关

时间的马
累倒了
黄尾的太平鸟
在我的车中做窝
我仍然要徒步走遍世界——
沙漠、森林和偏僻的角落

太阳烘烤着地球
像烤一块面包
我行走着
赤着双脚
我把我的足迹
像图章印遍大地
世界也就溶进了
我的生命

　　　　我要唱
　　　　一支人类的歌曲
　　　　千百年后
　　　　在宇宙中共鸣

（选自阎月君、高岩、梁云、顾芳编：《朦胧诗选》，沈阳，春风文艺出版社，2001年。）

赏析

　　这里所选的诗，是顾城最有影响力的两首。前者，几乎成为整个朦胧诗群体的代表作，风靡至今。两句简单的诗句，就把时代的特点和那一代人对真理和光明的执着追求强烈地表达出来，其高度的概括力和深刻的哲理意味令人惊叹。

　　《生命幻想曲》是顾城14岁放猪的时候用树枝在河滩上写下的。顾城一生都是一个做梦的人，一个不愿意走出幻想，固执地企图用幻想建立自己的理想王国的"任性的孩子"，甚至不惜毁灭现实中的家园。从这首诗里，我们可以看到后来一以贯之的他的诗歌的童话式的意象。

　　在诗中，我们大致能够看到这样一些主题：

　　一、面对无边的宇宙的探寻和迷惘。"我开航了。/没有目的，/在蓝天中荡漾。"这是一个少年最初对生命在其中的宇宙的感觉，新奇而又迷惘："天微明，/海洋挤满阴云的冰山，/撞击着，/'轰隆隆'——雷鸣电闪！/我到哪里去呵？宇宙是这样的无边。"

　　二、生命虽然渺小，却和宇宙同在。诗中所有属于诗人自己的事物，都有如童话般，像贝壳、金黄的麦秸、纽扣的车轮、百里香和野菊、蟋蟀……都是美丽的、渺小的、脆弱的。但是，它们与梦同在，和宇宙同在，就大大地打开了生命存在的空间，具有了大美。"把我的足迹/像图章印遍大地，/世界也就融进了/我的生命。"此时的"我"，已经超越了个体存在，而有了全体人类的象征——"我要唱/一支人类的歌曲，/千百年后/在宇宙中共鸣"，这样无边无际、宏大到极致的境界，只有童话才能这样轻松又明澈地表达！

　　而"太阳是我的纤夫/它拉着我/用强光的绳索""黑夜像山谷/白昼像峰巅/睡吧！合上双眼/世界就与我无关""太阳烘烤着地球/像烤一块面包"

这样想飞天外的句子，实在令人叹为观止，想忘都忘不掉。

"我也有我的梦，遥远而清晰，它不仅仅是一个世界，它是高于世界的天国，我要用心中的纯银，铸一把钥匙，去开启那天国的门，向着人类。"顾城在他的《诗学笔记》里如是说。顾城固执地在他创造的天国中独舞，诗如花雨，直到在尘世中不能容身。

（高 岩）

思考与练习

1. 朗读这首诗，感受其空间和境界。
2. 顾城曾写过一句话："生如蚁，美如神。"请体会诗人在这首诗中是如何表达宇宙之中人的渺小和生命的伟大。

备选课文

赠 别 （顾 城）

今天

我和你

要跨这古老的门槛

不要祝福

不要再见

那些都像表演

最好是沉默

隐藏总不算欺骗

把回想留给未来吧

就像把梦留给夜

泪留给大海

风留给帆

给我的尊师安徒生 （顾 城）

（一）

你推动木刨，

像驾驶着独木舟,
在那平滑的海上,
缓缓漂流……
刨花像浪花散开,
消逝在海天尽头;
木纹像波动的诗行,
带来岁月的问候。
没有旗帜,
没有金银、彩绸,
但全世界的帝王,
也不会比你富有。
你运载着一个天国,
运载着花和梦的气球,
所有纯美的童心,
都是你的港口。

(二)

金色的流沙
湮没了你的童话
连同我——
无知的微笑和眼泪
我相信
那一切都是种子
只有经过埋葬
才有生机
当我回来的时候
眉发已雪白
沙漠却成了
一个碧绿的世界
我愿在这里安歇

在花朵和露水中间
我将重新找到
儿时丢失的情感

梁小斌

梁小斌，1954年生，安徽合肥人，朦胧诗代表诗人。前后曾从事过车间操作工、绿化工、电台编辑、杂志编辑、广告公司策划等多种职业。1972年开始诗歌创作，他的诗《中国，我的钥匙丢了》《雪白的墙》被列为新时期朦胧诗代表诗作。1991年加入中国作家协会。诗作被选入高中教材。著有诗集《少女军鼓队》，思想随笔集《独自成俑》《地主研究》《梁小斌如是说》。

青春协奏曲

我歌唱白天
同时我也歌唱黑夜

你以为我是站在岸上
心灵同时沉进万丈深渊

我知道有人在向我传情
我仍向别的少女求爱

太阳看见我时，我是一片黝黑
而月亮又照得我一片洁白

在曲折的年代曲折生长
我本身就是一条弯曲的光线

在壮观的宇宙里超光速飞行
过一万年还是青春常在

你让我一个人走进少女的内心

你让我一个人走进少女的内心
害羞的人们，请在外面等我一会儿

让我大胆地走进去
去感受她那烫人的体温
和使我迷醉的喁喁私语
我还要沿着血液的河流
在她苗条的身体上旅行
我要和她拥抱得更紧
让女孩子也散发出男性气息

说吧，请告诉我
那在黑暗中孤单地徘徊的是谁
那忧郁痴情想奔向美丽星光的是谁

让我们一起走进少女的内心
并且别忘记带上两把火炬

让我们勇敢地走进去
去发现外面的世界还没有的珍奇
在这发源心脏的河畔
我一定会拾到一本书
这上面没有腐朽的教义
它启发我怎样去和未来亲吻
但愿我也有一颗女孩子的心

让整整一代人走近少女的内心吧
当我们再走出来
一定会感到青春充满着活力

1980年

（选自阎月君、高岩、梁云、顾芳编：《朦胧诗选》，沈阳，春风文艺出版社，2001年。）

赏析

在所有朦胧诗人中，梁小斌的诗最为单纯清澈、优美流畅，读起来一点文字上的障碍都没有，却有一种强大的象征意义和表现力。对于时代和历史，他的态度不是强烈对抗，而是温和而透彻的反思，以及对美好事物的热爱和歌唱。他的诗歌的内部空间往往极为开阔——《青春协奏曲》是首单纯的短诗，空间却大得令人感到眩晕。那种置身宇宙的气象，早已把"我"抽象为青春本身，欲与日月同辉而丝毫没有自我感，其哲理意义让人思考再三，欲罢不能。

《让我一个人走进少女的内心》，似乎是一个害羞也很大胆的男生的梦想道白，读来优美抒情。他把少女理想化了，作为打破陈腐教义、探索未知世界的力量的源泉。作者在表达上超越了一般的平面抒情，创造了一个立体、美妙的空间，仿佛带领你徜徉在少女的内心，去汲取活力，给读者带来了幽默又新奇的惊喜。

梁小斌对语言的驾驭能力是非常高超的，"你让我一个人走进少女的内心，害羞的人们/请在外面等我一会儿"，轻松幽默，同时为后文打开了一道大门，带领人们顺理成章地去少女的内心旅行。而结尾是，"让整整一代人走近少女的内心吧/当我们再走出来/一定会感到青春充满着活力"，整首诗的意境和意义便大大升华，发出时代之光。

（高 岩）

思考与练习

1. 对比梁小斌和顾城的诗，看看他们在表达上的异同。
2. 看看梁小斌的诗歌是如何营造巨大的内在空间的。

| 备选课文

日 环 食　　　　　　　　(梁小斌)

我在阳光下生长，
我体型健美时想观看太阳。
我收割麦子时想观看太阳。

照最古老的办法，
我的像宽厚叶子的手放在额上，
我仍然想法看清太阳，
我的祖祖辈辈也眯缝着眼睛，
却常使他们热泪盈眶。

于是，沿着轨迹，
一轮月亮向太阳靠近。
慢慢地挡住它的光芒，
像一个光环，太阳呈现出它温柔的形象。

慢慢地我能抬头睁开眼睛，
像观看一颗麦粒那样，
形体饱满的太阳正在灌浆。

从祖先那里，我继承着对太阳的热爱，
面容情不自禁地朝向温暖的地方，
大脑像地球充满岩浆般的思想。

这 是 晚 风　　　　　　　　(梁小斌)

风把你吹到我的怀里
你轻轻飘动
我提醒你

这是晚风
已经到了仰望星辰的时间

你把双手插进口袋
你又胡思乱想
我提醒你
这是你的翅膀
别忘记飞翔

你笑了,像帷幕的波动
其实你很沉重
我提醒你
有一朵花儿从你脸上被撕走
要记住婴儿时期的笑容

(选自阎月君、高岩、梁云、顾芳编:《朦胧诗选》,沈阳,春风文艺出版社,2001年。)